Tristan
Der Name des Bösen

D1725107

Horst Seidenfaden

Tristan
Der Name des Bösen

B|S
&

SIEBENHAAR VERLAG

Für Waltraud und Martin

1. Auflage 2011/2012

© B&S SIEBENHAAR VERLAG, Berlin/Kassel
Layout, Satz: B&S SIEBENHAAR Verlag
Druck und Bindung: GGP Media GmbH, Pößneck
Umschlaggestaltung: Martina Eull

ISBN 978-3-936962-97-0
Printed in Germany

Unser Gesamtprogramm finden Sie unter:
www.siebenhaar-verlag.de

Vorwort

Die Geschichte »Tristan – Der Name des Bösen« ist reine Fiktion. Karl von Haldorf hat es als historische Person nie gegeben. Nazi-Verbrecher seines Gewichts gab es aber unzählige. Die geschilderten Fälle, in denen die SS und ihre Schergen während des Zweiten Weltkrieges Massen von Morden begehen, haben zum Teil so stattgefunden und sind an Vorkommnisse, die in der Literatur erwähnt werden, angelehnt.

Das Buch unternimmt auch den Versuch, sich in die Psyche eines Massenmörders hineinzudenken und -zufühlen.

Im Endeffekt aber ist die Unfassbarkeit der Verbrechen während der Diktatur der Nationalsozialisten etwas, was nachfolgende Generationen nie begreifen oder auch nur im Ansatz nachvoll-ziehen können. Wieso sind Menschen zu so etwas fähig? Die Frage kann hier nicht beantwortet werden, die Schilderungen sollen aber Raum für eigene Interpretationen des Lesers bieten.

1

Der alte Mann erwachte früh. Im Dunkel des Raums machte sich die erste Spur des Morgenlichts bemerkbar. Er war schon immer früh aufgestanden, gern schon vor dem Morgengrauen. Heute brauchte er aber einen Moment, um sich zu orientieren. Einige Sekundenbruchteile hatte er nicht gewusst, wo er war. Aber an der Wand gegenüber dem Fenster machten ihm die Schatten der Gitterstäbe klar, wo er sich befand. Und noch irgendetwas war komplett anders als sonst. Er lag nicht in seinem Bett zuhause, und er spürte, dass die Matratze nass war. Er tastete unter die Bettdecke und zog erschrocken die Hand zurück. Das Laken war nass, der Bettbezug und seine Schlafanzughose ebenfalls. Um Gottes Willen! Er hatte sich in dieser Nacht vollgepinkelt. Das erste Mal seit über 80 Jahren. Seit er zur Sommerfrische im Kinderheim gewesen war.

Vollgepinkelte Hosen kannte er sonst nur von seinen Opfern. Männer, Frauen, Kinder, wie oft hatte er den Anblick regelrecht genossen, wenn sie vor ihm standen, auf die Knie fielen und sich plötzlich die Kleidung dunkel färbte. Er hatte die Angst, die Todesangst, begierig betrachtet, bis es ihn anwiderte und er einfach die Waffe abdrückte oder den Befehl zum Erschießen gab. Dann das dumpfe Plumpsen der Körper auf den Boden. Leben, einfach weggewischt, weggepustet, aus dem Weg geschossen. Langsam erhob er sich, klappte die Decke beiseite. Auch die Schatten der Gitterstäbe erinnerten ihn an etwas. Einerseits an diesen grandiosen Film, die »Schachnovelle« mit Curd Jürgens, der einen Inhaftierten mimt, der auf dem Raster der Gitterschatten Schach spielt, nur in Gedanken, und jede Figur, jeden Zug im Kopf hat. Nein, es war noch etwas anderes. Er verfluchte sein Alter, das die Gedanken lähmte und die Masse der Erinnerungen mit jedem Tag zusätzlich belastete. Aber langsam schälten sich die Konturen dessen, was sein Gedächtnis bewegte, deutlicher hervor. Es war dieses Dorfgefängnis irgendwo in der Ukraine. Sie hatten dort auf engstem Raum in den drei, vier Zellen ein Dutzend jüdische Familien zusammengepfercht. Es stank bestialisch in den Räumen. Eines nachmittags war es so weit. Er hatte das Kommando und schaute vorher noch einmal durch die kleinen Luken in die Zellen. Da sah er den kleinen Jun-

gen, der bei seinem Vater auf dem Schoß saß. Der Mann machte Schat-
tenspiele und ließ Figuren von Feld zu Feld hüpfen. An der Decke spie-
gelte sich auch da das Gitterraster des Fensters, die Fingerfiguren voll-
führten Turnübungen. Die anderen Gestalten lagen reglos irgendwo im
Raum und der Vater spielte mit seinem Kind, machte Witze, der kleine
Junge lachte. Er trug einen grünen Seidenschal um den Hals, obwohl es
reichlich warm war hier drin. Manche Kinder trennten sich nie von ihren
Lieblingssachen, dieser Junge hier schlief bestimmt auch abends ein, an-
gekuschelt an sein grünes Tuch.
Eine Stunde später hallten die Gewehrsalven durch den Ort. Als er da-
mals an der Grube entlanggegangen war, um zu sehen, ob da noch einer
lebte, seine Walther-Pistole bereit für den Gnadenschuss in der Hand,
hatte er den kleinen Jungen sofort erkannt. Mit verrenkten Gliedern lag
er ganz oben auf dem Berg Leichen in dieser Grube, das grüne Halstuch
war dunkel gefärbt, ob es sein Blut war oder das eines anderen – Karl von
Haldorf hatte es nicht groß interessiert. An diesen Jungen musste er den-
noch sein Leben lang immer wieder denken. Oder dachte er nur an das
Halstuch? Daran, dass er nie so etwas wie ein Lieblingsspielzeug oder eine
Kuscheldecke gehabt hatte? Kuscheln hatte nicht zu seiner Erziehung
gehört. Und er hatte es für den Rest seines Lebens auch nicht benötigt.

Diesmal, über 70 Jahre später, war er selbst der Gefangene. Er
hatte die erste Nacht in seiner Zelle verbracht, wohin ihn diese
Kommissarin persönlich begleitet hatte. Es war eine Demütigung
für ihn gewesen, eine Frau hatte ihn festgenommen, Handschellen
angelegt, abgeführt und dann im Gefängnis zur Zelle gebracht. Sie
hatte das genossen, ganz offensichtlich. Dieser zufriedene Gesichtsausdruck, diese Überheblichkeit, es hatte ihn angekotzt und
er hatte bedauert, dass sie sich nicht früher begegnet waren. Dann
wären die Dinge anders geregelt worden.
Er hatte dann in diesem winzigen Raum gestanden, ein kleines
Bündel Habseligkeiten unter dem Arm, und gesehen, wie die Tür
sich schloss. Irgendwann später hatte es etwas zu essen gegeben,
ein wenig Brot, Wurst, Käse, eine Tasse Tee. Er hatte gegessen,
weil er wusste, dass er essen musste. Eigentlich hätte er das auch
verweigern können, in seinem Alter würde es keine Mühe bedeuten, einfach zu sterben. Aber er wollte diesen Gerichtsprozess noch

erleben. Er wollte seine Aussage machen, ja, genau genommen wollte er jetzt in diesem neuen Jahrtausend die Botschaft verkünden. Wie nannte man das heute? Er würde seine Werbeblocks vor Gericht bekommen.

Er hatte diese Jahrzehnte nach dem Krieg als kontinuierlichen Niedergang einer Ideologie erlebt, die Deutschland so vieles hätte ersparen können. Aber nun saß er hier, und die Gelegenheit, die Wahrheit zu sagen, würde bald kommen. Aber was war heute Nacht mit ihm passiert? Er konnte sich an keinen Traum erinnern. Er fühlte sich auch nicht schlecht, Angst hatte er auch nicht, hatte er noch nie gehabt in seinem Leben. Wieso hatte er sich einfach vollgepinkelt? Er stand auf, riss das Bettlaken von der dünnen Matratze und wusch an dem kleinen Waschbecken sofort die Flecken raus, hängte das Laken dann über den Stuhl. Dieser Stuhl, ein Tisch, das Bett – mehr hatte diese Zelle an Mobiliar nicht aufzuweisen. Dann zog er die Hose aus. Noch einmal die gleiche Reinigungsprozedur, er zog die andere Hose, die er tagsüber trug, an, nahm den Stuhl, kletterte mit seinen für sein Alter noch ungemein kräftigen Beinen hinauf und schaute nach draußen. Er blickte auf den tristen, um diese Zeit völlig leeren Gefängnishof. Kassel-Wehlheiden – er hätte nie geglaubt, dass er dieses Gefängnis mal als Insasse erleben würde. Wird nicht lange dauern, schoss es ihm durch den Kopf. Das Alter und sein Rechtsanwalt würden dafür sorgen, dass er Haftverschonung bekam, wenn er wollte. Man würde ihm im Zweifel den besten Juristen besorgen, den die Organisation zu bieten hatte. Nein, ihm war nicht bange. Sie würden schnell merken, zu was man noch in der Lage war. Nur das nächtliche Missgeschick machte ihm Sorgen.

2

Anke Dankelmann wachte etwa um die gleiche Zeit in ihrer Wohnung am Kirchweg auf. Eigentlich war sie Langschläferin, doch im Frühjahr und im Sommer genoss sie gelegentlich die Ruhe am Morgen, das Licht des anbrechenden Tages und nutzte die Zeit für ein wenig Frühsport. Sie nahm ihre Nordic Walking Stöcke, ging über die Wilhelmshöher Allee und schlug den Weg zur Goetheanlage ein. Dieser kleine innerstädtische Park hatte für die Kriminalhauptkommissarin seit ihrem letzten Fall eine neue Bedeutung bekommen. Die Geschichte des Thomas Heinrich Surmann und seiner Freundin Martha, die sich in diesem kleinen Park kennengelernt hatten und wenig später vor den Nazi-Schergen in die Schweiz geflohen waren. Der Mord, den Surmann im Kassel des Jahres 1933 begangen hatte, um sich und seine Freundin zu retten – der plötzliche Tod dieses alten Mannes im Seniorenwohnheim, nachdem er sein Gewissen mit dem Geständnis erleichtert hatte – und die Festnahme dieses Nazi-Killers Karl von Haldorf, den alle nur Tristan nannten – selten hatte sie ein Fall derartig mitgenommen. Selten hatte sie so viel Sympathie für einen Täter wie Surmann empfunden und selten eine solche grundsätzliche Abscheu gegen einen Verbrecher wie Tristan. Heute war ein erneutes Verhör angesetzt und sie hatte sich vorgenommen, hinter diese kranke Psyche des Massenmörders zu kommen. Bisher hatten sie nur Zeugenaussagen, es fehlte noch ein Geständnis, es fehlten Fakten, die ausreichten, um ihn anzuklagen und hinter Gitter zu bringen. Und heute würde es die Pressekonferenz geben, bei der die Öffentlichkeit über die Ausmaße des Falles, den die Kasseler Kripo aufgedeckt hatte, informiert werden würde. Aber eigentlich war es ja ihr eigener Fall, sie hatte beharrlich die stundenlangen Gespräche mit dem alten Surmann geführt und diese Beharrlichkeit hatte letztlich zum Erfolg geführt. Anke Dankelmann setzte sich auf eine Bank in dieser beschaulichen Grünanlage und versank wieder in die Zeit des Jahres 1933. Sie würde das, was damals passiert war, niemals nachvollziehen können, auch nach all den Debatten mit diesen alten Männern nicht. Es war und blieb unbegreiflich. Schnell stand sie auf und beschleunigte den Schritt. Surmann war tot – aber das Ausmaß dessen, was möglicherweise noch enthüllt werden könnte, es sprengte schon jetzt ihre Vorstellungskraft.

3

Sie war pünktlich um 8 Uhr im Präsidium. Man merkte dem K 11 an, dass heute ein besonderer Tag war. Mord interessierte die Öffentlichkeit immer – aber was sie heute zu bieten hatten, das war möglicherweise eine neue Dimension. Hier ging es um Mord,

Massenmord eventuell. Einsteigen in die deutsche Geschichte in ihrer übelsten Form. Sie wussten nichts Genaues. Aber ihr Ermittlerinstinkt verriet Ihnen, dass sie hier etwas Außergewöhnliches ans Tageslicht bringen konnten. In der Morgenlage kamen sie auch sofort auf die anstehende Pressekonferenz zu sprechen.

»Anke, du solltest die Fakten, die wir haben, selbst vortragen, niemand ist in diesem Fall besser drin.«

Pit Vogel, der Pressesprecher, den sie alle wegen seiner Initialen Pivi nannten, schaute sie direkt an. Dass eine Kommissarin vortragen sollte, das war ein wenig ungewöhnlich, normalerweise stellte sich der Leiter des Kommissariats, Richard Plassek, zusammen mit dem Pressesprecher den Fragen. Heute war aber alles anders. Dabei hatte Anke Dankelmann die Tiefe des Falles genauso wenig verinnerlicht wie alle anderen. Man redete hier heute womöglich über Dutzende, Hunderte, Tausende von Toten. Morden. Von hingerichteten Personen. Alles sanktioniert von einem verbrecherischen Regime. Sie waren aufgeregt, angespannt. Anke Dankelmann interessierte diese Pressekonferenz nur am Rand. Vielmehr war sie gespannt darauf, wie dieser Tristan sich verhalten würde. In ihrem Inneren gab sie unumwunden zu, dass sie diesen Mann nicht leiden konnte. Bei den Erzählungen von Surmann hatte sie ein Bild von diesem Menschen entworfen. Groß, schlank, dunkelhaarig, akkurat gekämmt und gekleidet, kalter Blick – ein Gesicht, das man in ihrer Heimat, dieser Kleinstadt Borken in Nordhessen, eine Hackfresse nennen würde.

Und Tristan, Karl von Haldorf, sah genau so aus. Mittlerweile über 90 – aber immer noch dunkle Haare, die früher einmal schwarz gewesen waren. Kaum graue Strähnen, das Gesicht wie gemeißelt, stahlharte Augen. Ein Typ wie aus einem Film.

Als die Besprechung beendet war, war auch der Ablauf des Tages klar. Pressekonferenz um 14 Uhr, vorher, um 10 Uhr, Vernehmung Tristans im Gefängnis. Energisch packte sie im Büro ein paar Utensilien zusammen, darunter das Foto, das Haldorf zeigte, wie er in Russland eine Kirche, in der über hundert Menschen eingesperrt waren, anzündete.

Bernd Stengel, ihr Kollege, beobachtete sie nachdenklich. Er legte einen Kuli zur Seite, verschränkte die Arme hinter dem Kopf und lehnte sich zurück.

»Anke. Du darfst einen Fehler nicht machen. Lass dich nicht zu sehr von diesem Fall gefühlsmäßig vereinnahmen. Lass Deinen Kopf arbeiten, der kann das sehr gut. Spar dir dein Herz für andere Dinge auf.« Anke Dankelmann hielt kurz inne und sah ihren Kollegen, mit dem sie schon so viele Jahre gemeinsam arbeitete, einen Moment stumm an.

»Du hast recht, Bernd. Aber das ist genau das, worum ich dich auch in nächster Zeit bitte. Wenn du merkst, dass mir die Gäule durchgehen – dann stopp mich bitte!« Sie schulterte ihre Tasche, ging zur Tür, blieb stehen, drehte sich noch einmal um.

»Ich glaube, es wird nicht allzu lange dauern, bis du eingreifen musst.« Sie schenkte ihrem Kollegen ein Lächeln und entschwand auf den Flur. Bernd Stengel schaute ihr nach, nahm den Kuli in die Hand und drehte ihn zwischen den Fingern. Er wusste, dass dies die schwerste Aufgabe war, die Anke Dankelmann je zu bewältigen hatte. Wohl war ihm bei der Sache nicht.

4

Karl von Haldorf hatte sich auf die nackte Matratze gelegt, die feuchten Stellen mit einem Handtuch überdeckt, und danach noch ein wenig vor sich hin gedöst. Irgendwann gab es Frühstück, er hörte den Wagen mit den Tabletts, laut hallte jedes Geräusch im Gefängnisflur. Die Klappe öffnete sich, grußlos schob ihm jemand seine Essensration herein. Haldorf stand auf, nahm das Tablett und trank einen Schluck des dünnen Kaffees, aß eine Scheibe Brot. Er würde seine Rituale nicht ändern, eine Scheibe Brot am Morgen – mehr gab es nicht. Seit Jahrzehnten.

Er widerstand der Versuchung, sich von den eigenen Gedanken in die Erinnerung treiben zu lassen. Je älter er wurde, desto häufiger passierte es ihm, dass Szenen, die er längst glaubte vergessen zu haben, den Versuch machten, ins Bewusstsein zurückzukehren. Er wollte das nicht. Und er unterdrückte sie immer wieder.

Kurz nach 9 Uhr erlaubte man ihm, zu telefonieren. Seine erste Anlaufstelle war der Rechtsanwalt Gero Stützer in Gilserberg-Lischeid, einem kleinen Dorf am äußersten Rand des Schwalm-Eder-Kreises in Kassel. Er fand die Nummer nicht im Telefonbuch, da gab es den Ort gar nicht – bis ihm ein Justizvollzugsbeamter das

Telefonbuch für den Landkreis Schwalm-Eder brachte. Der Landkreis im Süden von Kassel war in den vergangenen Jahren stets ein guter Mutterboden gewesen, in dem die Saat der Neonazi-Tätigkeiten prima aufging. Es gab mehrere Gruppierungen, von hier aus wurden Aktionen im gesamten Bundesgebiet gesteuert. Der Verfassungsschutz war Stammgast in den kleinen Gemeinden, in denen sich das Leben der Neonazis, die aus allen Altersschichten stammten, abspielte. Gero Stützer war inoffizielles Mitglied der Gilserberger Freidenker, insgesamt etwa zehn Männer und Frauen, die sozusagen die Funktion der Chefideologen für die Rechtsradikalen ausübten. Stützer selbst war mehrfach ins Visier der Verfassungsschützer geraten, aber es war ihm nie irgendetwas nachzuweisen, er hatte noch nicht einmal öffentlich den Hitlergruß dargeboten oder die erste Strophe der Nationalhymne gesungen. Ein Mann unter Dauerverdacht, zu mehr hatten es die Ermittlungsbehörden nicht gebracht.

Gero Stützer war 50 Jahre alt, hatte seine Kanzlei im Souterrain seines Wohnhauses am Ortsrand von Lischeid. Er war Junggeselle, liebte lange Fahrradtouren durch das Hochland in den Kellerwald und zum Edersee. Ein schlanker Mann mit leichter Glatze auf dem Hinterkopf, er trug ausschließlich graue Anzüge mit roter Krawatte zum weißen Hemd. Sein Geld verdiente er hauptsächlich durch sein Notariat, als Anwalt machte er dies und das, ein paar Strafsachen waren auch dabei. Er hatte zu tun, kam gut über die Runden. Haldorf kannte den Mann von mehreren Begegnungen. Gelegentlich betrieben die Neonazi-Gruppen so etwas wie Seniorenbetreuung – in Wahrheit verehrten sie die alten Kämpfer, die letzten Zeitzeugen einer in ihren Augen glorreichen Zeit.

Stützer diktierte gerade einen Schriftsatz in einer Scheidungsangelegenheit, eine langweilige, finanziell wenig ergiebige Sache. Er nahm sie dennoch mit, er wollte im Ort einfach den Ruf des untadeligen Anwalts erhalten – oder ihn zumindest erwecken. Der Anruf Karl von Haldorfs erreichte ihn kurz nach 9 Uhr. Er hatte von der Verhaftung bereits gehört, von Haldorf, den alle in der Organisation nur Tristan nannten, genoss als Veteran des Dritten Reiches, als jemand, der Hitler, Himmler und Goebbels noch persönlich gekannt hatte, besondere Verehrung. Stützer freute sich auf die Konfrontation mit der Polizei, hoffte inständig auf ein turbulentes

Gerichtsverfahren. Er würde die Schlagzeilen genießen, aber dazu musste er den Mann erst einmal überzeugen, dass er ihn in diesem Verfahren auch vertreten durfte. Haldorf hatte er als knorrigen, sturen Typen in Erinnerung, der mit stechendem Blick seine Mitmenschen einer Art Menschen-TÜV unterzog.

Sie machten einen Termin für denselben Tag in der Justizvollzugsanstalt aus. Stützer grübelte. Der Mann war zwar weit über 90, aber körperlich und geistig so fit wie ein 60-Jähriger. Es würde schwer sein, einen Haftrichter zu überzeugen, ihn aus Altersgründen mit einer Haftverschonung zu segnen. Das bloße Alter war rein juristisch betrachtet kein Grund, jemanden nicht in Haft zu lassen. Sicher, einen Gutachter – oder auch mehrere – würde man immer finden und entsprechend bezahlen, damit sie nachhaltig belegten, Haldorf sei zu schwach, zu verwirrt oder was auch immer, um im Gefängnis zu bleiben. Aber dieser Mann war ein echtes Kaliber – die Justiz würde nicht mit sich handeln lassen. Dennoch telefonierte er mit einem Studienkollegen, Professor Walter Erzberger in Heidelberg. Eine Gutachter-Koryphäe, eine mit unpolitischer Vergangenheit. Zumindest nach außen hin. Erzberger war Geldgeber einer Sinsheimer Neonazi-Gruppierung in der Nähe von Heidelberg, verdeckt allerdings, keine Überweisungen, nur Bargeld-Transfers. Eine Art Gutachter-Schläfer – und nun musste man ihn wecken und den Einsatz fordern.

Es war ein kurzes Gespräch, Erzberger war sofort dabei. Natürlich kannte auch er Tristan. Der Mann war ein Kriegsverbrecher, der es aus kaum nachvollziehbaren Gründen tatsächlich geschafft hatte, bis zum heutigen Tage nicht belangt worden zu sein. Stützer dachte nach dem Gespräch mit dem Mann aus Heidelberg noch einmal über diesen Punkt nach. Tristan, so viel war sicher, konnte in Deutschland nicht im Verborgenen gelebt haben. Mit anderen Worten bedeutete dies, dass man wohl in den bisher bekannten Unterlagen nichts gegen ihn vorliegen hatte. Umgekehrt hieß das allerdings auch: Wenn man ihn jetzt verhaftet hatte, dann musste es eine neue Beweislage geben, die weit über einfache Indizien hinausging. Man würde sich mit Blick auf das Alter des Angeklagten – oder besser Häftlings, denn angeklagt war er ja noch nicht – bis zum Prozessbeginn nicht viel Zeit lassen. Nachdem man nach dem Krieg jahrelang sehr oberflächlich mit den Kriegsverbrechern umgegangen war, legte die deutsche Justiz mittlerweile ein höllisches Tempo vor, um die letzten noch möglichen Verfahren abzuwickeln. Gerade kürzlich war in Mönchengladbach ein alter Nazi kurz vor Beginn des Verfahrens gestorben. Stützer hoffte inniglich, dass Haldorf durchhielt. Er wollte diese Publicity unbedingt. Aus durchaus selbstsüchtigen Gründen – aber auch, weil die Organisation ein solches Verfahren brauchte. Er griff zum Telefon und wählte eine Nummer in Schwalmstadt. Und legte gleich wieder auf, bevor die Verbindung zustande kam. Es war ziemlich sicher, dass genau dieser Anschluss überwacht wurde. Immo Wagner, der Anführer der Gruppe 88 im Schwalm-Eder-Kreis, war genauso ins Visier des Verfassungsschutzes geraten wie die gesamte Organisation, ein bunter Haufen rechtsgesonnener Männer aller Altersschichten, die gelegentlich ein paar linke Jugendliche verprügelten und ansonsten durch Schmierereien an den Hauswänden auffielen. Man hatte ein Auge auf sie – auch wegen des Namens. Die 8 stand in der Neonazi Sprache für den achten Buchstaben im Alphabet, das H. 88 stand also für HH. Und das hieß: Heil Hitler. Er musste Wagner irgendwie anders erreichen, vielleicht an seiner Arbeitsstelle. Wagner arbeitete in einer Bäckerei in Stadtallendorf in der Nähe Schwalmstadts. Er würde später einfach hinfahren.

5

In der Kasseler Justizvollzugsanstalt war Karl von Haldorf nach dem Telefonat in seine Zelle zurückgebracht worden. Er trug eine billige blaue Leinenhose ohne Gürtel – als er dieses schlabbernde Kleidungsstück zum ersten Mal gesehen hatte, war er in Gelächter ausgebrochen. Glaubten die wirklich, er würde sich an einem Gürtel aufhängen? Mein Gott, er war über 90. Wussten die nicht, wie gleichgültig ihm das hier alles war?
»Soll ich Ihnen ein Buch aus der Bücherei bringen?«, hatte der Justizbeamte freundlich gefragt. Immerhin, dachte sich Haldorf, das war noch einer, der Respekt vor dem Alter hatte. »Haben Sie die Tagebücher von Goebbels oder *Mein Kampf*?«, hatte er mit interessiertem Unterton gefragt. Der Beamte hatte wortlos die Tür geschlossen.

Er legte sich auf das Bett, verschränkte die Arme unter dem Kopf und konzentrierte sich auf das bevorstehende Gespräch mit Stützer. Er kannte den Rechtsanwalt, wusste aber nicht ausreichend genug, was er von ihm halten sollte. Er machte seine Entscheidung, ob er ihn als Verteidiger nehmen würde, von dem Gespräch abhängig. Da würde ihn seine Menschenkenntnis nicht im Stich lassen. Wahrscheinlich, dachte er sich, würde Stützer ihm vorschlagen, auf Haftunfähigkeit zu plädieren. Dabei war er selbst sich gar nicht einmal sicher, ob er das überhaupt wollte. Denn was erwartete ihn draußen? In der Seniorenresidenz Augustinum im Kasseler Stadtteil Wilhelmshöhe, in der er die letzten Jahre verbracht und in der man ihn festgenommen hatte, würde er sich wohl nicht mehr blicken lassen können. Verwandte hatte er offiziell nicht mehr, groß herumreisen würde er auch nicht mehr können mit Blick auf den bevorstehenden Prozess – also sprach eigentlich nichts dagegen, hier noch eine Zeit als prominenter Häftling verbringen zu dürfen. Man würde sehen. Den Zwischenfall aus der Nacht – er hatte ihn längst vergessen, verdrängt. Darin war er sein Leben lang gut gewesen.

6

Anke Dankelmann legte den Hörer wieder auf. Sie hatte kurz mit ihrem Freund, Staatsanwalt Valentin Willimowski, gesprochen und ihm vom bevorstehenden Verhör erzählt. Willimowski war seit einem Überfall während einer Ermittlung Dankelmanns, als er schwer verletzt worden war und nur mit viel Glück überlebt hatte, in Dauertherapie. Mittlerweile arbeitete er wieder, aber er war anfällig für Anflüge von Depressionen, und Anke Dankelmann hatte gemerkt, dass sie die Kombination aus psychischer Beanspruchung aus ihrer Arbeit in der Mordkommission und den therapeutischen Anforderungen ihres Lebensgefährten immer mehr Kraft kosteten. Willimowski hatte ihr eben, als sie einfach nur von dem anstehenden Gespräch mit diesem Nazi-Killer erzählen wollte, kaum zugehört, war abwesend gewesen. Ein paar »Hmm« – das war alles. Das ist eine absolut egoistische Einstellung, die dir dein Therapeut da beibringt, wütete es in ihr. Sie wollte schon jemanden haben, auf den sie ihre Wut lenken konnte, aber das sollte eigentlich nicht Willimowski sein. Sie kannte den Therapeuten und wusste genau, dass der ihren Freund ins Leben zurückholen und nicht dessen jetzige labile Verfassung erhalten wollte. Alles schien daran zu hängen, dass Willimowski nicht mitspielte bei dem Versuch, ihn ins Leben zurückzuholen. Und das ärgerte sie zunehmend.

Sie hatte keine Ahnung, wie sie das alles ins Lot bringen sollte. Sie ging auf die Toilette und schaute sich kurz im Spiegel an. Ihre Haare hatte sie ein wenig wachsen lassen und sie fand, es stand ihr gut. Sie waren natürlich leicht gewellt, umspielten ihr Gesicht asymmetrisch, auf der einen Seite schoben sie sich leicht auf die Wange, die andere blieb frei. Ihre leuchtenden Augen wurden so besonders betont, sie merkte, dass ihr verändertes Aussehen ihr gut stand auch an den Reaktionen der Männer. Sie hatte auch ihren Kleidungsstil verändert. Sie trug zwar noch Jeans wie früher, aber figurbetontere Oberkleidung, eng anliegende Pullover – und vor allem höhere Schuhe.

Willimowski hatte zu all dem noch keinen einzigen Ton gesagt, vielleicht war es ihm gar nicht aufgefallen. Wahrscheinlich kann ich mir zehn Piercings ins Gesicht pflanzen und die Knalltüte merkt nichts, fluchte sie in sich hinein. In wenigen Wochen wurde sie 40 Jahre alt. Eigentlich, fand sie, wurde es Zeit, mal wieder blühende Blumen geschenkt zu bekommen, als immer nur über die verwelkten anderer Leute zu reden.

Sie ging zurück ins Büro, trank den letzten Schluck des mittlerweile kalt gewordenen Kaffees. Kalter Kaffee machte ihr nichts aus, Hauptsache, es kesselt, das Koffein – das war ihre Einstellung. Ihr Kollege Bernd Stengel kam herein, sie teilten sich seit Jahren ein Büro, hatten ungezählte Fälle gemeinsam bearbeitet und gelöst, auch private. Stengel wusste alles über sie, hatte all die zahllosen Liebhaber miterlebt, die ihr im Lauf der Jahre Zeit gestohlen hatten. Und im Fall des Falles immer die richtigen Worte gefunden, um sie wieder aufzubauen. Er war ein echter Freund – und würde nie mehr als das werden, das wussten beide. Den Fall Tristan hatten sie wieder gemeinsam auf dem Tisch und wollten sich jetzt noch absprechen.

»Du siehst klasse aus, Anke, echt. Zehn Jahre jünger. Vielleicht sollte ich mir auch die Haare mal wachsen lassen«, meinte Stengel und nahm sich einen Hustenbonbon. Er lutschte tausende davon im Jahr und hatte folgerichtig nie Husten – aber Karies in explosiver Form, ständig musste er zum Zahnarzt und hockte danach wegen der Betäubung stundenlang mit schiefem Mund herum und nuschelte wehleidig von Schmerzen.

»Ich stelle mir das gerade vor: Du mit langen Haaren und dann dein bartfreies Milchgesicht. Du sähest wahrscheinlich aus wie der Tchibo-Onkel mit der Matte von Rainer Langhans. Wahrscheinlich könntest du als Werbe-Ikone Karriere und Kohle machen.«

»Und für was, beziehungsweise als was?«

»Naja, ich denke an Seniorenwindeln. Mit dem Slogan: Wenn Ihr Hintern so weich sein soll wie Ihr Gesicht – Grufti, die Windel mit dem Blub.«

»Ich glaube, du mixt da zu viel andere Werbung durcheinander und richtig griffig ist der Slogan meiner bescheidenen Meinung nach auch nicht«, meinte Stengel und grinste.

»Vielleicht bin ich durch unseren Kumpel Tristan zu sehr inspiriert. Der ist ja in der Altersklasse unterwegs. Komm, lass uns noch mal über das Verhör reden.« Wie war sie bloß auf den Blub gekommen? Da gab es schon irgendeine Werbung, aber sie kam nicht drauf. Egal, es würde ihr wieder einfallen.

Sie blätterte kurz in der Akte. Es war eine dicke Kladde, eingebunden in einen alten Karton, auf dem in dicken Bleistiftbuchstaben »Tristan« stand. Einige Buchstaben waren später mit Filzstift nachgezogen worden. Das Ganze war ein Dokument des Grauens, gefüllt mit Hinweisen auf unvorstellbare Verbrechen vor und nach dem Krieg. In alle verstrickt: Karl von Haldorf alias Tristan. Die Akte galt jahrzehntelang als verschollen. Im Staatsarchiv in Marburg hatte nichts vorgelegen, als sie im Fall Surmann vor kurzem ermittelt hatten. Thomas Heinrich Surmann war ein Bewohner der Seniorenresidenz Augustinum gewesen, der ihnen kurz vor seinem Tod einen Mord im Jahr 1933 gebeichtet hatte, den er begangen hatte – kurz nach der Machtübernahme der NSDAP. Surmann hatte sie auf die Spur von Tristan gebracht – Karl von Haldorf, der ebenfalls im Augustinum wohnte. Surmann hatte auch auf nie zu ermittelnden Wegen diese Akte an sich gebracht. In den dreißiger Jahren waren Surmann und Tristan Feinde gewesen – der eine, Surmann, ein reicher Bonvivant, der kurz Karriere in der SA gemacht hatte, der andere, Tristan, ein Killer der Gestapo, dessen

Lebensweg Surmann während des zwölfjährigen Terrorregimes der Nazis stets verfolgt und – mittlerweile längst in die neutrale Schweiz geflohen – dokumentiert hatte. Und genau das war das Problem. Sie hatten die Akte, sie hatten Unterlagen – und hatten niemanden, der bezeugen konnte, woher all dies Material stammte. Sie schaute zum wiederholten Mal auf das Foto, das Haldorf in SS-Uniform zeigte, wie er gerade eine brennende Fackel durch das Fenster einer Kirche warf, in der – so Surmann – über hundert alter Männer, Frauen und Kinder in einem Dorf in Russland eingesperrt waren und nun auf grausame Weise hingerichtet wurden. Haldorf, der SS-Killer. Es gab Dutzende solcher Schilderungen, Erschießungen hinter der Front, Haldorf, der diese Killerkommandos befehligt hatte. Haldorf, der Massenmörder. Sie würden in ganz Europa recherchieren müssen. Arbeit ohne Ende – aber zwischendurch feiere ich meinen Geburtstag, und zwar so, dass die Innereien nur noch willenlos zucken, sagte sie sich.

»Wir werden ihn mit ein paar Inhalten aus der Akte konfrontieren, ein paar Dinge sind ja amtlich belegt – aber wir werden für viele Anschuldigungen noch viel Zeit brauchen zur Zeugensuche. Dennoch: Für eine Anklage sollte es reichen.« Stengel lehnte sich zurück. »Ich habe einen Höllen-Respekt vor diesem Fall – und gleichzeitig bin ich motiviert wie selten zuvor. Wie geht es dir?« Er verschränkte die Arme im Nacken und sah seine Kollegin an. Die nickte.

»Geht mir auch so. Aber jetzt müssen wir erst einmal sehen, dass die nicht mit Haftverschonung wegen Alters und so kommen. Der Kerl soll gefälligst in seiner Zelle sitzen und schmoren. Die Vorstellung, dass dieser alte Drecksack draußen rumläuft und sich seines bisschen Restlebens freut – ich würde durchdrehen, glaub mir.« Anke Dankelmann klappte die Akte zu, steckte alles in einen Rucksack.

»Ich dachte, wir wollten das Verhör vorbereiten?« Stengel guckte erstaunt.

»Ach was, haben wir doch schon x-mal gemacht. Lass uns endlich los. Ich komme mir vor wie vor einem Fußballspiel, alles ist dutzendfach durchgekaut, man ist heiß auf den Gegner und dann kommt der Trainer und will noch mal das Verhalten bei gegnerischen Eckbällen besprechen. Ran an den Feind, Bernd. Los, du weißt genau, es geht nicht nur um Tristan. Wir haben es mit all den rechtsradikalen Idioten zu tun, die hier im Land frei herumlaufen und solche Männer wie Tristan als Idole betrachten. Das ist ein Kampf, und zwar ein harter.« Sie verstellte die Stimme, säuselte förmlich.»He, Baby, lass uns beide, du und ich, lass uns beide nach Las Vegas reiten, die Sonne putzen.«

»Wie bitte!?« Stengel schaute sie fassungslos an.»Was willst du? Hast du getrunken?«

»Oh, Mann, Bernd, das ist eine Zeile aus irgendeinem Song von Udo Lindenberg, ist auf der Scheibe *Ball pompös*, habe ich heute morgen auf der Fahrt hierher gehört. Nimm es nicht zu wörtlich, aber lass uns endlich los.« Sie warf mit einer entschlossenen Bewegung ihre Haare nach hinten, zog sich eine ausgebleichte Jeansjacke über und stürmte auf den Flur. Stengel, wie immer mit Pullunder, nahm seinen beigen Übergangsmantel über den Arm und eilte hinterher.

7

Staatsanwalt Valentin Willimowskis fuhr seinen Computer im Büro der Kasseler Staatsanwaltschaft auf Stand-by und schaute noch einmal aus dem Fenster. Was die Aussicht betraf, da hatten es die Vertreter des Staates in Kassel unvergleichlich getroffen. Zumindest die, deren Büros nach Süden oder Südosten zeigten. Das hohe Gebäude an der Frankfurter Straße stand direkt am Hang der Schönen Aussicht – und die machte ihrem Namen alle Ehre. Unten am Hang begann der barocke Park Karlsaue, dahinter erstreckte sich das Kasseler Becken mit einer traumhaften Fernsicht auf Söhre, Kaufunger Wald, bis in die weiten Ebenen im Süden, unterbrochen von den kleinen Hügeln, die irgendwann vor unendlicher Zeit aus heftiger Vulkantätigkeit entstanden waren. Willimowski hatte heute keinen Blick für die Anmut dieser Aussicht, er hatte genug mit sich selbst zu tun. Er war vor kurzem aus einer stationären Therapie zurückgekehrt, in der die traumatischen Folgen des Überfalls aufgearbeitet worden waren. Ein mehrfacher Mörder hatte ihn auf dem Parkplatz vor dem Haus, in dem er eine Wohnung besaß, niedergeschlagen, lange Zeit hatte er um sein Leben gekämpft, war wieder in den Beruf eingestiegen und dann hatte ihn doch alles wieder eingeholt. Die Therapie war zumindest in einer Hinsicht erfolgreich gewesen: Er hatte jetzt einen Plan. Der Staatsanwalt war klug genug, um zu sehen, wie sich Anke Dankelmann und er mehr und mehr entfremdeten. Es lag an ihm, fast ausschließlich, das war ihm klar. Die Kommissarin war ihm eine wichtige, feste Stütze gewesen, um nach dem brutalen Überfall vor knapp zwei Jahren wieder ins Leben zurückzukommen. Aber er war nicht mehr derselbe, er würde wohl auch nicht mehr derselbe werden – alles andere hätte eine Kraft beansprucht, die er nicht hatte oder die er nicht aufbringen wollte. Er hatte, das war ihm in Gesprächen mit seinem Therapeuten unausgesprochen klar geworden, resigniert. Willimowski war kein Kämpfer, er hing auch nicht so an seinem Leben, dass er dieses peinigende Trainingslager, das ihn psychisch so stabil machen würde, um wieder in Normalzustand zu geraten, überhaupt durchstehen wollte. Und dieses Trainingslager, das war ihm klar, würde ein Leben lang dauern. Er würde schon durch seinen Beruf immer wieder mit Situationen konfrontiert werden, die ihn an sein eigenes Elend erinnern würden. Er hatte in den vergangenen Tagen eine Entscheidung gefasst: Er wollte frühpensioniert werden. Das Beamtenrecht sah so etwas vor, er würde die entsprechenden Gutachten bekommen. Heute hatte er einen Termin bei der zuständigen Versorgungsstelle. Seine Tage als Staatsanwalt waren gezählt, da war er sicher. Was nach der Pensionierung kam – er war sich nicht sicher. Erst einmal raus, dann sähe man weiter. Anke Dankelmann wusste von alledem nichts. Er hatte es ihr nicht erzählt, weil er keine Lust hatte auf Diskussionen. Seine Lebensgefährtin führte sich zunehmend auf wie seine Zweittherapeutin. Er wusste, sie meinte es gut. Aber sie ging ihm nur noch auf den Wecker. »Lasst mich in Ruhe«, brüllte eine innere Stimme immer wieder. Er hatte beschlossen, auf sie zu hören. Und im tiefsten Inneren wusste er genau, dass er verloren hatte. Es war ihm egal. Und die Kommissarin war ihm noch mehr egal.

<u>8</u>

Anke Dankelmann und Bernd Stengel parkten den Wagen in der Theodor-Fliedner-Straße im Kasseler Stadtteil Wehlheiden. Hier befand sich dieses furchteinflößende Gefängnis. Ein roter Backsteinbau, die Fugen grau oder schwarz – Indizien für eine jahrzehntelange Geschichte als Knast. Schon zu Zeiten der Hitler-Diktatur war das ein Gefängnis gewesen. Und hier hatten später Terroristen der Baader-Meinhof-Bande gesessen – was einen Ort wie diesen in den Augen der Öffentlichkeit adelte. Es gab einige Anbauten in grauem Beton, die Türme an den Gefängnismauern waren panzerverglast, aber längst nicht mehr besetzt. Es gab andere, bessere Überwachungsmöglichkeiten heutzutage.

Nach der Ausweiskontrolle wurden sie in den Verhörraum geführt, wenige Minuten später kam Karl von Haldorf. Man hatte ihm keine Handschellen angelegt. Der alte Mann sah in seiner schlabbernden Hose armselig aus – wenn die Augen nicht gewesen wären. Sie blickten die beiden Polizeibeamten mit einer derart durchdringenden Härte an, dass Anke Dankelmann innerlich erschauderte. Sie war ein Augenmensch, zumindest behauptete sie dies immer. Jemand, der den Menschen als erstes in die Augen schaute und daraus seine Schlüsse zog. Manche Zeitgenossen hatten warme, liebherzige Augen, manche wirkten abstoßend – und meist war auch der Charakter entsprechend. Sie hatte mal einen Freund gehabt, dessen Augen-Härtegrad je nach Stimmungslage wechselte. Man musste ihm nur in die Augen schauen – und erkannte, wann er sich aufregte, wann er zornig wurde, aber auch, wenn er nicht die Wahrheit sagte. Sie hatte das nicht lange ausgehalten und ihm den Laufpass gegeben. Am Telefon. Denn sie wollte ihm beim Schlussmachen nicht in die Augen schauen.

Anke Dankelmann überließ Bernd Stengel den Auftakt des Gesprächs.

»Herr von Haldorf, Sie haben ja das Recht, einen Anwalt hinzuzuziehen, haben Sie Kontakt zu einem gehabt?«

Haldorf schaute beide einen Moment an. »Ja.« Eine schnarrende Stimme bellte ihnen förmlich entgegen.

»Und? Wird er kommen? Sollen wir auf ihn warten?«

»Welche Frage soll ich zuerst beantworten? Vielleicht der Reihe nach? Nun gut. Ja und nein.«

Stengel überlegte kurz und fuhr dann fort. »Herr von Haldorf, Sie kennen die Akte Tristan?«

»Nein.«

Stengel nickte, er hatte damit gerechnet. »Kann ich mir vorstellen, diese Akte war jahrzehntelang verschollen. Haben Sie nie nach ihr gesucht?«

»Warum sollte ich?«

»Weil ich mir schlecht vorstellen kann, dass Sie davon ausgegangen sind, dass keine Akte über Sie angelegt wurde. Herr von Haldorf, es gibt sie, diese Akte, und in ihr sind Unterlagen von Beweiskraft, die möglicherweise belegen können, dass Sie während des Dritten Reiches eine geradezu unvorstellbare Zahl von Straftaten begangen haben. Manches ist verjährt – aber die Morde, die verjähren nicht. Und wie es aussieht haben Sie einige begangen. Uns liegt die Akte vor.«

Haldorf blickte sie seelenruhig an. »Das ist erstens sicher eine Frage der Interpretation, und zweitens müssen Sie mir das nachweisen. Allein die Tatsache, dass da ein paar Menschen, die möglicherweise längst verstorben sind, irgendwelche Anschuldigungen erheben – das dürfte ja nicht ausreichen für eine Verurteilung.«

Stengel blätterte in der Akte, die er vor sich auf den Holztisch gelegt hatte. Aus den Augenwinkeln musterte er den Raum. Dieses Zimmer ist möbliert wie in einem Krimi, genauso sahen die immer aus, dachte er. Unbequeme Stühle mit Sperrholz-Sitzfläche, ein dazugehöriger Tisch, den sich niemand freiwillig kaufen würde. Wer stellt so was bloß her und warum?, fragte er sich. Er schaute Anke Dankelmann an, die das Gespräch übernahm. »Okay, Herr von Haldorf, lösen wir uns mal von der Frage der möglichen Straftaten. Wobei mich ehrlich gesagt am meisten interessiert, was sie mit Frage der Interpretation meinen. Also: Was meinen Sie damit?«

»Frau Kommissarin, während des Kriegs sind ständig Menschen gestorben, wurden erschossen, erhängt, starben im Bomben-, Kugel- und Granathagel. Es gab beispielsweise überall Partisanenattacken, die unzähligen deutschen Soldaten das Leben gekostet haben. Da musste man mit eiserner Disziplin vorgehen – was für

Sie heute aussieht wie eine Straftat, war möglicherweise eher eine Bestrafung derselben. Wir haben uns nach den damaligen Gesetzen gerichtet. Wieso macht man mir das zum Vorwurf – mir und all den anderen Kameraden, die in den vergangenen Jahrzehnten verurteilt worden sind?«

»Naja, ich kann mir nicht vorstellen, dass es eine Disziplinarmaßnahme ist, wenn man eine Kirche voller Leute, mit Kindern darunter, einfach so in Brand steckt. Wenn man schon vor dem Krieg Systemgegner einfach liquidiert hat – sehen Sie, genau das wirft man Ihnen unter anderem vor.« Anke Dankelmann blickte Karl von Haldorf an, dessen Augen ein wenig von ihrer Härte eingebüßt hatten. Offensichtlich hatte sie ihn mit diesen Dingen doch überrascht. »Aber das sollten wir fairerweise erörtern, wenn ihr Anwalt dabei ist.«

Praktisch aufs Stichwort öffnete sich die Tür, und Gero Stützer kam herein. Er wirkte abgehetzt, legte seine abgegriffene Aktentasche auf den Tisch und begrüßte die Anwesenden.

»Herr von Haldorf hat mir gegenüber darauf verzichtet, zunächst ein Gespräch unter vier Augen mit seinem Rechtsbeistand zu führen. Wie ich sehe oder vermute, sind Sie bereits ins Verhör eingestiegen.«

»Naja, Verhör kann man ja nicht sagen. Wir plauschen halt ein wenig. Und das im Übrigen noch nicht lange, vielleicht fünf Minuten.« Anke Dankelmann schaute auf die Aktentasche. Sie musste mal hellbraun gewesen sein, über Jahrzehnte hinweg hatte sie ihren Farbton verloren, das Leder glänzte speckig und die beiden metallenen Verschlüsse, die man öffnete, indem man einen Metallriegel nach unten schob, wiesen an den Rändern erste Rostpartikel auf. Genau so eine Tasche hatte ihr Vater immer mit an die Arbeit genommen. Gefüllt mit Zeitung, Frühstücksbrot und Thermoskanne – der Klassiker halt. Dass es solche Taschen heutzutage noch gab … Stützer hatte sich einen Stuhl herbeigezogen und setzte sich mit an den Tisch und hörte zu.

»Da wir ja gerade so nett geplaudert haben, Herr von Haldorf – mich würde mal eines interessieren: Wo haben Sie eigentlich diesen Spitznamen Tristan her?« Anke Dankelmann schaute den alten Mann an. Stützer machte eine abwehrende Handbewegung, doch Haldorf ignorierte ihn.

»Diesen Namen habe ich dereinst in der Schule erhalten.« Er sprach plötzlich merkwürdig gestelzt. »Wir hatten *Tristan und Isolde* im Schulunterricht. Ich habe dann diese schwierige Musik auf dem Schulhof nachgemacht. Ein anderer war Isolde, ich war Tristan. Und wie das so ist mit Jungs, die gerade im Stimmbruch sind – es muss sich furchtbar angehört haben, danach nannte mich jeder Tristan.« Da kann er ja froh sein, dass er nicht die Isolde gegeben hat, dachte sich Anke Dankelmann und konnte sich ein Lächeln gerade noch verkneifen. Man stelle sich vor: Ein Kriegsverbrecherprozess gegen einen Massenmörder, der den Spitznamen Isolde trägt. Wieso kommt mein Hirn in solchen Situationen immer auf so einen Blödsinn? Sie wunderte sich einmal mehr über sich selbst.

»Auf welcher Schule war denn das?«, fragte Stengel.

»Nun, Herr Kommissar, das müsste doch eigentlich aus diesen wahnsinnig glaubwürdigen Unterlagen hervorgehen.« Haldorf lehnte sich zurück, schlug die Beine übereinander. Er hatte tatsächlich Filzpantoffeln an. Und Anke Dankelmann staunte erneut, welche körperliche Präsenz dieser Mann mit seinen über 90 Jahren noch hatte. Er saß kerzengerade auf seinem Stuhl, von altersbedingter Schwäche konnte wirklich nicht die Rede sein.

Stengel blätterte nach, tatsächlich stand es da, Haldorf war in Kassel zur Schule gegangen, Friedrichsgymnasium. Da die Eltern aber auf dem Land gewohnt hatten, musste er wohl irgendwo in der Stadt zur Untermiete gewohnt haben.

»Wo haben Sie denn hier gewohnt?« Stengel zückte einen Stift, um die Unterlagen zu komplettieren.

»Meine Familie war mit der Familie von Gottsleden befreundet, die hatten hier eine große Wohnung in der Kaiserstraße, da, wo heute der Goethestern ist. Dort hatte ich bis zum Abitur ein Zimmer.«

»Wie war der Name?« Stengel hatte nicht richtig verstanden.

»Von Gottsleden. Mit d.« Tristan machte dieses Gespräch offenkundig großen Spaß. Es ging zwar um absolut Belangloses, aber irgendwie schien er mit Begeisterung in seine Erinnerungen hineinzutauchen. Haldorf, so viel erfuhren sie, hatte ein bescheidenes Abitur gemacht, zum Studium fehlte das Geld, er hatte, geprägt durch ein konservatives Elternhaus und eine noch konservativere

Gastfamilie, früh Kontakt zu Rechten in der Stadt gehabt. War schon bald in die NSDAP eingetreten. Hatte früh jenen Zirkeln angehört, die für Straßenkämpfe zuständig waren. Warum und wann war Haldorf so gemeingefährlich kriminell geworden? Anke Dankelmann zog die Stirn in Falten, irgendwas passte da doch nicht. Da lebt jemand gutbürgerlich behütet, hat Bildung, um was aus sich zu machen – und wird zum Straßenkämpfer? Zu einem, der Kommunisten und Sozialisten verprügelte? Und später liquidierte?

»Frau Dankelmann, Herr Stengel, wir reden nun schon fast eine Stunde, mit Blick auf das Alter meines Mandanten wäre es sicher angebracht, die Fortsetzung auf morgen zu verschieben. Vor dieser Fortsetzung allerdings bestehe ich auf einer gründlichen Untersuchung Herrn von Haldorfs durch den Anstaltsarzt, ich möchte kein Risiko eingehen.« Tristan blickte seinen Anwalt etwas irritiert an, sagte aber nichts. Sie vereinbarten einen Gesprächstermin für den nächsten Tag um 11 Uhr und verließen das Gefängnis.

Als die Tore sich hinter ihnen schlossen, atmete Anke Dankelmann auf. »Jedes Mal, wenn ich hier wieder rauskomme, fühle ich mich richtig gut. Ich könnte in diesem Knast nicht arbeiten, geschweige denn leben. Furchtbare Vorstellung.«

Stengel nickte. »Geht mir ähnlich, das ist alles so bedrückend. Hast du schon mal diesen Raum gesehen, in dem die Gefangenen ihre Freundinnen oder Frauen empfangen dürfen? Ein Bett, ein Tisch, Stühle – und dann kommen die Damen zu Besuch, verschwinden mit den Knastis da rein, dann wird eine halbe Stunde Sex gemacht und dann geht Madame wieder nach Hause und der Kerl wird wieder weggeschlossen. Sehr romantisch das Ganze, wirklich!«

Anke Dankelmann hatte diesen Raum bei einer Besichtigung schon einmal gesehen und allein bei der Vorstellung, da mal auf die Schnelle mit jemandem ins Bett zu gehen, bekam sie Pickel. Aber zum Glück musste sie das ja auch nicht. Sie fuhren ins Präsidium zurück und die Kommissarin bemühte die Online-Archive.

»Was suchst du?«, fragte Stengel nach einer Weile.

»Nach von Gottsleden. Wo die gewohnt haben, wo die heute wohnen – vielleicht habe ich ja Glück. Vielleicht kommt ja irgendwas dabei heraus.« Sie googelte. Gottsleben – das war ein deutscher Familienname von langer Tradition. Aber Gottsleden? Sie bemühte die Polizeidateien. Sie fragte beim Einwohnermeldeamt der Stadt.

Nach einer Stunde kam die Rückmeldung. Eine Familie von Gottsleden hatte es tatsächlich gegeben. In dem Haus, das heute die Postadresse Goethestraße 68 hatte. Die Goethestraße hatte vor dem Krieg Kaiserstraße geheißen.

Anke Dankelmann hatte keine Ahnung, warum sie das alles machte. Der Fall war einer, der zwischen den Verhören zu Untätigkeit zwang, weil es keine Zeugen mehr gab. Alles, was sie hatten, stand in dieser Akte. Und dennoch war so vieles im Verborgenen, dass es sie einfach unruhig machte – irgendwas musste passieren, und wenn das einfach daraus bestand, mal in der Goethestraße vorbei zu fahren. Der Hauseigentümer, das hatte ihr die Dame von der Stadtverwaltung gesagt, wohnte im Haus, in der größten Wohnung. Woher auch immer die die Größe der Wohnung kannte. Der Eigentümer hieß Volker Miegler und besaß eine gutgehende Versicherungsagentur.

Anke Dankelmann musste aber vor dem Besuch erst noch die Pressekonferenz über sich ergehen lassen, Scheinwerfer, Kameras, Blitzlichter, ein unmögliches Grundbrummen von Menschen, die gerade wichtig telefonierten, untereinander redeten. Sie trug die Fakten vor, Richard Plassek, der Chef des K 11 im Kasseler Polizeipräsidium, beantwortete einen großen Teil der Fragen, in dem er alles im Ungefähren ließ, denn eine frühe Festlegung hätte zum gegenwärtigen Stand der Dinge nur geschadet, womöglich hätte man Falsches sagen müssen. Sie war froh, als es vorbei war, fühlte sich müde. So ein öffentlicher Auftritt war auf eine unbekannte Weise anstrengend, auslaugend. Konzentration auf hohem Niveau, den Fragen zuhören, das Richtige sagen – vor allem das war anstrengend. Sie hätte jetzt gut ein Bier vertragen können. Und machte sich dann ohne eins auf den Weg.

Sie fand einen Parkplatz gegenüber dem Diakonissen-Krankenhaus, das wiederum schräg gegenüber von Haus Nummer 68 lag. Sie überquerte den Kirchweg und freute sich mal wieder über die alte Bausubstanz in diesem Quartier. Die Stadt hatte wenig davon zu bieten, dabei war der sogenannte Vordere Westen vor der Zerstörung in den Bombennächten des Zweiten Weltkrieges nur die baulich folgerichtige Fortsetzung der Altstadt gewesen: Dort fand man die jahrhundertealten Fachwerkhäuser, die bei den Bombenangriffen wie Zunder gebrannt hatten und von denen nichts mehr übrig war. Je mehr die Stadt nach außen in den Jahrzehnten, Jahrhunderten vor dem Krieg gewachsen war, umso mehr waren andere Baustile hinzugekommen. Und hier waren es halt die Patrizierhäuser, eines schöner als das andere. Und Nummer 68 war eines der schönsten überhaupt, keine Frage. Sie stand davor und blickte die gelb gestrichene, reich verzierte Fassade empor. Hier hatte also Tristan vor dem Krieg gelebt, es war schwer vorstellbar, das musste sie nach ein paar Minuten zugeben. Sie ging die paar Stufen zur Haustür hinauf und studierte die Namensschilder auf dieser modernen Eingangsanlage. Sie kannte keinen einzigen Namen, ein von Gottsleden war natürlich nicht dabei, irgendwo in der Mitte tauchte der Name Miegler auf. Der Hauseigentümer also, da war er wieder.

Sie drehte sich um und zog die Schultern nach oben, schüttelte sich, es wurde ein wenig kühl. Ihr Blick ging über die Goethestraße, die um diese Nachmittagsstunde extrem befahren war. Viele nutzten die Straße als Schleichweg parallel zur Wilhelmshöher Allee, der Hauptverbindung zwischen Innenstadt und Bergpark – zugepflastert mit unendlich vielen Ampelanlagen. Wenn man Pech – oder Glück, je nachdem – hatte, war man zu Fuß beinahe schneller als mit dem Auto.

Anke Dankelmann zuckte zusammen, hinter ihr wurde die Tür geöffnet. Heraus trat ein graumelierter Mittvierziger, das Haar präzise geschnitten, gehüllt in einen Mantel, der Eleganz und ein gewisses, nicht zu niedriges Preisniveau verriet. Glänzende Schuhe, die aussahen wie handgefertigte Budapester, ergänzten den Eindruck. Der Mann schaute sie überrascht an. »Kann ich Ihnen helfen, suchen Sie jemanden?«

Anke Dankelmann rang sich ein Lächeln ab. »Nein, nein, ich schaue mich nur mal um. Das Haus ist so wunderschön und die Gegend auch. Reine Neugier. Und ein bisschen Genuss.« Die Tür hatte sich geschlossen, der Mann sah sie an. Er hatte braune Augen, die angenehm warm wirkten. Sie fühlte sich unsicher.

»Das stimmt. Aber wenn Sie Interesse haben an einer Wohnung oder so – im Augenblick ist alles vermietet, aber man weiß ja nie. Also, für den Fall der Fälle gebe ich Ihnen mal meine Visitenkarte. Ich bin der Hauseigentümer und mache alles, was Vermietungen betrifft, auch selbst. Mein Name ist Volker Miegler.«

»Anke Dankelmann, das ist sehr nett, vielen Dank. Möglicherweise komme ich darauf zurück. Aber am einfachsten wäre es natürlich, wenn ich nicht monatlich nachfragen müsste, sondern Sie mich im Fall des Falles einfach anrufen, wenn Sie etwas haben. Hier ist meine Karte.« Miegler schaute interessiert auf den kleinen, weißen Pappkarton und pfiff durch die Zähne. »Eine Kriminalhauptkommissarin hatten wir hier noch nie als Mieter, so lange ich mich zurückerinnern kann. Oder interessieren Sie sich doch möglicherweise beruflich für das Haus?«

»Ja und nein, was das Berufliche betrifft, da haben Sie mich durchschaut. Aber ich will Sie jetzt nicht aufhalten, das können wir auch gern am Telefon besprechen.«

»Frau Dankelmann, so geht das ja gar nicht. Jetzt haben Sie mich neugierig gemacht und müssen mir auch schon mal sagen, worum es geht.« Er schaute sie vorwurfsvoll an. Dackelblick, dachte Anke Dankelmann. Aufgesetzt. Aber nett. Sie erzählte kurz den Hintergrund und Miegler schaute auf die Uhr.

»Es ist so: Meine Urgroßeltern haben das Haus Anfang der dreißiger Jahre gekauft. Mein Urgroßvater hatte im Eisenbahnbau eine Menge Geld gemacht und in Immobilien angelegt. Er war ein penibler Mensch und hat alles aufgehoben, was irgendwie mit Geschäft zu tun hatte. Anderes auch, aber darum geht es ja nicht. Ich kann mal in den alten Unterlagen nachsehen und wenn ich irgendwas finde, dann rufe ich Sie an. Ich muss jetzt los, ich habe einen Kundentermin in Wolfhagen. Wenn ich was finden sollte – warum kommen Sie dann nicht auf einen Kaffee vorbei und schauen sich das Haus von innen an? Ist doch wie bei Menschen: Das Äußere ist das eine – und das Innenleben fürs Wohlbefinden meistens viel entscheidender.« Er lächelte sie kurz an, hob die Hand, in der er schon den Autoschlüssel hielt, kurz zum Gruß nach oben und eilte davon.

Sie stopfte ihre Hände in die Taschen und ging langsam zu ihrem Auto zurück. Eine angenehme Begegnung, fand sie. Anke Dankelmann rief noch kurz im Büro an, es gab für heute nichts mehr zu tun. Sie startete ihren Wagen und fuhr in den Kirchweg, 350 Meter Luftlinie entfernt. Sie würde noch ein wenig Hausarbeit machen. Wäsche waschen, die Wohnung mal gründlich reinigen. Es war Dienstag, sie sehnte das Wochenende herbei. Dann war sie, was die Pflichten betraf, erst einmal alles los. Vielleicht abends ein Glas Wein, ein Buch – dass sich Valentin Willimowski melden würde war eher unwahrscheinlich. In den vergangenen Wochen war es meistens sie gewesen, die initiativ wurde. Sie wollte jetzt auch gar nicht daran denken, es war einfach nur noch ärgerlich.

Abends, beim Wein, ging ihr noch einmal der Fall durch den Kopf. In der Akte fanden sich einige bemerkenswerte Vorwürfe gegen Haldorf. Aber eben nichts Biografisches. Man wusste nichts über seinen Werdegang, wie er zur SS gekommen war, später zur Waffen-SS. Was war nach dem Krieg passiert? Und wer war eigentlich dieser Stützer? Komisch, dass sie tagsüber nicht auf die Frage gekommen war. Wer verteidigte freiwillig einen Kriegsverbrecher? Und dann noch aus so einem kleinen Ort im Schwalm-Eder-Kreis. Es gab Fragen, es gab zu tun, mehr als genug.

9

In der Justizvollzugsanstalt hatte sich Karl von Haldorf noch mit seinem Anwalt besprochen. Er hatte ihn angewiesen, nicht auf Haftunfähigkeit zu plädieren – er würde sich aber untersuchen lassen, keine Frage. Schon weil ihn das Ergebnis interessierte. Aber alles andere kam nicht in Betracht. Er freute sich schließlich auf den Prozess. Und Stützer schien es ebenso zu gehen. Der Anwalt würde die Akte einsehen können, dann wüssten sie genauer, was auf sie zukam in den nächsten Wochen und Monaten. Diese Akte schien ein Pfund zu sein, dachte Tristan, als er wieder in seiner Zelle war. An dieses Ereignis, von dem die Kommissarin gesprochen hatte, konnte er sich noch gut erinnern – hatte aber nicht gewusst, dass jemand ein Foto gemacht hatte. Wo waren sie noch mal gewesen? Irgendwo in der Ukraine. Langsam tauchten die Bilder wieder auf …

10

Ukraine, 1943. Der Partisanenangriff kam unerwartet. Die lange Kolonne mit den Wehrmachtsfahrzeugen, die Nachschub an die Front bringen sollten, rollte gemächlich und ohne Zwischenfälle über diese holprigen

Wege, die man Straßen nannte. Am Ende der Kolonne marschierten ein paar Landser neben einem Pferdegespann, das mit Material wie Decken bepackt war. Sie fuhren an einem kleinen Waldstück vorbei, die Sonne brutzelte vom Himmel. Jeder hing seinen Gedanken nach, die meisten waren froh, nicht ganz vorn in den Linien stehen zu müssen, manche dachten an daheim.

Die Schüsse ließen jeden Gedanken sofort abreißen, aus dem Waldstück wurde gefeuert – und getroffen. Man hörte Schreie von denen, die es erwischt hatte, der Zug war längst gestoppt, jeder suchte Deckung, und aus hunderten von Läufen sandten die deutschen Soldaten die Antwort in den Wald. Hinter einem Kübelwagen war Hauptmann Kessler in Deckung gegangen. »Die spinnen doch, das ist doch ein Selbstmordkommando, an so einer Stelle überfällt man doch keinen Konvoi. Feldner, her mit dem Telefon!« Er brüllte in Richtung Böschung, wo sich zwei Fernmelder in Sicherheit begeben hatten. »Feuer einstellen!« Brüllte er kurz danach, der Befehl wurde weitergegeben. Plötzlich war es beinahe still, man hörte nur noch die Schreie der Verwundeten. Das war das Typische an manchen Partisanenangriffen – extrem kurze Überfälle, wenn sich die Angegriffenen gerade verschanzt hatten, dann hauten die Angreifer schon wieder ab. Feldner kam an, er war schlachterprobt und reichte das Telefon weiter. »Vier Stoßtrupps losschicken, am besten den Wald von hinten angehen, die Arschlöcher einkreisen – aber einer muss überleben, klar?« Er brüllte ins Telefon. Kessler wusste gut genug, dass man versuchen musste, über gefangene Partisanen Informationen über weitere Aktivitäten, Widerstandsnester, über die Struktur und die Bewaffnung, über die Waffenlieferungen und die Handelswege herauszubekommen.

Er linste um den Kotflügel des Kübels und sah, wie sich prompt einige Dutzend Soldaten in Bewegung setzten. Aus dem Wald kam kein Feuer mehr. Die Partisanen hatten nur einen Weg: Hinter diesem Konvoi folgte der nächste, dort hatte man garantiert das Gefecht gehört und würde die Ukrainer entsprechend empfangen. Ihnen blieb nur der Weg durch den Wald Richtung Osten – und den würden ihnen die deutschen Soldaten abschneiden. Die Soldaten suchten Deckung hinter einzelnen Büschen und Bäumen, gelegentlich ragten Felsbrocken aus dem kargen Boden. Sie kamen schnell vorwärts, vermutlich schneller als die Partisanen im Unterholz – und sie hatten den kürzeren Weg. Unvorstellbar, warum die Partisanen ausgerechnet hier angegriffen hatten. Es mussten unerfahrene Kämpfer sein.

»Herr Hauptmann?« Kessler schaute nach links. *Feldwebel Hofmann hatte sich von Deckung zu Deckung bewegt, immer mit einem großen Sprung von Wagen zu Wagen, und erstattete nun Meldung.*
»Vier Tote, drei Verletzte, wie schwer, das wissen wir noch nicht. Die Sanis wissen nicht, ob sie schon rauskönnen aus der Deckung.«
»Ach, verdammte Scheiße. So was Hinterhältiges. Hoffentlich erwischen wir die.« Kessler hatte einen dicken Kloß im Bauch, er hatte schon manche Schlacht erlebt, aber diese Angriffe aus dem Hinterhalt – wie sollte man Ehefrauen, Verlobten, Müttern, Kindern erklären, wofür ihre Männer, Söhne, Freunde, Väter gefallen waren? Er schüttelte sich innerlich und schaute übers Gelände. Ein Stoßtrupp hatte mittlerweile das Waldstück erreicht, aus dem die Schüsse gefallen waren.*
»Alles frei, kann weitergehen!«, rief einer der Soldaten herüber. Die Sanitäter sprinteten sofort zu den Verwundeten und versorgten deren Verletzungen.*
»Volkert hat's mit einem Bauchschuss am härtesten erwischt, keine Ahnung, ob ich ihn durchbringe«, keuchte der Sanitäter, als Kessler die Lage begutachtete. Naja, dachte der, am härtesten hatte es eigentlich die Toten erwischt, aber der Sani meinte das natürlich anders. Die anderen beiden waren leicht verletzt, für einen Rückfahrschein in die Heimat reichte das aber allemal. Der Konvoi setzte sich in Bewegung, den Toten hatte man die Hundemarken abgenommen, man würde sie später beerdigen, jetzt musste man die Straße frei machen, damit auch der nächste Konvoi durchkam.*
Die Partisanen hatten keine Chance. Als sie aus dem Waldstück kamen, ließen die deutschen Soldaten sie zunächst einmal alle aufs freie Feld laufen. Sie kamen schnell und vorsichtig aus der Deckung, als sie ein paar Dutzend Meter auf freiem Gelände hinter sich hatten, wurden sie mutiger und rannten los. Als die Deutschen sicher waren, dass sich niemand mehr im Wald versteckt hielt, eröffneten sie das Feuer. Sieben Männer waren es gewesen, drei starben sofort, ein paar rissen die Arme hoch um sich zu ergeben – wohl wissend, dass man sie umbringen würde. Aber menschliche Reflexe funktionieren manchmal anders als der Sinn für Realitäten. Der Hauptfeldwebel, der die Deutschen anführte, sah sich die Gefangenen an. Einer der Partisanen lag am Boden, krümmte sich vor Schmerzen.
»Bauchschuss, Herr Hauptfeld«, sagte einer der Soldaten.
»Liegen lassen. Soll verrecken. Die anderen nehmen wir mit.«

Ein letzter Blick auf den Mann, der vielleicht 18, 20 Jahre alt war und die Hände vor den zerfetzten Bauch drückte, aus dem Eingeweide quollen, stöhnte, ächzte. Er würde es nicht lange machen und retten konnte ihn hier draußen auch der beste Chirurg nicht. Der Partisanenangriff hatte sich über den Wehrmachts-Funk schnell herumgesprochen. Zwei Stunden später fuhren ein Kübelwagen und zwei Mannschaftstransporter auf den Konvoi Hauptmann Kesslers auf. Die Kolonne stoppte erneut. Der Hauptmann übergab die drei Gefangenen an einen düster dreinblickenden Mann, dessen schwarze Uniform trotz der staubigen Luft absolut sauber war. Die SS-Runen blitzten am Kragen. Die Männer gehörten zur etwa 700 Mann starken Einsatzgruppe C des Sicherheitsdienstes. Kessler wusste nur zu gut, was jetzt passieren würde. Er hatte schon viele Menschen im Krieg sterben sehen – aber was diese Trupps abzogen, das widerte ihn immer wieder an. Es ging nicht nur darum, die Partisanen zu bestrafen, das war aus seiner Sicht in Ordnung. Man würde Vergeltung üben – und das war aus seiner Sicht alles andere als in Ordnung.

Die Verhörroutine brachte wenig später den gewünschten Erfolg. Hauptsturmführer von Haldorf musste sich nicht um diese Dinge kümmern, die Einsatzgruppe hatte Experten. Einer der Gefangenen war ein Jugendlicher, beinahe ein halbes Kind, das war die Zielperson. Ihn hatten sie schnell so weit, dass er auspackte. Es war jedes Mal dasselbe. Versteckt im Wald, da kamen sie sich groß und mächtig vor, wenn sie aus dem Hinterhalt losballerten oder irgendwo eine Bombe zündeten. Hatte man sie geschnappt, wurden sie schnell zu weinerlichen Gestalten. Dieser Junge, das war den SS-Männern klar, würde keine zehn Minuten durchhalten. Er schaute sie aus seinen schwarzen Knopfaugen ängstlich an. Natürlich gab es immer wieder neue Gerüchte, was die Deutschen mit gefangenen Partisanen anstellten. Deshalb hatten sie Angst – was war wahr und was war Gerücht? Die Schrecklichkeit der Gerüchte war immens, man musste Angst haben in so einer Situation. Der Junge bekam schnell Gewissheit und hatte keine Fragen mehr. Ein Handkantenschlag ließ das Nasenbein splittern. Nachdem die Fingernägel der rechten Hand mit einem spitzen Gegenstand förmlich abgesprengt worden waren, hielt es der junge Mann, der vielleicht 17, 18 Jahre alt sein mochte, nicht mehr aus. Das Geständnis war detailliert. Sie kamen alle aus einem kleinen Dorf nicht weit von hier. Dort gab es noch mehr Männer, die sich den Partisa-

nen angeschlossen hatten. *Die drei Gefangenen wurden kurzerhand liquidiert. Der Junge, den sie gefoltert hatten, lehnte dabei heulend an der Wand und war körperlich und seelisch ein Wrack. Sie ließen ihn leben, vorerst. Danach rüsteten die Männer der Waffen-SS zum Sturm auf das Dorf. Ein Spähtrupp sondierte die Lage, anschließend griffen motorisierte Gruppen über die Straße und der größere Teil der Männer über die Felder an. Niemand entkam. Es gab zunächst keine Gegenwehr. Das Dorf war eine armselige Anhäufung von mickrigen Bauernhöfen, fand Haldorf. Wasser wurde aus Brunnen geholt, die Bauern hatten kaum Vieh, die Bevölkerung machte einen verhärmten Eindruck. Es waren vielleicht 70, 80 Menschen, die man auf dem kleinen Platz in der Mitte zusammengetrieben hatte. Die achtzehn erwachsenen Männer wurden von den übrigen getrennt und erschossen. Das mussten die Partisanen sein, sagte Haldorf dem Exekutionskommando. Als wenn die jemals nach einer Begründung gefragt hätten, man hatte die toten deutschen Soldaten gesehen, reichte das als Motivation für den Gegenschlag nicht aus?*
»Was machen wir mit den anderen, Hauptsturmführer?«, wollte ein junger Oberscharführer wissen. Die Gruppe war ganz dicht zusammengerückt, viele Frauen und Kinder weinten. Haldorf konnte so etwas nicht leiden. Er blickte sich um und hatte eine Idee. Am Rand des Platzes sah er die Kirche, ein fast baufälliges Kirchenschiff mit einem Dach aus trockenem Holz, gedeckt mit brüchigen Holzschindeln.
»Alle in die Kirche!«, befahl er. Als man die schreienden und weinenden Menschen in die Kirche getrieben hatte, verrammelten die SS-Männer den Eingang. Das Gebäude hatte nur kleine Fenster, vom Boden aber leicht zu erreichen. Die Innenausstattung bestand aus Holzbänken. Haldorf ließ Stroh um das Gebäude verteilen. Danach warfen einige SS-Männer mit Benzin gefüllte Flaschen ins Innere, wo sie zerbarsten und das Benzin auf dem Boden verteilten. Haldorf machte aus einem Stock und einigen Stofffetzen eine Fackel, zündete sie an und warf sie auf das mit Benzin getränkte Stroh, eine weitere durch ein kaputtes Fenster ins Innere. »Wer durchs Fenster kriecht, wird erschossen!«, kommandierte er. Danach drehte er sich um, sah den noch lebenden Partisanen, dieses Häuflein Elend von einem Jugendlichen, zog die Pistole, schoss dem auf dem Boden kauernden, ukrainische Wortfetzen stammelnden Kerl mit der Pistole in den Hinterkopf, sah, wie er sich quasi ausklappte, das Blut aus dem Kopf sich in Windeseile auf dem staubigen Boden verteilte, setzte sich in den Kübelwagen und verschwand. Er hörte die Schreie der Frauen

und Kinder nicht mehr, die irgendwann erstarben. Sie hatten das Glück, von der gigantischen Rauchentwicklung im Innern ohnmächtig zu werden und nicht bei vollem Bewusstsein zu verbrennen. Ein paar hatten versucht, durch die Fenster zu entkommen. Das Feuer der Maschinengewehre, die rund um die Kirche fest installiert worden waren, machte dem ein Ende. Das Geratter der Gewehre bekam Haldorf aus der Ferne noch mit. Es interessierte ihn nicht.

Ein Rottenführer aus Österreich hatte vom Rand des Platzes, unentdeckt, das Foto gemacht. Den Auslöser der Kamera hatte man nicht hören können, die Schreie der Opfer waren zu laut gewesen. Rottenführer Pichler konnte sich hinterher nicht erklären, warum er das Foto gemacht hatte. Das war eigentlich strengstens verboten – aber er war der einzige, der überhaupt so einen Apparat hatte und seine Schnappschüsse von den Kameraden waren gefragt: Gelegentlich hatte er schon auf Heimaturlaub Abzüge machen lassen und diese dann mitgebracht, um sie zu verteilen, manchmal konnte er sie verkaufen. Nicht immer aber hatte er die, die er fotografiert hatte, bei seiner Rückkehr auch wieder angetroffen.
Eigentlich hatte er gar nicht zur Waffen-SS gewollt. Man hatte ihn überredet, ein Schulfreund hatte sich freiwillig gemeldet – und jetzt hatte er die Tätowierung mit seiner Blutgruppe in der Achselhöhle des linken Arms. Und nur noch den Wunsch, irgendwie zu überleben.
Pichlers Einstellung zur Waffen-SS sollte sich in den nächsten Jahren ändern. Er machte Karriere, befehligte später selbst Liquidationskommandos – gegen Kriegsende konnte er vor den Alliierten in die Schweiz fliehen. In Schaffhausen lernte er einen Deutschen namens Surmann kennen. In den Gesprächen mit ihm, dem in der neutralen Schweiz alles abhandengekommen war, was er jemals geliebt hatte, der ein überzeugter Nazi gewesen war, wurden ihm die Augen geöffnet. Mit den Jahren wurde Pichler klar, welchem Wahn er verfallen war. Er wurde von schlimmen Schuldkomplexen heimgesucht, bekam irgendwann dann immer heftiger werdende Depressionen. Es kam der Tag, da erzählte er diesem Surmann von dem Foto, zeigte es ihm und wunderte sich, dass der wie elektrisiert reagierte. Surmann behielt die Fotografie, versuchte Pichler noch, medizinische Betreuung zu verschaffen. Doch der Mann war nicht zu retten. Irgendwann fuhr er in den nächstbesten Zoo und sprang in das Gehege mit den Eisbären. Lange Zeit vorher hatte er Surmann mal gesagt, er wolle, dass nichts von ihm übrig bliebe.

11

Schuldgefühle hatte Karl von Haldorf an diesem Abend nicht. Er aß seine Mahlzeit, sah noch ein wenig fern und ging dann, wie immer, um 22 Uhr ins Bett. Die Erinnerung an die Geschichte in diesem Ort, dessen Name ihm entfallen war, hatte für ihn nichts Belastendes. Man hatte schnell und zielgerichtet ein Verbrechen geahndet und gesühnt. Was sollte daran falsch sein? Nur dass man bei der Polizei von hundert Menschen ausging, das war eindeutig falsch. Aber beweisen konnte er es nicht.

Das einzige, wovor er sich fürchtete, war, sich noch einmal nachts vollzupinkeln. Aber er hatte nun die Polizisten kennengelernt. Er hatte keine Angst vor ihnen. Und Respekt auch nicht. Er fragte sich nur, wie diese vermaledeite Akte zustande gekommen sein konnte. Wäre sie aus dem Besitz der Behörden gekommen – dann wäre sie das Ergebnis jahrzehntelanger Ermittlungsarbeit gewesen. So schien es aber nicht zu sein, zumindest hatte er so ein Gefühl. Warum sonst war sie jahrzehntelang verschollen? Es gab hunderte, ja tausende von Menschen, die ihm etwas Böses hätten anhängen können. Naja, zumindest deren Nachkommen. Aber diese Akte kam doch nicht irgendwo aus dem Osten oder aus Frankreich – hier waren seine Hauptbetätigungsfelder gewesen. Wer hätte so nachtragend, so energisch sein können von seinen Bekannten von früher? Ihm fiel kein Name ein. Wie immer schlief er fest und träumte klar. In einem seiner Träume tauchte ein gut aussehender Mann auf, den er in Kassel kennengelernt hatte. Und eine Frau, wunderschön, ihr Name war Martha gewesen. Der Mann hatte sie ihm weggeschnappt. Sie waren Feinde, und Haldorf hatte die Chance verpasst, ihn rechtzeitig zu liquidieren. Ihm fiel der Name nicht ein. Doch, plötzlich machte es klick im Hirn: Surmann hatte er geheißen. Er erschrak sich so, dass er aufwachte. Und als Erstes Hose und Matratze abtastete. Haldorf atmete durch. Alles trocken. Er war wieder da, in Form. Surmann – was im Laufe der Jahre aus ihm geworden war? In der Seniorenresidenz hatte er ihn wiedergesehen, erst gar nicht erkannt. Und auf den Namen war er auch nicht gekommen – wieso ausgerechnet jetzt, mitten in der Nacht, im Schlaf?

12

Gero Stützer traf sich abends in einem Hotelgasthaus in Gilserberg mit Wagner. Der hatte ihm nachmittags eine SMS geschickt und das Treffen angeregt. Sie saßen im Schankraum, direkt an der Theke. Sie kannten sich zwar schon lange, und Wagner hatte in der Vergangenheit durchaus mal die juristische Hilfe des Mannes aus Lischeid in Anspruch genommen – was das Tristan-Verfahren betraf, hatte er aber irgendwie ein mulmiges Gefühl. Wagner wollte wissen, wie Stützer die Verteidigung angehen wolle. »Ich hatte noch keine Gelegenheit, lange mit ihm allein zu sprechen.Das muss ich im Detail noch klären, vielleicht können wir eine Haftentlassung erreichen, bei dem Alter, das er hat.« Stützer hatte einen entschuldigenden Unterton in der Stimme. »Pass mal auf, Gero. Ich gebe dir noch einige Tage Zeit, dann werde ich selbst mit ihm Kontakt aufnehmen und ihn fragen, ob er meint, dass du der richtige Mann für ihn bist. Ist das nicht in Wahrheit eine Nummer zu groß für dich?«

Wagner bekam gerade ein neues Weizenbier und trank, ohne seinem Gegenüber zuzuprosten, zwei Drittel des Glases auf einen Zug. Es war sein drittes innerhalb weniger Minuten.

Stützer war unwohl in seiner Haut. Er hatte keine Angst vor diesem Mann, aber er fürchtete um das Mandat, um das Geld, um das Renommee. Dummerweise hatte er aber auch so ein Grundgefühl, das ihm verriet, dass er dieser Aufgabe möglicherweise nicht gewachsen sein könnte. Er war ein sehr labiler Mensch – und dieser Fall brauchte einen Betonklotz von Rechtsanwalt.

Wagner war ein Mensch, der gnadenlos seinen Instinkten folgte und damit häufig genug richtig lag. Irgendwas musste ihm gerade sagen, dass er einen anderen Anwalt für Haldorf brauchte.

»Immo«, Stützer versuchte es erneut, »ich muss mich in den Fall reinarbeiten, das muss jeder Anwalt. Was wissen wir denn schon von Tristan? Wir wissen im Endeffekt zu wenig, und ich bezweifle, dass er viel aussagen wird. Eines ist sicher, das ahne ich: Er will diese Verhandlung – und nicht wegen Altersschwäche irgendeine Haftverschonung erreichen und als zweite Konsequenz daraus den Prozess verhindern.«

Wagner trank den Rest des Bieres. »Ich muss los. Wir treffen uns heute Abend noch mit ein paar Jungs. Ich bringe das zur Sprache. Aber eines sage ich dir: Wenn du Scheiße baust, dann wirst du dafür büßen. Ich weiß noch nicht wie, aber du willst es dir garantiert nicht vorstellen.« Er zahlte, würdigte Stützer keines Blickes mehr, verschwand und ließ einen nachdenklichen Anwalt zurück. Stützer bestellte noch ein Bier, er hatte es nicht weit, Lischeid war der nächste Ort, er würde die Bundesstraße 3 entlang schleichen, es war ein normaler Wochentag, auf dem Land war nachts kaum noch Polizei unterwegs. Und wenn, dann hielten sie hier Lkw an, die das Nachtfahrverbot zwischen Borken und Marburg missachteten. Also: Einmal am Ortsausgang den Berg hinauf, ein bisschen geradeaus, dann war er da. Er musste die Radarkamera am Ortsschild überlisten – aber welche Einheimischen wurden hier schon geblitzt? Hier ging man automatisch vom Gas, selbst wenn man zu viel getrunken hatte.

Immo Wagner kam knapp eine halbe Stunde später in der Vereinskneipe der Gruppe 88 am Bahnhof in Ottrau an. Bahnhof Ottrau – das war so etwas wie ein eigener kleiner Ortsteil. Knapp einen Kilometer von der eigentlichen Ortschaft entfernt gelegen, umgeben von hohen Silotürmen – und direkt an der Straße die Bahnhofswirtschaft. Der Wind wehte kalt um die Hausecke. In der Kneipe hatten sich ein paar Jungs um einen Ecktisch gruppiert. Vor dem Tresen, am Stammtisch, saßen die, die immer da saßen. Bauern aus dem Ort, hier jeden Abend noch ein, zwei schnelle Biere tranken, nach Hause liefen und früh ins Bett gingen. Sie redeten in Schwälmer Dialekt, Wagner verstand jedes Wort, er war damit aufgewachsen. Und zählte zu denen, die diese Sprachfärbung liebten. Auch das war ein Stück Kultur, das es zu erhalten galt, das er und seine Gesinnungsgenossen gegen diese fremden Einflüsse verteidigen wollten. Er setzte sich zu den Jungs, blickte sich noch einmal um. Am Ende des Raums, weit weg von der Theke, saß ein Mann, den er nicht kannte. Gut gekleidet, garantiert nicht aus dem Ort. Manchmal strandeten hier Handelsvertreter, Fernfahrer, Menschen, die wegen einer gesperrten Autobahn einen Umweg machten und dann ein Zimmer brauchten. Die Wirtin vermietete gern, er schenkte dem Mann keine Beachtung.

»Wie war es?«, fragte einer. Wagner machte der Chefin ein Zeichen, er wollte ein Bier. Schwalm-Bräu – das liebe er, ein schönes Bier aus der Heimat, bloß nicht so ein untrinkbares Zeug wie diese Fernsehbiere, man musste die Region, aus der man kam, in der man zuhause war, unterstützen.

»Wie? Was meinst du?«, fragte Wagner und schaute dem Fragesteller ins Gesicht. Der war ein junger Bursche aus dem Ort. Gerald Freiler, natürlich Landwirt von Beruf, und einer derjenigen, die ganz schnell die harte Faust auspackten, wenn es sein musste.

»Ich meine: Was sagt denn Stützer? Was hat er vor? So prozesstechnisch meine ich.«

Wagner schwieg ein paar Sekunden. »Ich glaube nicht, dass er das packt mit dem Prozess. Der will unbedingt das Mandat haben, kann ich ja verstehen. Das wird einer der letzten großen NS-Prozesse in diesem Land. Riesen-Medien-Echo, kann man sich ja vorstellen. Aber Stützer hat bisher kaum Strafprozesse gemacht. Wir müssen wohl mal vorsichtshalber nach jemand anderem suchen. Haldorf hat die beste Verteidigung verdient, die wir kriegen können. Mensch, das ist unser Kamerad, unser Vorbild.«

»Wen wollen wir denn fragen? Ich meine: Unser Verein hier kann das ja alles nicht bezahlen. Der Vorstand ist heute zwar komplett und wir können Beschlüsse fassen – aber jeder hier kennt die Kassenlage. Für unsere Arbeit auf dem Land reicht das alles aus. Aber so was …« Freiler stoppte mitten im Satz und trank einen Schluck Bier. Allerdings wusste jeder, was er meinte. Wagner schaute in die Runde: »Ich habe einen Brief an die Stille Hilfe geschrieben.«

Erstaunt und irritiert blickten ihn die anderen an.

»Äh, Stille Hilfe, nimm es mir nicht übel – was ist das eigentlich?« Falk Wetzel, ein Achtzehnjähriger mit kahlrasiertem Schädel wusste nicht so recht, ob er sich für diese Frage jetzt schämen musste. Wagner lächelte. »Kein Problem, Falk. Kannst du vielleicht auch gar nicht kennen, da bist du zu jung. Die Stille Hilfe ist ein Verein, der sich für Kriegsgefangene und Internierte einsetzt. Und Tristan ist ja nun in so einer Situation. Da ist übrigens unter anderem die Tochter von Himmler aktiv.«

»Wie, lebt die denn noch?«, fragte Wetzel.

»Ja, wird bald 80, ist aber fit. Warten wir mal ab, was die jetzt antworten, vielleicht haben die ja einen Anwalt an der Hand.«

Sie waren überrascht und lobten Wagner ob seines vorausschauenden Vorgehens. Und das tat die Gruppe immer am besten mit einem neuen Bier. Die Gespräche schweiften ab, wurden unpolitisch, man klatschte ein wenig über Nichtanwesende. Die Bauern am Nebentisch gingen irgendwann, nur der Fremde blieb sitzen und machte irgendwas mit seinem Smartphone. Vielleicht, dachte Wagner, spielte er nur ein Spiel. Kurz nach 22 Uhr löste sich die Runde auf. Sie zahlten, als Letzter verließ Wagner die Kneipe. Zurück blieben eine Handvoll Männer am Stammtisch und der Fremde in der Ecke. Der Mann zahlte seine beiden Biere, gab ein kleines Trinkgeld und verließ die Wirtschaft. Sein Auto parkte im Schatten der Hauswand. Er startete den Motor und fuhr los. Sein Navigationssystem sagte ihm, es seien knapp 30 Minuten bis Gilserberg-Lischeid. In Immichenhain, dem nächsten Ort, bog er in Richtung Klosterkirche ab. Er stellte seinen Wagen in die kleine Scheune, schloss die Tür und ging zurück zur Hauptstraße. Dort parkte ein anderes Auto, er setzte sich hinters Steuer und fuhr los. Von hier aus waren es noch 28 Minuten. Das andere Auto würde am nächsten Tag abgeholt werden. Man würde nichts finden.

13

Valentin Willimowski hatte sich nicht gemeldet. Am Abend nicht und auch nicht am nächsten Morgen. Anke Dankelmann war mittlerweile über das Stadium hinaus, sich so darüber zu ärgern, dass sie den ganzen Tag ein so rumorendes Gefühl im Inneren hatte, dass sie unentwegt daran dachte, dass sie sich kaum auf etwas anderes konzentrieren konnte. Die Kommissarin hatte längst bemerkt, dass in den vielen Monaten nach dem Unfall die Liebe einem Gefühl der Fürsorge gewichen war. Willimowskis Rolle in ihrem Leben hatte sich Stück für Stück geändert – so weit, dass sie sein langsames Ausschleichen aus ihrem Herzen jetzt zwar bemerkte, es aber keine Schmerzen mehr verursachte. Liebeskummer hatte sie oft in ihrem Leben gehabt. Der fühlte sich anders an. Sie machte via Internet einen Schnellkursus in Sachen SS – sie hatte sich schon immer für die Zeit des Dritten Reiches interessiert, aber nie die Muße gefunden, ausreichendes Literaturstudium zu betreiben. Morgens hatten sie gemeinsam mit Richard Plassek das weitere Vorgehen in Sachen Tristan erörtert. Sie würden Hilfe benötigen, auch der Staatsschutz interessierte sich für den Fall. Um Punkt 10 Uhr klingelte das Telefon.

»Hier ist Robin Englisch, ich weiß nicht, ob Sie sich noch an mich erinnern? Ich bin der Zivildienstleistende, der Herrn Windisch, beziehungsweise Herrn Surmann versorgt hat.«

»Natürlich erinnere ich mich an Sie.« Anke Dankelmann stellte den Lautsprecher an, Bernd Stengel, der den Mann auch kannte, sollte mithören. Robin Englisch war Zivi in der Seniorenresidenz Augustinum am Rand des Habichtswaldes. Hier hatte bis vor wenigen Tagen jener Windisch gelebt, den der junge Mann betreut hatte und der ursprünglich auf den Namen Thomas Heinrich Surmann getauft worden war. Surmann war 1933 mit seiner Freundin aus Kassel geflohen, weil er möglichen Repressalien Karl von Haldorfs entgehen wollte, der damals schon für die Gestapo gearbeitet hatte und hinter Surmanns Freundin her war. Dieser Surmann hatte auf Druck Tristans einen Mord begangen, eine Tat, die ihn Zeit seines Lebens verfolgte. Surmann hatte Jahrzehnte unter anderem damit verbracht, belastendes Material über diesen »Tristan« genannten Polizei- und SS-Schergen zu sammeln, woraus die Akte Tristan entstanden war.

»Was kann ich denn für Sie tun, Herr Englisch?«

»Gar nichts. Ich wollte Ihnen nur sagen, dass die Trauerfeier für Herrn Windisch, äh Surmann morgen Vormittag in der Apostelkapelle im Aschrottpark stattfindet. 11 Uhr. Ich glaube, Herr Surmann würde sich freuen, wenn Sie dabei wären.«

»Ich denke mal, das lässt sich einrichten.« Anke Dankelmann schaute ihren Kollegen an, der nickte. Sie hatte den alten Mann, der sich vor ein paar Tagen mit einer Kapsel Zyankali das Leben genommen hatte, in den stundenlangen Gesprächen schätzen gelernt. Den letzten Gruß war sie ihm schuldig. Ihre Gedanken schweiften kurz ab ins Wohnzimmer des alten Herrn, in dem er in seinem Rollstuhl sitzend von den ersten Morden, die man diesem Tristan anlasten könnte, bis hin zu Vergehen während des Kriegs berichtet hatte. Seine eigene Geschichte war eine traurige gewesen: Die Frau, mit der er vor Tristan geflohen war, war bei einem Bombenangriff mit ihrem gemeinsamen Sohn ums Leben gekom-

men. Zufällig hatten sich die Wege von Tristan und Surmann ausgerechnet im Augustinum nach ewigen Jahren wieder gekreuzt.
Mehr als 60 Jahre nach Ende des Krieges holte einen die Vergangenheit immer noch ein.

Sie verbrachte den Rest des Vormittags mit Aktenstudien und re-
cherchierte im Internet. Irgendwann tauchte im Zusammenhang
mit der Jagd auf Nazi-Verbrecher der Name Simon Wiesenthal
auf.

»Sag mal, Bernd, hat der nicht irgendso ein Institut gegründet, das
sich in erster Linie mit der Suche nach noch lebenden Nazi-Verbrechern beschäftigt?«

»Ich meine ja. Und die finden ja auch immer wieder welche.
Meinst du, wir sollten da mal nach Informationen fragen?«

»Naja, das Ganze ist ja schon putzig. Da lässt dieser Surmann die
komplette Akte Tristan alias Karl von Haldorf aus dem Staatsarchiv
klauen. Das allein ist doch schon ein Ding. Eigentlich will er dessen Bestrafung – und entzieht den Strafverfolgungsbehörden die
Grundlage für ihre Arbeit. Kann höchstens sein, dass er denen
nichts zutraut. Dann kriegt er aber selbst über Tristans Zeit nach
dem Krieg wenig raus – mit der Folge, dass man ihn nicht finden
kann. Es gibt praktisch nichts – weder über Haldorf noch über seinen Decknamen Claudio Saalfeld, mit dem er wohl irgendwann in
Argentinien oder so aufgetaucht ist. Schau hier mal auf die Akte:
Haldorf/Saalfeld – das steht da drauf. Irgendwer musste also gewusst haben, dass es einen Namenswechsel gegeben hat. Aber
wer?«

»Vielleicht war es Surmann selbst. Ich finde es eigentlich zunächst
mal naheliegender, irgendwelche Fakten zusammenzutragen. Und
warum nicht bei diesem Wiesenthal Center mal anrufen?«

»Wie gut ist denn dein Englisch?«

»Dafür reicht es sicher nicht. Aber die haben auch ein Zentrum in
Paris – und dafür reicht mein Französisch bestimmt.« Stengel hatte
lange Jahre mit einer Französin zusammengelebt, bevor er seine
Frau kennengelernt hatte, durfte sogar mal im Rahmen eines besonderen Nachbarschaftsprogramms zwei Jahre bei der französischen Polizei arbeiten. Sie beneidete ihn um seine Sprachbega-
bung, bei ihr reichte es zum Bestellen von Essen und Getränken in
englischsprachigen Restaurants und zum Übersetzen des Borke-

ner Dialekts ins Hochdeutsche. Aber auch das war wichtig, fand sie. Stengel versuchte, über Telefonnummern, die er aus dem Internet zog, mit dem Wiesenthal Center in Paris in Kontakt zu treten. Er sprach laut, lauter als sonst. Sie kannte das: Wenn man mit dem Ausland telefonierte, redete man automatisch lauter als gewöhnlich. Als wenn man die größere Entfernung durch Lautstärke überbrücken wollte.

Als sie mit einem Becher Kaffee aus der Kantine zurückkam, hatte Stengel schon wieder den Telefonhörer am Ohr. Er zeigte mit hektischen Bewegungen auf einen Zettel, den er offensichtlich auf ihren Schreibtisch gelegt hatte. Miegler anrufen, stand da drauf, und eine Nummer. Sie war überrascht und aus irgendeinem Grund durchaus erfreut.

Volker Miegler meldete sich nach dem zweiten Klingeln.

»Ich habe da möglicherweise etwas entdeckt«, kam er ohne langen Small Talk gleich auf den Punkt. »Diese Familie von Gottsleden hat tatsächlich hier gewohnt, bis nach dem Krieg. Und Ende der zwanziger Jahre, Moment, ich schaue genau nach. Nein, es war 1926, da wurde mein Urgroßvater um die Erlaubnis ersucht, einen Untermieter aufnehmen zu dürfen. Die wurde auch in einem kurzen Brief, von dem es eine Durchschrift gibt, gewährt. Dieser Untermieter war ein gewisser Karl von Haldorf.«

»Gut, dann haben wir da zumindest Gewissheit. Weiß man denn, wohin diese Familie gezogen ist? Irgendwie scheint der Name nirgendwo mehr aufzutauchen.«

»Das ist etwas kompliziert, aber ich habe es rausbekommen, irgendwie hat mich die Sache neugierig gemacht. Es gibt ja noch einen alten Mieter hier im Haus namens Lange, der wohnte Ende des Krieges schon hier. Also: Lange war damals vielleicht zwölf Jahre alt und er erinnert sich, dass diese Familie von Gottsleden durch den Krieg furchtbar gebeutelt war. Der Vater fiel schon beim Polen-Feldzug, der älteste Sohn ist in einem Panzer verbrannt, die älteste Tochter und die Mutter kamen bei einem Tieffieger-Angriff Anfang 1945 ums Leben, als sie in den Dörfern um Kassel Lebensmittel erbetteln wollten. Der zweite Sohn starb irgendwann in einer Nervenheilanstalt, die zweite Tochter war die einzige, der es gelang, am Leben zu bleiben. Sie hat allerdings einige Male geheiratet. Heute heißt sie Beck mit Nachnamen und lebt in einem Awo-

Heim in Lippoldsberg, einem kleinen Ort kurz vor der Grenze zu Niedersachsen.«

Anke Dankelmann war platt. »Donnerwetter, wenn das mit den Versicherungen mal nix mehr ist, dann fangen sie bei uns an. Wie heißt Frau Beck denn mit Vornamen?«

»Annegret, glaube ich. Zumindest lässt sich das aus den Unterlagen rückschließen. Sie muss jetzt ... Moment: Jahrgang 1920, okay, ... um die 90 Jahre alt sein. Versuchen Sie einfach ihr Glück.«

»Wie kann ich mich bei Ihnen bedanken?«

»Indem sie meine Einladung zum Essen heute Abend annehmen.«

Anke Dankelmann zögerte eine Sekunde. Aber warum eigentlich nicht?, fragte sie sich.

»Na gut. Ich weiß nicht, wie lange ich heute Abend hier arbeiten muss. Aber 20 Uhr wäre sicherlich machbar. Wo denn?«

»Es gibt nicht weit von hier ein kleines, spanisches Lokal. Ich mag so rustikale Kneipen. Und wenn man keine Aversion gegen spanischen Wein und jede Menge Knoblauch hat, ist man da richtig aufgehoben. El Gitano heißt der Laden, direkt am Wehlheider Kreuz. Würde Ihnen das zusagen?«

»Ich habe weder etwas gegen Wein, noch gegen Knoblauch, noch gegen rustikale Kneipen. Bis später!«

Bernd Stengel hatte natürlich jedes Wort mitbekommen, stellte aber keine Fragen. Er wusste, dass die Beziehung zu Valentin Willimowski längst höchsten Belastungen ausgesetzt war. Anke Dankelmann, fand er, hatte sich in all den Monaten, in denen der Staatsanwalt versucht hatte, den Weg zurück ins Leben zu finden, vorbildlichst verhalten. Stengel hatte sich rausgehalten mit irgendwelchen Ratschlägen, hatte aber ein zunehmend ungutes Gefühl gehabt bei dem, was seine Kollegin ihm erzählt hatte. Anke Dankelmann schaute ihn kurz an und erzählte dann von den Ergebnissen der Recherche Mieglers.

»Vielleicht haben wir ja Glück, und die Dame kann uns ein wenig erzählen«, lautete Stengels Fazit. Das Awo-Altenheim in Lippoldsberg zeigte sich kooperationsbereit, als sie nach Annegret Beck fragten. Die Dame sei wohlauf, initiiere sogar noch Wanderungen, sei seit Jahren Mitglied im Heimbeirat und nach einer weiteren halben Stunde kam ein Rückruf und sie hatten die Erlaubnis, Annegret Beck noch am selben Nachmittag besuchen zu dürfen.

14

Es war eine endlose Fahrt in diesen entlegenen Teil Hessens. Erst
an der Fulda entlang nach Hann. Münden, an der Weser weiter
Richtung Gieselwerder, dann über die Brücke auf die andere Flus-
sseite, dann noch ein paar Kilometer und man war da. Sie parkten
direkt vor dem Haus, überall liefen Senioren mit ihren Rollatoren,
die Stengel etwas despektierlich AOK-Chopper nannte, herum. Es
war Kaffeezeit, in solchen Einrichtungen gehörten die Routinen
der Mahlzeiten zu den wichtigsten Ereignissen des Tages. Im un-
teren Aufenthaltsraum zuckte Anke Dankelmann innerlich zusammen, als sie eine erstaunlich große Zahl von alten Menschen
sah, die nichts, aber auch gar nichts mehr mitzubekommen schienen. Offene Münder, stierer Blick – nein, so ein Ende wollte sie
nicht haben. Eine Bedienstete nahm sie mit in den ersten Stock, wo
sie Annegret Beck trafen. Die saß im Rollstuhl, stand aber mühelos auf und gab ihnen die Hand, marschierte dann zu einer Sitz-
gruppe am Fenster.
»Sie können doch prima gehen, wieso brauchen Sie dann einen
Rollstuhl?«, fragte Anke Dankelmann.
Annegret Beck lachte. »Brauche ich nicht, aber ich übe für den
Ernstfall. Gehört einer Freundin, die im Augenblick mit Grippe
im Bett liegt. Ich besuche sie später noch einmal und habe mir einfach den Spaß gemacht, mit dem Ding rumzukurven. Nun denn:
Sie wollen etwas aus meiner Kindheit wissen, sagte mir die Heimleitung?« Anke Dankelmann nickte, fasste kurz die Rechercheer-
gebnisse von Volker Miegler zusammen. Annegret Beck schaute
mit versonnenem Blick aus dem Fenster.
»Das war schon hart, wie das Schicksal unsere Familie getroffen
hat. Das hat mich lange Jahre extrem belastet, das können Sie mir
glauben. Die Geburtstage meiner Geschwister und der Eltern – da
zünde ich heute noch hier auf dem Friedhof auf irgendeinem Grab
eine Kerze an. Die Leute wundern sich dann wahrscheinlich darüber, aber ich habe nichts, wo ich hingehen könnte. Es gibt keine
Gräber mehr. Selbst mein Bruder, der im Heim starb, hatte, als er
noch bei Verstand war, hinterlassen, anonym beerdigt werden zu
wollen. Ich mache so einen Unsinn nicht. Wenn ich sterbe, dann

richtig. Ich habe mir einen Platz im Friedwald oben im Rein-hardswald gekauft. Da liege ich dann hundert Jahre, und meine En-kelkinder müssen immer wandern, wenn sie zur Oma ans Grab wollen.« Sie lächelte.

»Wie viele Enkelkinder haben Sie denn?«, fragte Stengel.

»Zwei. Die wohnen aber beide in München, ich sehe sie ein- bis zweimal im Jahr.«

Anke Dankelmann räusperte sich und setzte dann an: »Können Sie sich noch an die Wohnung in der Kaiserstraße erinnern?«

Annegret Beck nickte. »Ja natürlich. Warum?«

»Da hat irgendwann einmal ein Untermieter bei Ihnen gewohnt, ein gewisser Karl von Haldorf. Erinnern Sie sich auch an den?«

Annegret Beck schaute aus dem Fenster, schwieg einen Moment und nickte dann. »Ja. Das war ein furchtbarer Kerl. War hinterher bei den Nazis irgendwas, da passte er auch hin.«

Die Erinnerung nahm wieder Gestalt an: Enno von Gottsleden, er-zählte sie, war ein Patriarch. Die Familie hatte zu gehorchen, des Vaters Wort war Gesetz. Folgerichtig hatte er auch niemanden ge-fragt, ob es Einwände gäbe gegen die Aufnahme Karl von Haldorfs in die Familie. Der Junge hatte die Mittelschule absolviert, und sein Vater, ein Kriegskamerad Enno von Gottsledens, hatte es über seine Verbindungen geschafft, den Jungen zur Oberstufe auf das Friedrichsgymnasium zu schicken. Karl von Haldorf entpuppte sich als unnahbarer Mensch, den die Aktivitäten der beinahe gleichaltrigen Kinder in der Familie nicht interessierten. Er hatte klare politische Vorstellungen, suchte sofort den Kontakt zu deut-schnationalen Kreisen und widmete der Schule nur den Teil seiner Zeit, die er benötigte, um mit geringem Aufwand durchs Abitur zu kommen. Was er in der Freizeit trieb, das erzählte er nie.

»Der sah schon so stramm aus, ich weiß gar nicht, wie ich das sa-gen kann. Streng gescheitelte, immer gleich geschnittene schwarze Haare, eine knorrige Stimme. Als er alt genug war, Mitglied der NSDAP zu werden, trug er das Parteiabzeichen immer am Revers. Er hetzte gegen das Judentum, und er war unglaublich gewalttätig. Einem Hund, der mal hinter dem Haus einen Haufen machte, schlug er mit einem Knüppel auf den Kopf – mein Bruder hat es mir erzählt, hatte aber Angst, das dem Vater zu sagen, weil er die Rache Haldorfs fürchtete. Etwa 1930 hat er dann Abitur gemacht, ich weiß das nicht mehr so genau. Er wohnte noch ein Jahr bei uns, und niemand wusste, was er den Tag so trieb. Manchmal blieb er eine ganze Nacht lang weg. Ich habe ihn mal gefragt – ich meine, ich war ja viel jünger – was er denn so mache, beruflich und da sagte er nur mit seiner schnarrenden Stimme: Ich bin die Gerechtigkeit. Ein aufgeblasener Mensch, der mit der Machtübernahme der Nationalsozialisten wahrscheinlich endgültig den Bezug zur Realität verloren hat. Er zog dann aus, verschwand mit seinem bisschen Hab und Gut und sagte noch nicht einmal Danke oder auf Wiedersehen. Wir haben nie wieder von ihm gehört.«

»Kennen Sie denn eigentlich seinen Spitznamen?«

»Natürlich. Alle nannten ihn plötzlich nur noch Tristan. Und er war auch noch stolz darauf. So etwas Albernes. Warum fragen Sie das alles? Lebt der denn noch?«

»Ja. In Kassel. Wir haben ihn allerdings festnehmen müssen, weil er unter Mordverdacht steht.«

Annegret Beck schüttelte leicht mit dem Kopf. »Wundert mich nicht. Solche Leute überleben immer und was den Mordverdacht betrifft: Dem ist alles zuzutrauen, glauben Sie mir. Grüßen Sie ihn mal. Bin mal gespannt, wie er reagiert.« Sie stand auf und ging kurz im Raum umher, drehte sich dann abrupt um. »Wo Sie das jetzt mit dem Spitznamen erwähnen: Offensichtlich kennen Sie die Variante mit der Oper auf dem Schulhof, oder?« Anke Dankelmann nickte.

»Es gibt noch eine andere, sie war mir entfallen, aber das Gespräch bringt mich jetzt wieder darauf. Ich muss ein wenig ausholen: Die Familie Karl von Haldorfs war eine deutschnationale Gesinnungsgemeinschaft. Karl von Haldorfs Mutter Erika kam eigentlich aus gutem Hause, den Geburtsnamen weiß ich aber nicht mehr. Was ich aber weiß ist, dass Erika von Haldorf seit ihrer Jugend eine enge Brieffreundschaft mit Elisabeth Kranz pflegte. Das wird ihnen nichts sagen. Die Mädchen kannten sich gut, besuchten sich gegenseitig auch später, als beide schon Kinder hatten. Elisabeth Kranz hatte einen gewissen Bruno Heydrich geheiratet. Ihrem Sohn gaben sie den Namen Reinhard. Reinhard Heydrich sagt Ihnen doch sicher etwas, oder?«

Anke Dankelmann war längst die Spucke weggeblieben. Allmählich ergab sich ein gewisses Bild von Karl von Haldorf, allmählich fanden sie Puzzleteile, die zusammenzupassen schienen.

»Reinhard Heydrich war ein paar Jahre älter als Karl, die beiden passten allerdings richtig gut zusammen. Was die antisemitische Haltung betraf genauso wie ihre Arroganz im Auftreten. Heydrich war ein paar Mal bei uns zu Gast, das muss gegen 1930 oder so gewesen sein. Ich habe nur dunkelste Erinnerungen an ihn. Als er später Karriere machte, da dachte ich nur immer: Den kenne ich. Was ich aber sagen wollte: Heydrich hatte drei Vornamen. Der erste war Reinhard, der dritte Eugen – und der zweite war Tristan.«

Anke Dankelmann und Bernd Stengel schauten sich sprachlos an. Heydrich, der Inbegriff des Massenmords, Gestapo-Chef, Leiter des Reichssicherheitshauptamtes, verantwortlich für den Tod von hunderttausenden von Menschen. Karl von Haldorf, sein Freund, möglicherweise die rechte Hand des Teufels. Und das Gemeinsame: Tristan – der Name des Bösen.

Annegret Beck kam zum Abschied mit bis vor den Eingang. Eine kleine, zierliche Frau, die in ihrem Leben sicher nie Figurprobleme gehabt hat, dachte Anke Dankelmann und seufzte innerlich. Sie war weder klein noch zierlich, dafür hatte sie gelegentlich Figurprobleme. Sie winkte ihnen nach, als sie mit dem Auto den Parkplatz vorsichtig verließen – es waren immer noch viele Senioren unterwegs.

Auf der Rückfahrt hingen beide ihren Gedanken nach, und Anke Dankelmann widmete sich ein wenig der Landschaft entlang der Weser. Sie fuhren durch die Ausläufer des Reinhardswaldes, kamen an der Ortschaft Weißehütte vorbei, ein winziges Nest, dessen Campingplatz größer war als der Rest des Dorfes. Die Straße schlängelte sich durch den Wald, auf der anderen Seite sah man die strengen Türme des Klosters Bursfelde. Sie war mal mit Willimowski dort gewesen. Neben dem Kloster gab es ein kleines, aber vorzügliches Gasthaus, sie hatten auf der Terrasse in der Sonne gesessen und einen Kaffee getrunken. Ein Ort, an dem man die Welt nicht vergessen, aber genießen konnte.

Hier gab es noch Fähren, ein paar Kilometer weiter führte eine von Reinhardshagen hinüber nach Hemeln, wo es an der Anlegestelle ein in der ganzen Region bekanntes Gasthaus gab. Vor allem Studenten aus Göttingen und Motorradfahrer aus allen Teilen der Region kamen hierher, um etwas zu trinken oder eine Kleinigkeit wie einen Strammen Max zu essen.

15

Am späten Nachmittag hatten sie noch einen Termin im Gefängnis, sie hatten ihn extra verlegt, weil sie auf die Ergebnisse des Gesprächs mit Annegret Beck warten wollten. Die Kollegen hatten versprochen, Haldorfs Anwalt zu erreichen und ihm die Terminverlegung mitzuteilen. Kurz vor Kassel klingelte das Telefon, Richard Plassek, der Leiter des K 11, war selbst am Telefon. »Wir haben diesen Stützer nicht erreicht. Das Handy klingelt zwar, aber er hebt nicht ab. Wir haben eine Streife im Büro vorbeigeschickt – aber es hat keiner geöffnet. Die Dussel haben nur vergessen, nach dem Auto zu gucken. Mussten dann zu einem Unfall, das mit dem Wagen prüfen wir noch. Sollte das Auto vor dem Haus stehen und weiter kein Kontakt möglich sein, müssen wir uns die Bude mal vornehmen. Wollt ihr trotzdem in die JVA und mit Haldorf reden? Wenn ich das richtig verstanden habe, dann scheint der ja so von sich überzeugt zu sein, dass er nicht zwingend Wert auf den Rechtsverdreher legt.«

»Wir probieren es einfach mal, wenn er nicht will, dann ist morgen auch noch ein Tag. Morgen früh gehen wir aber zu der Beerdigung von Surmann, die ist um 11 Uhr.« Anke Dankelmann wollte unbedingt dem alten Mann die letzte Ehre erweisen, und Stengel hatte erklärt, sie nicht allein gehen zu lassen.

Es war kurz nach 16.30 Uhr, als sie endlich vor der JVA ankamen. Die übliche Prozedur am Eingang, Karl von Haldorf wurde in den Verhörraum geführt, wo sie ihm sofort erklärten, dass sein Anwalt heute nicht dabei sein würde.

»Wissen Sie, wo er sich aufhalten könnte?« Anke Dankelmann schaute den alten Mann fragend an. Der schüttelte den Kopf, sah sie mit seinen steinharten Augen an und sagte:

»Nein. Dann verschieben wir also unser Gespräch?«

»Das liegt an Ihnen. Eigentlich wollen wir Ihnen heute ein wenig von einer Begegnung erzählen, die uns beeindruckt hat. Hat nichts mit irgendwelchen strafrechtlich relevanten Vorwürfen zu tun. Bestehen Sie auf der Anwesenheit Ihres Anwalts?«

»Ich bestehe auf gar nichts. Verstehen Sie: Ich habe mir nichts vorzuwerfen und bin immer gespannt, was Sie mir zu erzählen haben.

Dinge, die geschehen sind, sind geschehen. Aus meiner Sicht habe ich nichts Unrechtes getan und stehe dazu. Also, von welcher Begegnung wollen Sie mir erzählen?« Anke Dankelmann schaute Bernd Stengel an, der nickte ihr auffordernd zu.

»Sagt Ihnen der Name Annegret Beck etwas?« Haldorf runzelte die Stirn, dachte kurz nach, schüttelte den Kopf, lehnte sich in seinem Stuhl zurück und schlug die Beine übereinander.

»Naja, eigentlich müsste ich Sie nach dem Mädchennamen der Dame fragen. Sagt Ihnen der Name Annegret von Gottsleden etwas? Sie kennt Sie jedenfalls, und ich soll Ihnen Grüße ausrichten.«

Karl von Haldorf schaute sie interessiert an.

»Ja natürlich sagt mir der Name etwas. Wir haben uns vor Jahrzehnten mal gekannt. Ich habe eine Zeitlang bis zum Abitur bei ihren Eltern gewohnt und auch noch eine Weile danach. Nachdem ich ausgezogen bin, haben wir uns aus den Augen verloren.«

»Herr von Haldorf, es gibt ja kaum verwertbare Unterlagen über Ihren Lebenslauf. Sie würden uns die Arbeit erleichtern, wenn Sie einfach ein wenig erzählen würden. Wie Sie Kontakt zur nationalsozialistischen Bewegung, zu Reinhard Heydrich bekommen haben und wie Sie bei der Gestapo gelandet sind.«

»Das ist ein Irrtum. Ich war nicht bei der Gestapo, ich war beim Sicherheitsdienst. Da Ihnen so an meiner Person gelegen ist, will ich gern ein wenig erzählen, Dinge, die mich nicht belasten können. Da ich mich aber heute nicht ganz so wohl fühle, sollten wir das auf eine halbe Stunde beschränken.«

Stengel und Dankelmann waren einverstanden und lauschten dem kurzen Vortrag des alten Mannes. Eigentlich war Anke Dankelmann froh, nicht länger als 30 Minuten zuhören zu müssen. Das schnarrende Organ Tristans konnte sie nicht allzu lange ertragen. Haldorf und Heydrich waren sich in den zwanziger Jahren zum ersten Mal begegnet, als die Familien sich auf halbem Weg trafen. Heydrichs wohnten in Halle an der Saale, man vereinbarte einen Treffpunkt in Leinefelde, von Nordhessen aus bequem mit dem Zug zu erreichen. Heydrich war damals bei der Reichsmarine Nachrichtenoffizier und imponierte dem jungen Haldorf. Beide Familien waren extrem antisemitisch – Normalität für das gut situierte Bürgertum oder adlige Familien in dieser Zeit, wie Tristan behauptete. Die beiden verstanden sich auf Anhieb, Haldorf himmelte den um ein paar Jahre älteren Reinhard Heydrich an, der in seiner Uniform eine prachtvolle Figur abgab. Die beiden blieben durch eifriges Briefeschreiben in Kontakt. Heydrich war es dann auch, der Haldorf 1931 überredete, in die NSDAP einzutreten. Heydrichs Mitgliedsnummer war 544.916. Tristan hatte 574.917. Karl von Haldorf war gerade 18 Jahre alt geworden und hatte sein Abitur gemacht. Er war auf der Suche nach einer Beschäftigung, studieren kam aus verschiedenen Gründen nicht in Frage. Er hatte die Nase voll von Schule, er wollte etwas bewegen, politisch aktiv sein. Und zwar nicht mit bloßer Rhetorik oder organisatorischer Arbeit. Er wollte Wirkung erzeugen.

Haldorf schaute Anke Dankelmann an. »Das wollten Sie doch alles wissen, oder? Naja, das Ganze ging zielstrebig weiter. Heydrich hatte mittlerweile längst Himmler kennengelernt und erhielt von ihm den Auftrag, den Sicherheitsdienst, abgekürzt SD, aufzubauen – schon mal gehört? Als eine Organisation innerhalb der SS, die ja damals noch nicht die Bedeutung hatte, die sie später erlangen sollte. Und die sie, zumindest bei meinen Freunden, heute noch hat. Zu Recht – im Übrigen.«

Haldorf schaute beide abwechselnd an. Lächelte kurz und sagte dann: »Oder glauben Sie im Ernst, dass diese ganze politische Schwachtümelei in Europa, die wir hier erleben, der Niedergang deutschen Kulturgutes, passiert wäre, wenn meine Freunde und ich mehr zu sagen hätten? Der Tod Reinhard Heydrichs 1942, ich sage Ihnen: das war für den Nationalsozialismus eine entscheidende Schwächung. Ich habe ihn noch besucht, als er nach dem Attentat von Prag im Krankenhaus lag. Lina Mathilde, seine Frau, war mit dem vierten Kind hochschwanger, Marthe wurde ja erst knapp zwei Monate nach Reinhards Tod geboren. Aber egal, Heydrich brauchte 1931 Leute in den Städten, die sein verlängerter Arm waren. Ich übernahm diese Aufgabe in Kassel. Zunächst ganz allein. Mehr nicht. Das ist die ganze Geschichte. Und nun entschuldigen Sie mich, ich möchte mich ausruhen.«

Der alte Mann stand auf, erstaunlich behende für sein Alter. Schob ordnungsgemäß den Stuhl an die Tischkante.

Preußisch-deutsch korrekt, dachte Anke Dankelmann, der diese selbstsichere Art des Greises auf die Nerven ging und die zunehmend zornig geworden war.

»Herr von Haldorf, darf ich Ihnen noch eine Frage stellen?«
Tristan blieb stehen und drehte sich um.

»Haben Sie jemals darüber nachgedacht, dass die Menschen, die
Sie umgebracht haben, nichts, aber auch gar nichts begangen hatten, dass ihr einziger Fehler der war, zur falschen Zeit am falschen
Ort zu leben? Dass sie den Fehler begingen, eine Abstammung zu
haben? Einen anderen Glauben?«
Haldorf schaute sie aus harten Augen an. »Natürlich habe ich darüber nachgedacht. Und habe eine Entscheidung getroffen. Aus ra-
tionaler Überzeugung, verstehen Sie das endlich. Ich bin kein Täter. Ihr seid es. Auf eure Art und Weise.«
Der Mann drehte sich wieder um und ging durch die Tür.
Anke Dankelmann und Bernd Stengel blieben sitzen. Nach einigen Sekunden sagte die Kommissarin:
»Ich weiß nicht, ob ich diesen Menschen weiter ertragen kann.
Nichts gelernt, oder? Der glaubt nach wie vor an die Herrenrasse,
der würde heute noch jeden Juden ermorden, auch kleine Kinder.
Der würde wieder diese Kirche anzünden. Bernd, das darf doch
nicht wahr sein. Und dann gibt es ja in diesem Land Leute, die finden das gut.« Ihr stiegen die Tränen in die Augen, sie hatte das Bild
der Kirche vor sich, stellte sich das Schreien der sterbenden Kinder vor. Die beiden Polizisten gingen hinaus, auch Bernd Stengel
fehlten die Worte. Im Auto rief Stengel die Mailbox ab. Danach
klappte er das Handy zusammen und sagte:
»Es wird immer irrer. Die haben Stützer gefunden. Der Mann ist
tot. Erwürgt in seiner Wohnung. Keine Kampfspuren, keine Zeugen – nichts. Haldorf braucht einen neuen Anwalt.«
Aus irgendwelchen Gründen war Anke Dankelmann diese Nachricht beinahe egal. Die Aussage dieses alten, arroganten Nazi-
Dreckschweins hatten das Maß dessen, was sie ertragen konnte,
schon überschritten. Es reichte. Sie wollte Feierabend machen,
nach Hause, duschen, was trinken – und dann ab zum Rendezvous.
Mal über was anderes reden. Über Pizza. Oder Fußball. Oder Sex?
Wie kam sie jetzt bloß darauf? Sie schüttelte ein paar Mal heftig mit
dem Kopf. Dieses heftige Kopfschütteln, das war das sicherste Mittel, Gedanken zu vertreiben und eine neue Minute im Leben zu beginnen. Sie schaute ein wenig aus dem Seitenfenster und sah die an
ihnen vorbeiziehenden Straßenzüge. Was war das damals bloß für

eine Zeit gewesen? Wie war das in dieser Stadt, von der so wenig übrig war von damals, gewesen? Wie konnten solche Menschen entstehen? Wie konnte all das passieren? Stengel schaute kurz auf die Uhr am Armaturenbrett. »Anke, es ist 17.30 Uhr, lass uns Feierabend machen. Ich kann auch nicht mehr konzentriert arbeiten, ich könnte einfach nur noch kotzen.« Sie nickte, stieg am Polizeipräsidium in ihren roten Golf und fuhr in den Kirchweg. Das Haus, in dem sie wohnte, musste damals auch schon gestanden haben. Was es wohl alles erlebt hatte?

16

Karl von Haldorf wurde zurück in seine Zelle gebracht. Er schaltete den Fernseher ein, zappte durch ein paar Programme und machte den Apparat bald wieder aus. Irgendwie fingen die Erinnerungen an, an ihm zu nagen. Das war ihm in den vergangenen Jahrzehnten höchst selten passiert. Er wunderte sich ein wenig darüber, fand sich aber mit dem Gedanken ab, dass so etwas im hohen Alter vermutlich normal war. Er legte sich auf sein Bett und schaute an die Decke, schloss irgendwann die Augen.

Er landete im Frühjahr 1931. Er hatte damals ein paar Kisten und Säcke gepackt und seinen ganzen Krimskrams aus dem Zimmer, das er sich mit Hubert, einem der beiden Söhne der von Gottsledens teilte, ausgeräumt. Er war froh, endlich diese Familie verlassen zu können. Die hatten ihm ein Dach über dem Kopf geboten, während der drei Jahre, die er das Gymnasium besucht hatte. Dennoch kam kein Gefühl der Dankbarkeit auf. Seine Eltern hatten dafür schließlich Geld bezahlt – und in einem Hotel war man für eine Dienstleistung schließlich auch nicht dankbar. Möglicherweise würde er noch ein oder zwei Jahre lang zu Weihnachten eine Karte schicken. Ansonsten war er froh, diese Baggage nicht mehr ertragen zu müssen. Am schlimmsten waren die Töchter, Sieglinde und Annegret. Ihre schrillen Stimmen trieben ihn zum Wahnsinn, woher nahmen Frauen zudem das Bedürfnis, ununterbrochen reden zu müssen? Schweigende Frauen gab es nicht, zumindest nicht in dieser Familie. Einfach mal den Mund halten, das funktionierte in dieser Wohnung nicht. Karl von Haldorf verließ das Haus in der Kaiserstraße in zwei Etappen.

Erst brachte er die beiden Kisten auf den Stoßkarren, den er sich geliehen hatte, dann die beiden Säcke mit seiner Kleidung. Er blickte nicht zurück.

Er schob den hölzernen Karren die flache Kaiserstraße entlang, bog ab in die Nebelthaustraße zum Königstor, hatte plötzlich das Gefühl von Freiheit, das Empfinden, endlich losgelöst zu sein von menschlichen Bindungen. Kurz vor dem Königstor, dem Eingang zur Altstadt, bog er ab und ging wenig später runter zur Frankfurter Straße unterhalb des Weinbergs. Die Straße war steil und er musste sich abmühen, damit der Stoßkarren kein Eigenleben entfaltete und ihm entglitt.

Er hatte eine kleine Wohnung bekommen in der Julienstraße, einer kurzen Straße am Rand der Karlsaue, Haus Nummer 7. Das waren alles gutbürgerliche Häuser in der Nachbarschaft, manche fein und mit viel Liebe der Besitzer oder Bewohner herausgeputzt. Eine ideale Wohngegend für ihn. Nah an der Innenstadt, dicht an diesem wunderbaren Barockpark, nicht allzu weit entfernt vom Fluss. Alles leicht erreichbar. Reinhard Heydrich hatte mit seiner Organisation dafür gesorgt, dass er hier unterkam. Das Haus gehörte einem betuchten Parteigenossen, dem Heydrich von seinen Plänen erzählt hatte. Die kleine möblierte Wohnung lag im zweiten Stock, hier ging es ein wenig ruhiger zu als in der Kaiserstraße, die allerdings auch zu einem viel größeren Wohnviertel gehörte. Dort war alles dicht bebaut, hier gab es noch ein paar Häuser entlang der Tischbeinstraße, hinter den Häusern der Frankfurter Straße, der Hauptverbindung Richtung Süden, war alles unbebautes Feld. Er räumte seine Siebensachen ein, machte die Fenster auf und lüftete kräftig durch. Wie in allen möblierten Wohnungen roch es ein wenig staubig, muffig – er würde sich dran gewöhnen, er hatte aber auch keine großen Ansprüche. Als er mit allem fertig war, schaute er sich in der Vorratskammer um. Die Vormieter hatten nur ein wenig Marmelade hinterlassen, er würde noch einkaufen müssen. Aber vorn an der Frankfurter Straße war ein Lebensmittelgeschäft, ein paar Reichsmark hatte er sich in den vergangenen Wochen verdient. Bevor er die Wohnung verließ, schaute er in den Spiegel. Er sah einen bleichgesichtigen Mann mit schwarzen Haaren, einem stechenden Blick, einem etwas faltigen Hemd und abgewetztem Jackett. Da würde sich einiges ändern müssen, das war klar. Aber morgen würde es endlich richtig losgehen, um 8 Uhr war Treffen in der Parteizentrale.

Als er vom Einkauf zurückgekommen war, dachte er einen Moment an seine Eltern. Karl von Haldorf hatte sie lange nicht mehr besucht, bekam aber jeden Monat ein wenig Geld von ihnen. Er war dankbar dafür und würde es ihnen zurückgeben, irgendwann. Er hatte in Kassel nach seinem Auszug noch eine Anlaufstelle in Rothenditmold, eine Familie Drönner. Er hatte Respekt vor dieser Familie, weil sie es schafften, trotz der harten Zeiten ihre Tochter aufs Gymnasium zu schicken. Das war eine Leistung, denn die Wirtschaftskrise haute in Kassel unendlich viele Menschen aus der Bahn. Kassel war eine der sechs deutschen Großstädte, die am heftigsten mit der Wirtschaftskrise zu kämpfen hatten. Keine Aufträge für die Großindustrie wie Henschel – und tausende und abertausende Menschen verloren ihre Arbeit. Richtige Hochkonjunktur hatten nur die Armenküchen. In der Polizei an der Hohenzollernstraße standen jeden Mittag Hunderte an, am Karlshospital unten an der Fulda dasselbe Bild. Er hatte kürzlich noch mit Heydrich darüber gesprochen – sie mussten die Macht übernehmen, hatte der gemeint, und dann durchgreifen. Aufrüsten, Straßen bauen, die Menschen beschäftigen. Viele Unternehmer unterstützten Hitler und seine Bewegung, obwohl die richtigen Wahlerfolge noch ausgeblieben waren. »Aber wir werden jeden Tag mehr – und wir müssen anders gegen unsere Gegner vorgehen!«, hatte Heydrich gesagt. Gemeinsam mit Himmler hatte er die Idee eines Sicherheitsdienstes entwickelt. Eine Art Geheimpolizei, die radikal aufräumen sollte – intern wie extern. Und Karl von Haldorf gehörte dazu. Heydrich hatte gelächelt, als er von seinem Spitznamen aus der Schule erfuhr und ihm gesagt, sein zweiter Name laute genauso. Sie beschlossen, dass Haldorf unter diesem Codenamen arbeiten würde. Und »Tristan« war zu allem bereit.

Er schlief ruhig und fest und war pünktlich um 8 Uhr am Treffpunkt. Eigentlich hatten die Bürgersäle, der wichtigste Treffpunkt der Nationalsozialisten in Kassel, um diese Zeit noch geschlossen. Doch sie hatten einen Schlüssel für ein Hinterzimmer. Hier in der Oberen Karlsstraße herrschte schon reger Betrieb. Die Innenstadt war eine Ansammlung von unendlich vielen Kleinstfirmen – hier das Café für die betuchteren Bürger und einen Steinwurf entfernt der Hufschmied, der schon am frühen Morgen die Pferde beschlug. Niemand kümmerte sich um die kleine Gruppe. Ein SA-Mann in Uniform, der zu ihnen gehörte, wurde da schon eher beäugt, Kassel war noch keine Stadt der Bewegung – aber Tristan würde mit seinen Freunden eine daraus machen. Warum dieser Kerl aber ausgerechnet an diesem Tag morgens in SA-Kluft herumlief – sie würden ihm ein paar Takte sagen müssen.

Die Gruppe bestand aus fünf Männern: Haldorf, der SA-Mann namens Vogelsang und drei engagierte Männer aus der Führungsetage der Partei. Einer hieß Messerschmidt und war Stadtverordneter, die anderen hießen Becker und Scharff. Es ging nur um einen Punkt: Sie wollten auffallen, provozieren, das Stadtbild verändern. Einer schlug einen Aufmarsch vor, ein anderer eine Großveranstaltung in den Bürgersälen. Sie diskutierten engagiert, aber ergebnislos, kauten alle Pläne durch. Dann hatte Tristan plötzlich eine andere Idee.»Das Stammlokal der Linken ist doch das Stadt Stockholm in der Altstadt, oder?«Die anderen nickten. »Wir splittern die Gegner auf, machen an vier verschiedenen Orten gleichzeitig eine Kundgebung in einer Gaststätte und eine davon findet im Stadt Stockholm statt. Wir mieten uns da ein und machen da eine Kundgebung. Mitten im Auge des Tornados. Unter falschem Namen natürlich, ganz unauffällig. Der Rest verteilt sich auf die drei anderen Orte, da findet dann auch was statt – aber in kleinem Rahmen. Und dann tauchen wir bei ihnen zuhause auf, mit voller Kapelle.« Er grinste alle breit an.

»Und dann?« Messerschmidt wirkte verunsichert. Hatte der etwa schon bei den Planungen Angst? Tristan hatte das Gefühl, diesen Mann im Auge behalten zu müssen.

»Dann gibt es Aufruhr, Parteigenosse Messerschmidt. Genau das, was wir brauchen. Und wir haben unsere Straßenschlacht. Und wir haben unsere ersten Opfer, die es zu rächen gibt, etwas, was die Bewegung braucht. Etwas, worauf wir mit Emotionen reagieren können, die die Bewegung stärken werden.« Ein eiskalter, verwegener Plan, keine Frage. Sie schwiegen lange und beschlossen dann mit einer Gegenstimme von Messerschmidt, es genau so zu machen.

Als Karl von Haldorf ging, war er stolz auf sich. Den Plan hatte er nicht vorbereitet, er war ihm eben eingefallen. Und er würde dafür sorgen, dass es rund ging an diesem Tag in wenigen Wochen. Nur dieser Messerschmidt machte ihm Gedanken.

Über 70 Jahre später öffnete Tristan in seiner Zelle die Augen. Was nach 1931 passiert war, das hatte er so oft vor seinem geistigen Auge abgespult, dass er sich das heute ersparen wollte. Aber es ging nicht ganz. Denn es war ein entscheidender Moment in seinem Leben gewesen.

Sie hatten ihren Aufruhr bekommen. Die verdeckt geplante Sache im
Stadt Stockholm war aufgeflogen, die breite Kasseler Öffentlichkeit hatte
gegen diese Unverschämtheit, im Lokal der Linken eine Nazi-Veran-
staltung zu planen, protestiert. Das hatte die Rechten in Kassel natürlich
erst recht mobilisiert. Am Königsplatz hatte es dann gekracht. Man hatte
sich mit den Linken eine richtige Straßenschlacht geliefert. Tristan hatte
das Ganze nur beobachtet – etliche Menschen wurden durch Messerstiche
schwer verletzt. Die Polizei hatte zunächst das Veranstaltungslokal gesichert und dann auch am Königsplatz versucht, die Schlacht zu beenden.
Irgendwann hatte er dann gesehen, wie sich Messerschmidt in Richtung
Garnisonkirche entfernte. Er hatte ihn unbemerkt verfolgt und auf den
wenigen Metern seinen nächsten Plan gefasst. Gleich, wie die Schlacht
ausging: Sie brauchten auch ein prominentes Opfer als Märtyrer, wie
Horst Wessel vor einem Jahr. Ein lokaler Märtyrer, das war hier die Lösung. Messerschmidt war der ideale Mann: Prominent und komplett verzichtbar, ein zu weicher Bursche für eine harte Bewegung. Er hatte ihn
irgendwann eingeholt. Dem Mann standen die Schweißperlen auf der
Stirn, er hatte wirklich Angst, war beruhigt, als er Tristan sah. »Ich
dachte schon, die Kommunisten verfolgen mich, Gott sei Dank sind Sie
es.« Es waren seine letzten Worte. Tristan legte beruhigend die Arme um
ihn und zog ihn in einen Hausflur, sah, dass niemand im Treppenhaus
war, rammte ihm sein langes Messer ein paar Mal in die Herzgegend und
ließ den leblosen Körper einfach liegen. Alles war so schnell gegangen, dass
es auch draußen niemand bemerkt hatte. Dann ging er davon, haken-
schlagend durch die engen Gassen der Altstadt. Der Ausgang der
Straßenschlacht war ihm egal. Abends, daheim, da spürte er keinerlei Re-
gungen. Nur eine Schlussfolgerung kam ihm in den Sinn: Er war besser
als die anderen, kühler, schneller, kompromissloser. Seine Zeit würde noch
kommen. Und diese Zeit würde ihn brauchen. Nach dem Mord ging er
zurück in Richtung Königsplatz, hatte dort in dem weiteren Getümmel
das Messer, dessen Griff er vorher abgewischt hatte, einfach fallen lassen.
Er hatte später dann doch ein wenig Angst gehabt und Heydrich davon
berichtet. Hatte allerdings auch Messerschmidts Persönlichkeit ein wenig
dramatischer dargestellt, als es der Realität entsprach. Demnach war er
ein feiger Mann, der eher zum Überläufer als zum Kämpfer für die eigene Sache taugte. Heydrich hatte ihn mit seinem meist regungslosen Gesicht angeblickt und aus seinen schmalen Augen beobachtet. Dann sagte
er mit seiner hohen Stimme: »Das ist genial. Immer wieder der Horst-

Wessel-Effekt. Wir werden ohnehin Opfer bringen müssen. Da passt es doch, wenn wir die mit einplanen und möglicherweise auch selbst aussuchen. Prima gemacht, Karl. Ich bin stolz auf dich. Weiter so.« Das war der Ritterschlag gewesen, für ihn persönlich. Und es war eine neue Dimension der Unmenschlichkeit. Haldorf war noch heute sicher, dass all dies mehr als nötig gewesen war. Seine Tat hatte ihn zum Auserwählten gemacht. Er war zum Auftragskiller des neuen Sicherheitsdienstes geworden. Ein Namenloser, den alle nur unter seinem Pseudonym kannten. Keine Akten, keine Namen. Die perfekte Bürokratie der Nazis, die alles und jeden statistisch erfasste, war hier von Anfang an ausgeblendet worden. Heydrich hatte seine persönliche Geheimwaffe gefunden.

Es hatte wenig später Prozesse gegeben, in denen man zwar den Nazis die moralische Schuld an den Ausschreitungen gegeben hatte – verurteilt worden waren aber Angehörige der linken Parteien, die zum Protest aufgerufen hatten. Karl von Haldorf wurde nie gefasst. Wie auch? Außer Heydrich und ihm hatte keiner auch nur die leiseste Ahnung, wer Messerschmidt umgebracht hatte. Und Spuren, Verdachtsmomente, Zeugen, gab es keine.

17

Anke Dankelmann kämpfte sich durch ihre beruflich bedingten Gefühlslagen wieder ans Tageslicht des Privatlebens. Das war das Schwierige an diesem Job. Man nahm häufig einfach zu viel Ballast mit nach Hause, zu oft trieben einen die zum Teil furchtbaren Dinge um, die man erlebte. Ihr positives Wesen schaffte es häufig genug, den Schalter dennoch zu drehen. Zumindest vorübergehend. Und manchmal half ihr die Vorstellung, dass es anderen in ihrem jeweiligen Beruf noch schlechter ging. Sie hatte neulich von dem Lokführer gehört, der in der Nähe von Schwalmstadt mit seinem Regionalexpress einen Mann überfahren hatte. Der war einfach so auf die Schienen gestiegen, dem Zug entgegengelaufen. Der Bremsversuch war vergeblich. Der Zugführer hatte berichtet, der Mann habe ununterbrochen in Richtung Führerhaus geschaut, Blickkontakt gesucht. Was das Ganze noch schlimmer machte: Es war der fünfte Selbstmörder im Berufsleben des Zugführers. Der Mann tat ihr unendlich leid. Dagegen war ihr Beruf, den sie liebte, eigentlich erträglich, fand sie.

Sie bretzelte sich ein wenig auf und kam ein paar Anstandsminuten zu spät ins El Gitano. Sie konnte zu Fuß dorthin, einfach den Kirchweg entlang und dann über das Wehlheider Kreuz auf die andere Straßenseite. Das Lokal hatte eine wechselvolle Geschichte hinter sich, war zwischendurch mal so eine Art von Geheimtipp für Genießer – aber hier, mitten in diesem Arbeiterstadtteil, hielt sich so was nicht. Sie betrat das Lokal: Vorn, vor der eigentlichen Eingangstür, tummelten sich die Raucher. Sie ging hinein, an der Theke vorbei und fand Miegler im Hinterraum an einem Ecktisch sitzen und die Speisekarte studieren. Er schaute hoch und lächelte.

Das gefiel ihr, sie mochte diese überwohlerzogenen Clowns nicht, die beim Eintreffen der Dame aufsprangen, den Stuhl rückten und dann erst wagten, nach der Karte zu fragen – pragmatisch sollten Männer sein und keine Schauspieler. Er stand auf, gab ihr die Hand und ließ sie einfach gewähren. Handtasche auf den Nachbarstuhl, Jacke auf die Fensterbank geknüllt – sie mochte keinen Popanz.

Ein Rosado, der Hauswein, zu Beginn, Weißbrot, Aioli, Tapas, sie ließen es sich gut gehen, redeten über die schönen Häuser in der Goethestraße. Miegler hatte zum Glück nicht die Neigung, lange Vorträge zu halten. Er war an ihrer Meinung interessiert, es ging kreuz und quer durchs Themenspektrum. Als sie sich danach einen Cognac gönnten, einen Cardinal Mendoza, fragte er plötzlich: »Ich kenne Sie zwar nicht oder zumindest nicht gut, aber so ganz sind Sie nicht bei der Sache. Schlimmer Tag heute?«

Anke Dankelmann nippte am Cognac und sagte: »Kann man sagen. Haben Sie schon mal einen Massenmörder verhört?«

Sie erzählte ein wenig von Karl von Haldorf. »Was mir überhaupt nicht in den Kopf will: Wie wird jemand in jungen Jahren zu einem solchen Verbrecher? Da muss doch was passiert sein. Gibt es da möglicherweise gar genetische Dispositionen? Ich fasse das alles nicht, und ich habe schon viele Lebensläufe von Mördern studiert.« Miegler nickte und schluckte einen Bissen Weißbrot hinunter.

»Kann ich verstehen, dass einen so etwas beschäftigt. Aber wahrscheinlich ist diese Form des sensiblen Umgangs mit ihrem Job auch eine Garantie dafür, dass Sie mit hoher Wahrscheinlichkeit niemals zur Massenmörderin werden würden. Ich habe mein Versicherungsbüro ja noch nicht ewig, ich habe Psychologie studiert, zumindest etliche Semester. Lassen Sie uns doch mal spekulieren, was da alles eine Rolle gespielt haben könnte.« Das einzige, was halbwegs feststand, war, dass Karl von Haldorf in einem antisemitisch geprägten Elternhaus aufgewachsen und dann in eine mindestens genauso judenfeindliche Familie geraten war. Geprägt vom Umgang mit Gleichgesinnten war also zumindest eine antisemitische Grundhaltung teilweise erklärbar.

»Solche Menschen haben aber, wie bei einem Puzzle, eine Art Grundmuster, das die Persönlichkeit darstellt. Es gibt ja keine gesicherten wissenschaftliche Erkenntnisse darüber, wer zum Massenmörder wird oder werden kann und wer nicht. Nur weil man eine beschissene Kindheit hat, wird man nicht zum Massenmörder oder zum Verbrecher, ganz allgemein gesprochen. Wir hätten sonst hunderttausende davon im Land. Sicher ist aber, dass das alles viel mit Emotion beziehungsweise Nicht-Emotion zu tun hat. Diese Menschen haben ein geringeres Schmerzempfinden als andere.« Miegler schaute nachdenklich aus dem Fenster.

»Was meinen Sie damit?«, fragte Anke Dankelmann.

»Naja, das betrifft nicht nur das eigene Schmerzempfinden. Sie reagieren auf emotionale Breitseiten unempfindlicher als andere. Das betrifft vor allem das Mitgefühl, so will ich es mal nennen. Es gibt Menschen, die können keine Schafwollsocken tragen, weil sie ständig an die Augen des armen Tieres denken müssen, das die Wolle hergeben musste und frierend im Regen steht. Tristan würde nie so denken. Die haben ein Ziel, von dem sie gedanklich und emotional überzeugt sind, und räumen alles weg, was dazwischen steht.«

»Ja, aber diese Kinder in der Kirche? Ich habe Ihnen doch von diesem Massaker erzählt!« »Der Unterschied, den solche Menschen zwischen Kindern und Erwachsenen machen, der besteht nur in der Kleidergröße. Ansonsten sind sie Hindernisse. Etwas kleinere halt.« Anke Dankelmann atmete tief durch. Das war beinahe zu viel für sie.

»Das heißt dann zum Schluss, dass Haldorf vermutlich besonders durch die Beziehung zu Heydrich und durch seinen Job im Sicherheitsdienst erst so richtig losgelassen wurde. Das Pflänzchen war da, irgendjemand hatte eine Gießkanne und hat aus dem Pflänzchen eine Pflanze werden lassen. Fleisch fressend obendrein.

Entschuldigen Sie, ich bin Zynikerin, das bringt der Beruf so mit sich.« Sie hakten das Thema ab, Miegler übernahm die Rechnung, und sie schlenderten heimwärts, das Haus im Kirchweg lag praktisch auf dem Heimweg des Versicherungsmannes.

»Danke für den schönen Abend«, sagte sie vor der Haustür, gab ihm die Hand und schaute ihn kurz an.

»Nichts zu danken, gern wieder. Halten Sie mich bitte auf dem Laufenden, dieser ganze Fall interessiert mich.«

Er winkte ihr kurz zu und marschierte Richtung Wilhelmshöher Allee davon. Endlich mal einer, der sich nicht gleich ein Bein ausreißt, um dich ins Bett zu kriegen, nur weil er mit dir was essen geht, dachte Anke Dankelmann und stieg die Treppen zu ihrer Wohnung hoch. Sie zappte durch die Programme, sah, dass bei arte eine Dokumentation über den Holocaust lief und machte den Fernseher aus. Sie hatte für heute genug davon.

18

Am nächsten Vormittag bekamen sie zur Kenntnis die ersten Berichte über den Tod des Anwalts. Gero Stützer hatte ziemlich viel Alkohol im Blut gehabt, als es ihn erwischt hatte. Er war in einer Kneipe in Gilserberg gewesen, das hatten sie herausgefunden, danach war er offensichtlich direkt heimgefahren. Man konnte annehmen, dass er seinen Mörder gekannt hatte, denn an der Tür gab es keine Spuren eines gewaltsamen Eindringens. Auch die Tatsache, dass er so im Flur lag, als habe er dem Täter den Rücken zugekehrt, sprach für diese These. Es war offensichtlich nichts gestohlen worden, Geld, Wertgegenstände – alles war noch da. Gesehen hatte niemand etwas. Hier ging man früh zu Bett, nur ein Nachbar meinte noch, er habe gegen 23.30 Uhr ein unbekanntes Motorengeräusch gehört. Was genau das war, blieb allerdings ein Geheimnis.

»Bin mal gespannt, welche Strategie der neue Anwalt im Sinn hat«, sagte Bernd Stengel bei einem Kaffee.

»Bin mal gespannt, wer das überhaupt ist«, antwortete Anke Dankelmann. Sie mussten nicht lange warten. Irgendwann am Vormittag schneite eine dezent, aber teuer gekleidete Frau mittleren Alters herein. Ihre absolut perfekte Figur hatte sie in ein dunkelblaues

Kostüm mit weißer Bluse gepackt, der Rock reichte züchtig über die Knie. Glitzernde Seidenstrümpfe führten runter bis zu halbhohen schwarzen Pumps. Das makellos weiße Gesicht umrahmte zwei blaue Augen, die hellblonden Haare waren hinter dem Kopf geflochten und wie ein Dutt festgemacht. Kein Schmuck, nur ein Hauch Lippenstift, eine Andeutung von Lidschatten.

»Ich bin Karin Berger, Dr. Karin Berger, ich vertrete nach dem bedauerlichen Tod von Herrn Stützer ab sofort Karl von Haldorf.« Mit eleganter Geste legte sie Visitenkarte und Vollmacht vor – komisch, dass man aus der JVA nicht angerufen hatte. Besuch für Haldorf – das wäre eine Meldung wert gewesen. Doch da sah Anke Dankelmann die Faxleiste – das Schriftstück war elektronisch hin und hergegangen.

»Ich würde gern wissen, wie Sie mit den Verhören fortfahren wollen«, sagte Karin Berger. Die drei standen noch im Büro, und Stengel schlug vor, in einen Besprechungsraum zu wechseln. Anke Dankelmann gab vor, noch ein Telefonat führen zu müssen und wollte nachkommen.

In Wahrheit googelte sie nach Dr. Karin Berger. Die Dame war bei einer großen Hamburger Sozietät angestellt. Spezialisiert auf Strafrecht. Und zwei der Anwälte waren durchaus bekannt als Neonazis, fand sie heraus, ihre Dienste wurden gern in Anspruch genommen von Rechtsradikalen im ganzen Land. Karin Berger war in der Hinsicht noch nicht auffällig geworden, überhaupt schien es in dieser Szene keine Frauen zu geben, die ein Mandat eines Neonazis annahmen. Aber Haldorf, dachte Anke Dankelmann, war ja auch kein Neonazi. Haldorf war ein Alt-Nazi.

Als sie zum Gespräch hinzukam, hörte sie erst einmal ein paar Minuten zu. Karin Berger textete Stengel zu, murmelte etwas von Haftprüfungstermin, von medizinischen Untersuchungen. »Entschuldigen Sie, Frau Dr. Berger«, unterbrach die Kommissarin, »ich muss Sie etwas fragen: Haben Sie eigentlich schon mit Ihrem Mandanten gesprochen?«

Die zog die Stirn leicht in Falten. »Ja, natürlich, heute morgen kurz, ich brauchte ja eine unterschriebene Vollmacht.« Mit harscher Geste schob sie das Papier über den Tisch zu Anke Dankelmann. Dann war das Ganze also doch nicht nur elektronisch abgewickelt worden.

»Ich frage aus einem anderen Grund: Herr von Haldorf hat in den Gesprächen, die er mit uns geführt hat, immer deutlich zu verstehen gegeben, dass er keinen Grund sieht, das Gefängnis zu verlassen. Vielleicht sollten Sie sich tatsächlich mit ihm noch präziser abstimmen.«

»Ich hatte einen anderen Eindruck heute morgen, es liegt ja eigentlich auf der Hand, dass ein so alter Mensch nicht unbedingt mehr haftfähig ist, was meinen Sie?«

»Das ist nicht unsere Entscheidung, dafür gibt es erfahrene Mediziner. Verraten Sie uns noch, wie der Kontakt zu Herrn von Haldorf zustande kam?« Karin Berger packte die Vollmacht wieder in ihre schwarze Ledertasche.

»Nein. Ich denke, das ist für die Ermittlungen nicht relevant.«

Nachdem sie abgerauscht, war informierte Anke Dankelmann ihren Kollegen über die Ergebnisse ihrer Recherche im Netz.

»Naja, irgend so etwas habe ich mir schon gedacht. Aber es ist ja schon irre, wie schnell diese Informationskanäle sind. Stützers Leiche ist praktisch noch warm – und schon geht es weiter mit neuer Besetzung. Alle Achtung!«

19

Sie parkten das Auto am Ende der Friedrich-Ebert-Straße, die direkt in den Aschrottpark mündete. Anke Dankelmann hatte eine schwarze Jeans an, darüber eine wattierte schwarze Jacke, es war noch einmal kalt geworden über Nacht, man konnte die Wintersachen noch nicht wegschließen. Der kleine Park hatte einen besonderen Charme. Niemand erwartete an dieser Stelle in der Stadt ein so kleines, hügeliges Refugium. Manchmal hatte sich Anke Dankelmann am Wochenende im Sommer schon mal ein Buch geschnappt, war die 15 Minuten von zuhause hergelaufen und hatte sich ganz oben auf einer Bank ein Plätzchen gesucht. Man sah über den Park – und über einen Teil der westlichen Stadt. Verkehrslärm von unten, Tennisgeräusche von der nahen Anlage am Rand des Parks, und gerade am Wochenende wurde die kleine Kapelle gern genutzt für Hochzeiten und Taufen. Mit all dem Geräuschpegel, der damit verbunden war. Fröhliche Menschen, Lachen, Musik.

Der Aschrottpark – ein romantisches Geheimnis, denn viele Kasseler wussten gar nicht, dass es ihn gab. Stengel hatte einen dunklen Anzug an und auf seinen beigen Mantel verzichtet. Er fror und war froh, als sie endlich an der Kapelle ankamen. Sie trugen sich in eine Kondolenzliste am Eingang ein und betraten die Kapelle. In der ersten Reihe sahen sie Robin Englisch, der ihnen mit einem verlegenen Lächeln zunickte. In der zweiten Reihe ein paar ältere Frauen und ein sehr geschäftlich dreinblickender Mittvierziger – das war, dachte sich Anke Dankelmann, sicher die Abordnung der Seniorenresidenz Augustinum, in der Thomas Heinrich Surmann zuletzt gewohnt hatte und in der er auch gestorben war. In einer hinteren Reihe noch zwei, drei jüngere Menschen in dunklen Fliegerjacken. Sie wollte gar nicht wissen, was deren Motive waren, der Trauerfeier beizuwohnen. Vorne stand der dezent mit Blumen geschmückte Sarg, davor ein Schwarz-Weiß-Bild. Sie ging hin und schaute sich das Foto an. Drei Menschen waren drauf, eine bildschöne Frau, ein junger Mann, der zweifellos Surmann sein musste, beide hatten ein kleines Kind auf dem Arm. Das musste kurz vor dem Tod von Mutter und Kind gemacht worden sein, die Frau war sicherlich Martha, wegen der er 1933 aus Deutschland geflohen war und wegen der er diesen lebenslangen Zwist mit Karl von Haldorf in Kauf genommen hatte. Surmann war gestorben, über 60 Jahre nach seiner Frau, 60 einsame, schmerzvolle Jahre. Anke Dankelmann spürte einen Kloß im Hals. Wie konnte man nur weiterleben, wenn alles, was einem lieb und wertvoll war, plötzlich verschwand? Erst jetzt, im Angesicht dieses Bildes, wurde ihr deutlich, in welcher schmerzvollen Einsamkeit Thomas Heinrich Surmann gelebt haben musste. Ein, materiell betrachtet, reicher Mann. Dem ein einziger Bombenangriff alles genommen hatte. Sie wandte sich ab und setzte sich neben Robin Englisch auf die Bank.

Offensichtlich hatte Surmann alles durchgeplant. Die Pfarrerin, die mit monotoner Stimme ihr Programm runterrasselte, deutete so etwas an. Anke Dankelmann hörte kurz hin, um der Frau eine Chance zu geben, und ließ es dann bleiben. Wieder einmal ein nutzloser Auftritt des Kirchenpersonals – wie lange war es her, seit sie mal eine Predigt gehört hatte, die den Namen auch verdiente? Gottes Bodentruppe machte aus der Kirche ein ideologisches Abrissunternehmen. Wer so freudlos seinen Job machte, der durfte wirklich nicht erwarten, dass Funken übersprangen. Was lief da nur falsch? Anke Dankelmann zahlte noch Kirchensteuer – aber sie betrachtete es mehr als monatliche Spende für soziale Zwecke denn als Abgabe für die christliche Kirche. Nach dem Gottesdienst waren die Fliegerjacken-Träger schnell verschwunden.

»Herr Surmann wird eingeäschert, er hat in Schaffhausen ja schon vor langer Zeit ein Familiengrab gekauft, da wird die Familie sozusagen zusammengeführt.« Robin Englisch hatte wegen der Kälte sogar Handschuhe dabei, die er sich jetzt vor der Kirche umständlich über die Hände streifte.

»Was passiert denn mit seinem Vermögen?«, fragte Anke Dankelmann.»Irgendwelche Verwandte scheint er ja nicht zu haben.«

»Gute Frage.« Robin Englisch nickte.»Der Notar ist ein Dr. Bürgi aus Lausanne. Surmann hat kurz vor seinem Tod verfügt, dass das Testament im Augustinum verlesen wird, morgen Nachmittag. Ich bin auch eingeladen. Surmann hat mir für die gesamte Organisation der Dinge, die nach seinem Tod anfielen, einen großzügigen Betrag überwiesen. Deswegen weiß ich das alles. Aber ich mache mir da keine Hoffnungen, falls Sie das möglicherweise denken.«

Anke Dankelmann lächelte. Genau das hatte sie gedacht. Im Endeffekt war es natürlich völlig unerheblich, was mit dem Vermögen Surmanns passierte. Komisch, dass man sich dennoch Gedanken machte.

Sie ließ sich von Bernd Stengel im Kirchweg absetzen, sie wollte sich umziehen, irgendwie drückte ihr die dunkle Kleidung, die sie wegen der Trauerfeier heute morgen ausgewählt hatte, aufs Gemüt. Der Postbote war schon dagewesen, sie nahm drei Briefumschläge heraus, einer war von der Sparkasse, er enthielt vermutlich mal wieder die Kontoauszüge. Der zweite war ihre Kreditkartenabrechnung und der dritte war von Valentin Willimowski. Sie hatte das dumme Gefühl, dass dieser Brief sich einschneidend in ihrem Leben auswirken würde. Sie stieg die Treppen zu ihrer Wohnung unter dem Dach empor, legte die Briefumschläge auf die Arbeitsfläche in ihrer kleinen Küche und machte sich erst einmal einen Kaffee. Die Kommissarin nahm die dampfende Tasse und setzte sich in ihren Lieblingssessel vor dem Wohnzimmerfenster. Nein, eigentlich hatte sie keine Lust auf diesen Brief. Nein, eigentlich wollte sie sich nicht mit einer Darstellungsform beschäftigen, die ihr keine Gelegenheit gab, selbst etwas zu sagen. Sie empfand diese Briefeschreiberei, von der sie wusste oder sicher ahnte, dass dies der Schlussstrich unter ein langes und intensives Kapitel ihres Lebens sein würde, als unfair. Sie wollte kein Referat lesen – sie wollte, wenn überhaupt, reden. Und würde diesen Brief dennoch lesen. Sie baute einen gewichtigen inneren Zorn auf, eine Art emotionalen Panzer. Sie ging irgendwann in die Küche, nahm erst die Kontoauszüge zur Kenntnis, studierte dann die Kreditkartenabrechnung und öffnete dann den Willimowski-Brief. Er war handgeschrieben, immerhin. Sie hockte sich wieder in ihren Lieblingssessel, zog die Beine unter ihren Körper. Zwei Seiten, eng beschrieben. Sie nahm die Fakten zur Kenntnis. Er würde sich frühpensionieren lassen – nun gut, das war seine Entscheidung. Er war sich nicht sicher, was er danach machen würde, liebäugelte aber damit, ein Jahr oder mehr zu verreisen. Zum Schluss die Unverschämtheit, wie sie fand: Er überließ ihr die Entscheidung, ob sie vor diesem Hintergrund noch mit ihm zusammen sein wolle. Nein, das wollte sie nicht, da war sie sich genau in diesem Moment ganz sicher. Mit einem weltreisenden Frühpensionär, der im Zweifel dauertherapiebedürftig war – sie konnte sich was anderes vorstellen. Sie hatte sich nichts vorzuwerfen. Sie hatte gekämpft und verloren. Aber war das wirklich eine Niederlage? Sie legte den Brief auf den kleinen Tisch neben dem Sessel, schaute kurz durchs Fenster in den grauen Himmel über Kassel. Wie wohl alles gelaufen wäre, wenn dieser Überfall nicht stattgefunden hätte? So etwas fragten sich vermutlich alle Opfer irgendwelcher Verbrechen. Was wäre wenn …

Es gelang ihr, eine nüchterne Bilanz zu ziehen. Keine Tränen, kein Selbstmitleid, kein Weltschmerz – all das waren klare Indizien dafür, dass ihr die Liebe schon lange vorher abhandengekommen war, dass die Liebe sich, wie ein Medikament, ausgeschlichen hatte. Eigentlich konnte man ja froh sein, wenn es einem nicht die Beine unter dem Körper wegriss.

Mitten in ihre Gedanken platzte das Telefon. Es war Bernd Stengel. Richard Plassek hatte entschieden, dass zur morgigen Pressekonferenz das Foto, das Tristan beim Anzünden der Kirche zeigte, veröffentlicht werden sollte. Sie hatten so wenig Fakten gegen den

Mann in der Hand, dass sie hofften, irgendein bundesweites oder gar internationales Echo hervorzurufen. Vielleicht gab es ja noch Zeugen, vielleicht gab es ja noch weitere unbekannte Dokumente. Man wusste von Haldorfs Verstrickung in die ganzen Gräueltaten der Einsatzgruppe C, aber die Aktenlage, das, was vom Reichssicherheitshauptamt nach Kriegsende noch gerettet worden war.

Die Aktenlage war so dürftig, dass man dem Mann kaum irgendwelche direkten Morde oder andere Verbrechen würde nachweisen können. Er selbst würde nichts sagen, das war klar. Sie hatten das Foto, und selbst das reichte für eine mögliche Verurteilung noch nicht aus.

»Die Anwältin hat sich übrigens noch einmal gemeldet. Sie will bei den Gesprächen dabei sein, aber es gibt wohl keinen Haftprüfungstermin. Tristan will das durchziehen.«

»Was Neues im Fall Stützer?« Stengel verneinte. Kein Motiv, kein Täter, kein Zeuge. Anke Dankelmann informierte ihren Kollegen kurz über den Willimowski-Brief.

»Bleib zuhause, wir kommen hier eh nicht mehr weiter heute. Geh walken oder mach sonst was, okay? Und wenn dir die Decke auf den Kopf fällt – ruf an.« Dieser Stengel war ein Schatz, sie nahm das Angebot an, wusste aber, dass ihr Kollege ihre emotionale Betroffenheit überschätzte. Oder unterschätzte sie die vielleicht? Nach dem Gespräch blieb die Kommissarin einen Moment sitzen. Dann sprang sie mit einem Satz aus dem Sessel. Sie würde sich diesen Tag nicht vermiesen lassen. Zehn Minuten später rannte sie stockschwingend in Richtung Goetheanlage. Sport war die beste Methode gegen Stress und dumme Gedanken.

20

Im Baunataler Hotel Scirocco legte sich gegen 16.30 Uhr ein Mann nach getaner Arbeit auf das Bett in seinem für diese Woche gemieteten Zimmer. Eine unscheinbare Figur, mittelgroß, unrasiert, unauffällig gekleidet. Wenn man sein Alter schätzen müsste, würde man »Mitte vierzig« sagen. Er war schwer zu beschreiben. Seine Firma hatte einen Auftrag im VW Werk, er war das Arbeiten auf Montage gewöhnt. Sie reparierten eine Anlage im Kraftwerk, er logierte mit seinen drei Kollegen für diese Woche in dem

Hotel, das den Charme dieser typischen Vertreter- oder Montagearbeiterunterkünfte hatte. Er hatte von Baunatal selbst noch wenig gesehen, da erging es ihm wie den meisten in so einer Situation. Nach einem Arbeitstag war man einfach platt, und er hatte wegen der Nachtschicht, in der er den Fall Stützer erledigt hatte, ohnehin ein riesiges Schlafdefizit. Als er in der Kneipe in Gilserberg gesessen hatte, da hatte er sein unschätzbares Image ein wenig verändert: Er war teurer gekleidet gewesen, als es seine Art war. Spuren verwischen – das musste in jedem Einsatz beachtet werden. Grundsätzlich interessierten ihn die Hintergründe für diese Art Aufträge nicht. Wer Fragen stellte, der fing an, zu viel nachzudenken – das musste er zwar auch, wenn er keine Spuren hinterlassen wollte. Aber da ging es um Logik, um die Effizienz seines Jobs. Wer nach Motiven fragte, der hatte womöglich zu viele Emotionen. Im Fall Stützer hatte ihn der Auftraggeber ungewöhnlicherweise ein wenig gebrieft. Sie wollten nicht, dass er das Mandat für von Haldorf übernahm. Hätte man ihm das gesagt, wäre er ein Risiko geworden, das musste vermieden werden. Ihn komplett aus dem Weg zu räumen war eigentlich nicht geplant gewesen. Aber der Mann war ziemlich betrunken nach Hause gekommen. Er hatte sich dann kurz vorgestellt und versucht, das Gespräch zu eröffnen – aber der Mann war rede- und denkunfähig, damit hatten sie nicht gerechnet. Er hatte dann selbst entschieden – die Zeit drängte, das hatte der Auftraggeber nachdrücklich betont, die Lösung musste an diesem Abend her. Also hatte er in der Wohnung in einem unbeleuchteten Raum den hilflosen Mann erwürgt. Er hatte noch ein paar Minuten gewartet, war dann losgefahren. Lischeid, der kleine Ort an der Bundesstraße 3, hatte still und verschlafen dagelegen, den Besucher gar nicht registriert. Gut so. Sein Auftraggeber war nicht begeistert gewesen, als er von den Ereignissen berichtete. Aber es war nicht zu ändern – und eine finale Lösung war immer besser als ein Dauerrisiko.

Stützer war zwar Mitglied einer Neonazi-Organisation, hatte aber bei verschiedenen Gelegenheiten wegen seiner Alkoholexzesse den Mund nicht halten können. Nach einem Überfall auf ein Ferienlager an einem See in Mittelhessen hatte er in seiner Stammkneipe in Lischeid erzählt, wer ihn für die Verteidigung bezahlte. Und genau das war eine Indiskretion, die man ihm nicht gestattete.

Das Ganze lief normalerweise immer nach dem gleichen Muster ab. Wurde ein Neonazi angeklagt, dann holte man Verteidiger meist aus der Region, Stützer wäre der Kandidat gewesen. Aber die Dinge hatten sich anders entwickelt.

Sein Honorar wurde immer auf ein Konto einer Bank im Ausland überwiesen, das auf einen anderen Namen lautete. Dafür hatte man ihm eine eigene Identität erstellt mit einem Pass aus Liechtenstein. Der Tag würde kommen, da würde er bei seiner Montagefirma kündigen und verschwinden. Aber noch war er hier nicht fertig.

21

Die Testamentseröffnung war unspektakulärer, als man erwartet hatte. Thomas Heinrich Surmann verfügte, dass sein beträchtliches Vermögen auf die Nachfahren von Guntram Köhler aufgeteilt werden sollte. Jenen Polizeibeamten, den er, um sein eigenes Leben und das seiner Geliebten zu retten, im Frühjahr 1933 ausgelöscht hatte. Auch Robin Englisch bekam einen kleinen Betrag. Die Suche nach Köhlers Nachfahren würde ein renommierter Privatdetektiv übernehmen.

Karl von Haldorf war irgendwie froh, dass diese Bauerngestalt von Stützer nicht mehr für ihn zuständig war und er die Entscheidung gar nicht selbst hatte fällen müssen. Es wäre ihm einfach lästig gewesen, diesen Jammerlappen dann vermutlich winselnd um das Mandat bittend ertragen zu müssen. Doktor Karin Berger war ein anderes Kaliber, ein Mensch, mit dem man nicht viele Worte wechseln musste, sie waren sich schnell einig geworden. Er würde im Gefängnis bleiben, das hatte sie akzeptiert und auch verstanden. Er hatte den Eindruck, dass sie ihn als Respektsperson und nicht als alten, senilen Trottel ansah – so, wie es Stützer getan hatte. Sie hatten vereinbart, dass er sich für den Prozess vorbereiten musste. Es ging dabei nicht um Straftaten vor und während des Krieges, sie mussten ein Szenario erstellen, das ihn entlastete. Seine Kindheit, seine Sozialisation. »Soll ich das vielleicht einfach mal aufschreiben, um meinem Gedächtnis auf die Sprünge zu helfen?«, hatte er, einer plötzlichen Eingebung folgend, gefragt. Sie fand die Idee gut.

Nun war es also soweit. Karl von Haldorf schob das Geschirr vom Abendessen beiseite, nahm Block und Kugelschreiber und fing an zu notieren, was ihm einfiel. Ordnen konnte er alles später noch. Er sah die grauen Worte auf dem weißen Papier und wunderte sich ein wenig darüber, dass seine Erinnerung an manche Dinge in dieser Zeit schwarz-weiß waren, manche waren bunt – wie die vom Jungen mit dem Halstuch. Vielleicht hatte man in den letzten Jahrzehnten zu viele Berichte und Fotos in schwarz-weiß gesehen, um selbst noch farbig denken zu können. Doch er zwang sich dazu.

Er sah diesen vergilbten Lampenschirm in seinem Wohnzimmer in der Julienstraße. Sie saßen um einen Rauchtisch herum, zu dritt. Haldorf, Heydrich und dieser Papprich, den Vornamen hatte er vergessen. Ein frettchenartiger Kerl, umtriebig, Heydrich ergeben und ein Mensch, der in regulären Verhältnissen zum Scheitern verurteilt gewesen wäre. Volksschulabschluss der mieseren Art, keine Ausbildung, ein Hungerleider, der irgendwo in München in einem schäbigen Zimmer im dritten Hinterhof im Stadtteil Sendling vagabundierte. Den es irgendwann zu den Nazis gespült, der irgendwann Himmler kennengelernt hatte, der aufgrund seiner Beziehungen beim Sicherheitsdienst SD gelandet und jetzt als Helfershelfer Heydrichs beim Aufbau der Gestapo dabei war. Papprich rauchte Zigarre, das Fenster stand weit offen, sie hatten eine lange Tagesordnung abzuarbeiten und brauchten frische Luft für klare Gedanken. Heydrichs Pläne waren klar: Die Gestapo würde nach der Machtübernahme zu einer für die innere Disziplin im Reich wichtigen und großen Organisation werden. Hier in Kassel wollte man testen, wie man mit zunächst wenig Aufwand eine hohe Wirkung erzielen konnte. Kassel war eine linke Stadt, man würde hier besonders radikal vorgehen müssen. Sowohl innerhalb der eigenen Organisation, als auch mit den politischen Gegnern. Man schrieb das Jahr 1932, die Nationalsozialisten hatten in Kassel eine kaum wahrnehmbare Bedeutung. Das musste sich ändern, und man musste die Pläne der Gegner kennenlernen. Papprich wollte man einschleusen, ein unverbrauchtes Gesicht, einer, der sich in ärmsten Verhältnissen auskannte, einer, den man bei den Kommunisten mit Kusshand nehmen würde. Haldorf erinnerte sich daran, dass dieser Papprich sich diebisch auf diese Aufgabe freute. Am nächsten Tag hatte er aus der Ferne beobachtet, wie der Mann, dem sie ein Zimmer in einer schäbigen Bude am Holzmarkt in der Unterneustadt auf der anderen

Fuldaseite besorgt hatten, ohne Zögern in das Haus Altmarkt 1 gegangen war. Das war das Kommunistenhaus in Kassel. Von hier aus wurde Politik gemacht, von hier aus wurde agitiert, und von hier aus wurde der Straßenkampf organisiert. Papprich hatte ihnen bis weit ins Jahr 1933 hineinreichende, wertvollste Informationen geliefert. Nicht nur über den politischen Gegner – da der ja selbst seinen Gegner, also die Nazis, ausspionierte, hatten sie deren Spitzel ausfindig machen können und waren über ihre eigenen Schwächen durch den Geheimdienst des Gegners bestens auf dem Laufenden. Papprich hatte später tatsächlich Karriere im SD gemacht. Ihn hatte man immer wieder in gegnerische Organisationen eingeschleust. Unter anderem war er verantwortlich für die Terrorakte im Sudetenland, die die Annektion der Gebiete durch das Deutsche Reich vorbereiten sollte. Er war bei einer dieser Aktionen ums Leben gekommen, hatte Haldorf erfahren. Berufsrisiko eines Spitzels, dachte er auch heute noch. Er knipste die Szene aus, eine kleine Erinnerung an einen Spitzel, mehr war sie nicht.

Haldorf fiel es schwer, seine eigene Kindheit und Jugend schriftlich zusammenzufassen. Interessant für einen Psychologen, dachte er. Ausgerechnet an die Phasen des Lebens, die ihn geprägt hatten, wollte er sich nicht erinnern, obwohl ihn das ja möglicherweise entlasten könnte. Seine Gedanken schweiften immer wieder in die Julienstraße ab. Und an seinen ersten Auftrag nach der Machtübernahme.

»Walter Wellmann ist also der Verräter!« Willi Helfer, der Polizist, hatte den Satz förmlich herausgespuckt. Sie hatten seit Monaten immer wieder erleben müssen, dass ihre Aktionen verraten worden waren. Überfälle auf Kommunistentreffen blieben ergebnislos, weil die Treffen häufig kurzfristig verlegt worden waren. Sie mussten eine weitere undichte Stelle haben, die ihre Pläne rechtzeitig weitergab. Einige Namen hatte Papprich ihnen geliefert, die Typen hatte man so eingeschüchtert, dass sie ihre Aktivitäten eingestellt hatten. Jetzt, nach der Machtübernahme, hatten sie andere Möglichkeiten. Nun gab es also einen neuen Spion in den eigenen Reihen und man hatte ihn enttarnt. Hier, im Hinterraum der Bürgersäle am Karlsplatz, mitten in der Kasseler Innenstadt, hatten sie sich schon früher immer im kleinsten Kreis getroffen und die Informationen, die Papprich ihnen lieferte, ausgewertet.

Wellmann war noch nicht lange in Kassel, er kam eigentlich aus Röhren-
furth, einem kleinen Ort südlich von Kassel an der Fulda gelegen, hatte,
was sie alle erstaunte, bei Henschel trotz Wirtschaftskrise eine Anstellung
gefunden. Er war der Partei beigetreten, eigentlich eine unscheinbare Ge-
stalt, die aber offenkundig doch Zugang zu Informationen aus erster
Hand haben musste. Helfer blickte in die Runde.
»Der Mann muss weg!«, bellte er.
»Sollten wir nicht vorher noch versuchen herauszufinden, woher er seine
Informationen hatte?« Haldorf blickte den Polizisten seelenruhig an.
Helfer war ein grobschlächtiger Mann, der gern dem Alkohol zusprach
und auf sein Äußeres wenig Wert legte, er sah oft schlampig aus. Man sah
es an den Flecken auf seiner Weste – er trug immer Weste, wenn er in Zi-
vil unterwegs war.
»Das eine schließt doch das andere nicht aus, oder?«, bellte Helfer zurück,
wild entschlossen, ein Signal nach innen und nach außen zu setzen. »Wer
kümmert sich darum?«
»Ich sehe mal, was sich machen lässt«, sagte Haldorf, trank sein Bier aus
und stand auf. Seine Haltung duldete keinen Widerspruch, man wusste
um seine Beziehungen zu Heydrich, selbst Helfer würde nichts gegen ihn
unternehmen. Er legte ein paar Münzen auf den Tisch und ging wortlos
hinaus auf die Straße. Wellmann also, ein prickelndes Gefühl machte sich
in ihm breit. Es war Samstagvormittag, die Innenstadt war voller Men-
schen. Kassels Altstadt war für ihn ein Phänomen. Tausende von Men-
schen lebten hier auf engstem Raum, es gab keine Straße, die nicht min-
destens eine Hinterhofbebauung aufzuweisen hatte. Vorne teilweise
prächtige Fassaden, die vom Ruhm und dem Reichtum der ehemaligen
Residenzstadt zeugten, hinten das schief gebaute Elend, in dem tausende
hausten. Und am Samstag schien jeder in die Stadt zu gehen, wie die
Leute sagten. Der Markt auf dem Königsplatz war überfüllt, und schon
tagsüber flanierten gut gekleidete Menschen, denen man auf den ersten
Blick ansah, dass ihnen die Wirtschaftskrise nichts ausmachte, auf dem
Bummel. Das war jener Bereich der Oberen Königsstraße nahe des Rat-
hauses, in dem Tanzcafés wie das Resi, das Residenz-Café, der Hauptan-
ziehungspunkt waren. Haldorf trank im Resi gelegentlich einen Kaffee
und beobachtete die Menschen, die auf der Königsstraße vorbeigingen. Er
war ein Mensch ohne soziale Bindungen, seine Frauenkontakte be-
schränkten sich auf Bordellbesuche in anderen Städten. Heute schlenderte
er die Königsstraße hinunter, er ging meist in der Mitte auf den Straßen-

bahnschienen, musste dann gelegentlich einer entgegenkommenden Bahn ausweichen – aber so kam man schneller vorwärts. Er genoss kurz den Blick vom Spohrplatz über den majestätischen Friedrichsplatz, der bis zum Theater am anderen Rand des weitläufigen Areals reichte. Dort fiel das Gelände steil ab in Richtung Karlsaue, dem imposanten Barockpark, man hatte von hier aus einen Blick bis weit hinein in die Wälder südöstlich von Kassel. Er kannte keine schönere Altstadt in ganz Deutschland – und er war in den vergangenen beiden Jahren viel herumgekommen. Er ging quer über den völlig überfüllten Königsplatz, bog in die Ziegengasse ein und war wieder einmal überrascht von dem Lärm, den die Pferdefuhrwerke auf dem Kopfsteinpflaster verursachten. Die Kasseler Brauereien lieferten heute noch mal aus, damit die Kneipen gut mit Bier versorgt übers Wochenende kamen. Er winkte kurz dem Parteigenossen zu, der auf dem Kutschbock des Gespanns der Schöfferhofer Brauerei saß – sie kannten sich für Haldorfs Verhältnisse recht gut. Oberste Gasse, Marktgasse – er ging am Fachwerkhaus Altmarkt 1 vorbei, überquerte den Altmarkt und sah schon von Weitem die Schlange der Wartenden vor der Essensausgabe am Karlshospital. Eine wundersame Welt – eben noch in der Altstadt geschäftiges Treiben, tausende von Menschen, die extra in die Stadt gegangen waren, um Geld auszugeben – und hier jene, bei denen das Bare noch nicht mal für einen Teller Suppe reichte. Hier trieb sich, seine Tarnung wahrend, um diese Zeit stets Papprich herum und tatsächlich traf er ihn, langsam und müde wirkend eine Suppe löffelnd. Er wirkte von seinem Erscheinungsbild und Auftreten komplett abweisend und folgerichtig saß er allein auf einer Holzbank. Haldorf steckte ihm einen Zettel zu und ging weiter. Der Mann wirkte in seiner Tarnung wirklich echt, sah aus wie ein verarmter, zerlumpter Arbeiter, alle Achtung. Der Plan war einfach. Papprich würde sich mit dem Verräter treffen, wie schon so oft vorher. Für Wellmann war Papprich der Verbindungsmann zu den Linken, der gab ihm Geld für die Informationen – alles aus der Nazi-Parteikasse, was Helfer noch mehr erzürnt hatte. Papprich und Wellmann würden irgendwo in der Altstadt einen saufen gehen, die letzten Absacker in der Pinne nehmen, so stand es auf dem Zettel. Danach würden sie Haldorf treffen. Es war gegen 23 Uhr, als die beiden aus der Pinne torkelten. Haldorf hatte seit zwei Stunden dort gewartet. Nun fuhr er den Wagen vor. Papprich schob den komplett betrunkenen Wellmann auf den Rücksitz, es waren kaum Menschen unterwegs, es schüttete in Strömen. Sie fuhren durch

die verwinkelte Altstadt, Wellmann war so besoffen, dass er keine einzige Frage stellte und noch im Auto einschlief. Am Weinberg parkten sie oberhalb der ehemaligen Henschelvilla. Haldorf schaltete das Licht aus. Sie trugen Wellmann in die kleine Parkanlage und legten ihn hinter einem Baum ins Gebüsch. Der Mann merkte nichts. Papprich torkelte zum Auto zurück. Haldorf zog sein Messer und hinterließ seine mörderische Visitenkarte. Drei Stiche in die Herzgegend, das würde sein Markenzeichen werden, er hatte noch am Nachmittag darüber nachgedacht. Er wischte das Messer an der Kleidung des Toten ab und ging über den geschotterten Weg zurück zum Auto – nur keine Spuren hinterlassen. Er startete den Motor und fragte Papprich: »Hat er noch was ausgespuckt?« Papprich schüttelte den Kopf.
»Hab mich wirklich bemüht, aber ich kann ihn ja in der Kneipe auch nicht foltern, oder?« Haldorf schwieg. Dieser Mord war nutzlos gewesen. Ein Spitzel weniger – aber keine einzige Erkenntnis mehr. Sie würden anders vorgehen müssen. Aber jetzt, da Hitler seit zwei Monaten an der Macht war und Helfer demnächst Chef der Gestapo in Kassel werden würde, hatten sie auch andere Möglichkeiten. Er hakte die Sache ab. Eine Erfahrung mehr, das konnte auch nicht schaden.
Ab Montag hatte er sein eigenes Büro im Polizeipräsidium im Königstor. Dann konnte man endlich anders arbeiten. Karl von Haldorf setzte Papprich am Holzmarkt ab, sah ihm noch zu, wie er unsicheren Schrittes über den kleinen Platz ging. Zuhause in der Julienstraße gönnte er sich einen Cognac. Er wickelte das Messer aus dem Zeitungspapier und säuberte es gründlich. Das Papier wurde im Ofen verbrannt. Er war auf der sicheren Seite. Das Knistern der Holzscheite im Ofen – er mochte dieses Geräusch. Er schüttete ein wenig Cognac nach. Alles lief nach Plan.

Karl von Haldorf stierte auf das Blatt. Er hatte vielleicht zwei, drei Sätze geschrieben – und all das, woran er gerade gedacht hatte, eignete sich nun wirklich nicht zu seiner Entlastung. Er schüttelte den Kopf. Er würde es morgen noch einmal versuchen.

22

Anke Dankelmann war zwei Stunden lang durch die Stadt gelaufen. So lange, wie seit Monaten nicht mehr. Daheim hatte sie dann den Brief von Willimowski in kleine Stücke zerrissen und ihn in der

Toilette weggespült. Sie war unglaublich zornig, was besser war, als innere Verletzungen zu haben, sich in die Ecke zu setzen und zu schmollen oder zu heulen, dachte sie sich. Sie würde ihm kein einziges Wort antworten, je mehr sie über diese Form der Trennung nachdachte, um so wütender wurde sie. Sie hatte ja gar nicht auf eine Fortsetzung dieser Beziehung gehofft, eigentlich war sie sich im Klaren darüber, dass alles vorbei war. Aber dieser lieblose Umgang war der Gipfel. Kein Wort der Dankbarkeit – immerhin hatte sie sich wie eine Krankenpflegerin um diesen Kerl gekümmert. Sie fühlte sich ungerecht behandelt – und dieses Gefühl fand sie unerträglich, das hatte sie nicht verdient. Es wurde Zeit, von ihrer Seite aus ein Zeichen zu setzen, eine Art Schlussstrich für sie selbst. Nein, sie wollte keinen Brief schreiben.

Willimowski hatte ihr mal eine hässliche Kaffeetasse geschenkt, aus Jux. »Ich liebe Borken«, stand darauf, und man sah die Silhouette des Kraftwerks, das längst nicht mehr in Betrieb war, die Schlote rauchten. Sie hatte damals darüber gelacht – jetzt schnappte sie die Tasse, die sie an ihre Heimatstadt erinnerte, und packte sie in ein Tuch. In der Küche hatte sie einen kleinen Handwerkskasten, sie nahm einen Hammer heraus und schlug ein paar Mal auf das Porzellan im Tuch. Sie packte die Scherben in ein Stück Haushaltstuch, legte das Ganze in ein gelbes Päckchen, das sie mal im Sechserpack bei der Post gekauft hatte, schrieb Willimowskis Adresse drauf und fuhr noch schnell zur nächsten Postagentur. Das sollte als Botschaft reichen, dachte sie sich und pfefferte die Quittung mit einem lauten »Jawoll!« in den Papierkorb vor der Agentur. Dieses Ende würde ein wirklicher Neuanfang werden. Noch heute Abend.

23

Ottrau, Bahnhofskneipe. Immo Wagner saß muffig vor einem halbvollen Glas Bier. Natürlich hatte sich die Sache mit Gero Stützer herumgesprochen. Die Spekulationen blühten, auf dem Land sog man immer begierig neue Gerüchte auf. Das Neueste besagte, der Ehemann der Frau, die Stützer in einer Scheidungsauseinandersetzung vertreten hatte, sei wegen dringenden Tatverdachts verhaftet worden. Stützer habe zu harte Forderungen für seine

Mandantin gestellt. Eigentlich war es Wagner völlig egal, wer diesen versoffenen Rechtsverdreher umgebracht hatte – er hatte herausbekommen, dass Haldorf längst jemand anderen engagiert hatte, eine promovierte Juristin von irgendwo. Er selbst hatte andere Pläne gehabt, und ihm war das Heft des Handelns aus der Hand genommen worden. Den Brief an die Stille Hilfe konnte man vergessen, da war irgendwie und irgendwo ein Räderwerk in Bewegung, das er nicht kannte und er hatte auch keine Ahnung, wie man an den Schalthebel geraten konnte.

Es wäre die Stunde der Gruppe 88 geworden – nun mussten sie sehen, was sie ohne ihren prominenten Schützling anstellten. Wagner war müde, er war seit 3 Uhr auf den Beinen, manchmal hasste er seinen Beruf: Wenn andere schliefen, musste er ran. Wenn andere abends feiern gingen, dann musste er ins Bett. Zwar kam er nachts mit vier Stunden Schlaf aus, tagsüber aber musste er immer das Versäumte nachholen, und war heute nicht dazu gekommen.

Eine halbe Stunde später waren die anderen endlich alle da. Gerald Freiler, Falk Wetzel, dazu noch Hansjürgen Fechter, ein Verwaltungsangestellter der Borkener Stadtverwaltung. Sie bildeten den Vorstand der Gruppe 88, die insgesamt rund 80 Mitglieder im Kreis zählte. Alles junge Burschen, und ein paar ältere, die als Geldgeber fungierten und den Jungen nicht in ihr Handwerk redeten.

In den vergangenen Jahren hatten sie immer wieder mit gewalttätigen Aktionen auf sich aufmerksam gemacht. Überfälle auf Ferienlager, Attacken gegen Asylbewerberheime, gelegentlich wurde eine Türken-Gang bei einem Volksfest vermöbelt. Gerade wenn es gegen Ausländer ging, dann hatten sie viele Sympathisanten in der Bevölkerung. Jede Straftat, die von einem Ausländer begangen wurde, rechtfertigte in ihren Augen die Vergeltung. Als Zugabe deutschnationale Parolen auf Mauern und auf Plakatwände gesprüht – sie hatten sich mittlerweile einen Ruf in ihrer Region erarbeitet und waren sich einig, dass nach den Aktionen nun der Auftritt auf der politischen Bühne folgen musste. Sie hatten ein Wählerbündnis für die nächsten Kommunalwahlen gegründet, in einigen ausgewählten Gemeinden wollten sie an den Start gehen. Und die Publicity rund um den Haldorf-Prozess hätte ihnen da geholfen.

»Wo hat der alte Mann denn so schnell eine neue Anwältin her?«
Gerald Freiler rührte in seinem Grog, den er fast immer trank,
wenn er einen Tag im Freien auf den Äckern seines Betriebes hinter sich hatte.

»Genau die Frage müssen wir uns stellen. Da arbeitet irgendjemand im Hintergrund, den wir nicht kennen. Eigentlich müssten
die ja die gleichen Interessen vertreten wie wir. Aber die nehmen
uns gar nicht zur Kenntnis. Das kotzt mich an. Wir machen hier
auf dem Land die Drecksarbeit, und wenn es dann mal richtig ernst
wird, dann sind wir Statisten.« Wagner war sauer und müde und
wusste nicht, welches Gefühl eigentlich überwog.

»Weiß man eigentlich mittlerweile, wer den Stützer ausgeknipst
hat?« Falk Wetzel schaute interessiert in die Runde.

»Nein, von uns war es keiner, und irgendwie ist das doch auch
egal«, muffelte Wagner.

»Das finde ich nicht. Es geht uns schon was an, wer unseren Anwalt umgebracht hat. Außerdem ist es ein Kamerad, Immo. Das ist
nicht irgendwer. Das siehst du zu oberflächlich.« Wagner konnte
den Verwaltungsmenschen Fechter ohnehin nicht leiden, aber an
Tagen wie diesen, da hätte er ihn meucheln mögen. Vor allem
dann, wenn der andere auch noch recht hatte. Er atmete tief durch
und sagte dann in ruhigem Ton:

»Stützer war ein Arschloch. Ein Versager. Der hätte über kurz oder
lang Scherereien gemacht.«

»Sicher. Aber er war ein Freiberufler, einer, der ohne größere Probleme für uns in Gilserberg hätte kandidieren können. Andere, die
einen Angestellten-Job haben, die sind da schlechter dran, wenn
ihr Arbeitgeber nicht zufällig auch auf unserer Linie ist. Stützer ist
schon ein Verlust.«

»Okay, einigen wir uns darauf. Aber es bringt uns nicht weiter. Wir
müssen herausbekommen, wer hinter dieser neuen Anwältin steht
und sie finanziert.«

Wagner wollte unbedingt das Thema in eine andere Richtung lenken, hatte aber bei Fechter keine Chance.

»Das nützt uns vermutlich auch nichts.«

»Doch, Hansjürgen. Wenn das eine reiche Organisation ist, dann
können wir uns da möglicherweise auch bedienen. Wir sind zwar
mittlerweile wer hier im Lande, aber wenn wir Erfolg haben wol-

len, dann brauchen wir auch Geld. Wie sollen wir die sonst beschaffen? Durch Banküberfälle wie die RAF in den siebziger Jahren? Oder wollen wir so amateurhaft weitermachen wie bisher? Gelegentlich den Baseballschläger in die Hand nehmen und Sozis und Türken abklatschen? Dann dreht die Welt sich weiter und wir sind nicht dabei. Darauf habe ich keine Lust. Wir müssen unsere Gangart ändern, wenn wir Erfolg haben wollen. Und dazu brauchen wir Geld.« Wagner hatte die Grundsatzdiskussion über die künftige Strategie der Gruppe 88 eigentlich nicht an diesem Tag anfangen wollen – aber ihm blieb keine andere Wahl, dachte er sich. Und die Gelegenheit war so ungünstig nicht. Sie saßen im Nebenraum der Bahnhofskneipe, niemand beachtete sie, hier konnten sie jetzt auch mal streiten.

Zu Wagners Überraschung blieb die große Diskussion aus. Irgendwie hatten alle so eine Grundstimmung, dass sich substantiell etwas ändern müsse in der Arbeit ihrer Organisation. Sie wollten irgendwann bedeutend werden, Macht haben, Einfluss gewinnen. Sie wollten ihre zahlenmäßige Stärke schon einmal bei Stützers Begräbnis demonstrieren. Alle in schwarz gekleidet, wie früher die SS, alle mit einer Binde mit der Zahl 88 auf den Ärmeln – wie früher das Hakenkreuz bei der SA. Und Fechter wurde beauftragt, Kontakt zu Haldorf aufzunehmen oder zu seiner Anwältin. Mal sehen, wohin sie das führte.

Die Informationsmail an alle Mitglieder der Gruppe 88 wegen der Beerdigungsfeier ging noch in derselben Nacht raus. Hansjürgen Fechter fuhr danach seinen Rechner runter und dachte kurz über die Diskussion nach. Zunächst war er besorgt gewesen – aber nun fand er, dass die Stimmung in der Gruppe zu mancher Hoffnung Anlass gab. Sie waren keine Schwätzer. Sie wollten was tun – und das war gut.

24

Anke Dankelmann hatte sich abends ein Bier und eine Pizza im Limerick gegönnt, einer Kneipe, die 200 Meter Luftlinie entfernt an der Ecke Germaniastraße/Wilhelmshöher Allee gelegen war. Sie kannte hier niemanden und beschloss dann, es noch irgendwo anders zu versuchen. Im Boccaccio, einer Pizzeria in der Goethestraße, ein paar Minuten zu Fuß entfernt, setzte sie sich an die

Theke, trank ein Hütt Naturtrüb und einen Havanna Club und war ruckzuck mit den Bedienungen im Gespräch. Sie wollte einfach nur reden und nicht angemacht werden – das war hier der richtige Ort. Als sie kurz nach 22 Uhr zuhause war, hatte sie einen dieser schönen Kneipenabende hinter sich. Genug getrunken, viel gequatscht, viel gelacht – und wenn man darüber nachdachte, über was man so geredet hatte, fiel einem nichts Nennenswertes ein. Man muss auch mal verschwenden können, dachte sie sich. Und wenn man dazu kein Geld hatte, dann musste man halt mal mit Zeit verschwenderisch umgehen. Zuhause war ein Anruf auf dem Anrufbeantworter. Sie wollte nicht wissen, wer sie hatte nerven wollen, und vertagte das Abhören auf den nächsten Tag. Sie schlief wie ein Baby, und am nächsten Morgen wunderte sie sich, dass sie den ganzen Abend vorher nicht ein einziges Mal an Willimowski gedacht hatte. Sie stolperte nur mit Slip und T-Shirt bekleidet über das kalte Parkett in ihrer Wohnung und drückte die Taste des Anrufbeantworters. Sie stellte das Ding auf die höchste Lautstärke, ließ die Türen auf und konnte alles bis aufs Klo hin verstehen. »Empfangen gestern, 21.36 Uhr«, hörte sie die Stimme. »Hallo, Frau Dankelmann, hier ist Volker Miegler. Ich hoffe, ich rufe nicht zu spät an, aber jetzt ist es natürlich auch zu spät, sich zu entschuldigen. Also, was ich sagen wollte: Bei uns im Haus wird eine Wohnung frei, unterm Dach, drei Zimmer, Küche, Bad, Gästetoilette, großer Kellerraum, insgesamt 86 Quadratmeter, ohne den Keller natürlich, sehr großzügig geschnitten, Altbau halt. Das Wohnzimmer hat einen Erker, den man prima als Essecke nutzen kann. Kaltmiete 600 Euro, ein Sonderpreis für Sie natürlich. Ich würde mich hier sicherer fühlen, wenn die Polizei im Hause wäre. Okay, das war jetzt nicht ernst gemeint. Interesse? Dann rufen Sie mich doch mal an, ich reserviere Ihnen die Bude ein paar Tage. Einen schönen Abend noch.«

Sie saß auf der kalten Klobrille wie vom Donner gerührt. An so etwas hatte sie überhaupt noch nicht gedacht. Neuanfang – und zwar komplett, also mit Wohnortwechsel? Aber warum nicht? Raus aus dem ollen Mief, rein in was Neues. Gerade jetzt war der richtige Zeitpunkt, neuer Start in fast allen Bereichen. Und das Haus war einfach spitze.

25

Im Büro fragte Stengel kurz nach ihrem Befinden und schien zufrieden zu sein mit der Antwort. »Es ist aus«, hatte sie nur gesagt. Vielleicht war er über das Ende der Beziehung gar nicht so traurig. So richtig erfreut über die Liaison zwischen der Kommissarin und dem Staatsanwalt war er nie gewesen. Der Typ, fand er, war ein Weichei, ein Muttersöhnchen, einer, der diese kantige, temperament- und humorvolle Frau ständig unterfordern würde. Er hatte recht behalten.

Sie bereiteten die nächste Pressekonferenz vor. Es war Freitag, und ganze Heerscharen von Journalisten hatten sich angemeldet. Richard Plassek hatte, so sagte Stengel, seit gestern Mittag nichts anderes mehr gemacht, als diesen Auftritt vorzubereiten. Das war auch richtig so, fanden sie, man durfte sich bei solchen Anlässen keine Peinlichkeiten erlauben.

Kurz vor 10 Uhr gingen sie in den großen Konferenzsaal, der unglaublich ausgeleuchtet war. Wegen der vielen Scheinwerfer der TV-Teams war es heiß und stickig, mindestens zwei Dutzend Mikrofone waren vor dem Tisch aufgebaut, an dem gleich Plassek Platz nehmen würde. Anke Dankelmann war froh, sich nicht präsentieren zu müssen. Die Show begann pünktlich um 10 Uhr. Plassek referierte die Fakten, die sie hatten – und auch einen Teil der Fragen, die geklärt werden mussten. Zum Schluss zeigten sie über einen Beamer, den er via Laptop von seinem Platz aus steuerte, das Bild, das Haldorf vor der Kirche zeigte. Plassek referierte das, was man an Fakten zu dem Fall hatte, ein Raunen ging durch den Saal. Danach zeigte man noch zwei Porträtfotos. Eines hatte man aus dem Kirchenbild heraus vergrößert, es zeigte Haldorf in SS-Uniform, das andere war ein aktuelles Porträt. Die stechenden Augen des alten Mannes erzeugten bei Anke Dankelmann erneut eine Gänsehaut. Die Fragen prasselten ohne Ende auf sie ein. Sie hatten schon vorab großen Respekt vor der Aufgabe, denn man würde nur wenige beantworten können, das war klar. So kam es auch, die Fragesteller grummelten unzufrieden. Anke Dankelmann beobachtete die Journalistenschar. Die regionale Tageszeitung HNA war wahrscheinlich wieder das schnellste Medium, die übertrugen solche Ereignisse mittlerweile live im Internet mit Video. Andere mailten von ihren Netbooks aus häppchenweise Meldungen in ihre Redaktionen. Die Medienwelt, sie war eine andere geworden.

26

In der Justizvollzugsanstalt saß Karl von Haldorf, alias Tristan, in seiner Zelle. Er hatte ein paar Gymnastikübungen gemacht und dann um 10 Uhr den Fernseher eingeschaltet. Der Sender Phoenix übertrug die Pressekonferenz. Als die Bilder gezeigt wurden, schaltete er den Fernseher aus und setzte sich an den Schreibtisch. Er nahm das Papier, das er gestern nur dürftig beschrieben hatte, knüllte es zusammen und warf es in den Papierkorb. Dann fing er an zu schreiben, ohne zu wissen, in welche Richtung der Text gehen würde.

»Mein Name ist Karl von Haldorf. Ich wurde am 22. September 1913 auf dem Gut meiner Eltern bei Eschwege geboren. Was ich hier und heute aufschreibe, sind meine Erinnerungen. Es ist kein Geständnis, denn zu gestehen habe ich nichts. Ich stehe zu all dem, was in den Jahren, in denen ich in NS-Organisationen tätig war, vorgefallen ist. Ich habe nie einen Befehlsnotstand gehabt, ich habe immer aus Überzeugung gehandelt. Einer Überzeugung, die ich heute noch habe. Ich bin auf mein Leben und auf das, was ich erreicht habe, stolz.«

Haldorf las sich den Text noch einmal durch. Er hatte eine komische Handschrift, bei manchen Buchstaben mischte sich Sütterlin in seine Schreibweise – er pflegte das, er hing an Traditionellem – und außerdem war er ein alter Mann, er durfte das.

Als er die Worte »Gut meiner Eltern« las, da sah er schemenhaft das ärmliche Anwesen vor sich. Die Gesichter seiner Eltern tauchten auf, wie Fotografien in alten Alben, er hatte keinerlei Erinnerung mehr an bewegte Bilder, an seine Mutter, die mit ihm spielte, an seinen Vater, der arbeitete oder irgendetwas anderes machte. Seine Kindheit war ein Fotoalbum im Gedächtnis. Das einzige, was sich in seiner Erinnerung bewegte, war ein zottliger Hund, sein Spielkamerad, irgendein Mischling, der auf den Namen Willi hörte. Sein Vater war ein Kritiker des Kaisers gewesen, ein Gegner der Monarchie – und so war der Hundename Willi eher eine Verhohnepipelung des Kaisers als ein liebevoll ausgesuchter Name. Er musste wohl zehn Jahre alt gewesen sein, als der Hund starb. Das arme Tier hatte Rattengift gefressen, Karl von Haldorf hatte ihn beerdigt. Er wusste nicht mehr, ob er damals Tränen vergossen hatte. Weinen Zehnjährige, wenn ihr Lieblingstier stirbt? Wieso konnte er eine solche Frage nicht beantworten?

Er nahm ein anderes Blatt. Spielte Jukebox mit seinen Gedanken und drückte gedanklich eine Tastenkombination, war gespannt, wo in seinen Erinnerungen er hängen blieb. Er sah das Bild von dieser Martha vor sich, in Farbe. Jenes wunderschöne Mädchen, die Tochter der Familie Drönner im Kasseler Stadtteil Rothenditmold. Ein Schulmädchen, um das er geworben hatte. Und die über Nacht mit diesem reichen SA-Kasper Surmann geflohen war. Er hatte vorher nie eine Frau begehrt und danach auch nicht mehr, nicht mehr wirklich. Martha also war der nächste Gedanke. Auch hier dachte er komischerweise sofort an den Tod. Vielleicht war das normal bei so alten Menschen, denn die meisten Weggefährten waren ja längst verstorben. Wenn man an Menschen in so einem Alter dachte, dann dachte man an Leichen.

Er hatte lange nicht gewusst, wie Martha gestorben war. Nun hatte er es nach all den Jahrzehnten herausgefunden. Sie war noch sehr jung gewesen, mit ihrem Sohn starb sie bei einem Bombenangriff Ende des Krieges – und das in der neutralen Schweiz, in Schaffhausen. Ziemlich viel Pech auf einmal, dachte er. Zunächst vom Glück begünstigt, ihre Mutter war schließlich Halbjüdin gewesen, da war die Flucht in die Schweiz schon ein Sechser im Lotto. Und dann das …

Haldorf sah die Bilder vor seinen Augen. Wie er versucht hatte, die Eltern unter Druck zu setzen, um Marthas Aufenthaltsort herauszubekommen. Doch außer einem Brief, in dem sie ihrer Mutter und ihrem Vater erklärt hatte, warum sie fort ging und in dem mit keinem Wort erwähnt wurde, wo sie denn leben würde, war nichts dabei herausgekommen. Der Brief war in Bacharach am Rhein abgestempelt worden – das konnte alles und nichts bedeuten.

Er hatte danach beschlossen, seine Karriere in den Nazi-Organisationen zu beschleunigen. Haldorf trat der SS bei, Heydrich hatte das arrangiert. Er schaute auf die Uhr, bald würde seine Anwältin kommen, der er von diesen Aufzeichnungen nichts berichten würde. Ihm war eigentlich alles egal, er hatte sein Leben gelebt, dass zum Schluss nun das Dahinvegetieren in einer Gefängniszelle kommen würde, spielte keine Rolle. Die paar Monate, die ihm vielleicht noch blieben, würde er das aushalten. Das Wort »aushalten« löste in seiner Erinnerung etwas anderes aus. Ihm fiel der Kommandeur eines Einsatzkommandos in der Ukraine ein, der mit seinen Männern Massenerschießungen vornehmen musste. In der Mittagspause hatten sie Verpflegung bekommen und der Mann beschwerte sich lautstark beim Verwaltungsführer, dass es kaum auszuhalten sei, wenn man bei diesem Auftrag in der Mittagspause Blutwurstkonserven bekäme. Haldorf hatte den brüllenden Mann selbst erlebt, er hatte recht, die Verpflegung wurde geändert. Haldorf lächelte, diese Geschichte, dachte er, sie war typisch deutsch. Irgendwie. Er schrieb die Episode auf ein weiteres Blatt Papier und packte seine Aufzeichnungen in seinen Schrank unter einen Stapel Unterwäsche. Die Sache fing an, ihm Spaß zu machen.

27

Der Mann im Hotel Scirocco in Baunatal hatte ausgecheckt und war abgereist. Er fuhr einen Kleinlaster, mit dem das Material für die Einsätze des Montagetrupps transportiert wurde. Alle anderen des Teams gingen davon aus, dass er, wie üblich am Wochenende, nach Hause fahren würde, genauso wie sie selbst, die alle in ihren Privatwagen schon längst auf der Autobahn waren. Doch der Mann fuhr auf einen Parkplatz nahe der Autobahn A 49, auf dem Dutzende von Lkws aus aller Herren Länder parkten und auf ihren Entladetermin im VW-Werk warteten, stieg aus seinem kleinen Führerhaus und marschierte den Feldweg entlang Richtung Kassel. Er stoppte die Zeit, die er brauchte. Auf diesem Parkplatz hatte er die beste Tarnung. Es musste später alles klappen wie am Schnürchen. Und auf dem Weg zurück hatte er keine Sekunde zu verlieren.

28

Anke Dankelmann hatte für den Abend mit Miegler einen Besichtigungstermin für die Wohnung ausgemacht. Der Wohnungsmieter war nicht da, hatte sein Einverständnis zur Wohnungsbegehung gegeben, und Miegler hatte einen Schlüssel. Sie kam direkt aus dem Büro, hatte keine Zeit gehabt, sich aufzuhübschen – aber wozu auch? Schließlich wollte sie sich einfach nur eine Wohnung ansehen. Sie fand einen Parkplatz in der Goethestraße, musste allerdings gut hundert Meter laufen. Miegler wartete schon vor dem Haus, adrett gekleidet. Der Mann strahlte mit seinem Auftreten die typische Selbstsicherheit des begüterten Menschen aus, und zwar eines wohlhabenden, der nie etwas anderes kennen gelernt hatte, als sich keine Sorgen um seine Existenz machen zu müssen. Sie nahmen den Fahrstuhl, Miegler schloss die Wohnungstür auf – allein die war schon ein Grund, die Wohnung zu nehmen. In das Holz waren Verzierungen eingearbeitet, mehrere kleine Milchglasscheiben verliehen dem Ganzen eine filigrane Note – diese Tür war ein Kunstwerk. Der Messingknauf und die gold schimmernden Beschläge rundeten das Ganze elegant ab. Die Bude, wie Miegler sie genannt hatte, war ein absoluter Traum. Die Zimmer prima geschnitten, ein Schlafzimmer nach hinten, zum ruhigen Hinterhof, ein großes Wohnzimmer, die gesamte Wohnung mit Parkett ausgelegt, stuckverzierte Decken, das Bad war gerade frisch renoviert worden, sehr geschmackvoll in den Farben. Sie hatte sich schnell entschieden.

»Sagen Sie, Herr Miegler, diese 600 Euro, das kann doch gar nicht angehen. Für so eine Wohnung zahlt man in dieser Gegend doch viel mehr, oder?« Miegler lächelte und schüttelte den Kopf.

»Leider nein«, antwortete er. »Das Haus ist sicherlich wunderschön, aber solche Dachwohnungen – wir sind hier im fünften Stock – sind absolut schwierig zu vermieten. Familien mit Kindern nehmen so was nicht. Ältere Leute, trotz Fahrstuhl, auch nicht. Und wissen Sie auch warum? Der Fahrstuhl ist zu klein, um einen Sarg darin zu transportieren. Alte Leute haben manchmal schon komische Gedanken. WGs will ich nicht, sonst kriege ich Ärger mit den anderen Mietern. Da bleiben dann mittelalterliche Singles.

Davon gibt es zwar einige – aber die zahlen auch nicht jeden Preis und sind meist auch zu faul für den fünften Stock. Was sagen Sie zu der Bude?«

»Ich finde sie traumhaft schön. Wann könnte man die denn beziehen, ich meine, ich habe in meiner jetzigen Wohnung ja auch eine Kündigungsfrist, an der komme ich wohl nur mit einigem Ärger vorbei oder wenn ich einen Nachmieter präsentiere.«

»Schauen Sie«, Miegler stand an einem Fenster und schaute hinunter auf die Goethestraße, »der jetzige Mieter will eigentlich nächste Woche schon ausziehen. Seine Firma versetzt ihn nach China – der Mann arbeitet bei Braun in Melsungen, ist da ein absoluter Fachmann für Hygiene. Er hat keine Zeit, einen Nachmieter zu finden. Sein Arbeitgeber zahlt ihm die Miete hier für die drei Monate Kündigungsfrist und auch die Renovierung. Wenn Sie einziehen wollen – nächsten Mittwoch ist er weg. Bis zum Wochenende ist das Ding renoviert, sie könnten für Samstag den Möbelwagen bestellen. Und wohnen hier drei Monate mietfrei – das heißt, sie können sich in Ruhe um einen Nachmieter kümmern. Da machen Sie womöglich sogar noch ein Geschäft!«

Miegler hatte beide Hände in den Taschen seiner akkurat gebügelten Hose vergraben und schaute sie frohgelaunt an. Anke Dankelmann schlenderte noch einmal durch die Wohnung. Normalerweise schlief sie eine Nacht über solche Entscheidungen. Doch hier wollte sie gegen dieses Prinzip verstoßen. »Okay, machen Sie den Vertrag fertig, ich nehme die Wohnung, oder die Bude, wie Sie das nennen.« Miegler klatschte in die Hände und kam auf sie zu.

»Toll. Das freut mich sehr. Den Vertrag können Sie bei mir in der Wohnung unterschreiben – nur wenn Sie wollen natürlich. Aber dann könnten wir auch auf das ganze anstoßen. Ich habe eine Flasche Champagner kaltgestellt.«

Anke Dankelmann fühlte sich maßlos überrumpelt, hatte aber nichts dagegen. Die Aussicht auf die Wohnung, auf ein wirklich neues Kapitel im Leben beflügelte sie.

Miegler bewohnte eigentlich zwei Wohnungen. Er hatte in einer Etage eine Durchbruch gemacht und bewohnte nun elf Zimmer und drei Bäder. »Eigentlich viel zu groß – aber ich genieße es, mir den Luxus leisten zu können. Beispielsweise an geraden Tagen hier im Wohnzimmer zu sitzen und an ungeraden Tagen dort drüben

im Wohnzimmer.« Anke Dankelmann schaute ihn etwas entgeistert an, er musste es gemerkt haben, denn er lachte kurz auf.
»Vergessen Sie es, so mache ich das natürlich nicht. Ich habe hier ein Arbeitszimmer.« Er stieß eine Tür auf und sie blickte in ein Zimmer voller Akten und technischer Geräte: »Hier drüben habe ich meine kleine Bibliothek.« Ein Raum, an den Wänden voller Bücherregale, in der Mitte eine Stehlampe, ein alter Ohrensessel und ein Hocker, auf dem man die Beine ablegen konnte. Neben dem Fenster eine Stereoanlage, neben dem Sessel ein Rauchtischchen mit dicken Kopfhörern und zwei Büchern drauf. Die Regale gingen bis zur Decke, etwa in Schulterhöhe führte eine Schiene an den Regalen entlang, am Ende eine kleine Leiter, die man leicht hin und herschieben konnte, wollte man an die oberen Regalreihen gelangen. Wie in einer richtigen Bibliothek, sie war fasziniert. Anke Dankelmann ging in den Raum.
»Darf ich?«, hatte sie gefragt, die Antwort aber nicht abgewartet. Solche Bibliotheken interessierten sie mächtig. Sie verrieten viel über den, dem sie gehörten. Sie hatte alte Bücher erwartet, mit Ledereinbänden – warum auch immer ihre Gedanken in diese Richtung gingen. Sie fand quadratmeterweise Bücher über deutsche Geschichte, Kaiserreich, Weimarer Republik, Drittes Reich. Biografien: Bismarck, Hindenburg, zwei Biografien über Hitler, die von Joachim C. Fest hatte sie selbst mal angefangen zu lesen, aber ihr war die Materie nach langen Arbeitstagen zu schwer geworden. Verfassungsschutzberichte aus den vergangenen Jahrzehnten, sie staunte. »Interessieren Sie sich derart für deutsche Geschichte?«, fragte sie und wusste gleich, dass diese Frage an Dämlichkeit nur schwer zu überbieten war. »Sieht so aus, was?«, antwortete Miegler lächelnd und ging auf dem Flur weiter. War es ihm nicht recht, dass sie sich hier einfach umschaute? Sie folgte ihm.
Und blieb kurz stehen. Auf dem Tisch lag eine englische Ausgabe von »Mein Kampf«. Neben einer deutschsprachigen Ausgabe des Koran. Merkwürdige Mischung, dachte sie und folgte ihm. Die Wohnung war in der Tat zu groß für eine Person, passte aber zu all dem, was sie bisher von Miegler kennengelernt hatte. Er hatte Geld, er hatte Stil, und beides verbarg er nicht. Das war keine Sünde. Im Gegenteil, fand sie, nachdem sie ein Glas des vorzüglichen Champagners getrunken hatte.

»Was ist das für eine Brause?«, fragte sie.

»Sie werden es nicht glauben, den gab es im Aldi. Ein Mitarbeiter hat mich drauf aufmerksam gemacht. Ich habe die letzten 30 Flaschen aus dem Laden an der Willi-Allee gekauft. Kolossal, das Zeug, oder? Für sechs Euro die Flasche. Kaum zu glauben, oder?« Anke Dankelmann schmunzelte. Wer, um Himmels Willen, gebrauchte heute noch das Wort kolossal? Das klang wie aus einem Film über die K.u.K.-Monarchie. Er kam zurück, hatte den Mietvertrag in der Hand und reichte ihn herüber. Anke Dankelmann überflog die Seiten, es schien ein Mustermietvertrag zu sein, ohne irgendwelche Fallstricke. Er würde es wohl auch nicht wagen, eine Kommissarin zu linken, dachte sie sich und stutzte dann doch. Bei Kaution war eine 0 eingetragen.

»Sie wollen keine Kaution?«, fragte sie.

»Wenn Sie was hinterlegen wollen, dann ändern Sie die Zahl. Ich fühle mich mit Ihnen auf der sicheren Seite.«

Na gut, dachte sie, dann kann ich die Kaution von der alten Wohnung nehmen und mir neue Möbel kaufen. Sie unterschrieb beide Ausfertigungen und lehnte sich zurück. Miegler nahm seinen Vertragsteil und entschwand im Arbeitszimmer. Anke Dankelmann goss sich selbst nach. Du wirst dich wundern, Willimowski, flüsterte sie leise und lachte. Sie hatte diesen Typen so was von satt.

Eine halbe Stunde später war sie in ihrer alten Wohnung. Miegler hatte versucht, sie zum Essen einzuladen, doch sie war einfach für solche Dinge zu müde. Hatte ihm aber versprechen müssen, das in den nächsten Tagen nachzuholen. Wohin sie gern mal gehen würde, hatte er sie gefragt.

»Hanswurst« hatte sie geantwortet und sich innerlich abgerollt über seinen irritierten Gesichtsausdruck. »Das ist eine Imbissbude an der Wolfhager Straße, direkt gegenüber der Valentin-Traudt-Schule in Rothenditmold. Da gibt es die beste Currywurst in der Stadt.« Der Gesichtsausdruck war von irritiert auf versteinert gewechselt und sie musste laut lachen. »Kleiner Scherz meinerseits. Da gibt es zwar wirklich die beste Currywurst in ganz Nordhessen, aber natürlich gehe ich mit Ihnen woanders hin. Hängt bei mir von der Tagesform ab.«

Nun saß sie in ihrem Lieblingssessel und schaute durch die Fensterscheibe hoch in den Himmel über Wehlheiden. Ein irrer Tag irgendwie und sie hatte abends gar nicht mehr an Haldorf denken müssen. Doch langsam schlich er sich wieder in ihren Kopf, dieser Typ war ihr ein komplettes Rätsel und flößte ihr Furcht ein. Es war anders als in all den Filmen, in denen man den müden Abklatsch der Arbeit eines Kriminalpolizisten vorgesetzt bekam. Man nahm die Arbeit mit nach Hause, nicht in Form von Akten, man hatte die Dinge im Kopf gespeichert. Und auch Polizisten hatten gelegentlich Angst. Das lag daran, dass sie wussten, dass die Wirklichkeit manchmal schlimmer war als man es sich als Normalbürger vorstellen konnte. Und Haldorf war, trotz seines Alters, das Schlimmste, was ihr jemals begegnet war.

29

Karin Berger war um 22 Uhr in ihrem Hotelzimmer angekommen. La Strada hieß das Etablissement, ein riesiges Hotel, umringt von einer Autobahn, Hauptverkehrsstraßen, Industriegelände – aber komfortabel ausgestattet zu einem vernünftigen Preis. Sie hatte kurz nach 19 Uhr einen Anruf von ihrem Auftraggeber erhalten, hatte ihn wenig später in seiner Wohnung besucht, sie hatten das Vorgehen in Sachen Haldorf besprochen und danach miteinander geschlafen. Weitgehend wortlos, sie begriff es als Bestandteil ihres Auftrags und ihres gepfefferten Honorars, er offensichtlich auch. Kein emotionaler Stress – das beflügelte sie zumindest im Ausleben ihrer sexuellen Bedürfnisse. Sie hatten noch ein Glas Champagner getrunken, sie hatte geduscht und war abgefahren. Das Hotel hatte eine Bar mit Livemusik. Sie beschloss, nach unten zu gehen und noch einen Margarita zu trinken.

30

Karl von Haldorf konnte nicht einschlafen. Das kannte er nicht von sich. Er hatte es immer geschafft, problemlos in den Schlaf zu finden. Er musste an seine Aufzeichnungen denken. Überlegte, was er als nächstes schreiben wollte. Die Erinnerungen rasten durch sein Hirn, er tat sich schwer, irgendwas davon festzuhalten. Und er verspürte den aufkommenden Ehrgeiz, geradezu einen innerlichen Drang, mehr zu schreiben, ausführlicher zu berichten, alles präziser zu schildern. Er war schließlich einer der Letzten, die authentisch berichten konnten. Und er wollte genau das tun. Nicht, weil er Reue verspürte. Es wurde Zeit, den Kameraden aus der heutigen Zeit ein Vermächtnis zu hinterlassen. Sein Vermächtnis.

31

Es war kurz vor Mitternacht, als der Mann auf dem Parkplatz in der Nähe der A 49 sein Führerhaus abschloss. Er trug einen prall gefüllten Rucksack, dunkle Kleidung, hatte in der Tasche eine Karte und eine Taschenlampe für alle Fälle und machte sich auf den Weg. In manchen Führerhäusern der Lkws auf dem Parkplatz brannte noch Licht, aber die Vorhänge waren zugezogen. Aus einigen Lkws hörte man leise Musik. Am anderen Ende des Parkplatzes machten zwei grell geschminkte Frauen ihren Rundgang. Es war eine neue Branche entstanden durch den zunehmenden Schwerlastverkehr auf Deutschlands Autobahnen. An Rasthöfen und gut frequentierten Parkplätzen boten Prostituierte ihre Dienste an. Ein lukratives Geschäft, dachte sich der Mann. Die Frauen konnten ihn nicht sehen, er sprang die kleine Böschung hinab, nach Sekundenbruchteilen hatte ihn die Dunkelheit verschluckt. Er blieb kurz stehen, damit die Augen sich an die Dunkelheit gewöhnen konnten. Er brauchte knapp 20 Minuten, dann hatte er die Stadtgrenze erreicht, nahm die weniger hell erleuchteten Straßen und ging zielstrebig mit Hilfe seines Kompasses, der in die Armbanduhr integriert war, durch das Wohngebiet am Mattenberg. Gelegentlich, das hatte ihm sein Partner gesagt, gab es hier Randale, zogen Jugendliche nachts um die Häuser und pöbelten die wenigen Passanten an, die sich auf die Straße trauten. Das durfte ihm heute nicht passieren, aber er hatte vorsorglich eine Waffe dabei, damit würde er die Randalierer schon vertreiben, falls sie ihn aufhielten. Unterwegs drehten sich seine Gedanken um sein Doppelleben. Auf der einen Seite hatte er einen gut dotierten Job, war ständig auf Montage unterwegs. Auf der anderen Seite führte er eine kriminelle Existenz. Er hatte bei einem seiner vielen Montage-Aufenthalte in Leipzig ein Gespräch unter Kollegen mitbekommen, die eindeutig der rechtsradikalen Szene zuzuordnen waren. Nationalistisches Gedankengut war ihm schon immer sympathisch gewesen, ein weiterer Schritt nach rechts war für ihn nur logische Konsequenz. Man war ins Gespräch gekommen, er hatte die eine oder andere Versammlung besucht und sich irgendwann bei einem Prügeleinsatz an einem Baggersee bewährt. Eins ergab das andere, irgendwann war er in den Kreis hineingeraten, der Auftragsarbeiten erledigte. Er war in diesen Dingen anders als die meisten Gleichgesinnten. Er trank nicht, hatte keine Familie, war nicht polizeibekannt – und das sollte auch so bleiben. Die Auftraggeber waren von Stadt zu Stadt verschieden. Wer im Endeffekt dahinter steckte, wer ihn weiterempfahl, er hatte keine Ahnung. Aber die Methode funktionierte ja – warum also sollte er das in Frage stellen? Gegen 0.30 Uhr hatte er den Treffpunkt erreicht – eine Litfaßsäule an der Mattenbergstraße. Als er sich näherte, trat aus dem Schatten ein anderer Mann, ebenfalls dunkel gekleidet. Sie hatten sich einmal vorher gesehen, gaben sich wortlos die Hand und gingen mit zügigen Schritten im Dunkel der Grünanlage weiter. Rechter Hand war eine Baustelle, eingezäunt. Hier entstand eine Moschee mit dem ersten Minarett Kassels. Über 30 Meter hoch sollte der Turm werden, die Betoneinschalungen hatten schon etwa 20 Meter Höhe erreicht. Sie trennten sich, umkreisten den Baustellenzaun. Auf der anderen Seite trafen sie sich – sie hatten keine Menschen in dem Areal gesehen. Sie rückten ohne große Geräusche ein Stück des Zauns beiseite, schlüpften durch und stellten das Drahtgitter zurück an die alte Stelle. Die beiden Männer schoben die Plane, die den Eingang zum Minarett bedeckte, beiseite und gingen hinein. Sie leuchteten kurz mit der Taschenlampe und leerten dann den Rucksack. Kleine Päckchen mit Sprengstoff waren darin, sie wurden nun mit einer Kontaktschnur verbunden, die von Zünder zu Zünder führte. Die Päckchen hatten auf der Rückseite einen Spezialkleber, der sie fest an der Betonwand hielt. Als der Kreis geschlossen war, installierten sie einen Zeitzünder. Die Uhr wurde auf 4 Uhr gestellt. Sie prüften kurz, ob der Impulskreis auch komplett war und verschwanden wieder von der Baustelle. Der andere Mann nahm einen Besen und fegte den Boden im Inneren des halbfertigen Gebäudes, fegte dann den Weg, auf dem sie gingen, hinter ihnen, um die Spuren zu verwischen. Das Gleiche noch einmal außerhalb des Zaunes. Sie verabschiedeten sich wortlos, und der Mann mit seinem nunmehr leeren Rucksack ging zurück zum Parkplatz. Es war kurz nach 2 Uhr, als er das Führerhaus öffnete und sich dann auf die kleine Pritsche hinter dem Sitz legte. Gutes Geld für wenig Arbeit, dachte er sich. Er hatte mit dem anderen Mann noch nie zusammengearbeitet, aber es hatte dennoch wie am Schnürchen geklappt. Allein hätte er das nicht schaffen können, die präzise Befestigung des Sprengstoffs verlangte mehr als zwei Hände.

Die Stadt schlief tief und fest, nur wenige Autos waren unterwegs, als Punkt 4 Uhr eine gewaltige Explosion den Stadtteil Oberzwehren aus den Träumen riss. Eine Staubwolke stieg in den Himmel und legte sich auf die benachbarten Häuser. Die Bewohner stürzten aus den Häusern, manche nur dürftig bekleidet, Mütter und Väter trugen ihre kleinen Kinder auf dem Arm. Hier gab es einen hohen Ausländeranteil, ein Gewirr von Sprachen erzeugte einen immensen Lärmpegel, weinende Kinder, brüllende Männer. Es dauerte ein paar Minuten, bis man erkannte, was passiert war. Die Menschen waren wohlauf – nur das Minarett war weg und ein Mauerteil des Gebäudes war eingestürzt. Trümmerteile lagen auf der ganzen Straße verstreut. Kleine Feuer flackerten auf der Baustelle auf. Dort, wo Verpackungsmaterial gelagert war, hatte sich Plastik und Papier entzündet. Einige Fensterscheiben in den umliegenden Häusern waren zu Bruch gegangen, herumfliegende Teile des Minaretts hatten kleine Löcher in den Putz der Häuser gerissen, die Autos in der Nähe waren von Staub und Schutt und Gesteinsbrocken bedeckt und beschädigt.

Die Feuerwehr, die sofort eintraf, hatte die Brände in wenigen Minuten gelöscht. Die Baustelle wurde weiträumig abgeriegelt, die Polizei trieb die Menschen in die Häuser zurück. Übernächtigt aussehende Beamte in Zivil nahmen die Arbeit auf, die Spurensicherungsleute in ihren putzigen Anzügen machten sich kurze Zeit später ans Werk. Es dauerte eine Weile, bis die ersten Reporter auftauchten. Die Täter hatten sich eine Zeit ausgesucht, in der eine Stadt wie Kassel offensichtlich besonders leicht verwundbar war. Auf dem Lkw-Parkplatz hatte man den Lärm der Explosion gehört. Einige Fahrer entstiegen den Führerkabinen, man unterhielt sich. Der Mann im Kleinlaster drehte sich auf die andere Seite und schlief weiter. Schien alles geklappt zu haben, dachte er sich.

32

Früh am Morgen telefonierte Anke Dankelmann mit ihrer Vermieterin. Das mit der Kündigung und dem Auszug war kein Problem, die Frau war ohnehin auf der Suche nach einer Wohnung für ihr Patenkind, das in Kassel studieren wollte und noch keine Bleibe gefunden hatte. Man verzichtete auf Kündigungsfristen, Anke Dankelmann formulierte einen Zweizeiler mit der Kündigung und schickte ihn per E-Mail. Danach rief sie Vitali Schewtsow an, den engsten Freund Valentin Willimowskis. Sie informierte ihn über die Trennung, doch offenkundig hatte er schon davon erfahren. »Anke, mach dir keine Gedanken. Ich bleibe natürlich mit Valentin befreundet, aber ich denke mal, wir beide sind uns auch nicht unsympathisch, warum sollte ich dich dann mit einem Bann belegen? Wenn ich dir helfen kann, dann lass es mich wissen, und es wäre schön, wenn wir uns gelegentlich mal sehen könnten.« In Gedanken atmete Anke Dankelmann tief durch. Das war immer das Übelste bei Trennungen, dass es so eine Lagerhaltung gab. Man trennte sich irgendwie nicht nur von dem Partner, sondern auch von dessen engsten Freunden. Im Fall Vitali Schewtsows hätte sie dies sehr bedauert. Der Mann, der sein Geld im Rotlichtmilieu verdiente und, so vermutete sie, manch anderes dubioses Geschäft machte, war ihr sehr sympathisch – obwohl sie wusste, dass sie mit Blick auf ihren Beruf keine allzu große Nähe erlauben konnte. Schewtsow versprach, sich um Möbelwagen und Personal zu kümmern, er kannte da jemanden, sagte er, der ihm noch einen Gefallen schuldete. Erst im Präsidium erfuhr sie von dem nächtlichen Bombenattentat. Es war Gesprächsthema Nummer eins, ein solcher Anschlag gegen eine islamische Einrichtung war in Kassel, war in der gesamten Region noch nicht vorgekommen. Die Experten aus dem Präsidium kümmerten sich drum. Machten Analysen, um welchen Sprengstoff es sich handelte, verhörten die Anwohner, der Polizeipräsident selbst nahm an der Pressekonferenz teil. Sie wussten, wie wichtig es war, schnellstmöglich irgendwelche Ergebnisse zu präsentieren. Nein, sagte der Präsident in der Pressekonferenz, es lag kein Hinweis auf die Täter vor. Kein Bekennerschreiben, man tappe so kurz nach der Tat noch im Dunkeln.

Komisch, dachte Anke Dankelmann, es gab irgendwie Konjunkturzyklen bei Verbrechen. Zeiten, in denen man außer dem einen oder anderen Freitod wenig zu tun hatte, und sie schalt sich für diesen zynischen Gedanken – und dann häuften sich die Dinge wieder. Sie trank einen Schluck von ihrem viel zu heißen Kaffee. Zu kaltes Bier schmeckt nicht, zu heißer Kaffee schmeckt genauso wenig. Eigentlich müssten sich die Temperaturen in der Mitte treffen, dann müsste es passen, fand sie. Aber wahrscheinlich war genau das der Grund, warum sie in statistischer Methodenlehre im Wahlkurs in der Schule nie über eine Vier hinausgekommen war. Nicht das arithmetische Mittel zählte, man musste gewichten. Mathe ist logisch, nicht wie das Leben, dachte sie. Das Leben ist wie Statistik, man musste auch hier harmonisieren. Manchmal zu viel. Dann rechnete sie auf der Schreibtischunterlage aus, wie viel Geld sie für neue Möbel und anderes zur Verfügung hatte. Nach diesem Wochenenddienst hatte sie Montag und Dienstag frei – ein exzellentes Timing, wie sie fand. Sie würde heute noch einmal bei Miegler vorbeischauen und die Details der Renovierung besprechen, außerdem hatte er einen Grundrissplan der Wohnung für sie, damit sie auf dem Papier schon mal Möbel rücken konnte. Eigentlich hatte sie keinen einzigen dienstlichen Gedanken im Kopf, als das Telefon klingelte. Es war Bernd Stengel, mit außergewöhnlich aufgeregter Stimme.

»Anke, die vom Wiesenthal Center in Paris haben angerufen. Es gibt da wohl keinen eigenen Vorgang, keine Akte, aber im Zusammenhang mit einer Aktion taucht sein Name auf.«

»Und was ist das für eine Aktion?«

»Moment mal, ich hab mir das notiert, wir kriegen das Anfang der Woche natürlich auch noch mal schriftlich, jetzt am Wochenende ist niemand da, die Dame hat mich auch schon gestern Abend angerufen, aber du bist nichts ans Handy gegangen, als ich dich informieren wollte.«

»Ich hatte es abgeschaltet, hab mir eine Wohnung angesehen, ich ziehe nächstes Wochenende um – erzähle ich dir alles noch. Also, was ist mit Haldorf?«

»Das ist ja spannend. Wo ziehst du denn hin?«

»In die Goethestraße, Bernd. Aber das ist doch jetzt wirklich nicht wichtig. Was ist mit Haldorf?«

»Ach so, ja. Also: Haldorf war nachweislich, weil namentlich erwähnt, Mitglied der Einsatzgruppe, die laut einer Meldung, eher so eine Art Tätigkeitsbericht, in Kiew an Ermordungen von Juden teilgenommen hat.«
»Na gut, das oder beziehungsweise so was Ähnliches haben wir uns ja gedacht. Gibt es präzisere Informationen?«
»Nun lass mich bitte mal ausreden. Die Meldung trägt die Nummer 101 und sagt, dass diese Einsatzgruppe, die von Haldorf geleitet wurde, am 29. und 30. September 1941 in Kiew 33.771 Juden exekutiert hat.«
Anke Dankelmann schwieg. Das war in diesem Augenblick einfach zu viel für sie. Fast 34.000 Menschen erschossen, in zwei Tagen. »Das fasse ich nicht. Wie macht man denn so was? Wie geht denn so was? Wie kann man den Menschen am Fließband erschießen? Was ist das für ein Monster da im Knast? Und erklär mir bitte mal, warum die genau auf 33.771 Personen gekommen sind! Ist das typisch deutsch? Strichliste? Wieviele Blätter Papier waren das denn? Wenn das heute passieren würde, dann gäbe es noch Statistiken über die Zahl der Punkte in Flensburg, die gestrichen werden müssen. Was ist das für ein Volk? Ich könnte kotzen! Warum bin ich keine Italienerin, eine Französin, eine Schwedin?«
Bernd Stengel räusperte sich. »Weil Borken im Schwalm-Eder-Kreis liegt und nicht in Dalarna, in der Provence oder der Lombardei. Glaubst du im Ernst, in diesen Ländern würde irgendjemand einen Ort nach einem Käfer benennen? Aber im Ernst: Wir sehen das Monster am Montag im Knast.«
Anke Dankelmann war fix und fertig. Es war etwas anderes, ob man sich interessehalber mit dem Thema Nationalsozialismus und Judenvernichtung auseinandersetzte, oder ob man dann mit jemandem redete, der selbst für Massenmord verantwortlich war. Sie kannte nun einen Menschen, der nichts anderes war als ein Teufel in menschlicher Gestalt. Sie würde jetzt, da man offensichtlich Beweise hatte, nie wieder normal mit Haldorf reden können. Anke Dankelmann hatte den Hörer schon längst wieder aufgelegt und starrte aus dem Fenster in diesen Tag. 34.000 Menschen umzubringen! Vor ihrem geistigen Auge entwickelten sich langsam Bilder von Szenen, die sie nie gesehen, nie erlebt hatte. Fernsehbilder, Fotos aus Büchern und ihre Fantasie vermischten sich zu einer

eigenen Bildsprache, die einer unkontrollierbaren Regie folgte. Sie sah Menschen, jung und alt, in ärmlichen Kleidern mit erhobenen Händen vor riesigen Gruben stehen, in denen die Leiber unzähliger Menschen lagen. Was mussten die, die da am Rand der Grube standen, in diesen Minuten gedacht haben? Sie wussten doch, dass sie sterben würden. Hatten sie sich gefügt? Unterworfen? Gab es keinen Restfunken von Widerstand, von Aufbegehren in ihnen? Warum hatten sie nicht einfach versucht, etwas gegen das drohende Schicksal zu unternehmen. In diese Bilder mischten sich vage Erinnerungen an die deutsche Nachkriegsjustiz. An Urteile, die an Lächerlichkeit nicht zu überbieten waren. Männer, die tausende von Menschenleben auf dem Gewissen hatten, waren mit Minimalstrafen davongekommen. Wenn überhaupt. Sie und ihre Kollegen jagten hier tagtäglich Gewaltverbrecher, Mörder, Schwerstkriminelle – und das alles vor diesem Hintergrund des Unvorstellbaren. Das tatsächlich stattgefunden hatte. Ihr war zum Heulen zumute. Zuhause, in Borken, als sie noch zum Gymnasium nach Fritzlar gefahren war, da hatten sie manchmal über das Dritte Reich geredet. Der Vater ihrer Mutter, ihr Opa, war im Krieg gefallen. Ihre Mutter redete deshalb nicht gern über diese Zeit, weil sie an ihn nur vage Erinnerungen hatte. Die Gespräche in der Familie waren nie sehr ergiebig gewesen. Erstaunlich, dachte sie in den Jahren danach immer wieder, wie wenig die Menschen in diesem Land bereit waren, sich mit dem dunkelsten Kapitel der Geschichte ihres Landes auseinanderzusetzen. Man konnte schließlich nur Lehren daraus ziehen.

Plötzlich hatte sie das Gefühl, eine derjenigen zu sein, die da am Grubenrand standen. Sie hatte irgendwo gelesen, dass man bei diesen Exekutionen irgendwann nicht mehr auf Salven aus den Gewehren der aufgereihten Soldaten baute, sondern Einzelschüsse aus Maschinenpistolen abfeuerte. Man stand also da, ringsherum weinten, jammerten die Menschen. Man hatte die Arme hinter dem Kopf verschränkt oder in die Höhe gereckt. Hörte, wie am Ende der Reihe ein Schuss fiel und ein Körper mit einem dumpfen Ton in die Grube plumpste. Der nächste Schuss, das Geräusch kam näher, das Plumpsen auch. Irgendwann war der Mensch neben einem dran. Ein Schuss, man sah den Körper fallen, man hörte die drei, vier Schritte hinter einem, spürte womöglich den kalten Lauf der Maschinenpistole am Kopf. Was für Gedanken waren das? Wenn womöglich der Körper, der eben in die Grube gefallen war, der des Ehemanns war? Oder des Vaters, der Mutter? Man spürte das kalte Metall. Kniff die Augen zusammen – für was? Hörte man den Schuss noch? Spürte man noch, wie die Schädelknochen barsten und das Hirn nach vorne herausflog? Alles wehrlos, ohne Worte, ohne alles. Sie hätte diesen alten Mann genau in diesem winzigen Augenblick umgebracht. Nein. Sie hätte es beim Anschreien gelassen. Wohl wissend, dass ihn das nicht interessierte. Der war seine eigene moralische und politische Instanz. Den interessierten kein Fegefeuer und kein Himmelreich. Weil er glaubte, dass dort, auf beiden Ebenen, Hakenkreuzfahnen hingen. Und warum um alles in der Welt konnte Bernd Stengel beim Vortrag dieser entsetzlichen Fakten an Borkenkäfer denken?

33

In der Justizvollzugsanstalt in Wehlheiden hatte Karl von Haldorf schon am frühen Morgen seine Übungen gemacht. Es war mehr Stretching denn anstrengende Gymnastik, aber in seinem Alter machte man auch keine Liegestütze oder Sit-ups mehr. Sit-ups war für ihn eh ein Unwort, Klappmesser hatte man das früher genannt. Er fand den Begriff treffender, härter, deutscher.

Danach arbeitete er an seinem Manuskript. Er hatte einen Beschluss gefasst: Er wollte keine Verteidigung haben. Zumindest nicht in dem Sinn, dass er seine Taten, die man ihm ja irgendwie und irgendwann würde nachweisen können, rechtfertigen musste. Er wollte die Schuld nicht auf irgendeinen Befehlsnotstand schieben. Den hatte er ja nie gehabt, er war überzeugt von dem gewesen, was er tat. Und er war auch heute noch der festen Ansicht, dass er richtig gehandelt hatte. Also war es für ihn doch eine logische Konsequenz, dass er zu dem stand, was passiert war. Mein Gott – wenn das Urteil dieser Richter lebenslang lautete – na und? Das waren ein paar Monate, wenn er Pech hatte, ein, zwei Jahre. Na und? Aber die Nachwelt, die Kameraden von heute, die wussten endlich, woran sie waren. Dass man zu seinen Taten stehen konnte und sollte und sie würden im Detail erfahren, wie man vorgegangen war und wie man vorgehen musste. Gleich kam die Anwältin, er würde ihr seine Strategie erklären, und sie musste mitmachen, komme was wolle. Er beugte sich über das Blatt Papier. Er hatte gerade einige Episoden seiner Tätigkeit in der Einsatzgruppe abgearbeitet, da fiel ihm ein, dass die Zeit zwischen 1933 und 1939 vollkommen ausgeblendet worden war bisher.

»Wir schwebten auf einer Welle des Erfolges, der Macht, des Gefühls, allem und jedem überlegen zu sein.« Das war ein guter Satz, fand er. Er glaubte das immer noch. »Ich habe Kassel 1936 vorübergehend verlassen. Bis dahin hatten wir zwar allerhand zu tun, aber das waren nur Kleinigkeiten. Wir haben Juden verhaftet, Zigeuner, Kommunisten in Lager verfrachtet. Mein Kontakt zu Heydrich war eng. Ich war so eine Art Intimus für ihn. Wir trafen uns häufig, wenn er in der Nähe von Kassel war. 1936 sollte die erste Junkerschule der SS in Bad Tölz eröffnet werden, eine Kaderschmiede für die Führungsriege der SS. Ich sollte beim ersten Jahrgang dabei sein, er wollte es so. Mich faszinierte an Reinhard, dass er eine klare Vorstellung von den nächsten Jahren hatte. Ich habe in dieser Zeit auch Himmler kennengelernt. Der war aber nichts anderes als ein gefährlicher Spinner. Ein Spinner, weil er aus dem Nationalsozialismus eine Religion machen wollte. Und gefährlich aus demselben Grund. Eigentlich hat vieles von dem, was die sich vorgenommen haben, nicht geklappt. Die SS bestand nicht nur aus blonden Hünen – irgendwann haben sie ja sogar einen albanischen Verband aufgestellt, der aber nie zum Einsatz kam. Wie auch immer, ich bin dann 1936 nach Bad Tölz. Fast nur Akademiker in meinem Jahrgang, die SS, das war für die ein echter Reiz. Nun war ich also Junker. Und die Zukunft bot mir jede Chance. Ich habe manche dieser Absolventen später wiedergesehen. Keiner dabei, der versagt hätte. Und es gab jede Menge grauenhafter, gefährlicher Momente, vor allem beim Rückzug aus dem Osten.« Er stoppte, als er den Schlüssel in der Tür hörte. Seine Anwältin kam herein, er fand sie ungeheuer attraktiv, ein wenig kühl – aber was wusste man schon darüber, was sich unter dieser Kälte-Schutzschicht verbarg? Er schaute auf die Uhr: Es war 8.30 Uhr. Um 10 Uhr kam die Polizei.

34

Auf dem Parkplatz in der Nähe der A 49 herrschte geschäftiges Treiben. Auch der Mann mit dem Lkw hatte einen anstrengenden Tag vor sich. Er würde den Laster ordnungsgemäß irgendwo in der Nachbarschaft seines Hauses in Mannheim, seiner Heimatstadt, abstellen, sich in ein angemietetes Auto setzen und dann zurück nach Kassel fahren. Vorher würde er seinen Briefkasten leeren, mit Nachbarn reden, wie jeden Samstag mittags bei seinem Griechen an der Ecke einen Gyros essen und zwei Retsina trinken. Und den Ouzo aufs Haus hinterher. Er trank sonst nie Alkohol, aber diese samstägliche Ausnahme genehmigte er sich – und fuhr dann normalerweise kein Auto mehr. Aber auch hier: Keine Regel ohne Ausnahme.

Am Sonntag dann musste er mittags zu seiner Skatrunde wieder daheim sein. Ein ungewöhnlicher Termin, doch er und seine drei Freunde, allesamt Junggesellen, hielten diese Verabredung seit ungezählten Jahren durch. Der Vorteil war, dass man nicht bis in die Puppen spielte, sondern zu einer zivilisierten Zeit nach Hause und ins Bett kam. Alle mussten am nächsten Tag raus, und keiner der anderen konnte es sich leisten, mit einem Kater an der Arbeit aufzutauchen.

Seinen Einsatzplan hatte er mit seinem Kompagnon aus der Nacht zuvor per E-Mail ausgetauscht. Die Festplatten der Rechner würden nach dem Einsatz vernichtet werden. Er hatte keine Skrupel, was die nächste Nacht betraf, und er freute sich vor allem auf die Kohle.

35

Anke Dankelmann und Bernd Stengel trafen einen aufgeräumten Karl von Haldorf an, der mit seiner Anwältin Witzchen zu machen schien. Es kotzte sie an. Auch noch diese Tusse. Sie hatte nie verstanden, warum man als Anwalt, als ausgebildeter und manchmal sogar umfassend gebildeter Mensch Leute verteidigen konnte, die Menschen umgebracht hatten. Wie konnte man Kinderschänder, Kindermörder verteidigen – manchmal mit Argumenten, die absolut hanebüchen waren? Möglicherweise musste man die Unwahrheit behaupten oder zumindest die Wahrheit bewusst verschleiern?

Diese Frau Dr. Berger, die da mit ihrem züchtigen Rock und ihrer genauso züchtigen Frisur saß – Anke Dankelmann hatte die Frau gefressen. Wahrscheinlich wäre die mit ihren blonden Haaren, ihrer schlanken, großen Gestalt und ihrem üppigen Busen in der SS-Bewegung Lebensborn als Gebärmaschine für verdiente SS-Kämpfer abgestellt worden. Der Eisprung wurde ermittelt – und der gerade aus Polen heimgekehrte Obersturmbannführer XY musste duschen und durfte dann ran. Helden zeugen für den Führer. Heil Hitler – erst den Arm hoch und dann ... Sie musste sich jetzt auf das Gespräch konzentrieren.

Bernd Stengel übernahm den Beginn der Vernehmung. Sie hatte Mühe, allem zu folgen. Klinkte sich irgendwann ein in das, was sie ab diesem Zeitpunkt halbwegs verlässlich wahrnahm. Stengel redete gerade.»...Wiesenthal Center belegt, dass Sie 1941, genauer gesagt am 29. und 30. September, an der Exekutierung von zehntausenden von Juden nicht nur beteiligt waren, sondern sie sogar befehligt haben. Was sagen Sie dazu?« Haldorf schaute seine Anwältin an und lächelte.

»Wenn das da so steht, dann wird es auch stimmen. Allerdings, wenn Sie mir diese kleine Korrektur verzeihen, war es keine Exekutierung im eigentlichen Sinn. Es war eine Vernichtung. Wir haben entsorgt, wie Sie heute die Mülltonne benutzen, haben wir den Müll der Gesellschaft vergraben.«

Anke Dankelmann spürte ein Gefühl, das schwer zu kontrollieren war. Sie hätte diesem alten Mann jetzt gern weh getan. Richtig weh getan und sie wusste gleichzeitig, dass sie genau dies niemals würde tun können, und dass körperlicher Schmerz keine Instanz für dieses Monster war. Schon komisch, sinnierte sie, wenn in Filmen von Monstern die Rede ist, dann handelt es sich niemals um einen Greis. Aber diese Augen, die waren nicht greisenhaft. Sie waren teuflisch.

»Stimmt es denn?«, fragte Stengel.

»Ich weiß das genaue Datum nicht mehr, aber wir haben irgendwann um diese Zeit herum eine ziemlich umfassende Liquidation durchgeführt. Das kann die gewesen sein, ja, ich hatte das Kommando über die gesamte Aktion.«

»Es waren fast 34.000 Menschen, die dort hingerichtet wurden.« Man wird Sie, wenn Sie diese Aussage als Geständnis wiederholen, wegen Mordes oder Beihilfe zum Mord in tausenden von Fällen anklagen und verurteilen.«

Haldorf schaute wieder seine Anwältin an, die gerade Anke Dankelmann mit eiskaltem Blick musterte. Ein Ruck ging durch die Frau, sie schien sich innerhalb von Sekundenbruchteilen zu entspannen.

»Frau Dankelmann, Herr Stengel«, sie räusperte sich kurz und setzte sich kerzengerade auf. »Ich darf im Namen meines Mandanten eine grundsätzliche Erklärung abgeben. Herr von Haldorf hat beschlossen, akribisch aufzuschreiben, in welche Vorfälle er vor und während des Krieges verwickelt war. Das sollte das Verfahren einfacher machen. Herr von Haldorf legt aber Wert darauf, dass dies kein Schuldeingeständnis ist, selbst wenn er akzeptiert, dass die aktuelle deutsche Gerichtsbarkeit das womöglich so auslegen kann und wird. Seine Einlassung eben mag Ihnen als Beleg dafür dienen, dass er gewillt ist, das Verfahren abzukürzen. Ich habe ihm von einem solchen Vorgehen abgeraten, aber Herr von Haldorf ist der Ansicht, dass er auch heute noch zu diesen Dingen steht.«

Haldorf fuhr dazwischen.

»Das ist ein wenig unpräzise formuliert. Ich habe niemals aus Befehlsnotstand gehandelt, ich habe immer alles aus Überzeugung getan. Meine Ideale von damals gelten auch heute noch, und es gibt zum Glück genug junge Kameraden, die irgendwann unser Erbe annehmen und den Kampf übernehmen werden.«

Anke Dankelmann fühlte in ihrem Inneren ein Gefühl, als müsse sie sich gleich übergeben. Vor ihr saß ein Greis, der zehntausende Menschen umgebracht hatte und der sich suhlte in einem Morast aus Selbstgerechtigkeit, Überheblichkeit und ekelerregender Menschenverachtung.

»Wir sehen Ihren Aufzeichnungen mit Spannung entgegen«, sagte Stengel. »Aber dennoch werden wir Sie auch vernehmen müssen.«

»Ich glaube nicht, dass ich in solchen Gesprächen Aussagen machen werde.«

Haldorf stand auf und ging auf wackeligen Beinen zum Fenster. Die Tage vorher hatte er körperlich noch einen stabileren Eindruck gemacht.

»Sehen Sie, meine Dame, mein Herr«, er drehte sich kurz um für die Ansprache und wand sich dann wieder dem Fenster zu. »Sie müssen einsehen, dass ich schon aufgrund meines fortgeschrittenen Lebensalters hier in jeder Hinsicht die Bedingungen stellen kann. Es wäre ein Leichtes, dass Frau Dr. Berger mich aus jederzeit belegbaren medizinischen Gründen aus dem Gefängnis bekäme. Das will ich nicht. Ich will hier sein und dafür angeklagt werden, was ich getan habe. Da draußen«, er nickte in Richtung Fenster, »gibt es genug junge Kameraden, die auf jemanden wie mich hoffen. Wir haben einmal die Verantwortung für die Zukunft des deutschen Volkes in der Hand gehabt. Wir wurden besiegt, ich weiß, aber unsere Ideale sind nicht besiegt worden. Aber wenn ich mir die aktuelle deutsche Politik und die Entwicklung in Europa anschaue, dann muss ich sagen, dass wir recht hatten mit unseren Zielen. Und wir werden wieder an die Macht kommen. Natürlich nicht mit einem Führer wie Adolf Hitler. Aber wir werden die Parlamente unterwandern, erobern, und dann werden wir neu beginnen ...«

»Ach ja, so wie heute Nacht, oder?« Anke Dankelmanns Tonfall war aggressiv. Haldorf zog seine schneeweißen Augenbrauen hoch und sah sie fragend an.

»Was war denn heute Nacht?«

»Ach, Sie wissen es nicht? Sie haben keinen Kontakt zu den jungen Kameraden da draußen? Zu denen, die heute um 4 Uhr ein Minarett in Oberzwehren in die Luft gesprengt haben? Mitten in einem Wohngebiet?« Anke Dankelmann sprach mit schriller Stimme, dieser Typ war unerträglich.

»Anke, beruhige dich!« Bernd Stengel legte ihr beschwichtigend die Hand auf den Unterarm. Haldorf lächelte.

»Ich weiß wirklich nicht, wer dafür verantwortlich ist, aber die Idee ist ausgezeichnet. Und wissen Sie was, Frau Kommissarin? Solche Figuren wie Sie würde ich als Erstes aus jeder verantwortlichen und sogar aus nicht verantwortlichen Position entfernen. Für alles und jeden Verständnis haben, über alles endlos diskutieren, das ist jämmerlich, das ist dekadent. Es geht darum, Prinzipien zu haben und diese auch zu befolgen. Welches Prinzip haben Sie denn in Verbindung mit unserem Land und unserem Volk? Ach, verschonen Sie mich mit einer Antwort. Nein, nein, ich werde mich nicht erregen. Ich bin zu alt dazu. Aber ich habe mich auch damals nicht aufgeregt. Es ging um ein geometrisches Problem. Hier ein Punkt A, da ein Punkt B. Die kürzeste Distanz dazwischen ist eine Gerade. Dazwischen der Feind. Der musste weg. Das haben wir nicht geschafft. Noch nicht.« Er hielt kurz inne, Anke Dankelmann holte tief Luft, sah Bernd Stengel an, der leicht mit dem Kopf schüttelte.

Sie behielt ihre Gedanken für sich, was ihr besonders schwerfiel, weil sie diese Anwältin mit einem Lächeln im Gesicht musterte. Haldorf begann erneut.

»Mitten in einem Wohngebiet – das haben Sie gesagt. Was ist daran so besonderes? Wenn die die Dinger in ein Wohngebiet stellen, dann muss man halt in einem Wohngebiet sprengen. Hat irgendjemand im Krieg auf solche Umstände Rücksicht genommen? Dass bei Bombenangriffen der alliierten Terroristen zehntausende von Menschen ums Leben kamen, die mitten in Wohngebieten lebten? Denken Sie an Kassel. Das war eine wunderschöne Stadt, ich habe sie ja noch erlebt. Total zerstört. Rücksichtslos. Hat irgendjemand diese Kriegsverbrecher vor Gericht gestellt? Nein, hat man nicht. Diesem Bomber-Harris hat man sogar ein Denkmal gebaut. Nur wir wurden verurteilt, hingerichtet, eingekerkert. Mich hat es jetzt erst erwischt. Das zeigt auch, wie leistungsfähig die internationale Polizei ist. Ich sage Ihnen: Der Gestapo-Apparat des Jahres 1933, also in der Anfangszeit, der war effektiver – und das ohne all die technischen Hilfsmittel, die Sie heute haben.«

»Ich würde es gern bei dieser halben Stunde belassen«, schaltete sich die Anwältin ein. »Am besten, Sie halten sich an diese Vorgaben, ansonsten könnte ich Ihnen mit all den medizinischen Attesten und Gutachten kommen, die Ihnen das Leben schwer und Verhöre unmöglich machen würden. Ich möchte Ihnen noch etwas sagen, was das gesamte Verfahren betrifft. Herr von Haldorf hat mich heute davon unterrichtet, dass er meinen juristischen Beistand nicht möchte. Er wird meine Unterstützung nur dergestalt in Anspruch nehmen, dass ich ihn vor, bei und nach den Terminen auf Aufforderung hin berate und bei den Gesprächen und vor Gericht dabei bin. Ich hoffe, dass das Gericht diese ungewöhnliche Art von Kooperation schätzen wird.«

»Kooperation? Was hat er denn schon zu verlieren?«
Anke Dankelmann stand auf und verließ grußlos den Raum.

Stengel bewahrte einen Rest Höflichkeit, verabschiedete sich und folgte ihr.

»Das ist doch alles unglaublich, wer sind wir denn? Wir werden hier doch vorgeführt und das wird sich vor Gericht fortsetzen. Der will doch den Auftritt vor den Richtern haben, das wird eine grauenhafte Werbeveranstaltung für Nazi-Verbrecher, wollen wir das denn, Bernd?« Stengel hatte sie mit langen, schnellen Schritten eingeholt. Sie gingen Richtung Ausgang und verließen die JVA, nachdem sie die schwere Tür, die vom Wachpersonal hinter dicken Glasscheiben per Summer entriegelt worden war, geöffnet hatten. »Wir müssen das mal in Ruhe besprechen«, sagte Stengel. »Auch mit der Staatsanwaltschaft. Denen kann doch an einer solchen Zirkusveranstaltung auch nicht gelegen sein. Aber du musst dich da mehr beherrschen, diese Berger ist eiskalt, die wird im Zweifel Deine Ausraster vor Gericht genüsslich ausnutzen. Oder er wird das tun, je nachdem.«

»Naja, so richtige Ausraster waren das ja noch nicht, das kommt erst noch, und wie das im Endeffekt aussehen kann, das weiß keiner besser als du.« Anke Dankelmann gab sich selbstbewusst, war aber innerlich durchaus reumütig und eher kleinlaut gestimmt. »Bernd, überleg mal. Dieser Typ, der zieht doch irgendwie das Böse an. Kaum haben wir ihn eingebuchtet, stirbt sein erster Anwalt. Ein paar Tage später ein Bombenattentat auf eine Moschee. Was kommt als nächstes?«

»Keine Ahnung. Komm, wir machen auf dem Rückweg einen Schlenker über Oberzwehren und schauen uns mal an, was die Bombe angerichtet hat.«

Es war nur ein Katzensprung, nach zehn Minuten waren sie da, jede Menge Schaulustige, vor Ort ein paar Beamte in Uniform, Kollegen aus dem Präsidium und noch zwei Mitarbeiter der Spurensicherung.

»Habt Ihr was?«, fragte Stengel etwas ziellos in die Runde.

»Schwierig«, antwortete einer der Kripo-Beamten in Zivil. »Wie es aussieht, haben die die Fußspuren verwischt, es gibt Hinweise darauf, dass sie mit Gummihandschuhen gearbeitet haben. Der Sprengstoff ist Semtex, zumindest wäre das naheliegend, die Kollegen vom LKA tippen darauf, werden das im Labor noch einmal untersuchen. Den Sprengstoff gibt es problemlos auf dem Schwarzmarkt zu kaufen, aus den weltweiten Beständen wird jede Menge geklaut. Angeblich sind bei den Amis im Irak auf einen Schlag 350 Kilogramm verschwunden, einfach so. Das Besondere bei Semtex: es ist ein Allerweltsprodukt. Normalerweise wird der Sprengstoff mit Markern versehen, um ihn rückverfolgen zu können. Dieser Semtex hat keinen Marker, ist also älterer Bauart. Das bedeutet: Wir wissen nicht, woher er kommt. Das macht die Recherche ein wenig problematisch.« Er machte eine kurze Pause.

Bernd Stengel wollte eine Frage stellen, doch der Kollege kam ihm zuvor.»Wie das mit Semtex geht? Das ist ganz einfach. Den pappt man an eine Mauer, verbindet die Päckchen und dann macht es nach einem Impuls aus einer Entfernung von bis zu einigen Kilometern peng. Man kann auch ein Handy reinklemmen. Man ruft an – und rumms. Dann sind die Grundmauern weg, und dann fällt alles in sich zusammen – zum Glück. Wenn der Turm auf ein Wohnhaus gekracht wäre oder wenn die Explosion alles um sich geschleudert hätte, dann hätte es hier jede Menge Tote und Verletzte gegeben. Entweder waren das Experten oder aber jemand muss ihnen genau gesagt haben, was sie hier tun müssen.« Anke Dankelmann mochte den Kollegen, Gerd Mentel, ein kurz vor dem Ruhestand stehender grauhaariger, leicht rundlicher Mann, dessen Gesichtsausdruck immer so etwas wie Milde oder Güte ausstrahlte. Sie hatte ihn noch nie aus der Haut fahrend erlebt – eine Eigenschaft, die sie nie in ihrem Leben lernen würde.

Die Auswertung der Spuren würde Tage dauern und möglicherweise nur vage Anhaltspunkte liefern, die ihnen allein nicht weiterhelfen konnten, aber möglicherweise in Ergänzung zu anderen Indizien von anderen Tatorten Hinweise lieferten.

»Wie sind die gekommen? Auto? Gibt es Augenzeugen?«

»Nix Auto. Die kamen wohl zu Fuß. Es gibt einen Mann hier aus dem gegenüberliegenden Haus, der war wohl um die Zeit auf dem Klo und wollte dann auf dem Balkon eine Zigarette rauchen, der hat zwei Männer auf der Baustelle gehen sehen, die bewegten sich aber im Dunkeln, da die nichts getragen haben, was dann wie Beute aussah, dachte er, die hätten da gepinkelt. Als die Bombe hochging, hat er wieder fest geschlafen.«

»Kann er eine Beschreibung liefern?«

»Eher nicht oder ziemlich grob, geschätzte Größe, Figur. Einen hat er kurz im Lichtschein der Straßenlaterne näher gesehen. Mitte vierzig, schätzte er. Haarfarbe unbekannt, er trug eine Mütze. Auch das war kein Grund, misstrauisch zu werden, es war kalt in der Nacht. Der eine hatte so was wie einen Parka an, der andere ein Sweatshirt mit einem Aufdruck hinten. Dunkel. Das Sweatshirt.«

»Klingt super. Von solchen Sweatshirts gibt es in Europa etwa 800 Millionen.« Anke Dankelmann schüttelte den Kopf.

Stengel lächelte. »Ich hab auch so eins«, sagte er. »Dann bin ich also unter 800 Millionen Verdächtigen?«

Sie saßen schon längst wieder im Auto, als Anke Dankelmann ihren Chauffeur anschaute.

»Bernd, das ist doch alles unheimlich, ich sage es noch einmal. Der Typ, das Monster, der Teufel, sitzt im Knast. Parallel dazu geht es hier draußen rund. Natürlich denkt man ja bei einem Anschlag auf eine Moschee zunächst mal an eine ausländerfeindliche Tat. Wieso kriegt da im Vorfeld niemand was mit? Dass irgendjemand Spezialsprengstoff kauft in irgendwelchen ungewöhnlichen Mengen, das muss doch auffallen, oder?«

»Was sind denn für dich ungewöhnliche Mengen an Sprengstoff, Anke?« Stengel hupte, irgendein Fahrlehrer hatte gerade seinem Schüler im Auto vor ihnen in die Speichen des Lenkrades gegriffen und den Wagen zurück auf die Fahrbahn gezogen, auf der Stengel gerade überholen wollte.

»Das ist ein Fahrschüler, Bernd, hör auf zu hupen!«

»Schule ist eine Einführung ins Leben, und da wird gehupt. Von allen und von jedem. Und schau dir das Kennzeichen an.« Sie stöhnte auf. HR am Anfang, Schwalm-Eder-Kreis, Stengels Lieblingsthema. Er hasste alle, die ein anderes Kennzeichen außer dem mit einem KS vorn trugen. Er hielt die alle für komplette Deppen.

»Dann haben wir ja das jetzt auch besprochen, da bin ich aber froh. Beenden wir das Kapitel für heute bitte? Ich habe andere Dinge, die mich beschäftigen.«

Anke Dankelmann schaute stur aus dem Beifahrerfenster, eine Geste, die Stengel kannte, von der wusste, dass er sich jetzt zusammennehmen musste. Sie schwiegen die restliche Zeit bis zum Präsidium. Stengel verschwand in der Kantine und tauchte danach auch nicht wieder auf. Anke Dankelmann telefonierte, eigentlich ohne irgendeinen nennenswerten Grund, mit den Kollegen im Schwalm-Eder-Kreis wegen des Mordes an Anwalt Gero Stützer. Man hatte ein paar Spuren in dessen Wohnung in Lischeid gefunden, aber nichts, was ihnen weiterhelfen konnte. Man sortierte es ein und wartete auf Gegenbeweise, Ergänzungen. Mehr blieb nicht übrig.

»Gibt es denn keinerlei Hinweise über den oder die Täter? Hat niemand irgendetwas gesehen?«

»Doch«, sagte der Kollege am anderen Ende der Leitung. »Mittlerweile hat eine andere Nachbarin ausgesagt. Sie hat einen Mann aus dem Haus kommen sehen. Ihr Kind hatte nachts geweint, sie ist ins Kinderzimmer, hat es wieder in den Schlaf gesungen und hat dann kurz Luft am offenen Fenster geschnappt. Aus dem dunklen Zimmer heraus. Ein mittelgroßer Mann, Mütze, dunkles Sweatshirt. Damit können wir nicht viel anfangen.«

800 Millionen dieser Dinger gibt es, sagte sie sich, 400 Millionen davon liegen zu diesem Zeitpunkt irgendwo rum, weil die Besitzer schlafen. 50 Millionen sind in der Wäsche. Und eines wird genau in dieser Nacht von diesem Kerl getragen. Ach, ist auch wurscht, kann man eh vergessen, meinte sie, aber ihr Bauchgefühl rumorte. Oberzwehren, Lischeid. Und warum der Mord und dann der Anschlag?

»Ach, noch was. Wir haben da in seinen Unterlagen was gefunden. Gilserberger Freidenker – er gehörte dazu.«

»Gilserberger was?«

»Freidenker. Das ist eine Gruppe von Menschen, die sozusagen die Chefideologen der Rechtsradikalen im Schwalm-Eder-Kreis sind. Allerdings gibt es keine Namensliste. Der Rest ist per Chiffre vermerkt. Da gibt es beispielsweise ein Reptil in Kassel, so heißt der Bursche. Einen Goethe in Kassel. Einen Ostpreußen. Und so weiter. Alles irgendwelche Fantasie- und Decknamen. Keine Telefonnummern, keine E-Mail-Adressen, keine Postadressen. Insgesamt sind es acht.«

Na, das ist doch mal was, dachte sie. Eher, um sich selbst zu trösten, als tatsächlich über Fahndungsfortschritte ein Mindestgefühl der Freude zu empfinden. Sie ging nach Hause.

36

Am Samstagvormittag rief Vitali Schewtsow an. Sie hatte für ihn einen Extra-Klingelton auf dem Handy geschaltet, damit sie in schwierigen dienstlichen Situationen sofort wusste, wer dran war und sich dementsprechend verhalten konnte. Was eigentlich Quatsch war, man musste ja auf dem Display nur nach der Nummer schauen – aber es gab ihr eine gewisse Sicherheit. Sie verabredeten sich für den Abend auf ein Bier im Düsseldorfer Hof, einer Kneipe in Wehlheiden. Da war jeden Abend der Bär los, gemischtes Publikum, jung und alt, Männer und Frauen. Eine Kneipe, die nach der Stadt im Rheinland benannt war, der Wirt aber hieß Kostas, war semmelblond und trug bayrische Lederhosen. Da war man in jeder Lebenslage richtig und, was die Versorgung betraf, auf der sicheren Seite. Vitali hatte einen Tisch reserviert, allerdings im Raucherbereich, was ihr nicht so behagte. Komisch, dachte sie wieder einmal, früher wurde in jeder Kneipe gequalmt – und nie hatte es einem irgendetwas ausgemacht. Und heute reagierte man auf jede Andeutung von Zigarettenrauch angeekelt.

Sie tranken naturtrübes Bier aus der Region, Schewtsow, der sich hatte hinfahren lassen, pichelte noch den einen oder anderen Kräuterenzian dazwischen. Es gab herrliches rustikales Essen. Sie schaufelte eine große Portion Leberkäse in sich hinein, es war ihr bewusst geworden, dass sie seit Tagen nicht mehr richtig gegessen hatte. Immer nur Snacks, karges Frühstück, irgendwas zwischendurch. Sie unterhielten sich – und sie befolgte ihr Motto im Umgang mit Schewtsow: niemals auch nur andeutungsweise irgendetwas über ihren Job und die aktuellen Fälle zu sagen. Es vergingen mehr als zwei Stunden, sie merkte das Naturtrüb schon sehr, und sie hatten noch kein Wort über Willimowski verloren.

Plötzlich sagte Schewtsow: »Ich habe heute mit Valentin telefoniert. Ich glaube, dass der irgendwie psychisch richtig krank ist. Er hat gesagt, dies sei der letzte Kontakt zu Deutschland. Er fliege weg, irgendwohin, er will nicht mehr, dass ich sein Freund bin. Sowas Komisches, wie kann man denn eine lebenslange Freundschaft einfach so kündigen? Von dir übrigens kein Wort. Irgendwie bin ich traurig – und soll ich dir was sagen?« Schewtsow wirkte traurig, angespannt, enttäuscht, alles auf einmal – und insgesamt ratlos. Er wartete die Antwort nicht ab. »Es ist gut so. Vielleicht hat er so eine Art Restinstinkt, der ihm sagt, dass er jetzt irgendwas allein machen muss. Er hat ja ein bisschen Kohle auf die Seite gelegt, wenn er jetzt frühpensioniert wird, dann kann er überall auf der Welt gut leben. Warten wir einfach mal ab.«

»Weiß du, Vitali, das Erstaunliche ist, dass mich das im Augenblick gar nicht richtig interessiert. Ja, nicht nur im Augenblick. Seit Tagen denke ich nicht an ihn, ich habe mich bemüht, wie man sich vielleicht, mit beinahe vierzig Jahren, darum bemüht, dass all das, was man in eine Beziehung investiert hat, nicht völlig vergebens war. Einfach, um sich vor sich selbst zu rechtfertigen. Nach dem Motto: Wenn du schon all diese Zeit opferst, jemanden kennenzulernen, seine Eigenheiten zu erforschen und zu testen, ob das irgendwie kompatibel ist, mit einem Typen ins Bett gehst, seine Macken, sein Schnarchen aushältst, dann muss das einen Gegenwert haben. Ich habe investiert, weiß Gott. Und es war, unterm Strich betrachtet, eher eine Therapie, die ich ihm spendiert habe. Natürlich hatte das auch mit Gefühlen zu tun. Natürlich tut es mir leid, dass das, was ihn so aus der Bahn gehauen hat, mit einem meiner Fälle zu tun hatte. Vermutlich habe ich deshalb auch so etwas wie eine Verpflichtung ihm gegenüber gespürt. Aber von seiner Seite, weißt du, da kam schon lange nichts mehr. Kein Ich liebe dich, das sowieso nicht. Kein Kompliment, noch nicht einmal ein Signal, dass er mich als Person, die zu seinem Leben gehört, zur Kenntnis genommen hat. Irgendwann ging mir die Liebe verloren. Seine Kündigung der Beziehung – scheiß drauf. Es hat mich nicht umgehauen. Und das ist einfach die Konsequenz aus dieser Entwicklung. Da hätte was draus werden können – aber es ist anders gelaufen. Bei mir ist jetzt nichts mehr. Ich horche in mich hinein und stelle fest: Da rührt sich absolut gar nichts, noch nicht einmal ein Schmerz, da ist, was ihn betrifft, nur eine einzige, große emotionslose Leere. Mehr noch: Ein Gefühl der Befreiung. Ich wünsche ihm alles Gute, sicher. Was sonst? Vielleicht kommt das irgendwann mal hoch, wenn ich mitkriege, er hat in der Südsee einen Stamm gegründet oder er hat sich umgebracht oder so. Im Augenblick zähle ich jetzt einmal allein. Das mag egoistisch klingen, aber so ist es nun mal. Schlimm?«

Schewtsow schüttelte den Kopf.

»Nein. Nicht schlimm. Ehrlich. Und gut so.«

Die Bedienung brachte eine Runde Kräuterenzian aufs Haus, das Zeug schmeckte so gut, dass man es einfach wegschluckte, und am nächsten Morgen, weil man immer mehr als einen trank, dann bereute.

»Wie kommst du heim?«, fragte Schewtsow und sie sah seine interessierten Augen.

Nein, nein, mein Freundchen, dachte sie, eines muss klar sein.

»Wenn du mich mit deinem Taxi mitnimmst und zuhause absetzt und dann allein weiterfährst, dann nimmt der Abend ein glückliches Ende.« Schewtsow lachte laut auf.

»Ich bin auch nur ein Mann, aber du hast recht und kennst mich ganz gut. Kostas!« Er winkte, der Wirt bemerkte sie und kam an den Tisch.

»Ich zahle und möchte noch eine Runde von diesem paradiesischen Trunk. Trinkst du einen mit?«

»Nein, heute ist einfach zu viel los, seht ihr doch, oder? Seid mir nicht böse und als Ausgleich geht die Runde aufs Haus.«

Als sie eine halbe Stunde und drei weitere Kräuterenzian später, die sie an der Theke bekommen hatten, daheim war, hatte sie eine unendliche Bettschwere. Sie ging ins Wohnzimmer, schaute auf die belebte Wilhelmshöher Allee und dachte an die Fälle rund um Tristan. War das eine Nacht, in der wieder etwas passieren würde? Wie ging es diesem Monster im Gefängnis? Vielleicht würde ihn der Tod endlich holen heute Nacht? Sie putzte sich die Zähne und hockte sich aufs Klo. Und dachte noch einmal an den Deutsch-Russen, mit dem sie den Abend verbracht hatte. Manchmal war es gut, das eigene Innere zu überreden. Denn eigentlich hätte sie Vitali Schewtsow gern heute Abend mit hoch genommen in ihre Wohnung. Einfach in den Arm genommen werden, sich ankuscheln, anlehnen. Sie konnte doch auch nicht immer nur Leistung bringen und Emotionen verteilen – sie musste auch mal selbst etwas empfangen. Und dennoch war sie stolz auf sich, es nicht getan zu haben. Die kleinen Siege sind die schönsten, die habe ich für mich allein, dachte sie. Es war einer dieser Momente, in denen man glaubte, auf dem Klo hockend, den Kopf gestützt auf die Hand und den Arm, der sich in den Oberschenkel bohrte, die komplette

Nacht genau hier zu verbringen. Auf der sicheren Seite, sozusagen. Falls man kotzen musste, dann war man hier eh richtig und schnell zur Stelle. Falls man nur pinkeln musste, dann hatte man nicht diesen Kampf im Halbschlaf vor sich. Wie in diesem Film von Woody Allen, wie hieß der noch gleich? Richtig, »Was Sie schon immer über Sex wissen wollten«, in dem sich ein körperinterner Dialog entspannt. Der würde bei ihr jetzt so aussehen: Blase an Kopf: Ich muss pinkeln. Kopf an Blase: Halt durch, Beine haben keine Lust aufzustehen. Blase an Kopf: Ich bin voll, und das Gefühl wird gleich dazu führen, dass die Beine unruhig werden. Kopf an Blase und alle anderen: ignorieren! Zehn Minuten später: das gleiche Gespräch. Zwanzig Minuten später: Genau dasselbe. Dreißig Minuten später: Man steht auf, geht pinkeln, nimmt eine Kopfschmerztablette, stürzt einen halben Liter Mineralwasser hinterher, legt sich ins Bett und kann nicht einschlafen. Kopf an Blase: Das hast du nun davon. Blase an Kopf: Halt die Klappe, schon dich lieber, du wirst in drei Stunden wieder gebraucht.

Anke Dankelmann stand auf, schleppte sich ins Schlafzimmer und schlief bei Festbeleuchtung ein. Der Anruf, der auf dem Anrufbeantworter gespeichert war und sich durch heftiges Blinken bemerkbar machen wollte, den sah sie nicht. Das Letzte, was sie nachvollziehen konnte, war die Fortsetzung des Dialogs: Kopf an alle: Licht aus!

37

Karl von Haldorf hatte den Abend vor dem Fernseher verbracht. Irgendwann hatte er sich in sein Bett gelegt und sich wieder gewundert, dass ihm die seit Jahrzehnten bewährten Mechanismen abhandengekommen waren. Früher hatte er sich, egal wo und zu welcher Tageszeit, hingelegt und war kurze Zeit später eingeschlafen. Es war nun schon wieder so eine Nacht, in der das nicht funktionierte. Altersbedingt? Er hatte keine Erklärung. Wenn er die Augen schloss, sah er plötzlich Szenen aus seinem Leben. Komischerweise kam die Kindheit nie vor. Er versuchte, sich darauf einzulassen, über die Bilder vor seinen geschlossenen Augenlidern wegzudriften, wegzunicken.

Warum auch immer, in dieser Nacht entstand diese alte Stadt, in der er die entscheidende Prägung für sein Leben bekommen hatte, dieses alte Kassel, vor seinem geistigen Auge. Er erinnerte sich an einen seiner letzten Ausflüge von der Seniorenresidenz Augustinum in die Innenstadt. Er war mit dem Bus gefahren. Irgendwo in der Innenstadt ausgestiegen und hatte ständig sein Erinnerungsbild über das aktuelle Stadtbild gelegt. Ganze Straßen waren verschwunden, er hatte sich an einen Einsatz in der Ziegengasse erinnert, südlich der Königsstraße, die Straße war nicht erhalten, kein Gebäude war jemals rekonstruiert worden. Wie gut einer Großstadt heute mitten im Gewusel einer Innenstadt ein Straßenname »Ziegengasse« tun würde. Er würde daran erinnern, dass es mal eine Zeit vor den Filialisten und Einkaufszentren gegeben hatte, weil in einer Ziegengasse keine Parfümeriekette einen Laden mieten würde. Wie war die Ziegengasse noch einmal gewesen? Genau: Gemütlich und dreckig, anders laut und nachts so leise, Geschichte ausströmend und nach Renovierung schreiend. Haldorf hatte sich nie mit Straßennamen und deren Entstehung beschäftigt. Aber irgendwas mit Ziegen oder Ziegenhirten musste diese Gasse doch zu tun gehabt haben. Nichts, dachte er sich nach seinem Rundgang durch die Kasseler Innenstadt, fehlte dieser kalten City so sehr wie der Straßenname »Ziegengasse«. Seine Gedanken drifteten wieder zurück in die Zeit, als sie in dieser Straße aktiv wurden.
Dort hatten sie einen Gewerkschaftsführer nachts aufgegriffen. Einfach so. Sie hatten in einem Hauseingang gewartet, einer hatte ihm den Mund zugehalten und dann hatten sie ihm einen Knüppel über den Schädel gezogen, der Mann hatte das Bewusstsein verloren – und seine Familie hatte ihn noch ein paar Mal im Gefängnis besuchen dürfen. Er erinnerte sich an die Mischpoke bei den Besuchen: Die verhärmte Frau, zwei Kinder, alle drei kamen mit tief gesenktem Kopf, devot, ängstlich. Sie besuchten den Alten, erzählten ihm irgendwelchen Unsinn, den er dankbar aufsaugte, und verließen dann beinahe im Laufschritt den Bereich um das Gefängnis. Froh, nicht selbst verhaftet worden zu sein. Er wusste nicht, was aus ihnen geworden war. Den Gewerkschaftsführer, der damals so Mitte dreißig gewesen sein musste, den hatten sie garantiert eingezogen und an die Font geschickt. Postkarten durfte er dann nach Hause schreiben, monatelang würde man dann nichts

mehr von ihm gehört haben. Und irgendwo in der Steppe im Osten hatte es ihn dann mit Sicherheit zerrissen. Haldorf hatte solche Schicksale dutzendfach erlebt. Männer, die über Monate hinweg nichts von daheim gehört hatten, deren Feldpostbriefe unbeantwortet geblieben waren und die sich in ihrer Fantasie die schlimmsten Dinge ausmalten, weil die Geschichten vom Bombenkrieg natürlich auch an die Front drangen – die hatten sich dann förmlich umbringen lassen. Sturmangriff und mitten rein ins MG-Feuer des Feindes. Gefallen für Führer, Volk und Vaterland hieß es dann. Eigentlich war es Selbstmord, obwohl der Kandidat keinen Mumm hatte, das bitteschön auch selbst zu erledigen.

Nein, Haldorf hatte für diese Typen nie Verständnis gehabt und war dennoch froh, dass im Krieg niemand auf ihn gewartet hatte oder warten musste. Er lag auf seinem Bett und wanderte erneut durch die Stadt. Stand vor dem Rathaus und ging die Wilhelmsstraße Richtung Karlskirche. Bog ab zu den Bürgersälen und sah die Wirtsstube vor sich. Draußen der Dauerlärm der Handwerker, der Fuhrbetriebe – und drinnen das Gedröhne der Parteimenschen. Rauch, es roch infernalisch nach Rauch in diesen Kneipen. Und nach vergossenem Bier, nach Bohlen, die hunderte von Litern jeglicher Flüssigkeit in sich aufgesogen hatten. Kneipe pur. Polierte Holztische mit abgewetzten Bierfilzen, die nur dann ersetzt wurden, wenn sie komplett zerfetzt waren. Toiletten, deren penetranter Geruch jedes Nasenloch freimachte. Tische, die wackelten, bis man irgendwo ein Stück Papier unter ein Bein schob, und Holzstühle, die so konstruiert waren, dass man sie nach der Sperrstunde mühelos im Dutzend auf den Tischen stapeln konnte.

Es war an diesem Gründonnerstag, 1933 oder 1934 oder auch 1935 – er wusste es nicht mehr. Karfreitag war ein arbeitsfreier Tag – man hatte mit der Kirche zwar als Nationalsozialist nichts am Hut, aber dieser Feiertag war allen irgendwie wichtig. Vor allem, weil es ein freier Tag war. Sie saßen in einer Nische beisammen, Weinrich, der Gauleiter, war total betrunken. Er redete wirr, undeutlich und soff, mit unbeholfenen Bewegungen, dennoch weiter, und Haldorf ärgerte sich maßlos. Das sollte der Vorzeigemann der Bewegung im ganzen Gau sein? Auch die anderen waren zu angetrunken, um die Umgebung noch wahrzunehmen. Irgendwann beobachtete er, wie ein Typ, den er noch nie gesehen hatte, am

Schanktresen stand und der Kellnerin das Portemonnaie klaute. Sie hatte nichts bemerkt. Der Mann lächelte, benahm sich ganz normal und ging dann raus. Haldorf schaute sich kurz um und folgte ihm. Es war eine seiner besten Fähigkeiten, im Zweifel nicht aufzufallen. Er war da, aber keiner merkte es, wenn er es richtig anstellte. Wie eben in der Kneipe. Sie waren eine große Runde gewesen, alle hatten wild herumgequakt, reden konnte man das wirklich nicht mehr nennen. Er hatte kein Wort gesagt, nur beobachtet, seine Schlüsse gezogen, und wenn man morgen die anderen fragen würde, wer dabei gewesen war, dann würden manche ihn bei der Aufzählung vermutlich einfach vergessen.

Der Mann hatte sich auf der Flucht noch ein paar Mal umgeschaut, hatte die Richtung zum Weinberg eingeschlagen und ging nun zum weißen Frühstückstempelchen. Ein kleiner, offener, weißer Rundbau – der stand da einfach so rum, Zeichen feudaler Spendier- und Verschwenderstimmung, meinte man unter den Bürgern. Keine schlechte Wahl, um die Beute zu überprüfen, dachte sich Haldorf, viele kleine Säulen, viele Möglichkeiten, sich zu verstecken. Er hatte ein Stück zum Dieb aufgeschlossen, sah deshalb, hinter welcher Säule er verschwand und ahnte ziemlich genau, wie er sich verhalten würde. Er sprang nach vorn, verbarg sich auf der anderen Seite der Säule, hinter der der Dieb sich versteckt hatte, hörte Geraschel, blickte sich um. Der Fußweg entlang des kleinen Tempelchens war frei von Passanten – es war die sogenannte Beamtenlaufbahn, weil dies der Fußweg zu den Behörden war, vom Tal der Fulda und ihren flachen, dicht besiedelten Uferbereichen aus der Südstadt hinauf auf die Schöne Aussicht. Haldorf nahm seinen Knüppel, den er immer am Gürtel bei sich trug, sprang um die Ecke und zog dem Kerl einen knallharten Schlag übers Gesicht. Das wechselte den Ausdruck von grenzenloser Überraschung, einen uniformierten SS-Mann hier zu sehen, zu schmerzverzerrt. Bevor er schreien konnte, rammte er ihm den Knüppel in den geöffneten Mund. Statt irgendwelcher Schreie kamen nun Erstickungsgeräusche, dumpf, röchelnd. Haldorf kannte die Wirkung dieses Stoßes. Er war treffsicher. Er hatte keine Lust, auf eine Fußstreife der Polizei zu warten, ein Auto anhalten konnte er nicht, die Straße war zu weit entfernt. Passanten waren nach wie vor nicht in Sicht, er nahm dem Dieb die Geldbörse aus der Hand. Der Kerl lag, immer noch den Knüppel als Knebel im Mund, beide Hände um den eigenen Hals gelegt, am Boden, stöhnte, röchelte, hatte Schmerzen und Angst. Haldorf durchsuchte mit seiner freien Hand die Taschen, Hose, Hemd, Jacke, fand ein wenig Geld und steckte es zusätzlich ins Portemonnaie. Zum Schluss schaute er sich noch einmal um, blickte die hohe Natursteinwand des Weinbergs hinauf, nein, auch oben gab es keine Beobachter. Zum Schluss versetzte er den Dieb mit einem gezielten Schlag gegen die Schläfe in einen längeren Tiefschlaf. Umbringen wollte er ihn nicht, warum auch? Die Mission war erfüllt, der Zweck erreicht, er hatte keine Tötungslust, er war ein emotionsloser Schläger und Killer. Dieser Mann hier würde zumindest in der Kneipe keinen Schaden mehr anrichten. Und ihm künftig, falls sie sich jemals wiedersähen, aus dem Weg gehen. Vermutlich würde es auch eine Weile dauern, bis er wieder sprechen können würde. Haldorf wusste, wie man wirkungsvoll zuschlug.

Der alte Mann merkte, wie er langsam auf seinem Bett wegdämmerte. Na also, dachte er, das klappt ja doch noch. Er hatte das Portemonnaie damals zurückgebracht, es der Bedienung, die längst den Diebstahl bemerkt hatte und in Tränen aufgelöst hinter der Theke saß, zurückgegeben. Man hatte ihn im Kameradenkreis gefeiert. Bis auf Weinrich, der war besoffen, den Oberkörper auf dem Tisch, die Arme nach unten hängend, eingeschlafen. Er erinnerte sich noch, dass ihm das Gefühl, der Held des Tages zu sein, wenig bedeutet hatte. Als er Stunden später die Kneipe verließ, hatte die Bedienung, die kurz vorher Feierabend hatte, auf ihn gewartet. Sie hatte ihn ausgiebig belohnt, bei ihr daheim, in einer winzig kleinen Wohnung am Holzmarkt in der Unterneustadt.

Er hatte sie hinterher nie wieder gesehen.

38

In der Bahnhofskneipe in Ottrau gab es einen kleinen Nebenraum, den sie diesmal gewählt hatten. Sie feierten den Erfolg, den Anschlag auf das Minarett in Kassel. Keiner von ihnen war dabei gewesen. Sie hatten auch keinen Plan gemacht. Sie hatten auch den Anschlag nicht finanziert. Das alles war ihnen heute Abend völlig egal. Denn sie hatten einen wichtigen Beitrag geliefert, sie hatten den Sprengstoff beschafft. Es war dann, so gesehen, ihr Erfolg, ihr gewonnener Krieg. Dass hatte zumindest Immo Wagner nach dem achten Bier gesagt. Gerald Freiler hatte widersprochen. Nein, hatte er gesagt, dies war kein gewonnener Krieg. Es war die erste gewonnene Schlacht. Er habe recht, hatte Wagner erklärt. Stolz darauf, zugeben zu können, dass er falsch gelegen habe. Dies sei die erste Schlacht gewesen. Die nächste würde kommen. Das Ziel war unbekannt, man würde es aus den Nachrichten erfahren. Und irgendwann würde man sie wirklich richtig einbeziehen in den Krieg, in die nächste Schlacht.

Später, als er daheim im Bett lag, erinnerte sich Wagner daran, wie sie den Sprengstoff beschafft hatten. Sie hatten eine Militärmesse besucht, eine, zu der auch normale Besucher an einem der Ausstellungstage Zugang hatten. Er erinnerte sich daran, dass sie ziemlich eingeschüchtert, ängstlich übers Messegelände gelaufen waren. Diese sauerstoffarme Luft in den Hallen, muffiger Geruch wegen der Stände voller Textilien, Typen an den Ständen, die aussahen, als wären sie eben noch in Afghanistan im Einsatz gewesen, deren Fahne, die man beim Näherkommen riechen konnte, aber eher darauf hindeutete, dass sie den Nachteinsatz in irgendeiner Bar ohne Landminen, wohl aber mit Hochexplosivem in Gläsern verbracht hatten. Diese Gemengelage von betäubenden und wenig betörenden Sinneseinflüssen machte einen eigentlich müde. Aber sie waren hochgradig aufgeputscht durch diese Hallen gezogen. Bis sie ihn gefunden hatten. Der Tipp, den sie bekommen hatten, war richtig gewesen. Alles war in diesen Hallen brisant, jeder Schritt, jeder Kontakt, jedes Gespräch, weil die Aussteller engmaschig kontrolliert wurden. Aber es gab Signale, Zeichen, die in der Bewegung bekannt waren. Man hatte den Händler dann einen Tag nach Messe-Ende direkt besucht. In einem kleinen Ort in der Nähe von Wolfhagen.

Bründersen hieß das Kaff. Man fuhr in der Regel einfach durch, wenn man nach Korbach wollte. Mehr war über das Dorf nicht bekannt, außer, dass es zur Stadt Wolfhagen gehörte. Sie waren mit einem Trecker von Freiler hingefahren. Jeder dachte, dass da ein Bauer unterwegs sei. Sie hatten kurz miteinander gesprochen, Stroh und jede Menge dieses Sprengstoffs verladen. Das Geld wurde bar übergeben, in einem Rucksack. Das Geld hatten sie genau so bekommen, im Rucksack. Kontaktpersonen hatten sie nie gesehen, sie wussten nur, dass es Gleichgesinnte waren, Menschen, die ihre Interessen und politischen Überzeugungen teilten. Wagner hatte Post erhalten mit der Anweisung, sein Auto mit unverschlossenem Kofferraum vor seinem Haus abzustellen. Am nächsten Morgen war der Kofferraumdeckel verschlossen. Als er dann öffnete und hineinsah, lag der Rucksack drin. Er hatte wie immer tief und fest geschlafen in der Zeit um Mitternacht, in der ihn nichts und niemand wecken konnte und durfte. Man musste das gewusst und ausgenutzt haben. Wagner erinnerte sich, wie unheimlich ihm gewesen war und wie er sich von diesem Augenblick beobachtet gefühlt hatte. Andererseits war er froh, verlängerter Arm einer derartig gut organisierten Bewegung zu sein. Er hatte neben dem mulmigen Gefühl eines der grenzenlosen Überlegenheit. Wer so im Land agierte, der hatte noch mehr vor und der konnte auch mehr. Wagner war bereit, sein Teil dazu beizutragen, und zwar in jeder Weise.

Den Sprengstoff hatten sie in einem Fass in der alten Güllegrube hinter Freilers Haus versteckt. Einige Wochen lang. Und nun war das Teufelszeug im Einsatz. Sie hatten genug, um im Extremfall ein Paar Dörfer hochzujagen. Oder eine halbe Stadt in einem gleichgeschalteten Moment. Wagner war zufrieden.

39

Parkplatz an der A 49. Der Mann mit dem Lkw war rechtzeitig zurück. Er hatte überlegt, den Parkplatz zu wechseln. Wenn man zu häufig an ein- und derselben Stelle auftauchte, dann war das möglicherweise riskant, weil es irgendjemandem auffallen konnte. Doch er hatte keine bessere Möglichkeit gefunden, als hier in der Masse der täglich zu Dutzenden ankommenden Lkws unterzutauchen. Er kannte keinen der anderen Fahrer, die Nutten, die ihre Runden drehten, waren auch andere als neulich. Er schaute kurz auf seine Armbanduhr. Ein uraltes Teil, sie hatte einige Funktionen, aber er brauchte nur wenige. Die Uhrzeit, den Wecker, den Kompass und das Licht – mehr nicht, wozu auch? Er joggte nie – also was wollte er mit der Stoppuhr? Den Zeitzonen – er war immer nur in Deutschland unterwegs. Die Uhr funktionierte zuverlässig. Und Zuverlässigkeit war eine deutsche Tugend, die er liebte. Obwohl die Uhr eine japanische war.

Er hatte fast auf die Minute noch eine Stunde Zeit, dann würden sie sich treffen und den Plan im Detail ausarbeiten. Das große Ziel hieß: In kurzen Abständen diese Stadt mit ihrem hohen Anteil an muslimischen Bürgern mit Anschlägen an unterschiedlichsten Orten zu überziehen und in Angst und Schrecken zu versetzen. Die Großwetterlage war längst besprochen, aber es kam jetzt auf die Details und die Folge der Anschläge an. Der andere war ortskundig, hatte Zeit und Möglichkeiten, alles genau auszuloten und zu gewichten. Man konnte nicht einfach irgendein Clublokal in die Luft gehen lassen, wenn man die Öffnungszeiten nicht kannte, nichts über die Nachbarschaft wusste und keine Ahnung hatte, ob es an dem geplanten Tag möglicherweise irgendwelche Bauarbeiten an der Straße oder bei der Straßenbahn gab. Restrisiken waren nie auszuschließen, aber dumme Fehler durfte man sich nicht leisten. Die Kommunikation funktionierte über Prepaidhandys, die eine Briefkastenfirma mit Sitz in Tuttlingen en gros angeschafft hatte. Es war eine Firmenblase, ohne Inhalt, ohne nachvollziehbare Personen, zumindest würde man intensiv fahnden müssen, um den Dingen überhaupt auf die Spur zu kommen. Firmeninhaber war ein Deutsch-Schweizer, den man zu diesem Zweck eingekauft hatte. Er hatte Geld bekommen – und wollte nicht wissen, warum er als Handlanger für diese Firma diente. Die Firma würde am Ende des Jahres wieder erloschen sein. Spurlos verschwunden – und den Deutsch-Schweizer würde man möglicherweise genauso verschwinden lassen.

Der Lkw-Fahrer ging zügig durch die Straßen. Der andere würde den Sprengstoff mitbringen, er selbst wurde als Experte für Sprengstoff und auch als Scharfschütze gebraucht. Er ging den langen, asphaltierten Weg entlang der Autobahn, der Abend war lau, kaum Wind – was ungewöhnlich war für diese Jahreszeit. Man nannte Nordhessen, das hatte er gelesen, Hessisch Sibirien. Dafür musste es einen Grund geben, aber er hatte ihn noch nicht herausgefunden. Das Wetter war bisher tadellos gewesen.

Es gibt im Kasseler Stadtgebiet nur wenige Grillhütten. Eine davon findet man außerhalb des Stadtteils Nordshausen auf dem Weg zur Autobahn. Die Straße dahin geht hier steil bergan, man fährt leicht, ohne den Grillplatz überhaupt zu bemerken, daran vorbei. Nordshausen ist ein schöner Stadtteil, vermutlich der dörflichste in dieser so zerrissenen Stadt. Die Hauptstraße zieht sich hindurch, eine Bundesstraße, das kleine Örtchen ist umgeben von Feldern, hat eine uralte Klosterkirche, die gern von langer Geschichte erzählen will – aber kaum jemand hört zu.

Er war schon einmal hier gewesen, bei irgendeiner Feier. Er erinnerte den Anlass nicht mehr, wusste aber noch, dass irgendein Einheimischer mit Nachnamen Hempel – der Kerl hatte behauptet, dass dies der Vorzeigename im Stadtteil sei, eine Art von Urkunde, ein Beweis, Ureinwohner zu sein – sie mitgenommen hatte in den Klostergarten. Und tatsächlich: Hier hörte man die Autobahn kaum, viel schwächer als überall sonst im Ort. Das hatte ihn damals beeindruckt, gläubig war er nicht, aber er dachte schon, dass es irgendwelche spirituellen Mechanismen geben könnte, die das Leben in diese oder jene Richtung steuern könnten. Aber wenn er glaubte, dann nur an eine Regel: Er selbst konnte den Tod und seinen Zeitpunkt bestimmen. Das galt für ihn selbst und für andere. Und heute Abend war diese Fähigkeit gefragt.

Ein paar hundert Meter weiter, der Straße von der Klosterkirche bergan folgend, gingen Feldwege ab. An einer dieser Abzweigungen stand die Kontaktperson. Es war 21 Uhr. Der Lkw-Fahrer war müde, er war lange gelaufen, der andere hatte damit gerechnet und eine Flasche Wasser im Kofferraum, die er ihm jetzt anbot. Er trank, obwohl er extrem durstig war, mit Bedacht und nicht zu hastig. Sie überquerten die Straße und ließen sich am Grillplatz nieder. Hier führte zwar so eine Art Joggingpfad vorbei, doch um diese Zeit war es nicht wahrscheinlich, dass man jemanden traf. Sie hatten diesen Treffpunkt mit Sorgfalt ausgewählt, in einer Großstadt gab es nicht besonders viele Plätze, an denen man sich treffen konnte, ohne Gefahr zu laufen, von anderen beobachtet oder zumindest gesehen zu werden.

Der Lkw-Fahrer wusste, dass der andere ein wenig etepetete war. Aus gutem Haus, bestens erzogen, reich, legte Wert auf gute Manieren. Die hatte er selbst mit seiner Herkunft nicht zu bieten. Der andere, der nach eigenem Bekunden in Kassel lebte, war schwächer, kleiner als er. Er hätte ihn ohne große Überwindung mit den bloßen Händen umbringen können, wenn es hart auf hart gekommen wäre. Aber dieser Mann, immer gut und teuer gekleidet, flößte ihm Respekt ein. Sein Auftreten insgesamt, sein Stil, seine Wortwahl, seine Gesten, die Mimik, die Blicke – alles geprägt von angeborenem Selbstbewusstsein. Er kuschte, akzeptierte den anderen als Nummer eins, problemlos, und fand das in Ordnung. Sie gingen alles durch, mit Hilfe des Stadtplans, einer von Falk, diese Variante, die er hasste. Irgendwie kriegte er den Anschluss an den eben noch gelesenen Kartenteil nie hin, meistens zerfledderte er die Dinger. Er hatte sein Handy dabei, das genügte mit dem Stadtplan, den er daraufgeladen hatte eigentlich. Aber nein, der andere, der Boss, der über die Finanzen verfügte, wollte die konventionelle Art. Und er tat es auch ganz konventionell. Packte den Stadtplan aus, faltete ihn auf dem Kofferraum aus und dozierte. Sein Kontaktmann war heute richtiggehend asozial gekleidet. Passte aber dennoch zu ihm. Alles, was der anzog, schien irgendwie schick zu wirken. Als wenn es so etwas wie Designer für Gammelklamotten gab. Wenn er die gleichen Sachen angezogen hätte, man hätte ihn garantiert für einen Penner gehalten. Na gut, die Rollen waren halt verteilt und er selbst hatte andere Qualitäten, es gab keinen Grund, sich zu beklagen.

Sie fuhren wenig später mit dem Auto ein Stück durch die Stadt. Es sind einige Kilometer von Nordshausen im Süden Richtung Stadtteil Forstfeld. Sie nutzten die Hauptverkehrsstraßen und stellten das Auto dann irgendwann am Straßenrand ab. Straßenbahnen und Busse fuhren keine mehr, sie gingen zu Fuß. Bogen irgendwann in Nebenstraßen ab, bis sie die Gärten hinter den Gebäuden, die ihr Ziel waren, erreichten. Im Erdgeschoss der Häuser waren Ladengeschäfte, nur zum Teil vermietet. Sie hatten es auf den türkischen Lebensmittelmarkt abgesehen, der in Flachgeschossbauweise errichtet worden war.

Für dieses Ziel gab es keinen ersichtlichen Grund. Die Eigentümer und die Mitarbeiter waren völlig unverdächtig, hier kauften auch viele deutsche Nachbarn ein, es herrschte eine angenehme Atmosphäre. Der Lkw-Fahrer war noch nie hier gewesen, wusste aber von seinem Kompagnon, dass der gelegentlich herkam, um sich mit türkischen Spezialitäten einzudecken. Baklava, verschiedene Olivensorten, Schafskäse, dicke, weiße Bohnen, Gemüse. Und alles absolut preisgünstig. Kommt es Ihnen denn auf die paar Cent an?, hatte er mit spöttischem Unterton gefragt. Geld hat man, weil man es nicht ausgibt, hatte der andere geantwortet.

Sie knackten eine Tür an der Seite des Gebäudes, die jämmerlich einfach gesichert war, verlegten den Sprengstoff im Laden, verbanden die einzelnen Ladungen mit den Kontakten, drückten den Sender in ein Stück des explosiven Materials, das genau in der

Mitte des Ladens an einer Säule angebracht war und verließen das Gebäude wieder. Sie arbeiteten innen mit Nachtsichtgeräten und brauchten deshalb kein Licht. Sie trugen Überschuhe, um keine Spuren am Boden zu hinterlassen. Sie hatten kaum Geräusche gemacht und gingen auf asphaltierten Wegen zurück. Am Auto angekommen drückten sie den Fernzünder, die Stichflamme schoss aus dem Dach des flachen Ladengebäudes, man hörte das Knirschen und Krachen, als die Decke zusammenbrach – all das kümmerte sie nicht.

Das zentnerschwere Betonteil, das den vor dem Laden liegenden, völlig betrunkenen Herbert Kraft, der es aus einer Kneipe nicht mehr nach Hause geschafft hatte und einfach dort liegen geblieben war, unter sich begrub und dafür sorgte, dass sein Nebelhirn nie wieder einen klaren Gedanken fassen konnte, hatten sie ebenfalls nicht auf der Rechnung. Herbert Kraft hatte den Knall gar nicht gehört. Und wenn, dann hatte er mit dieser Wahrnehmung nichts mehr anfangen können.

40

Anke Dankelmann wachte mit einem komischen Gefühl auf. So, als hätte sie einen Marathonlauf absolviert, mitten in der Nacht, ohne es zu merken. Ihre Augenlider weigerten sich, dem Muskelbefehl nachzugeben. Ihre Glieder schmerzten, und als sie an den Vorabend dachte, war sie nun doch froh, Vitali Schewtsow nicht mit in ihre Wohnung genommen zu haben. Sie würde aufstehen und sich bewegen wie eine alte Frau, im Spiegel aussehen wie ein Gespenst – und deshalb blieb sie liegen.

Irgendwann machte sie doch die Augen auf, reine Neugier war das, sie wollte wissen, wie spät es war. Kurz nach 8 Uhr – was zwei Gedanken in ihr auslöste. Der erste: Na bitte, so schlimm kann es nicht gewesen sein, sonst wärst du noch nicht wach. Der andere: Du kannst ruhig noch liegen bleiben, es ist ja noch früh.

Ein paar Minuten hörte sie sich den Disput der Gedanken in ihrem Kopf an, dann stand sie auf. Je früher man in die Gänge kam, um so schneller überwand man die Folgen des Vorabends. Im Wohnzimmer sah sie diesmal die blinkende Lampe. Sie drückte auf den Knopf und hörte die Stimme von Bernd Stengel.

»Hallo Anke, es ist etwa 5 Uhr. Melde dich bitte mal, wir haben wieder einen Anschlag auf eine türkische Einrichtung. Diesmal gab es einen Toten, wie es aussieht ein Deutscher. Das ist nun unser Fall hier.«

Sie war blitzartig völlig klar im Kopf, dann funktionierten die Single-Mechanismen. Wasser in die Kaffeemaschine, Filter, Kaffee – sie liebte dieses alte Teil, das sprutzte und ächzte und den Eindruck erweckte, auf der Zielgeraden seiner Existenz angekommen zu sein. Nach einer Dusche und ein wenig Fassadengestaltung in ihrem Gesicht goss sie sich eine Tasse Kaffee ein und sah, dass der Anrufbeantworter immer noch blinkte, es war wohl noch eine Nachricht drauf. Sie hörte die Stimme von Volker Miegler, der sie für den heutigen Abend zum Essen einladen wollte. Der Anruf war um 20.42 Uhr registriert worden und sie fragte sich, warum Miegler es nicht auch auf dem Handy probiert hatte. Eigentlich war die Wahrscheinlichkeit, jemanden am Samstag um diese Zeit daheim anzutreffen, überschaubar. Aber der Mensch war ihr sowieso ein kleines Rätsel und Lust auf ein gemeinsames Abendessen hatte sie nach diesem gestrigen Abend genauso wenig wie auf ein Telefonat mit ihm. Ihr war heute nach Ruhe, vor der Glotze hocken, Tee trinken, Couch-Potatoe spielen. Dennoch war es ein Gebot der Höflichkeit, ihren neuen Vermieter nicht so abblitzen zu lassen. Zumindest telefonieren konnte sie mit ihm – aber das hatte noch Zeit.

Sie fuhr in den Kasseler Osten, die Lilienthalstraße war 50 Meter vor und hinter dem Tatort komplett abgesperrt. Der Laden, den sie vom Sehen kannte, war in sich zusammengefallen, sah aus wie ein eingetretener Schuhkarton. Polizei, Feuerwehr, selbst das THW waren vor Ort – man hatte alles aufgeboten, was aufzubieten war. Bernd Stengel erwartete sie an der Absperrung direkt auf der Straße. Sie gingen langsam in Richtung Supermarkt und stiegen über diverse Trümmerteile, die in weitem Umkreis verstreut lagen. Die Straße war zum Glück breit, die Wohnblocks auf der anderen Seite der Straße hatten offenbar nichts abbekommen, an einigen Häusern in der direkten Nachbarschaft waren allerdings ein paar Scheiben zerborsten, parkende Autos durch Trümmerteile beschädigt. Waren hier Profis am Werk oder übten die Herrschaften noch, fragte sich Anke Dankelmann und begrüßte die Kollegen am Tatort. Gerd Mentel war wieder im Einsatz, er stellte die beiden

Sprengstoffexperten des Landeskriminalamtes vor. Julius Schilling, ein Mittvierziger mit Glatze, nickte ihr nur zu, Andreas Ernst, offensichtlich der Boss im kleinen Team, gab ihr die Hand und lächelte sie an. Er war einer jener kleinen, untersetzten, aber drahtigen Burschen, wahrscheinlich Extremsportler. Er wirkte absolut durchtrainiert, hatte wahrscheinlich den Weg von Wiesbaden nach Kassel barfuß im Laufschritt zurückgelegt und dabei einen ICE überholt. Solche fitten Gestalten machten ihr manchmal Angst, besonders dann, wenn sie selbst wegen vorabendlicher Ereignisse nicht so recht in Gang kam.

»Wir müssen die Labortests noch abwarten, aber ich bin mir ziemlich sicher, dass es der gleiche Sprengstoff ist wie der in Oberzwehren. Und so, wie das hier aussieht, waren es auch dieselben Täter. Absolut fachmännisch angebrachte Ladungen, wenn auch vielleicht ein bisschen überdimensioniert bei der zentralen Ladung an der Betonstütze in der Mitte des Ladens. Vielleicht hat der Täter oder haben die Täter noch nicht so viel Erfahrung mit diesem Material. Und so richtig in Augenschein nehmen konnten die Täter das Resultat vom Mattenberg ja nicht, alles, was sich da auch nur ein bisschen bewegt, wird von uns registriert, sich da blicken zu lassen, wäre viel zu riskant.« Sie waren mit Andreas Ernst langsam zum Supermarkt gegangen. Konserven, Verpackungen, Obst, Gemüse, Getränke – es lag alles, was im Laden in den Regalen gestanden hatte, mehr oder weniger zerfetzt herum. Von einem nahe gelegenen Grillrestaurant hatte man eine Bierzeltgarnitur geholt, damit Zeugen vor Ort schneller verhört werden konnten. Am Tisch saß Volker Wenzel, ein Kollege vom K 11, der gerade ein Gespräch mit einem jüngeren Mann, vermutlich Türke, führte. Der Mann hielt sich ein Taschentuch vors Gesicht und schluchzte laut.

»Hallo Anke. Das ist Mehmet Cakir, der Besitzer des Ladens. Er ist, wie du siehst, ziemlich fertig.« Wenzel zuckte kurz mit den Schultern. »Er kann sich keinen Reim auf den Anschlag machen.« Der Türke schaute die Kommissarin an, stand auf und gab ihr die Hand. »Entschuldigung, ich bin sonst nicht so nahe am Wasser gebaut, aber das trifft mich und meine Familie natürlich sehr hart. Wir haben uns über Jahre diese Existenz aufgebaut. Unser erstes Geschäft hatten wir in der Salzmann-Fabrik in Bettenhausen und nun sind wir seit ein paar Jahren hier in Waldau. Alles kaputt, alles weg. Wer macht nur so etwas und warum? Wir haben so viele deutsche Kunden, es ist immer eine angenehme Atmosphäre. Ich verstehe das nicht, bitte finden Sie die Täter. Und dann auch noch ein Toter. Das ist ein so schlimmer Tag. Entschuldigung, ich rede zu viel, tut mir leid.« Er wand sich ab und schluchzte erneut. Anke Dankelmann legte dem Mann ihre Hand auf die Schulter.

»Nein, ist schon gut, mir tut das leid. So eine augenscheinlich sinnlose Aktion.« Der Mann nickte. Hoffentlich war er gut genug versichert, dachte die Polizistin. Manchmal sparten die Menschen einfach am falschen Ende. Aber wer konnte denn schon damit rechnen, dass irgendein Idiot einem die Existenz wegsprengte, mitten in der Stadt? »Gibt es denn Hinweise auf Täter und Motiv?«, fragte Stengel. Wenzel schüttelte den Kopf.

»Genau wie in Oberzwehren, wir tappen im Dunkeln. Wir haben den Tathergang rekonstruiert. Sie müssen an der Tür an der linken Seite rein sein, die ist zum Glück weitgehend unbeschädigt von der Explosion, vielleicht finden wir da Spuren. Sind vermutlich von hinten gekommen und auch so wieder weg, sonst hätten sie ja den Betrunkenen vor dem Laden liegen sehen.« Wenzel deutete auf den Bereich hinter dem Laden. Gartengrundstücke, teilweise nicht besonders gepflegt. Einfach hatten es sich die Täter nicht gemacht. Anke Dankelmann und Bernd Stengel gingen langsam zu der Stelle, wo eine Plane offensichtlich einen Körper bedeckte. Man konnte zumindest die Umrisse erahnen. Links daneben lag ein Betonteil, mit heftigen Blutspuren, die natürlich schon längst eingetrocknet waren, daneben ein kleiner Bagger, der die Leiche wohl freigebuddelt hatte.

»Hallo, ihr zwei«, Richard Plassek, der Leiter des K11, war hinzugetreten. »Macht euch auf etwas gefasst, das ist kein schöner Anblick.« Er lupfte die Plane und Anke Dankelmann verkrampfte der Magen. »Herbert Kraft heißt er, steht zumindest in dem Ausweis, den er bei sich trug. Wohnt da drüben in einem Haus in der Wißmannstraße, alleinstehend, Frührentner. Und war wahrscheinlich voll wie ein Ofenrohr. Sagt zumindest der Wirt vom Grill, der hat ihn um kurz nach Mitternacht rausgeworfen. Und dann ist er wohl nur bis hierhin gekommen« Herbert Kraft sah nicht mehr so richtig wie ein Mensch aus. Anke Dankelmann konnte viel ertragen, aber dieser Anblick war grenzwertig.

»Gehört er zu den Tätern, oder ist das ein Zufallsopfer?«, fragte sie. Stengel schüttelte den Kopf.

»Der Sprengsatz ist mit einem Fernzünder ausgelöst worden, der muss hier gelegen haben, wenn er hier entlanggegangen wäre, dann hätte er andere Verletzungen.«

»Ein paar Kollegen sind gerade in Krafts Wohnung«, ergänzte Plassek. »Aber da muss es aussehen wie bei den Hottentotten.«

»Wie sieht es denn bei denen aus?«, fragte Anke Dankelmann.

»Ach Anke, das ist doch nur so ein Spruch. Dann eben wie bei Hempels unterm Sofa.« Plassek schüttelte leicht den Kopf, irgendwie war ihm nach solchen Sprüchen gegenwärtig nicht zumute. Ihr lag eigentlich die nächste Rückfrage in Sachen Hempels auf der Zunge, doch sie hielt vorsichtshalber die Klappe.

»Die haben also den Toten nicht auf der Rechnung gehabt, das wird sie möglicherweise beunruhigen, wenn sie erfahren, dass es einen Kollateralschaden gegeben hat. Mannomann, zwei Anschläge in wenigen Tagen, das wird mächtig Wirbel geben.« Bernd Stengel malte sich in Gedanken aus, was in den nächsten Tagen auf sie zukommen würde. Ohne Fahndungserfolge würden sie mächtig unter Druck stehen – dabei liebte er Ermittlungen in Ruhe, ließ sich ungern in seinen Handlungen drängen, fremd bestimmen.

Als Anke Dankelmanns Handy sich meldete, schauten alle irritiert auf. Sie hatte einen neuen Klingelton, den Radetzky-Marsch.

»Ich liebe Marschmusik«, versuchte sie eine Erklärung und nahm das Gespräch an. Volker Miegler war am Telefon.

»Störe ich?«, fragte er nach der Begrüßung.

»Um ehrlich zu sein: Ja. Es hat einen neuerlichen Sprengstoffanschlag gegeben, und wir sind gerade am Tatort.«

»Oh, tut mir leid, darf ich mich später wieder melden?«

»Ist wohl besser, wenn ich bei Ihnen anrufe. Ich kann besser einschätzen, wann mal Zeit ist für einen Telefon-Plausch.«

»Okay, dann warte ich auf Ihren Anruf.«

»Ist es denn etwas Dringendes?«

»Nein, nein, hat Zeit, bis später also.«

Sie klappte das Telefon zusammen und schob es in ihre Handtasche. Irgendetwas irritierte sie. Richtig, der hatte gar nicht gefragt, wo der Anschlag verübt worden war. »Sag mal Bernd, steht das schon irgendwo im Internet, ich meine diese Sache hier?«

»Ich denke schon. Hab allerdings noch nicht geschaut. Aber die Pressefritzen waren ja schon vor Stunden hier, würde mich wundern, wenn nicht die halbe Republik schon Bescheid wüsste. Dem Internet sei Dank.«

41

Parkplatz an der A 49. Der Lkw-Fahrer wachte in seiner Koje auf. Er stand auf, lugte aus dem Fahrerfenster. Es war immerhin 10 Uhr am Morgen, einige der Brummipiloten machten sich über ihr Frühstück her. Manche hatten Camping-Garnituren dabei, wohl wissend um mögliche lange Wartezeiten. Von der Autobahn kamen die typischen Geräusche des schnell vorbeirasenden Verkehrs. Nein, dachte er sich, so einfach losfahren ging jetzt nicht. Er würde warten müssen, bis Bewegung in den Pulk kam. Er stieg auf der Beifahrerseite aus, ging ein paar Schritte hinter die Büsche und pinkelte gähnend an einen Baum. Schaute dann auf sein Handy, das ihm eine SMS anzeigte. »Konzert war prima.« Stand da. Hatte also alles geklappt. Dann sah er die zweite SMS. »Rücksprache wegen Todesfall.« Wie denn das? Der Laden war doch leer gewesen. Jetzt gab es einen Toten? Oder noch mehr? Ihm wurde ein wenig unwohl, das veränderte die Lage grundlegend. Er schlenderte weg vom Parkplatz, ließ sich auf einer Wiese nieder, prüfte den Empfang des Handys und rief seinen Partner an.

42

Der alte Mann saß in seiner Zelle am Schreibtisch. Er war müde, er war zwar irgendwann eingeschlafen, aber es war eine unruhige Nacht gewesen. Aus irgendwelchen Gründen sah er immer wieder den Jungen mit dem grünen Tuch vor seinen Augen, was das nur sollte, es nervte ihn. Früher, wenn er solche Gedanken gehabt hatte, dann war es ihm stets prima gelungen, die Gedanken zu verdrängen. Er schnitt einfach eine Grimasse, bewegte alle Gesichtsmuskeln mit größter Anstrengung und ließ dann locker. Die dann einsetzende, wohlige Entspannung ließ Gedanken verschwinden und verursachte Wohlbefinden. Sein zweiter Trick: Einfach ein paar Mal heftig den Kopf schütteln, das fegte die Membranen frei.

Es war nicht so, dass die Gedanken bei ihm so etwas wie ein schlechtes Gewissen erzeugten, er fühlte sich nicht schlecht oder schuldig, wenn er beispielsweise an den Jungen dachte. Aber er fand die Erinnerung einfach nur lästig, er wollte sie nicht – beziehungsweise er wollte sie so kontrollieren, dass sie nur auftauchte, wenn er es wollte. In den letzten Wochen gelang ihm dies immer weniger. Und nun wollte er schreiben und begann mit einem neuen Kapitel.

Karl von Haldorf hatte sich an jenen russischen Bauern erinnert, der eng mit ihnen kooperiert hatte, als es darum ging, die immer häufiger auftretenden Partisanengruppen zu bekämpfen. Der alte Russe hatte sich für den Verrat am eigenen Volk entschieden. Die Partisanen hatten seinen Sohn erschossen, als der sich weigerte, gegen die Deutschen zu kämpfen. Aljoscha, so hieß der Sohn, war ein vernünftiger Bursche gewesen, Haldorf hatte ihn gekannt. Der Bauernjunge hatte einiges auf dem Kasten, hätte sicher an einer Universität eine gute Figur abgegeben. Aber er hauste hier mit seinem Vater auf dem schäbigen Bauernhof, der aber einer der größten weit und breit war. Aljoscha war der Ansicht, dass das mit den Deutschen irgendwann vorbei sein werde, man müsse ein wenig Geduld haben und auf Zeit spielen. Die anderen jungen Männer aus all den kleinen Dörfern in diesem südlichen Teil der Ukraine waren Heißsporne. Nach einer wieder einmal hitzigen Diskussion irgendwo im Wald waren die Dinge aus dem Ruder gelaufen, der Streit entwickelte sich zu einer Prügelei, zuletzt hatten sie ihn überwältigt, gefesselt und an einen Baum gebunden. Danach hatten sie ihn erschossen. Dem Vater hatten sie mitteilen lassen, wo er die Leiche seines Sohnes abholen konnte.

Der Mann war verzweifelt gewesen, Aljoscha war sein einziges Kind. Die beiden Töchter waren jeweils kurz nach der Geburt verstorben, seine Frau Olga war nach Aljoschas Geburt im Kindbett elendig verreckt, kein Arzt hatte ihr helfen können. Nun war Lew, der alte Bauer, allein auf der Welt, ohne Familie – aber er war ein angesehener Mann mit guten Verbindungen. Er galt als loyal und zuverlässig. Lew hatte seinen Sohn begraben und sich geschworen, den eigenen Leuten zu zeigen, was wirklicher Verrat war. Einige Dutzend Partisanen hatten wegen seiner Tipps bereits ihr Leben verloren. Irgendwann hatten die Deutschen ihn eingeladen. Der Führungsstab der Einsatzgruppe C war aus Woroschilowsk zur Inspektionstour im Land unterwegs. Dem Chef, irgendeinem SS-

Oberführer, wollte man Lew vorstellen. Man hatte in irgendeinem ver-
lassenen Bauernhof in einem dieser menschenleeren Dörfer alles für ein
Fest vorbereitet. Es gab jede Menge zu essen, Schnaps, selbst Bier hatte
man aufgetrieben. Lew war der einzige Einheimische unter ihnen, der
alte Mann hatte sich seine Angst und sein Unbehagen mit einigen Kü-
beln Wodka weggetrunken. Irgendwann war die deutsche Führungsriege
wieder abgerauscht, man hatte noch lärmend um den Holztisch in der
Stube gesessen. Lew war ziemlich besoffen, stierte ausdruckslos vor sich
hin. Haldorf widerten diese Typen an. Ihre kantigen Schädel, diese ko-
mische Sprache mit noch komischeren Buchstaben – er zog seine Pistole
und schoss Lew in den Kopf. »*Ich kann diese Visagen nicht mehr ertra-*
gen«, *hatte er gesagt. Dann hatte man weitergefeiert. Als sie gingen,*
zündeten sie den Bauernhof an. Lews Leiche verbrannte.

Karl von Haldorf legte dieses nächste Kapitel seiner Erinnerungen
beiseite. Zwischenzeitlich hatte er überlegt, die Berichte ein wenig
schillernder, wortreicher zu fassen. Aber das konnte er gar nicht.
Es war halt so, wie es passiert war, was gab es da schon mehr zu erzählen? Dass diesem hässlichen Bauern die Augen erstarrt waren
vor Entsetzen, als er plötzlich in Haldorfs Pistolenlauf geblickt
hatte? Wen interessierte das schon? Er hatte nur eine Kugel gebraucht, dann war das in Wodka schwappende Hirn dieses Idioten
ausgeknipst worden.
Haldorf erinnerte sich noch, dass die Kameraden über die Begründung seiner Tat gelacht hatten.
Nein, er wollte eine nüchterne Bilanz seiner Tätigkeit. Da gehörten keine schwelgenden Formulierungen hinein. Und dieser Lew
war ja eher eine zufällige Erinnerung, nichts Großes, was war
schon ein solcher Ackerbauer in der Ukraine im Vergleich zum
Feldzug gegen Judentum und Untermenschen. Er wollte noch ein
Kapitel schreiben, er fühlte sich gut bei alldem, was sein Kopf aus
den untersten Schubladen seines Gedächtnisses kramte. Dass er
sich überhaupt noch an den Namen des Bauern erinnert hatte. Ein
bisschen war er stolz auf sich und seine gute geistige Verfassung.
Haldorf schaute aus dem vergitterten Fenster seiner Zelle und sah
über die Felder in Richtung Bahnstrecke, wo täglich über 100 ICE
vorbeirauschten. Manchmal, wenn der Wind günstig stand, dann
konnte man die Züge hören, ein beruhigendes Geräusch, das er

schon immer gemocht hatte. Auch zu den Zeiten, als die Züge noch mit Dampf fuhren, dieses huschhusch, bei der Ausfahrt aus dem Bahnhof, langsam schneller werdend.

Kassel, Mai 1945. Knapp einen Monat nach Kriegsende in Kassel, war er das letzte Mal in dieser Gegend gewesen. Kassel war ein Schlachtfeld, eine Ruinenstadt, kaum noch was übrig vom Charme und der Schönheit der alten Residenzstadt, zerbombt, zerlegt, teilweise pulverisiert. Er hatte sich irgendwie durchgeschlagen und war von Norden in die Stadt gekommen. Es lag so etwas wie Rauch in der Luft, doch das, was über der Innenstadt stand, war nichts anderes als aufgewirbelter Staub aus tausenden von Ruinen. Es war windig an jenem Tag, und die Menschen, die mit grauen Gesichtern durch das Ruinenmeer irrten, hielten sich Taschentücher oder Schals vor den Mund. An manchen Stellen hatte man angefangen, den ganzen Schutt zu beseitigen, an einigen Häusern standen mit Kreide geschriebene Botschaften für jene, die nach Hause kamen und nicht wussten, was mit Angehörigen oder Freunden passiert war. Er orientierte sich am Rathaus und den Kirchen in der Stadt. Als er in die Wildemannsgasse einbog, weil er Richtung Karlsaue wollte, sah er eine auf dem Boden liegende Tür in einem Haus, das neben einem völlig zerstörten Gebäude, das wohl mal die Gaststätte Pinne gewesen sein musste, lag. »Feldmeier: Alle sechs Personen tot«. Es war ein unfairer Tod gewesen, hatte er damals gedacht. Die Bomben hatten die meisten Menschen noch überlebt und waren dann elendig in den Kellern verreckt, erstickt an den Gaswolken, die durch die Brände ausgelöst wurden. Er und sein Begleiter hatten wenig gesprochen. Richtig, er war ja nicht allein nach Kassel gekommen. Sein Weggefährte, den er schon ein Jahr vorher kennengelernt hatte, hatte überhaupt die Idee gehabt, nach Kassel zu gehen. Klaus Barbie, der Schlächter von Lyon, war ein Mann seines Herzens. Ruhig, besonnen, wortkarg, zielstrebig. So hatte er seinen Auftrag im besetzten Frankreich erfüllt. Der Mann, der einige Jahre jünger war als Haldorf, hatte in einem Dorf nahe der Stadt eine Schwester. Am Ende des Krieges waren sie sich zufällig über den Weg gelaufen und hatten beschlossen, gemeinsam aus Deutschland zu entkommen. Doch dazu brauchten sie Geld, die Schwester hatte kein Geld, bot ihnen aber für ein paar Tage Unterkunft an. Die Frau schien ihrem Bruder nicht besonders verbunden zu sein, aber sie tat ihre verwandtschaftliche Pflicht. Haldorf wurde von ihr nicht beachtet, das passte ihm gut.

Sie hatten sich mit ein paar Gaunereien in der Stadt Mittel beschafft, meist waren es geklaute Schmuckstücke, die sich unterwegs gut versilbern ließen. Manchmal, wenn sie ihre Touren machten, ließen sie auch gut erhaltene Schuhe mitgehen, ganze Brotlaibe. Die Währung hatte sich geändert und sie scheuten keine Mittel, um am Leben zu bleiben. Diese Stadt lag auf dem Sterbebett, so hatte man den Eindruck. Es gab Stadtbezirke, in denen die Menschen in den Ruinen unter Lebensgefahr lebten. Hauptsache ein Dach über dem Kopf. Auf einer Tour waren sie mal durch Wehlheiden geschlichen, ein Stadtteil, der schon früh, nämlich 1899, eingemeindet worden war. Es gab da einen kleinen Ortskern, einige der alten Häuser standen noch, entlang der Domänenstraße, die in die Kantstraße mündete. Sie hatten sich um die Gastwirtschaft Spohr herumgedrückt. Stehbierausschank, Holzdielen, alles unversehrt vom Krieg. Ausgemergelte Gestalten an der Theke, wie in jeder Kneipe, und von denen gab es in diesem Stadtteil reichlich. Erste Kriegsheimkehrer, die meistens stumm vor ihrem Glas Bier saßen. Herkules-Bier aus der Herkules-Brauerei. Trinken, um zu vergessen – oder auch, um festzustellen, dass man noch lebte. Froh darüber, dass man heute Abend nicht um jeden Tropfen Suppe betteln musste, um jeden Kanten Brot, dass man den nächsten Tag in weiterer Entfernung hatte. Es ging um die aktuelle Sekunde, Minute, Stunde.

Und dann wieder doch nicht, denn im Hinterkopf hatten diese Menschen natürlich ihre Familien, das Kind, das sie lange nicht gesehen hatten. Die Frau, deren Bild in der Erinnerung sie regelmäßig zum Weinen gebracht hatte. Wenn der Arbeitstag im Lager oder das Dauerkämpfen an der Front überhaupt noch Energie ließ, um Tränen zu produzieren. Trockenes Weinen, das war die Disziplin, die sie beherrschten. Und sie dachten immer wieder an die Kameraden, die noch in den Lagern hockten und nicht das Glück hatten, so früh schon nach Hause zu dürfen. Und an die Toten dachten sie manchmal und das unverschämte Glück, das sie selbst am Leben gelassen hatte.

Haldorf hatte diese Seite des Lebens nie kennengelernt, hatte aber durchaus Verständnis für die Männer. Es war spät geworden an diesem Abend bei Spohrs. Niemand hatte sie erkannt, Barbie hatte damit eh keine Probleme, den kannte man nur in Frankreich. Haldorf, Tristan aber, den kannte man in bestimmten Kreisen in Kassel. Immer ein Restrisiko, wenn sie irgendwo gemeinsam in einer größeren Öffentlichkeit auftraten. Sie waren dann gegangen und hatten in der Kantstraße beobachtet, wie langsam die Lichter, allesamt aus Kerzenschein bestehend, ausgingen. *Barbie saß unter einem zerfetzten Gebüsch, Haldorf stand in der Einfahrt eines Hauses, die Gott sei Dank nicht den Eingang zum Haus bedeutete.* Hohe hölzerne Flügeltüren, abgesplitterte Farbe – dahinter verbarg er sich im Schatten, die Fassade des Hauses voll im Blick. Es war das größte Haus in der Gegend, deshalb hatten sie es ausgewählt. Die Chance, dass heute Abend eine Wohnung verlassen war, wuchs mit der Größe eines Hauses. Im Erdgeschoss brannte stundenlang kein Licht, keine Gardine wackelte – das war ein gutes Zeichen. Nach Mitternacht öffneten sie mit einem Dietrich die Haustür, dann die Wohnungstür. Sie durchsuchten die Zimmer nach Personen, im Schlafzimmer fanden sie im Bett einen alten Menschen. Barbie näherte sich, wollte schon zuschlagen, als Haldorf ihm an den Arm griff. Der alte Mann im Bett starrte an die Decke. Er war schon tot. Eines natürlichen Todes gestorben, das, Haldorf musste ein wenig grinsen, war ihm in den letzten Jahren praktisch nie passiert. Sie filzten die Wohnung, fanden Bargeld, ein paar Schmuckstücke, wahrscheinlich wertloses Zeug, und in der Speisekammer ganz unten im Regal eine geöffnete Konservendose, die furchtbar nach ranzigem Öl stank. Darin lag allen Ernstes ein kleiner Goldbarren, eiserne Reserve des Toten. Der reichte für den Rest ihres Vorhabens aus. Die Reise nach Spanien, zum befreundeten Regime war damit finanziert und gesichert. Dort wären sie in Sicherheit, von dort aus würde man weitersehen. Haldorf erinnerte sich noch, wie sie von Kassel aus flohen. Erst nach Süden, entlang der Bahnstrecke, wo sie gelegentlich auf einem intakten Streckenabschnitt auf langsam fahrende Güterzüge aufspringen konnten. Es war nicht ungefährlich für zwei wehrfähige Männer, in diesen Zeiten durch Europa zu reisen, überall waren die Alliierten auf der Suche nach entkommenen Nazi-Verbrechern. Und beide sahen nicht abgemagert und verhärmt genug aus, um als ehemalige Kriegsgefangene durchzugehen. Papiere hatten sie auch nicht dabei. Die, die sie mal hatten, hätten ihnen wahrlich nicht geholfen. Häufig marschierten sie nur nachts, schliefen tagsüber tief in den Wäldern. Barbie hatte in Frankreich einige Adressen, wo sie versorgt wurden und mal ein Bad nehmen konnten.

Haldorf war stolz, dass dieses Netzwerk der Kameraden auch jetzt noch funktionierte. Treue war eben nicht nur ein deutsches Wort, sondern eine Art von Glaubensbekenntnis, zumindest unter seinesgleichen. In Spanien angekommen ging es ihnen prächtig. Das Franco-Regime unterstützte die Neuankömmlinge wo es nur ging. Nur war klar, dass die Zukunft in

Europa keine für sie war. Zusammen mit vielen anderen schmiedeten sie Pläne. Und da gab es praktisch nur eine Richtung: Südamerika. Irgendwann, es war 1947 oder so, schifften sie sich ein. Eine schier endlose Reise. Er selbst entschied sich für Paraguay, Barbie war sich lange unsicher und zögerte alles hinaus. Schon auf dem Schiff hatten sie festgestellt, dass die gemeinsamen Wochen in Deutschland nicht mehr waren als eine Zweckgemeinschaft. In Wahrheit hatten sie auch nur über ihre Operationen gesprochen. Kaum Privates. Kaum mal witzig geredet, konzentriert aufs Überleben, aufs Durchkommen zumindest. Einmal hatten sie über Hitlers Tod gesprochen. Und die Niederlage, die Kapitulation. Den Unsinn, dass der Führer an der Spitze seiner Truppen gefallen sei, den glaubten sie nicht. Der Mann hatte Angst davor, lebend vor irgendein internationales Gericht gestellt zu werden. So ein Waschlappen, hatte Haldorf gesagt, und Barbie hatte genickt. Von seinen Soldaten hatte er ein Höchstmaß an Tapferkeit erwartet und selbst war er zu feige, das Ende mitzuerleben. »Weißt du, Tristan, ich glaube, wir haben den Krieg verloren, weil der das nicht im Griff hatte, der Führer war militärisch kein Führer. Ideologisch schon, das hat sich ja auch alles bewährt. Nein, als Feldherr war er wohl ein Versager.« Tristan, den Barbie nur so nannte, hatte genickt. So war es wohl. Beim nächsten Mal mussten sie die Kompetenzen anders verteilen. Das Tausendjährige Reich, das war beiden klar, war nicht am Ende, es war nur unterbrochen worden. Und niemand hatte jemals behauptet, dass es tausend Jahre am Stück sein würden.

In Südamerika hatten sie sich aus den Augen verloren, Haldorf hatte erst wieder etwas von Barbie gehört, als ihm in Lyon der Prozess gemacht wurde. Das Ganze hatte weltweit Schlagzeilen gemacht. Auch er wollte jetzt so einen Prozess. Er wollte Schlagzeilen haben. Er wollte endlich die Bühne, die die alte und die neue, junge Bewegung brauchten. Deutschland, fand er, war reif für diese Bewegung. Und was die Kommissarin und ihr spießiger Kollege nicht ahnten: Er hatte alles von langer Hand geplant. Mit dem Jungen in Kassel, seinem Sohn. Haldorf war der Geldgeber, der Ideengeber. Der Junge war die rechte Hand, das ausführende Organ, der Aktivist. Er war stolz auf den Burschen.

Gegen Mittag wurde er abgeholt, er hatte Besuch von seiner Anwältin.

»Es hat einen neuen Anschlag gegeben, heute Nacht. Ein türkischer Lebensmittelmarkt.« Haldorf blickte sie interessiert an.

Karin Berger sah wieder aus wie eine Lehrerin in einem sittenstrengen Internat. »Allerdings gab es diesmal einen Toten. Ein deutscher Penner, der sich da abgelegt hatte, ist von Trümmern erschlagen worden. Der Mann war Frührentner.«

»So tut man Gutes für die Rentenkasse«, meinte Haldorf und verzog keine Miene. Er beugte sich vor.

»Nehmen Sie Kontakt auf, regeln Sie das mit den Überweisungen. Und sehen Sie zu, dass der Prozessbeginn sich nicht lange hinauszögert.«

Die Anwältin blieb nur zehn Minuten, dann war alles besprochen. Man hatte keine Fakten genannt, die man beim Mithören hätte verwerten könne, aber sie würde draußen vorsichtig sein. Eventuell beschattete man sie, aber das würde sie merken. Sie parkte ihr Auto kurze Zeit später am Bebelplatz im Kasseler Westen. Ging die Friedrich-Ebert-Straße entlang, schaute sich die Auslagen in den Schaufenstern an. Schlenderte durch die kleinen Nebenstraßen, benahm sich wie eine Sonntags-Spaziergängerin. Als sie ihr Ziel erreicht hatte, öffnete sie die Haustür des alten Hauses und verschloss sie hinter sich. Nein, sie war sicher, dass ihr niemand gefolgt war. Dennoch blieb sie vorsichtig: Dieses Haus war ein Ablenkungsmanöver. Sie überquerte den Hinterhof, ging durch die Hintertür eines anderen Hauses, die sie mit einem Schlüssel öffnete, stieg die paar Stufen zum Keller hinunter, lief den unbeleuchteten Flur entlang und öffnete mit einem Doppelbartschlüssel die Tür zum Nebenhaus. Sie hatte einen Termin mit dem Auftraggeber, der hier wohnte. Man würde eine halbe Stunde die Details besprechen und dann wahrscheinlich im Bett landen. Langsam fand sie richtig Spaß an diesem Spiel, sie ersetzte das »wahrscheinlich« durch »hoffentlich«. Ihre Hormone funktionierten prächtig: Dieses große Projekt, das da angeschoben wurde, versetzte einen in Hochstimmung. Zu außergewöhnlich diese Emotionen, um sie nicht auf etwas anderes zu übertragen. Wer wollte nach solchen Taten wie heute Nacht schon fernsehen? Und der Mann war gut, ein richtig guter Lover. Im Augenblick lief alles blendend, fand sie.

43

Anke Dankelmann ging im Präsidium dem Trubel aus dem Weg. Es herrschte helle Aufregung, zwei Anschläge in so kurzer Zeit, das brachte auch eine sonst so gut funktionierende Einheit wie das Polizeipräsidium durcheinander. Es war einer dieser Tage, an denen sie inmitten der von allen Seiten ununterbrochen hereinprasselnden Informationen beim Sortieren der Fakten intensiv auf ihren Instinkt hörte. Das Bauchgefühl, der treueste und beste Berater des Menschen. Nur hörten viele nicht darauf, andere hatten Bauch, aber kein Gefühl. Für ihren Instinkt war sie dankbar, und die Kollegen wussten, dass man sich darauf verlassen konnte und sollte.

Sie saß im Büro und dachte nach. Trank einen Schluck Kaffee, klopfte mit einem Bleistift auf der Schreibtischablage rum. Eine Ablage aus dem Jahr 2001. Was war in dem Jahr noch gewesen? Odyssee im Weltraum? Quatsch, das war ein Film, den sie mal irgendwann im Fernsehen mitbekommen hatte. 2001 war so ein Jahr, in dem nichts passiert war, an das man sich sofort erinnerte. Doch, natürlich, die Terroranschläge auf das World Trade Center. Komisch, fand sie, wie Jahreszahlen und Ereignisse im Gedächtnis verwoben sind. Bei 1954 denkt man sofort an die Fußball-Weltmeisterschaft in der Schweiz, die Helden von Bern. 1989 an die Grenzöffnung, 1986 an Tschernobyl, 1972 an das Misstrauensvotum gegen Brandt und so weiter. Aber was war 2001 noch gewesen? Vielleicht hatte Grün Weiß Borken da eine Meisterschaft geholt, sie wusste es nicht. Und plötzlich rastete irgendein Memory-Marker in ihrem Kopf ein. Sie nahm die Akte Tristan zur Hand und blätterte. Eine widerliche Akte über einen noch widerlicheren Menschen. Hier eine Blutspur, da eine Blutspur, zwischendrin die Verhörprotokolle mit einem unverbesserlichen Nazi als Hauptperson. Arrogante, menschenverachtende Einlassungen eines Massenmörders. Die Vorstellung, dass diesem Kerl irgendein Gericht die Bühne bieten würde für seinen schaurigen Auftritt – es widerte sie an.

Irgendwann fand sie die Stelle. Tristan war 2001 nach Deutschland gekommen. Komischerweise mit dem Schiff, hatte er Angst vorm Fliegen? Egal, was hatte er seitdem gemacht? In Kassel war er erst zwei Jahre wieder, zwischendrin ein weißer Fleck, ein Vermerk der verhörenden Kollegen sagte, dass er die Auskunft verweigert hatte. Ja und? Kann man denn da nicht mal anderweitig bohren? Das konnte wichtig sein, sie fluchte innerlich wie ein Rohrspatz. Wo war Tristan in diesen Jahren gewesen?

Danach las sie das Durchsuchungsprotokoll, das die Kollegen, die von Haldorfs Wohnung auf den Kopf gestellt hatten, verfasst hatten. Sie hatten praktisch keine Beweismittel gefunden, die Aufschluss über Tristan und seine Morde gaben. Und sie hatten so gut wie nichts mitgenommen, außer ein paar Dingen, die man für DNA-Analysen brauchte. War es das Alter des Mannes, das die Kollegen so arbeiten ließ? Aber vielleicht hatten sie genauere Untersuchungen noch vor oder die waren erledigt, nur noch nicht protokolliert. Sie schaute auf die Uhr, es war Sonntag, 15.34 Uhr. Sie war frisch im Kopf und suchte Bernd Stengel. Der Mann lag im Konferenzraum auf vier Stühlen und schlief.

Anke Dankelmann lächelte, sie hatte großes Verständnis für ihn. Der Mann, der immer perfekt funktionierte, Tag und Nacht. Es hatte ihn einfach umgehauen, und sie weckte ihn nicht, das war als Belohnung gedacht.

Der Schlüssel zu Tristans Appartement im Augustinum lag bei den anderen sichergestellten Beweisstücken. Sie nahm ihn, quittierte und fuhr los. Unterwegs dachte sie daran, Miegler anzurufen – ließ es aber bleiben. Sie wollte erst ihren Job erledigen, dann würde sie anrufen. Sie parkte ihren Golf auf dem Parkplatz der Seniorenresidenz, wies sich beim Pförtner aus und fuhr mit dem Fahrstuhl nach oben.

Als sie im Appartement war, da hatte sie wieder so ein Gefühl. Man merkt Wohnungen relativ schnell an, dass sie ein paar Tage nicht bewohnt waren. Es riecht mit jeder Stunde weniger nach Mensch. Und Möbel, Teppiche, Tapeten, Kleidung, Geschirr, Töpfe – all das riecht anders. Aber das war es nicht, was ihren Instinkt geweckt hatte. Ihr Gefühl sagte, dass sie nichts Verborgenes suchen musste. Die Kollegen hatten bestimmt mit allen erdenklichen Methoden alles auf den Kopf gestellt, mehrfach. Sie schalt sich für ihre leisen Vorwürfe von vorhin. Aber hatten sie mehr als Routinearbeit erledigt? Anke Dankelmann schlenderte in der Wohnung umher. Genoss die Aussicht auf den Wald, überlegte, sich aus der Bar einen

Schluck zu genehmigen. Sherry, Brandy, Whisky, Cognac – sie hatte Tristan nicht als Alkoholkonsument in Erinnerung. Was also sollte das Aufgebot an Alkoholika hier, die Flaschenbatterie? Gin sah sie, Wodka, soweit sie beurteilen konnte, alles beste Marken. Portwein, Becherovka, kubanischer Rum. Tristan, so hatte sie es in Erinnerung, trank nicht oder nur selten. Mit anderen Worten: Er musste gelegentlich Besuch bekommen haben, den er bewirtete. Sie sah in der Küche nach. Im Kühlschrank weder Wein noch Bier, auch in der kleinen Speisekammer nicht. Speisekammer? Im Altersheim? Mein Gott, wie finanzierte dieser Mensch eigentlich diese noble Bude?

Sie hatte einen Teil der Akte dabei, Kopien der Vernehmungsprotokolle, Kopien der Berichte der Kollegen. Die hatten natürlich bei Heimleitung und beim Personal an der Pforte gefragt, wer denn hier in diesem Appartement ein- und ausgegangen war, wer Herrn von Haldorf besucht hatte. Natürlich hatten sie herausbekommen, was dieses Appartement kostete – schlappe 3000 Euro im Monat, stand da, Anke Dankelmann wurde ganz anders. Würde sie sich nie leisten können von ihrer Pension, und wenn sie irgendwann einmal gemeinsam eines fernen Tages mit ihrem Bruder das Elternhaus in Borken erben würde, dann würden sie vermutlich Bestechungsgeld brauchen, um die Bude überhaupt loszuwerden.

Die Fakten waren alle recherchiert, aber welche Schlüsse hatte man daraus gezogen? Eigentlich war ihr danach, einen Schluck aus der Sherryflasche zu nehmen, doch sie widerstand der Versuchung. Im Wohnzimmer stand ein Sekretär, ein schnörkelloses Ding, das sicher irgendeinen Wert hatte, in einem Antiquitätengeschäft aber wohl nicht im Schaufenster gestanden hätte. Nicht hässlich, weiß Gott nicht, blank poliert – aber halt nicht repräsentativ. Sie schaute in den Schubfächern nach und fand nichts Bemerkenswertes. Oben drauf stand ein Aktenordner, sie schlug ihn auf – Kontoauszüge. Auch davon hatten die Kollegen berichtet. Allerdings war das alles nur eine Art Inventur gewesen.

Anke Dankelmann dachte nach: Haldorf konnte doch gar nicht damit gerechnet haben, dass er hier in seinem hohen Alter noch aufflog, der hatte sich doch hierhin zurückgezogen, um die Zielgerade des Lebens halbwegs unfall- und schmerzfrei zu absolvieren. Sie blätterte durch die Kontoauszüge – Kasseler Sparkasse.

Monatlich ging die Überweisung für das Appartement raus. 100 Euro zahlte er auf ein Konto ein bei einer Sparkasse im Bergischen Land, Empfänger ein Hilfsverein für Altenpflege. Sie nahm einen Auszug an sich. Am Jahresanfang hatte jemand das Konto richtig aufgeplustert: 125.000 Euro waren eingegangen, von einer Firma in Tuttlingen. Sie nahm auch diesen Auszug an sich. Im Wohnzimmerschrank fand sie weitere Ordner mit Auszügen aus den Vorjahren. Immer am Jahresanfang kam dieselbe Summe. Immer die Firma in Tuttlingen. Und Haldorf hatte Bargeld abgehoben – oder abheben lassen, von wem? Sie mussten dringend diese Bankverbindungen durchleuchten. Wissen, wer hinter diesem Verein steckte, was es mit der Firma auf sich hatte.

Anke Dankelmanns Jagdtrieb, der sich schon auf der Fahrt zur Seniorenresidenz gemeldet hatte, war vollends entfacht. Dieser alte Massenmörder – irgendwelche Fäden hielt er immer noch in der Hand. Und wer trank hier systematisch die Hausbar leer?

Auf dem Weg zurück fiel ihr Volker Miegler ein. Sie verabredeten sich auf ein Bier im Uhlenspiegel, einer sehr studentischen Kneipe im Vorderen Westen, Ecke Querallee/Goethestraße. Vor Jahren hatte sie da mal den Zapper als Lover gehabt, doch dieser Pedro war mittlerweile untergetaucht, gestorben, ausgereist, sie wusste es nicht und hatte ihn vollends vergessen.

Und sie dachte auch nicht an ihn, als sie an der Theke auf den Versicherungsunternehmer aus der Goethestraße wartete. Eigentlich hatte sie keine Ahnung, warum sie sich mit Miegler traf – so ein Herzensbrecher, der in ihrem Bauch alle Schmetterlingsgefühle weckte, war er eigentlich gar nicht. Aber seine charmante und schmeichelnde Art taten ihr unheimlich gut. Sie fühlte sich als schöne Frau, wenn er Komplimente machte. Und sie redete sich ein, dass er sie nicht anflunkerte. Gegen 22 Uhr, nach zwei Stunden belanglosen Gesprächs, brach sie auf. Sie begleitete Miegler noch das Stück bis zu dessen Haus, verabschiedete sich mit einer kurzen Umarmung, mehr Geste als innerer Wunsch und bog ab in Richtung Kirchweg. Volker Miegler sah ihr noch nach, auch er spürte, dass das Ganze nicht so lief, wie er es sich wünschte, denn er fand die Kommissarin tatsächlich attraktiv. Volker Miegler schaltete gedanklich um, schaute kurz auf die Uhr und nickte zufrieden. Anke Dankelmann machte sich in ihrer Wohnung am

Schreibtisch Notizen. Sie brauchte als Erstes am nächsten Tag einen rechtsgültigen Beschluss, der die Bank von ihrer Geheimhaltungspflicht entband. Und man musste, verflixt noch mal, herausbekommen, wo Tristan eigentlich in den Jahren seit seiner Ankunft in Deutschland gelebt hatte. Wieso war er überhaupt zurückgekommen? Gab es da doch irgendwelche Verwandte?

Die bisherigen Ermittlungsergebnisse waren lächerlich, fand sie, und wollte dies morgen Richard Plassek auch mal so sagen. Man hatte gesammelt, alles was man an Informationen bekommen konnte, aber das Ganze war weder geordnet worden, noch hatte man Schwerpunkte für die weitere Vorgehensweise festgelegt. Ihr war klar, dass dies ein ungeheuer komplexer Fall war, aber man durfte sich auch nicht darauf verlassen, dass dieses Monster in der JVA Wehlheiden einfach von selbst alle Dinge auf den Tisch legen würde. Da war schließlich keine Organisation im Hintergrund – der war Einzelgänger, in mancher Hinsicht auch ein Einzeltäter. Aber allein hätte er sein Leben nach dem Krieg nicht organisieren können. Und sie wollte interessehalber mal schauen, wer so alles in den vergangenen hundert Jahren in ihrem neuen Haus gelebt hatte. Solche Recherchen fand sie immer spannend – wie der Gang in ein Zeitungsarchiv, man fing an zu blättern und las sich für Stunden fest.

Sie ging früh zu Bett, am nächsten Morgen hatte sie zeitig im Präsidium anzutreten. Die Kommission, die in den Fällen der Sprengstoffattentate ermittelte, würde mit verstärktem Personal arbeiten, jeder wurde gebraucht – und der Tristan-Fall, hatte Plassek beschlossen, konnte ruhig ein paar Tage liegen bleiben. Da drohte kein neues Ungemach, meinte er.

44

Bettenhausen, Mitternacht. Diesmal war der auch jetzt in Motorradkluft gut gekleidete Mann ohne den Lkw-Fahrer unterwegs. Sprengstoff und Zünder hatte er in einem doppelten Boden seiner Gepäcktaschen deponiert. Um mobiler und wendiger zu sein, hatte er sein Motorrad genommen. Die kleine 800er BMW war ein schnuckeliges Maschinchen, genau richtig für die Stadt und groß genug für Touren.

Am Bahnhof Bettenhausen bog er ab in die Sandershäuser Straße. Er fuhr ein wenig durch den Stadtteil, schaute sich um. Es war wenig los. Er landete dann in der Königinhofstraße mit ihren etwas heruntergekommenen Autohändlern und Ex- und Importfirmen. Hier war auch der städtische Recyclinghof. Die Straße war jetzt, als es auf Mitternacht zuging, wie leer gefegt, dennoch musste er natürlich höllisch aufpassen. Die Polizei hatte mit Sicherheit ihre Streifentätigkeit intensiviert, und auch die ausländischen Inhaber von Geschäften würden nach den Vorfällen der vergangenen Tage besser aufpassen.

Er schaltete das Licht aus und fuhr langsam in einen langen, geteerten Weg, der auch einen Namen hatte, aber der war ihm entfallen. Vor zwei Wochen hatte er sich hier mal umgesehen und das Gelände mit der Firma entdeckt, versteckt hinter Zäunen, ein Hinterliegergrundstück, ideal, um nicht gesehen zu werden.

Am Ende der Straße lag die Autofirma, vor dem Haus standen ein paar Autos zum Verkauf, andere waren offenbar frisch hereingekommen. Es war einer jener Händler, der Millionen von Visitenkarten unter Scheibenfester heftete und auf Anrufe wartete – das musste sich tatsächlich lohnen, sonst würde man das wohl so nicht machen. Das war auch einer der Gründe, warum das Ding jetzt in die Luft fliegen sollte.

Er hasste diese Visitenkarten, die er immer entsorgen musste – und drei Tage später steckte die nächste an der Scheibe. Der Mann stoppte die Maschine, stellte sie auf den Seitenständer und stieg ab. Er holte mit sicherem Griff sein Päckchen aus der Gepäcktasche, ging zum Auto, das der Werkstatt am nächsten stand und klebte den Sprengstoff von unten an den Tank. Mehr war nicht zu tun, die Zeituhr hatte er schon vorher eingestellt.

Er verschwand im Dunkel der Nacht. Er hatte noch eine Strecke zu fahren, musste das Motorrad abstellen, Spuren beseitigen und war erst über eine Stunde später wieder in seiner Wohnung, dort ging er in aller Seelenruhe ins Bett und schlief sofort ein. Was passieren würde – er würde es schon mitbekommen.

45

Mehmet Ismiroglu war wie jeden Tag um 6 Uhr in seinem Geschäft. Er hatte diesen Autohandel aufgebaut, seine Familie konnte prima davon leben, und die Großeltern in der Türkei bekamen jeden Monat eine Überweisung, Mehmet liebte seine Familie über alles. Die Zeit bis um 8 Uhr, wenn seine drei Mitarbeiter den Dienst begannen, nutzte er, um Geschäftspost zu erledigen, die Buchführung zu machen. Er ging nach draußen, um eine Zigarette zu rauchen. Eigentlich wäre es im Büro sicherer gewesen. Wie oft lag da draußen ein Tank rum, wie oft dengelten sie an explosiven Teilen ihrer Autos!?

Es war aber noch nie was passiert, und wenn er draußen eine Zigarette rauchte, dann konnte er gleich einmal alles inspizieren, bekam den Kopf frei. Denn Buchhaltung und Schriftverkehr – das war eigentlich nicht seine Welt. Das mit den Online-Überweisungen bekam er gut hin, da kam es auch nicht so auf die deutschen Sprachkenntnisse an – aber Schriftverkehr und Buchführung ...

Noch reichten die Umsätze nicht aus, um jemanden einzustellen, der diesen ganzen Verwaltungskram erledigte. Manchmal half eine Nachbarin aus. In dieser Ansammlung von schrottigen Unternehmen wohnten zwischendrin tatsächlich Leute.

Marianne Weller hieß die Frau, die früher mal bei den Städtischen Werken in der Buchhaltung gearbeitet hatte. So lange, bis sie ihren Mann kennengelernt hatte, der sie irgendwann auf den Strich geschickt hatte. Das Doppelleben war zum Einzelleben geworden, als der erste Stadtwerke-Kollege in dem Puff aufkreuzte, in dem sie arbeitete. Aber auch das Leben in der Rotlichtwelt hatte irgendwann ein Ende. Bevor Marianne Wellers Mann sie rauswerfen konnte, war er von einem Lastwagen überfahren worden und auf der Stelle gestorben. Sein Erbe reichte aus, um davon zu leben. Sie hatte das Bordell verkauft und lebte von Zinsen, Ansprüche ans Leben hatte sie nicht mehr, an die Männer sowieso nicht – aber Mehmet half sie gern im Büro.

Der schlenderte mit seiner halb aufgerauchten Zigarette über den Hof. Ließ den Blick über die Autos schweifen, sah zum Himmel – dies würde offensichtlich ein angenehm warmer Frühlingstag werden. Im Matsch auf dem Hof fielen ihm plötzlich ungewöhnliche Reifenspuren auf. Die waren so schmal, die konnten nicht von einem Auto stammen. Er runzelte die Stirn. Hatte er nachts Besuch bekommen? Er ging umher und kontrollierte die Schlösser und die Fensterscheiben, auch den Zustand der Autos. Mehmet grübelte. Hatten sie gestern Besuch von einem Kunden mit einem Motorrad gehabt? Er schüttelte ratlos den Kopf. Er erinnerte sich nicht. Natürlich kam es vor, dass irgendwelche Halbwüchsigen nachts in diesem Stadtviertel ihre Runden drehten, aber dann läge doch hier irgendwo eine kaputte Bierflasche oder eine McDonald's-Tüte herum. Im Hinterkopf hatte er die Anschläge der letzten Tage – aber dann würde hier doch kein Stein mehr auf dem anderen sein. Er hatte plötzlich ein ungutes Gefühl, aber nicht ungut genug, um die Polizei anzurufen. Er brauchte trotzdem Rat und wusste, dass es jetzt, um kurz vor 7 Uhr, zu früh war, um Marianne Weller zu wecken. Die schoss sich zielgerichtet jeden Abend die Lampe aus, um in den Schlaf zu finden. Das würde gestern nicht anders gewesen sein. Möglicherweise hatte sie aber auch Geräusche gehört, möglicherweise könnte sie ihm genau jetzt in dieser Sekunde weiterhelfen. Er ging zurück ins Büro, nahm den Hörer ab und rief drüben in der Wohnung an. Er ließ es klingeln, immer wieder. Rief erneut an.

»Nun geh schon ran, bitte!«, murmelte er, wohl wissend, dass ihn niemand hörte. Nach Minuten hörte er ihre trunkene, verschlafene Stimme. »Was ist denn? Es ist mitten in der Nacht!«

»Marianne, es ist dringend, kannst du mir folgen?«

»Ja, was ist los, Mehmet? Spinnst du, mich jetzt zu wecken? Du weißt doch. Oh, Mann, mir brummt der Kopf.«

»Ja, ich weiß. Trotzdem: Hast du heute Nacht irgendwann ein Motorrad auf meinem Hof gehört?«

»Ja. Ich habe es sogar gesehen, weil es mir komisch vorkam. Der Typ ist kurz abgestiegen und ist dann wieder weggefahren. Hat er was geklaut?«

»Ich weiß es nicht, aber komisch ist es schon, oder?«

»Ja, ach Scheiße, mach mir einen Kaffee, ich komme rüber. Dann stellst du die Fragen und ich versuche mich zu erinnern.«

Marianne Weller legte auf. Mehmet war ratlos. Abgestiegen, weitergefahren. Hatte der hier nur gepinkelt oder irgendetwas in den

Briefkasten geworfen? Er ging zur Eingangstür, öffnete den Brief-kasten – nichts. Ach ja, der Kaffee, dachte er und ging zu der klei-nen Teeküche, die ein wenig versteckt hinter den Büros lag. Ein Löffel extra gegen Mariannes Kater, dachte er und grinste.

Er hörte die Schritte schon lange, bevor er sie sehen konnte. Ma-rianne Weller trug Clogs, die auf dem Verbundsteinpflaster des Hofes einen richtigen Krach am Morgen entwickelten. Sie winkte ihm dann durchs Fenster zu, hielt mit dem anderen Arm den Mor-genmantel vor der Brust geschlossen. Die Tür wenige Meter wei-ter erreichte sie nicht. Die Explosion ließ das Auto gegen die Haus-wand krachen, Marianne Weller, die genau daneben gegangen war, starb in Millisekunden. Autoscheiben barsten, ein Kleinwagen flog durch die Druckwelle auf das Dach eines alten Mercedes Kombi. Teile des Wellblechdachs flogen durch die Gegend, die Eingangs-tür wurde bis an die gegenüberliegende Wand gedrückt. Im Büro kippten Schränke um, Putz bröckelte von den Wänden, der Decke. In der Werkstatt, die ein wenig geschützt lag, passierte dagegen wenig. Mehmet lag in der Teeküche auf dem Boden, ein paar Split-ter hatten ihm die Haut abgeschürft, er hörte einen Augenblick lang nichts und schaute fassungslos um die Ecke durch die Tür auf das Chaos. Auf dem Hof brannte ein Auto – wo war Marianne? Er rappelte sich hoch und ahnte schon beim ersten Schritt, dass es Ma-rianne wohl nicht mehr gab. Er schaute aus dem Fenster und sah den leblosen Körper, an manchen Ecken verbrannt, zerquetscht, Blut rann aus Nase und Ohren, ein Arm fehlte. Er übergab sich in den Scherbenhaufen auf dem Boden und heulte lautlos. Er schaute sich um, entdeckte auf dem Schreibtisch ein Telefon und wählte mechanisch die 110. Der Beamte vom Dienst nahm die Fakten ent-gegen, bemerkte, dass der Gesprächspartner ruhig und wenig ge-schockt zu sein schien und stellte das Gespräch in die Zentrale der Sonderermittlungsgruppe durch.

Sie waren Profis durch und durch, das merkte man in solchen Ex-tremsituationen, Anke Dankelmann saß am Telefon und ratterte alle nötigen Schritte durch, die jetzt gefragt waren. Feuerwehr und Notarzt würde der BvD längst auf die Reise geschickte haben. Die LKA-Experten wurden informiert, die Spurensicherung, die Be-amten der normalen Polizei – man brauchte Personal, um den Tat-ort abzusperren, Zeugen zu befragen, die notwendigen Routinen abzuspulen. Sie informierte Richard Plassek, mit dem sie sich am Tatort verabredete.

Anke Dankelmann stürmte aus dem Präsidium und tat etwas, was sie sonst selten machte – wenn es dann aber passierte, genoss sie es und fühlte sich wie in einer US-Krimiserie. Blaulicht aufs Dach, Martinshorn an und dann voll Karacho durch den Berufsverkehr. Sie scheuchte alle Pendler auf die Bürgersteige, auf Grünstreifen, Mittelinseln, in ein unentwirrbares Getümmel von roten Ampeln, wenn sich alle Autos, nur um gehorsam Platz zu machen, kreuz und quer ineinander verschoben, grinste gelegentlich aus Schadenfreude und war in Rekordzeit am Tatort. Richard Plassek tauchte zeitgleich auf, die Spurensicherung war schneller, Feuerwehr und Rettungsdienste waren sogar noch fixer. Die Kollegen begannen gerade den Tatort zu sichern. Ein schwarzhaariger, mittelgroßer Mann ging mit unsicheren Schritten im Gelände umher. Anke Dankelmann sprach ihn an:

»Wer sind Sie? Was machen Sie hier?«

»Frau, ich bin der Besitzer. Das Geschäft gehört mir. Marianne war meine Freundin – und ihre Leute machen jetzt die Motorradspuren kaputt.« Er zeigte auf die kleinen Furchen im Schlamm, unweit der Stelle, an der ein Körper lag. Das Rettungsteam lief da herum. Motorradspuren? War der Mann verwirrt? Was wollte er? Plassek schaute verständnislos. Anke schaltetet am schnellsten. Egal, ob der Mann im Schock sprach oder nicht, diese Spuren könnte eine Bedeutung haben.

»Hey«, brüllte sie in Richtung Spurensicherung, »bitte sofort diese Motorradspuren sichern! Und ihr«, sie zeigte auf eine Gruppe anderer Kollegen »ihr bleibt wo ihr seid, nicht in diesen Bereich bewegen. Was ist mit der Frau? Ist sie tot?« Die Helfer nickten, ihrem Gesichtsausdruck war anzusehen, dass es kein schöner Anblick war. Es dauerte nicht lange, dann waren die ersten Medienvertreter in der Nähe des Tatorts. Die Leiche hatte man längst weggebracht, die üblichen Untersuchungen standen an, obwohl allen klar war, dass der Pathologe in diesem Fall kaum wichtige Details liefern konnte. Anke Dankelmann hatte sich Mehmet Ismiroglu geschnappt, der seine drei Mitarbeiter, die irgendwann gegen 8 Uhr eintrafen, nach Hause geschickt hatte. Man würde sie später vernehmen.

Im Präsidium gab es für den Mann einen starken Kaffee. Der Arzt hatte die kleinen Wunden sicherheitshalber untersucht und erklärt, dass der junge Türke trotz seines Schocks nach der Explosion erstaunlich stabil war.

»Marianne hat ihn gesehen – und jetzt ist sie tot«, flüsterte er leise zwischen den Schlucken aus der Kaffeetasse.

»Wen hat sie gesehen?« Anke Dankelmann spürte das Adrenalin in ihrem Körper.

»Naja, der Mann, der Motorradfahrer, er war nachts da, Marianne hat ihn gesehen, hat sie mir am Telefon gesagt und dann hat sie gesagt, lass das sein am Telefon, ich komme rüber und erzähle dir alles. Ging aber nicht mehr, vorher ist sie explodiert.«

»Hat sie irgendwas beschrieben?«

»Nur, dass er abgestiegen ist und dann wieder weggefahren.«

»Wieso konnte Marianne denn auf ihren Hof schauen?«

»Von ihrem Wohnzimmerfenster geht das, sie wohnt nebenan. Sie hilft mir manchmal bei der Buchführung.«

»Und ist Ihnen denn nichts aufgefallen heute morgen?«

»Doch. Ich habe eine geraucht und dann die Motorradspuren gesehen, die sahen so frisch aus. Ich dachte erst, es wären Einbrecher, aber alle Schlösser waren okay, die Scheiben alle ganz, da habe ich Marianne angerufen, weil ich wissen wollte, ob sie was gesehen hat.«

»Und wann das war, wissen Sie nicht?«

»Wissen Sie, Marianne ist eine furchtbare Säuferin, sie trinkt jeden Abend und geht dann ins Bett. Aber nie nach 12 Uhr, also Mitternacht meine ich.«

Sie hatten längst die nötigen Informationen über den Betrieb gesammelt, ein intaktes Kleinunternehmen, sauber, soweit man das überblicken konnte. Und möglicherweise hatten sie mit den Reifenspuren zum ersten Mal eine verwertbare Spur. Sie würden es für sich behalten, nicht der Presse mitteilen. Die Pressekonferenz um 11 Uhr würde ein Spießrutenlaufen werden, Anke Dankelmann beneidete die Kollegen nicht, die sich den Fragen stellen mussten – nun waren auch türkische Zeitungen dabei, die Stimmung in der Stadt kippte. Zu viel Gewalt auf einmal – und alles ohne Erklärungen, Bekennerschreiben. Es war dramatisch.

46

Als Karin Berger unverhofft im Präsidium auftauchte, wollte Anke Dankelmann die Juristin, die sie absolut nicht leiden konnte, schon wegschicken. Und hörte sich dann zwischen zwei Sitzungen der Ermittlungskommission doch an, was die Frau auf dem Herzen hatte. »Ich möchte mich einfach mal erkundigen, mit welchem Zeitablauf Sie rechnen, bis es zu einer Gerichtsverhandlung kommt. Mein Mandant möchte ein bisschen Planungssicherheit haben, das werden Sie sicher auch mit Blick auf sein Alter verstehen.« Beinahe hätte die Kommissarin gesagt, dass dieser Fall für den Augenblick auf Halde gelegt worden sei – dann kam ihr eine Idee.

»Frau Dr. Berger, ich habe das alles noch nicht so richtig abgestimmt, aber nach dem derzeitigen Stand der Dinge werden wir für einige internationale Recherchen noch einige Wochen Zeit brauchen. Sie wissen ja, Herr von Haldorf hat lange Zeit im Ausland gelebt, und was diesen Punkt betrifft, war er bisher wenig auskunftsfreudig. Er erzählt uns zwar bereitwillig alle Details von allen Verbrechen, die wir hören oder nicht hören wollen – aber für ein Gesamtbild brauchen wir einfach mehr Fakten. Ich könnte mir vorstellen, dass wir ihn, um ihm das Leben leichter zu machen, mit einem entsprechenden ärztlichen Attest oder einem Gutachten auf freien Fuß setzen – bis zur Verhandlung. Was halten Sie davon?«

»Nichts, um das präzise zu beantworten, Frau Kommissarin.«

»Hauptkommissarin bitte.« Die Frauen gifteten sich mit bösen Blicken an. Bergers Tonfall wurde hart.

»Ich denke, Sie sollten dieses Vorgehen tatsächlich noch mit Ihren Vorgesetzten näher besprechen, Herr von Haldorf hat kein Interesse, die Untersuchungshaft zu verlassen, er fürchtet in Freiheit Anfeindungen, nicht nur in der Seniorenresidenz!«

»Soso, Herr von Haldorf fürchtet Anfeindungen – ein Mitleids-Tsunami überschwemmt gerade mein Herz und mein Gehirn.«

»Na gut, dann eben alles schriftlich, Sie bekommen eine offizielle Anfrage und ich dann eine offizielle Antwort. Fällt die nicht so aus, wie wir das erwarten, dann werden wir mit unseren Mitteln eine öffentliche Kampagne starten, die dazu führen wird, dass Herr von

Haldorf erstens in Haft bleibt und zweitens der Prozess schnellstmöglich beginnt.« Karin Berger schnappte sich ihre Tasche und ging grußlos hinaus, rannte auf dem Flur beinahe Richard Plassek über den Haufen, der auf der Suche nach Anke Dankelmann war. »Was will die denn hier? Hattet ihr einen Termin? Ich dachte, wir hätten den Tristan-Fall auf Halde gelegt. Anke, du hast jetzt keine Zeit für den alten Nazi!«

»Langsam, Richard. Die Fregatte ist eben unangemeldet hier aufgetaucht und wird uns, wenn wir uns nicht ein bisschen um sie kümmern, noch viel Arbeit und einigen Ärger machen.« Sie berichtete kurz von dem Gespräch. Plassek schwieg einen Moment. »Richard, wir können den Fall nicht komplett ruhenlassen, wir müssen irgendetwas machen, sonst platzt hier in der Öffentlichkeit die nächste Bombe. Entschuldige den Ausdruck, aber man sagt das doch so.« Plassek nickte und wirkte hilflos. Sie schwiegen.

»Was hältst du von der Idee«, sagte Anke Dankelmann, »wenn wir die Staatsanwaltschaft bitten, folgenden Fall wasserdicht zu konstruieren: Die Anstaltsleitung der JVA bittet die Staatsanwaltschaft um eine amtsärztliche Untersuchung Haldorfs. Was weiß ich: der isst nichts mehr, faselt im Schlaf oder irgendwas. Mein Gott, bei einem alten Menschen sollte einem doch etwas einfallen, was zieht. Der Amtsarzt untersucht ihn und erklärt ihn weder für verhandlungs- noch für haftfähig. Wir haben seine Geständnisse. Es geht im Endeffekt also nur noch darum, nach einem Verfahren eine happige Freiheitsstrafe auszusprechen. Er und die Berger würden jeden Gerichtstermin nutzen, um ihre Nazi-Ideale in aller Öffentlichkeit zu präsentieren. Das wäre also genau die Kampagne, die wir nicht brauchen. Wenn wir aber mit Blick auf das Alter Tristans auf unbestimmte Zeit auf ein Verfahren verzichten, dann gibt es keine Bühne. Und wir haben möglicherweise in der Zeit, in der er in Freiheit ist, die Gelegenheit, ihn, seine Kontakte, sein Gebaren und so weiter zu verfolgen. Mit anderen Worten: wo kein Kläger ist, da ist auch kein Richter. Funktioniert nicht ganz, dieses Prinzip, ich weiß. Aber wir müssen Haldorf aus dem Knast kriegen, sonst kommen wir nicht einen Schritt weiter – und vor allem: Solange er sitzt, sind Kräfte für einen Fall gebunden, der sonnenklar ist. Der alte Nazi wird über kurz oder lang sterben, solange er nicht den Heesters macht. Die Liste seiner Greueltaten werden wir eh nicht komplettieren können, mir reicht eigentlich das sowieso schon aus, was wir wissen, um jeden Tag dreimal vor Ekel zu kotzen. Was meinst du?«

Plassek schüttelte den Kopf. »Der Plan ist genial, wird aber sicher nicht funktionieren. Ich rede mal mit dem Leitenden Oberstaatsanwalt, vielleicht hat der eine Idee. Nun aber erst mal rüber zur Sitzung.«

Anke Dankelmann konnte sich während der zweistündigen Besprechung, in der die Spurensicherung ihre ersten Ergebnisse präsentierte und die Auswertung der Zeugenbefragung vorgestellt wurde, nicht richtig konzentrieren. Sie wusste, wie wichtig die Aufklärung dieser Serie von Bombenattentaten war, aber ihre Gedanken schweiften immer wieder ab zu dem alten Mann in der JVA. Sie hatte ihn hochgehen lassen, es war ihr Fall. Sie würde, und wenn es ihre Nachtstunden kostete, weiter daran arbeiten.

Dann dachte sie an die Berger und fand, die beste Therapie, die Fregatte zu vergessen, sei eben doch die gedankliche Teilnahme an der Konferenz.

»Dann wissen wir zumindest eines: Dass diese Reifensorte vorwiegend bei BMW Motorrädern vorkommt. Anhand der Profiltiefe gehen wir davon aus, dass es sich um ein neues Motorrad handelt. Beide Reifen sind kaum abgefahren, das ist nur bei neuen Motorrädern der Fall – oder dann, wenn beide Reifen gleichzeitig ersetzt werden. Nach unseren Erkenntnissen könnte es ein Motorrad der 800er Klasse sein, und wenn wir Glück haben, dann ist es ein neu gekauftes Fahrzeug. Wer überprüft das?« Ines Blaul, die Kollegin von der Spurensicherung, mit der sich Anke Dankelmann gelegentlich auch privat traf, schaute eher zufällig in Richtung ihrer Freundin, die dies als Aufforderung verstand und sich meldete – gleichzeitig auch erkannte, dass ihr diese Recherche genug zeitliche Möglichkeiten ließ, den Tristan-Fall nicht aus den Augen zu verlieren. Sie stand auf und verließ den Raum. In ihrem Büro dachte sie wieder an Tristan, rief dann den BMW-Niederlassungsleiter in Kassel an und machte für eine halbe Stunde später einen Termin aus. Danach sah sie einen Moment aus dem Fenster. Sie raste im ICE-Tempo auf ihren Geburtstag zu, es wurde Zeit, einmal dem Schicksal und vor allem der damit verbundenen Lebensgeschwindigkeit ins Rad zu greifen. Sie beschloss, ihre Überstunden und ihre freien Tage zu bündeln, ein paar Tage ihres Tarifurlaubs dranzuhängen und drei Wochen in Urlaub zu fahren. Irgendwohin, wo man die Seele baumeln lassen konnte. Norwegen, Schweden, Irland – das war ihr alles zu unsicher mit Blick aufs Wetter. Sie wollte Sonne, Meer, Strand, Ruhe. Sie hatte schon immer mal nach Kreta gewollt. Auf der Rückfahrt von BMW würde sie beim Reisebüro Wimke vorbeigehen. Einfach Appetit machen lassen. Sie arbeitete jetzt so viele Tage am Stück – da konnte man im Präsidium mal ein paar Minuten auf sie verzichten. War das ein Signal für die persönliche Reife, die man in der Mitte des Lebens erreichte? Endlich mal zu kapieren, dass man verzichtbar war? Sie hätte schon längst drauf kommen müssen in ihrem Beruf. Im Morddezernat traf man immer wieder auf verzichtbare Personen. Das waren die, die in den Kühlkammern der Pathologie lagen.

47

Karin Berger schäumte und hatte alle Mühe, die Contenance zu wahren. Diese dämliche Politesse war auf dem besten Weg, ihre gesamten Pläne kaputtzumachen. Sie musste Haldorf einweihen, deshalb war sie in die JVA gefahren. Doch der alte Mann ließ sich Zeit, überhaupt hatten ihn all die Tage hinter Gittern verändert. Er schien nervöser geworden zu sein, sah nicht mehr so gesund im Gesicht aus. Er schien auch weniger zu essen, jedenfalls schlabberte das Hemd, das er meist trug, noch mehr um seinen ohnehin schlaksigen Körper als noch vor kurzem. Wo blieb der alte Mann?

Karl von Haldorf hatte seit den frühen Morgenstunden geschrieben. Berichte ungeordnet aneinandergereiht. Er hatte sich über seine einzelnen Taten, die einzelnen Morde nie sonderlich Gedanken gemacht. Doch jetzt, als sein immer besser funktionierendes Gedächtnis problemlos die einzelnen Dinge aufzählen konnte und immer neue hinzukamen, da war er es plötzlich leid geworden. Er erinnerte sich an die zahllosen Hinrichtungen auf dem Rückweg, und er dokumentierte es als Augenzeuge nachdrücklich: Nein, es waren nicht nur die Hinrichtungskommandos der SS gewesen, die wahllos Menschen als Verräter, Kriegsverbrecher, als Fahnenflüchtlinge erschossen, aufhängten. Nein, es waren genügend Wehrmachtssoldaten dabeigewesen. Die Rolle der sauberen

Wehrmacht, die in Deutschland immer wieder diskutiert wurde – die hatte es nie gegeben.

Von wegen »Wir haben nichts gewusst«, dachte sich Haldorf und erinnerte sich an unzählige Begebenheiten, in denen die regulären Wehrmachtstruppen bei den Einsätzen dabeiwaren oder zumindest beifällig zugesehen hatten. So interpretierte er das jedenfalls. Irgendwie hatte er das Gefühl, er sei übersatt, er hatte einfach genug von diesen Kriegserlebnissen. Als man ihm mitteilte, Karin Berger warte auf ihn, da hatte er gerade an seinen ersten Deutschlandaufenthalt lange nach dem Krieg gedacht. Er war mit seinem paraguayischen Pass auf den Namen Claudio Saalfeld nach Nordhessen gekommen. Das war ungefähr 1958, und niemand hatte sich um ihn gekümmert oder ihm irgendwelche Fragen gestellt. Er hatte eine Vollmacht von Karl von Haldorf dabei, um sich um das Anwesen seiner Eltern zu kümmern, und er hatte einen Notar, den man ihm als gesinnungstreu empfohlen hatte, mit dem Verkauf beauftragt. Dieser Jurist hatte auch nicht die leiseste Ahnung, dass Haldorf und Saalfeld ein und dieselbe Person war. Haldorf alias Saalfeld hatte sich einen Bart wachsen lassen, was sein düsteres Gesicht noch finsterer machte, aber irgendwie dem Ganzen auch einen Schuss Glaubwürdigkeit verlieh. Man nahm ihm den Südamerikaner jedenfalls ab.

Der benachbarte Landwirt, der ohnehin seit Jahren die Ländereien unweit der Kleinstadt Eschwege mitbewirtschaftete, hatte sofort zugegriffen und bar bezahlt. Saalfeld hatte das Geld genommen und im nach wie vor reichlich zerstörten Kassel ein paar Tage Urlaub gemacht. Er erinnerte sich an das kleine Café in der Innenstadt, hatte dort einen Kuchen gegessen – oder war es eine Torte? Richtig, billige Kirschtorte, Sahne hatte es nicht gegeben, der Kaffee war ebenfalls mies. Sein Blick war durch das Lokal geschweift – und da hatte er sie gesehen. Schön, lebenslustig – Martha, das musste sie sein, seine Liebe aus den dreißiger Jahren. Er saß wie vom Donner gerührt. Martha Drönner, das Mädchen, das dieser reiche Lump, dieser Thomas Heinrich Surmann ihm ausgespannt hatte. Sie waren beide verschwunden in diesem schicksalhaften Jahr 1933. Und nun, 25 Jahre später, saß sie da. Hatte es diesen Drecksack von Surmann möglicherweise im Krieg erwischt? Eigentlich hatte er gehört, Martha Drönner sei verstorben – aber das war in diesen Jahren nicht immer ernstzunehmen. Viele nutzten die Kriegswirren, um ihre Identität komplett verschwinden zu lassen. Verschollen in Russland, hieß es dann zum Beispiel. Die Witwe und die vier Kinder in Kiel trauerten – und der Herr Papa hatte alles überlebt und sich einfach nur aus dem Staub gemacht. Nichts, aber auch gar nichts war unmöglich in dieser Zeit. Haldorf schaute noch einmal hin, eigentlich gab es für ihn keinen Zweifel: Diese wunderschön gewellten braunen Haare, das fein geschnittene Gesicht, die stets leicht spöttisch wirkenden Lippen, die Augen – so hatte er sie in Erinnerung. Diese Frau trug einen Rock – er erinnerte sich, dass Martha Drönner gern Hosen getragen hatte, aber die Zeiten änderten sich halt und mit ihnen änderte sich der Geschmack.

Für Haldorf gab es keinen Zweifel, ihm wurde heiß und ihm war klar, das Schicksal schenkte ihm eine zweite Chance. Er wusste, dass er viel riskierte, denn nun musste er eventuell seine Tarnung lüften. Es war ihm egal. All diese Jahre des sehnsüchtigen Denkens an Martha – er konnte nicht anders.

Haldorf war aufgestanden und an Marthas Tisch gegangen. Sie saß da mit einer anderen Frau, die ihn irritiert angeschaut hatte und auch leicht verärgert über die Störung eines möglicherweise vertraulichen Gesprächs. Er wusste noch, dass er sich heruntergebeugt und gesagt hatte: »Entschuldigen Sie, wenn ich in Ihr Gespräch eingreife.« Er wendete sich Martha zu. »Sie erinnern mich unglaublich an eine Frau, die ich vor 25 Jahren in Kassel getroffen – und genau so lange nicht mehr gesehen habe und die ich mein ganzes Leben nie vergessen konnte. Verzeihen Sie meine Direktheit, aber sind Sie zufälligerweise Martha Drönner?«

Karl von Haldorf hatte sich in seiner Zelle kurz geschüttelt, um die Gedanken zu vertreiben. Den Rest der Geschichte konnte er nach dem Gespräch mit der Berger aufschreiben. Lächelnd ging er hinaus in das Besucherzimmer.

48

Im Schwalm-Eder-Kreis funktionierte die Informationskette der Gruppe 88. Man hatte den neuen Anschlag jubelnd zur Kenntnis genommen. Heute Abend würde man sich treffen. Jemand aus

Kassel würde dabei sein, es würde neue Instruktionen geben. Es herrschte Festtagsstimmung. Der Wirt in der Bahnhofskneipe würde es am Getränkeumsatz merken.

49

Anke Dankelmann hatte mit Bernd Weber, dem Chef der BMW Niederlassung in Kassel, ein vertrauliches Gespräch geführt. Weber hatte kurz telefoniert und sich das Okay seines Vorgesetzten geholt und dann den Auftrag erteilt, alle Daten, die mit dem Kauf von neuen BMW Motorrädern in den vergangenen drei Jahren zu tun hatten, zusammenzustellen. Gleichzeitig würde man alle Daten aus der Bundesrepublik anfordern, auch die Käufer von gebrauchten Fahrzeugen, die möglicherweise mit neuen Reifen ausgestattet worden waren, sollten aufgelistet werden. Das würde bis morgen dauern, obwohl die Sache auch bei BMW höchste Priorität hatte.

Nun saß sie im Kundenraum des Reisebüros Wimke und wartete auf den Inhaber. Sie kannte Klaus, den Nachnamen hatte sie vergessen, von einigen Feten und war sicher, dass er sich mit seinem Team alle Mühe geben würde, ihre unpräzisen Vorstellungen mit Leben und Bildern und vor allen Dingen mit konkreten Urlaubsdaten zu versehen. Als sie eine Stunde später in Richtung Präsidium fuhr, war sie beschwingt wie noch nie. Zwei Wochen All-inclusive-Urlaub, Mitte Juni nach ihrem Geburtstag, allein in einem Club. Es war irgendein Grecotel, mit reichhaltigen sportlichen Angeboten – aber auch jeder Menge Rückzugsmöglichkeiten, um allein zu sein. Sie war nicht auf Partnersuche und hatte deshalb einen Club ausgewählt, der vorwiegend von Paaren und Familien besucht wurde. Sie fühlte die Sonne bereits auf ihrer Haut und beschloss, bis dahin etwas für die Bikinifigur zu tun. Die Muckibude an der Wilhelmshöher Allee Ecke Schönfelder Straße – auch die würde sie sich leisten.

Was dagegen die Wohnung in der Goethestraße betraf – sie wollte noch einmal darüber schlafen. Der Mietvertrag war zwar längst unterzeichnet, die Kündigung ihrer alten Wohnung längst auf den Weg gebracht, aber … Anke Dankelmann war eine typische Nordhessin, gehörte einem Menschenschlag an, der ungern sein Nest verlässt. Nachfahren des einzigen germanischen Volksstammes, der bei der Völkerwanderung schlichtweg nicht mitgemacht hatte. Alle wanderten – und die Chatten blieben. Sie waren aber auch die einzigen, deren Name sich als Begriff ins Internet gerettet hatte, stellte Bernd Stengel einmal fest. Ausgerechnet er, der mit chatten so gar nichts am Hut hatte. Die Wohnung in der Goethestraße war super, man sah die Fassade des Hauses und freute sich automatisch auf Zuhause – aber ihr Bauchgefühl sagte ihr, dass das Zusammenleben mit Volker Miegler, und sei es durch Stockwerke getrennt, keineswegs unproblematisch sein würde.

Im Präsidium saßen die Kollegen beisammen und schauten sich die Nachrichtensendungen auf allen Kanälen an.

»Gibt es so was wie einen Bekennerbrief, eine Botschaft, einen Anruf?«, fragte Anke Dankelmann. Bernd Stengel, der mittlerweile ebenfalls zum Team gehörte, verneinte.

»Alle Politiker fordern, dass die Fälle ganz schnell aufgeklärt werden müssen. Darauf wären wir allein nie gekommen.« Bernd Stengel stieß verächtlich die Luft aus.

»Das sind doch alles Kabarettisten«, schimpfte LKA-Experte Ernst. »Jede Steuermehreinnahme geben sie für irgendwelche Geschenke an die Wähler aus, und wenn dann die Kasse knapp ist, werden die Steuern erhöht. Oder man kürzt erneut die Mittel für die Polizei und fordert dann schnelle Aufklärung in Fällen wie diesen. Dummschwätzer, die zu nix zu gebrauchen sind und deshalb Politiker wurden. Ich werde nie wieder wählen, macht diese Fernseher aus, das kotzt mich an!« Die Kommentare der Kollegen waren beifällig, Richard Plassek klatschte in die Hände und rief: »Kollegen, los. Letzte Lage für heute. Stand der Dinge, stichwortartig.« Und der Stand der Dinge war erschütternd: Die einzige Augenzeugin war tot, die Reifenspuren zwar analysiert – aber ohne konkrete Hinweise. Aus den verdächtigen Lagern in der rechten Szene hatten sich die Informanten entweder nicht gemeldet oder hatten nichts zu liefern gehabt. Klar war bisher nur: Der Sprengstoff war in allen drei Fällen identisch, jedes Mal Semtex ohne Marker, auch die Zünder waren von derselben Bauart. Und Sprengstoff in diesen Mengen und vor allem eine solche Anzahl von Zündern war in den vergangenen Jahren nur bei einem großen

Diebstahl in den US-Depots in der Nähe von Rammstein in der Pfalz gestohlen worden – 2003, im Mai. Und es war, wie die Amerikaner nach hartnäckigem Schweigen irgendwann zugaben, Semtex ohne Marker. Warum das alte Zeug noch da lagerte – dafür gab es keine Begründung. Das war auch für die Ermittlungen in diesen Fällen gleichgültig, was zählte, war die Tatsache, dass es ihn gab und irgendjemand damit Terroranschläge verübte. Der Dieb, ein Sergeant der US-Streitkräfte, war ermittelt und abgeurteilt worden, er saß für Jahre in einem US-Militärgefängnis in Alabama. Man hatte ihn sicher hart in die Mangel genommen. Alles, was aus ihm rauszukriegen war, war die Aussage, er habe es für einen Auftraggeber in Tuttlingen getan. Er habe 500.000 US-Dollar bekommen – Geld, das er brauchte, um seine Schulden in den USA zu bezahlen.

Beim Stichwort Tuttlingen klingelte es bei Anke Dankelmann, aber sie kam nicht dahinter, warum. Personenbeschreibungen konnte der Sergeant nicht liefern. Erschreckend war nur: wenn es sich nur um den Sprengstoff aus dem Diebstahl handelte, dann war erst ein Zehntel der Menge verbraucht. Mit anderen Worten: die Burschen hatten noch Stoff für mindestens zwei, drei Dutzend weitere Anschläge. Die Gruppe schwieg einen Moment betreten.

Man hatte Mehmet Ismiroglu erneut vernommen und für morgen zum nächsten Gespräch gebeten. Der Mann schien fit, und man wollte im persönlichen Umfeld alles ausloten, was möglicherweise zum Täterkreis führen könnte. Niemand glaubte daran, dass die Täter zufällig die Objekte ausgewählt hatten.

»Und wenn es einfach so ist, dass jemand in Kassel herumbombt, der sich nur Objekte vornimmt, die er aus persönlichen Erfahrungen kennt? Weil er beim Bau der Moschee gearbeitet hat, im Supermarkt einkauft und bei Mehmet sein Auto hat reparieren lassen?«, fragte Anke Dankelmann.

»Dann ist das zwar eine gute Idee, könnte aber nur im Fall Mehmet oder bei der Moschee was bringen, der Supermarkt führt ja keine Kundenkartei.« Richard Plassek wendete sich seinen Papieren zu.

»Und wenn unser Mann oder unsere Frau im Supermarkt in den vergangenen Jahren mit EC-Karte bezahlt hat?«

»Dann könnte uns das weiterhelfen«, Andreas Ernst nickte Anke

Dankelmann anerkennend zu. Die aber ließ nicht locker:»Was ist, wenn da einer ein Motorrad nur für ein paar Tage gemietet hat? Da müssen wir die Verleihfirmen abklappern, so im Umkreis von 200 Kilometern, niemand reist nachts aus Flensburg an und installiert hier eine Bombe. Das muss, wenn es so war, in der näheren Umgebung stattgefunden haben.«

Sie hatte wieder recht, und die müde Truppe wunderte sich, woher die Kommissarin nach so harten Tagen die Energie hernahm, um kurz vor Feierabend die Dinge noch mal auf den Kopf zu stellen.

»Und dennoch«, setzte die Kommissarin nach und ließ dabei die Schultern ein wenig hängen, als wäre sie gerade dabei, sich selbst zu demotivieren.»Und dennoch: Was ist, wenn der das Ding einfach privat gekauft hat, über eine Anzeige im Internet, der Zeitung oder so. Ohne eine Personenbeschreibung kommen wir dann keinen Schritt weiter.«

»Aber ist das ein Grund, es nicht zu versuchen, Anke?« Richard Plassek klopfte ihr leicht auf die Schultern und verließ als erster den Raum.

Innerlich stöhnten sie alle auf. Das war eine Endlosarbeit, die vor ihnen lag. Telefonate, langweiligste Aktenarbeit, stundenlanges Brüten über Namen, Abgleich von Daten – und dann kam womöglich doch nichts dabei heraus. Und im Hinterkopf immer der Gedanke, dass jederzeit etwas passieren könnte. Und es gab keine Chance, richtig systematisch und wirkungsvoll etwas präventiv zu tun. Was nutzte eine Verstärkung der Streifen, wenn 23 Stadtteile gleichzeitig gefährdet waren?

Fleiß und Zufall – das waren die wichtigsten Erfolgsfaktoren. Den Fleiß konnten sie beeinflussen, auf den Zufall nur hoffen.

Jeweils Zweierteams kümmerten sich um die jeweiligen Tatorte: Baufirmen, Verwaltung, Architekten, Ingenieure, Dienstleister – alles musste bei der Moschee zusammengestellt werden. Das Gleiche im Supermarkt: Bankdaten und Lieferantenadressen, Namen der Fahrer und so weiter. Ähnliches bei Mehmet: Kundenkartei, Lieferanten, Mitarbeiter, deren Familien. So richtig froh und motiviert für den nächsten Tag ging an diesem Abend niemand nach Hause.

Anke Dankelmann saß noch eine Weile allein in ihrem Büro und grübelte. Tuttlingen? Was sagte ihr das? Sie kam nicht drauf, griff nach der Tristan-Akte und legte sie obenauf für den nächsten Morgen. Sie musste die Dinge mit den Konten klären, morgen früh hatte sie einen Termin mit der Bank, noch vor der ersten Lage im Präsidium. Wo lag eigentlich Tuttlingen? Sie schaute im Internet über Google Earth. Kreta, fand sie, wirkte aus der Luft viel attraktiver. Lag ja auch im Mittelmeer. Mit immerblauem Himmel, glaubte sie – bis auf nachts halt. Und wieder genoss sie dieses Gefühl der Vorfreude, Kreta war für sie so etwas wie Heiligabend, als sie noch ein kleines Mädchen gewesen war.

50

Gruppe 88, Schwalm-Eder-Kreis. Der Mann aus Kassel hatte sich eine dramaturgisch beabsichtigte Verspätung geleistet – allerdings hatte er die Jungs nicht einfach so warten lassen. Er hatte per Handy von unterwegs durchgerufen und eine halbe Stunde Verzögerung angekündigt mit dem Hinweis, die ersten beiden Runden seien auf seinem Deckel zu notieren. In der Bahnhofskneipe in Ottrau nahm man das mit Freude hin. Es herrschte gespannte Aufregung, man hoffte auf Informationen aus erster Hand, was da an der Front eigentlich gelaufen war und vor allem, was die Kollegen noch so planten. Da sich der Gast hinsichtlich der Getränkerunden nicht präzise ausgedrückt hatte, nahmen sie die größtmögliche Variante: einen halben Liter Bier und einen doppelten Schwälmer Hennes – ein einheimischer Kräuterschnaps, nicht zu süß, nicht zu bitter, nicht zu scharf, eigentlich ein Geheimtipp für Liebhaber der Braunen, wenn es um Getränke ging. Bei ihnen mischten sich politische und alkoholische Vorlieben farblich perfekt.

Als der Mann kam, kehrte Ruhe ein im Raum. Er lächelte freundlich in die Runde, nahm den lose gebundenen Seidenschal, der farblich perfekt mit seiner übrigen Garderobe harmonierte, vom Hals, legte ihn akkurat zusammen und verstaute ihn in seinem schwarzen Laptop-Koffer. Immo Wagner wollte den Mann im Namen der Gruppe 88 begrüßen, doch der winkte sofort ab. Die Schwälmer Gruppe 88 gehorchte. Obwohl sie den Mann nicht kannten, seinen Namen nicht wussten, strömte er eine natürliche

Autorität aus, man ahnte und respektierte es, hier mit einem großen und mächtigen Kämpfer der Bewegung zu tun zu haben. »Liebe Freunde, danke, dass Ihr heute alle gekommen seid. Ich bin auch dankbar, was die Gruppe 88 in der Vergangenheit für unsere Arbeit an Vorleistung erbracht hat. Vorweg: die Erwähnung der Gruppe 88 wird auch der einzige Name des Abends bleiben: Bitte keine Namen! Ich bin gekommen, um euch ein wenig von unserer Arbeit zu erzählen. Und womöglich werde ich den einen oder anderen enttäuschen: Ich werde nichts – oder nur wenig – von unseren Plänen verraten. Das schützt euch, und für den Fall, dass die Polizei dieses sogenannten Rechtsstaates – wobei eigentlich nur wir mit Blick auf unsere Vergangenheit wissen, was ein Rechtsstaat ist, oder?« Gelächter im Saal, man schaute sich an, stolz. Der Mann hatte es drauf! »Also, falls die Polizei dieses sogenannten Rechtsstaates es schaffen sollte, die kämpfende Truppe lahmzulegen, dann müsst ihr später aus der Anonymität aktiv werden. Euch hat niemand auf der Rechnung, ihr seid neu. Und Ihr werdet bis dahin genauso gut sein wie wir, darauf würde ich gern anstoßen, wenn mir die Bedienung was bringen würde.« Gerald Freiler, der Landwirt, sprang auf und hechtete hinaus in den Schankraum, kehrte nach Sekunden zurück, die Bedienung im Schlepptau.

»Für die Herren noch einmal dasselbe und für mich ein alkoholfreies Weizenbier. Ich muss noch fahren«, sagte er, die »Herren« klopften auf den Tisch, das würde ein billiger Abend werden. Als die Bedienung draußen und die Tür geschlossen war, fügte er an: »Stellt euch mal vor, es gibt irgendwo einen kleinen Unfall, die Polizei kommt, ich habe eine Fahne und schon tauche ich in den Akten auf. Jede Spur muss vermieden werden, denkt immer daran!« Er erzählte von den drei Anschlägen, unterbrochen durch zwei Bedienungen mit übervollen Tabletts. Die Männer hingen ihm an den Lippen, es klang wie eine Erzählung aus dem Krieg, sie hatten es hier mit einem furchtlosen Frontkämpfer zu tun.

Der gutgekleidete Mann war aber nicht nur gekommen, um die Schwälmer Jungs mit Schwälmer Hennes abzufüllen und ihnen Geschichten zu erzählen. Es ging heute um den Aufbau einer schlagkräftigen Truppe, die tatsächlich für den Fall, dass man in Kassel geschnappt wurde, in die Bresche springen konnte. Dazu musste man zwei Männer im Umgang mit Sprengstoff ausbilden und auch darin, Feuer zu legen. Ziel war, nicht irgendwann irgendwo im Land mal einen Anschlag zu verüben und dadurch zwei Tage Schlagzeilen zu produzieren.

»Kassel war Hauptstadt eines der Vorzeige-Gaus im Dritten Reich. Die Stadt ist durch den Bombenterror des Feindes zerstört worden. Wir werden nun Folgendes machen: Durch neuerliche Zerstörung die Kraft unserer Bewegung an genau diesem zentralen Punkt in kurzen Abständen dokumentieren. Immer wieder Anschläge, ja, wenn es sein muss, auch mit Toten. Wo das sein wird – niemand wird es voraussagen können. Es wird keine Bekennerschreiben geben, es wird sich um die Verbreitung blanker Angst handeln. Irgendwann wird jeder erst ahnen und dann wissen, wer dahintersteckt und was wir bezwecken. Es wird Panik geben, es wird Polizeieinsätze in nie geahntem Ausmaß geben. Die Bevölkerung wird nachts nicht mehr schlafen können – und dennoch werden wir zuschlagen. Kassel wird ein Inferno erleben, einige von uns werden vielleicht dabei draufgehen – aber wir werden Kassel nutzen, um bundesweit immer wieder neue Kämpfer für unsere Sache zu gewinnen. Wir müssen der Bevölkerung das Gefühl vermitteln, dass nicht wir, sondern die Ausländer in unserem Land die Bedrohung sind. Gäbe es keine Ausländer, gäbe es keine Anschläge. Ein sauberes Land, das ist unser Ziel, deshalb haben wir in Kassel angefangen. Und irgendwann wird der Fall Kassel erledigt sein. Dann sind wir wieder wer im Lande. Dazu brauchen wir euch! Für ein neues, starkes, sauberes Deutschland!«

Tosender Beifall im Raum, dann erklärte er den weiteren Zweck seines Besuches: Der nächste Schritt wäre ein gigantischer Schlag an vier Stellen in Kassel gleichzeitig, dazu brauchte man Personal. Zum Schluss sagte er: »Ich brauche zwei Männer, die sofort zwei Wochen Urlaub nehmen können, die niemandem Rechenschaft schuldig sind und die zwei Wochen einfach zur Ausbildung und für ihren ersten Einsatz spenden.«

Er verstummte und blickte im Raum umher. Natürlich kannte er bereits die privaten Hintergründe der Männer. Wagner und Fechter, der Bäcker und der Angestellte, die beiden hatte er sich ausgeguckt. Ledig, ohne polizeilich bekannte Vorgeschichte, kaum private Bindungen, durchaus clever und im Zweifel beide komplett verzichtbar. Einige Arme gingen hoch, darunter auch die der beiden Kandidaten.»Wer von euch hat eine Familie, Frau, Kinder oder womöglich einfach nur eine feste Beziehung?« Etwa die Hälfte der Arme ging wieder hoch.»Das ist prima, wir brauchen Familie, wir brauchen Kinder. Aber euer Abtauchen wäre zu problematisch. Ich mache es mal konkreter: Wir brauchen zwei Männer bis 40 Jahre, absolut bindungslos, Männer, die morgen ihren Urlaub für den nächsten Tag einreichen – oder sich krankschreiben lassen können.« Immer mehr kreiste er mit neuen Bedingungen das Zielgebiet ein, zum Schluss blieben die beiden Wunschkandidaten übrig. Das hatte den Vorteil, dass er nicht auswählen und andere Kandidaten verärgern musste. So war jedem klar, dass nur die beiden in Frage kämen – und alle standen auf und applaudierten, wünschten Glück und Erfolg. Er verabredete sich mit Wagner und Fechter für den nächsten Abend um 18 Uhr im Café Alex am Friedrichsplatz in Kassel. Ein großer Laden, um die Zeit garantiert proppevoll, sie sollten kleines Reisegepäck mitbringen. Zum Schluss holte er aus der Ecke einen Sektkübel aus Plastik und bat um Spenden für die Stille Hilfe.»Diese Kameradschaft hat unsere alten Kämpfer über Jahrzehnte unterstützt und hilft jetzt auch unserem verdienten Kameraden Tristan im Gefängnis in Wehlheiden. Ich will keine Geldstücke klimpern hören«, der Mann grinste in die Runde. Die reichlich angesoffene Gruppe ließ sich nicht lumpen, ein kleinerer Schein als ein 20er war nicht dabei. Einige stimmten die erste Strophe der Nationalhymne an, aber der Mann stoppte das sofort.»Das könnt ihr machen, wenn ihr absolut unter euch seid. Nebenan ist die Kneipe berstend voll, da ist immer jemand dabei, dem das missfällt und dann ist eure Tarnung im Eimer. Das darf nicht sein. Ich brauche diese Gruppe! Und danke für diesen kolossalen Abend!« Besonders Wagner und Fechter blickten ihm stolz hinterher, als er durch die Tür in den Schankraum schritt, aus dem der Lärm plötzlich ungebremst in die ungewohnte Stille der Versammlung brandete.

Fechter und Wagner gaben noch eine Runde aus – dann trennte man sich, klopfte den neuen Kämpfern auf die Schulter, benannte Freiler zum vorübergehenden Chef der Gruppe 88, denn Immo Wagner würde in den nächsten Tagen verhindert sein. Manche wankten zu Fuß über die Straße Richtung Ottrau, manche ließen sich abholen und nahmen andere mit. Einige setzten sich ans

Steuer und erweckten den Eindruck, dass sie besser Auto fuhren als zu Fuß gingen. Die Nacht hatte sich längst über das Fleckchen im Schwalm-Eder-Kreis gesenkt. Lange Zeit war die Gruppe 88 ein Haufen wirrer rechtsradikaler Schreihälse gewesen. In dieser Nacht lagen sie in ihren Betten und ahnten, dass sich die Zeiten geändert hatten. Neonazi zu sein, hieß plötzlich, im Kampf zu sein. Ein neues Gefühl machte sich in ihren Seelen breit. Eine Mischung aus Stärke, Begeisterung, Wir-Gefühl – so musste es gewesen sein, als die alten Kämpfer in den zwanziger Jahren begonnen hatten, das Reich zu erobern. Mit Gewalt und Kraft. Die Gruppe 88 fühlte sich bereit. Der folgende Schlaf war bei den meisten traumlos. Dem Schwälmer Hennes sei Dank.

Immo Wagner dachte noch an die letzten Worte des namenlosen Mannes aus Kassel. »Danke für diesen kolossalen Abend.« Kolossal – wer redete denn heute noch so?

Zuhause in Kassel, nahm der Mann das Bündel Scheine, zählte es, ging an den Computer und loggte sich beim Konto bei der Kasseler Sparkasse ein. Er überwies den Betrag von diesem Konto auf das der Stillen Hilfe, die TAN-Nummer lautete zufällig 200489. 20.4.1889 – Hitlers Geburtstag. Er nahm es als gutes Zeichen.

51

Mitten in der Nacht wachte Anke Dankelmann auf. Sie war schweißgebadet und fühlte sich nicht gut. Im Schlaf hatte sie einen Gedanken gehabt, es ging um Tuttlingen, und sie ärgerte sich maßlos, dass sie jetzt schon ihre Arbeit mit in ihre Träume nahm. Warum konnte sie nicht von Kreta träumen, gelebte Vorfreude sozusagen? Tuttlingen, es hatte eingehakt, und sie wusste, warum sie der Name dieser Stadt so beschäftigt hatte. Es gab da eine Überweisung einer Firma aus Tuttlingen, die in den Kontoauszügen Tristans vermerkt war.

Was wäre, wenn diese Firma und der Auftraggeber dieses Sprengstoff-Diebes identisch wären? Dann gäbe es eine Verbindung zwischen Tristan und den aktuellen Anschlägen. Dann hätte man Indizien für einen rechtsradikalen Hintergrund, denn dass Haldorf ein Alt-Nazi und ein Neonazi gleichzeitig war, das würde niemand ernsthaft verleugnen wollen. Sie mussten morgen sofort an diese Firma ran, am liebsten wäre sie persönlich noch in der Nacht nach Tuttlingen gefahren.

Ein Blick auf den Wecker belehrte sie: Es war 3.54 Uhr. Sie hatte morgen anderes vor und würde dennoch so schnell wie möglich die Ermittlungskommission informieren müssen.

Sie fuhr den Laptop hoch und schrieb eine E-Mail mit ihrem Verdacht, Kopie an Richard Plassek persönlich. Hoffentlich war das keine These, die zum Schluss implodierte. Tuttlingen – so viel Zufall konnte es nicht geben. Sie hatte Tristan erneut am Haken, da war sie sich sicher. Und damit würde dieser Fall nicht auf Halde gelegt. Sie dachte an den neuen Arbeitstag und ahnte, dass 24 Stunden zu knapp sein würden, um all die Arbeit zu erledigen.

So eine Rechnung mit der Zeit ist ja auch Quatsch, dachte sie vor dem Einschlafen, vier Stunden sind ja eh schon weg …

52

Der alte Mann konnte wieder einmal nicht schlafen. Er stand vor dem Fenster seiner Zelle und schaute in den Nachthimmel empor. Es stürmte draußen, die Wolken schossen in hoher Geschwindigkeit am hellen Mond vorbei, er schaute nach oben, fixierte den Mond, und ihm wurde ein wenig schwindlig. Er schwenkte den Blick in die endlose Dunkelheit des Alls, beruhigte sich. Karl von Haldorf atmete tief durch, er spürte, dass er an einem wichtigen Punkt angekommen war. Er fühlte zum ersten Mal so richtig, dass das Leben langsam aus ihm wich. Das Leben, der Lebensmut, der Lebenswille – er spürte, was es hieß, satt zu sein, alles erlebt, alles besprochen, alles gesehen und alles getan zu haben. Und vor allen Dingen: das Gefühl zu spüren, dass ihn nichts mehr erwartete, was des Erlebens wert wäre. Lag es daran, dass er seine Lebensbeichte schriftlich verfasste, Bilanz zog?

Langsam drifteten seine Gedanken wieder ab in die Zeit, an die er bereits am Nachmittag gedacht hatte. Vor dem diffusen Licht des Nachthimmels tauchte das Gesicht der wunderschönen Frau wieder auf. Die Stimmen drangen aus der Ferne seiner Erinnerung, wurden deutlicher, er lebte wieder in der Szene in diesem kleinen Café. Im Jahr 1958.

»Den Trick kenne ich gut«, sagte die Begleiterin Marthas und schaute ihn mit interessierten Augen an. »Mein Mann hat sich damals auch so an mich rangemacht. Sind Sie nicht die Erika aus meinem Tanzstundenkurs? – das hat er mich gefragt. Nein, ich war nicht die Erika, ich war und bin Waltraud. Aber ich fand ihn dennoch süß.« Ihr Geplapper ging Karl von Haldorf auf die Nerven.

»Entschuldigen Sie, gnädige Frau, ich freue mich natürlich, dass ich jetzt weiß, wie Sie heißen – aber ich habe der Dame hier eine Frage gestellt.« Er schaute Martha an. Nein, wenn ihm seine Erinnerung nicht einen absolut üblen Streich spielte, dann konnte es sich nur um Martha handeln. Himmelblaue Augen, blonde Haare – so hatte er sie doch in seinen Träumen so oft gesehen.

Die Frau schaute ihn an, ihr Mund wirkte leicht spöttisch.

»Wer sind Sie denn, wenn ich fragen darf?«

»Mein Name ist Karl von Haldorf, ich war mit Ihren Eltern befreundet.« Er zuckte innerlich, das war ihm noch nie passiert: Er hatte soeben seine Tarnung über den Haufen geworfen. Mein Gott, dachte er kurz, du bist doch Profi, wie kannst du nur so dumm sein.

»Nehmen Sie doch Platz, Herr von Haldorf, das sieht ja ein wenig affig aus, wie Sie hier vor zwei Damen herumstehen und sich etwas ungelenk benehmen.« Haldorf griff sich einen freien Stuhl, setzte sich, sofort baute sich eine Kellnerin vor ihm auf. Sie griff in ihre weiße Schürze und holte einen Block hervor. Sie versprühte den typisch nordhessischen Charme, sagte nichts und schaute ihn nur fragend an.

»Verzeihung, ich habe eben da an diesem Tisch gesessen. Würden Sie mir bitte noch eine Tasse Kaffee bringen?«

»Da müssen Sie aber erst da drüben bezahlen, das ist der Tisch der Kollegin.«

»Können Sie ihr nicht sagen, dass sie herkommt und ich zahle dann hier, gern auch getrennt?«

»Das hier ist mein Tisch, da hat sie nichts zu suchen.«

»Und das hier ist meine Geduld und die ist am Ende.« Haldorf hob die Stimme. »Wir sind hier nicht im Katasteramt, sondern in einem Café – und ich denke, dass man da als Kunde, der gern zahlen möchte, auch gewisse Rechte hat. Einen netten Vorschlag hätte ich noch: Sie schicken jetzt sofort ihre Kollegin her, sonst wird es unangenehm, weil ich dann ungemütlich werde. Soweit alles angekommen?« Die Gäste im Café schauten interessiert zu der Szene herüber, Haldorf war sicher, die Mehrheit

auf seiner Seite zu haben. Solche Bedienungen brauchte die Welt nicht,
soviel stand fest. Das Gespräch am Tisch war natürlich verstummt, eine
etwas verlegene Stimmung machte sich breit. Die Bedienung schwirrte
beleidigt ab, redete kurz mit einem Mann hinter der Theke, kurze Zeit
später kam die andere Bedienung und kassierte Haldorf für den anderen
Tisch ab.

»Hat man so was schon erlebt«, begann Haldorf die Unterhaltung er-
neut.

»Sie haben völlig recht«, sagte Martha. »Gut, dass sich mal jemand ge-
gen diese Kellner durchsetzt.« Haldorf war erleichtert. Und hatte den-
noch immer noch keine Antwort auf seine Frage.

»Verzeihen Sie, wenn ich so hartnäckig bin. Sind Sie wirklich Martha
Drönner – oder wie der Nachname nach 25 Jahren auch lauten mag?«
Die Frau schaute ihn nachdrücklich an. Kleine Fältchen umspielten ihre
Augenwinkel, Lachfalten gaben ihrem Gesicht etwas Lebenslustiges.
»Sie müssen an dieser Dame sehr gehangen haben, oder?«
Haldorf war am Verzweifeln, er wollte doch nur eine Antwort auf diese
eine Frage. »Ja, sonst würde ich Sie das doch nicht fragen. Beantworten
Sie mir bitte meine Frage? Bitte!« Er lächelte sie an. Die Frau nahm ei-
nen Schluck aus ihrer Kaffeetasse, griff in ihre Handtasche und holte eine
Zigarette heraus. Sie schaute Haldorf auffordernd an, der verzweifelte
als Nichtraucher schon wieder. Natürlich hatte er nichts dabei, um Ziga-
retten anzuzünden. Da sah er die Streichhölzer auf dem Tisch und gab
ihr Feuer. Sie blies den Rauch des ersten Zugs zur Seite und sah ihn er-
neut an.

»Ich muss sie enttäuschen. Mein Name ist Hertha« – mein Gott, dachte
Haldorf in seiner Zelle, er hatte den Nachnamen der Frau mittlerweile
vergessen, es war zu lange her, er schalt sich einen Idioten, strengte sich
krampfhaft, aber vergeblich an. Er entspannte sich, es würde von allein
wiederkommen, diese Aussetzer hatte er in den vergangenen Jahren im-
mer häufiger gehabt, es betrübte ihn, vor allem dieses Mal. Hertha hatte
noch gesagt: »Das ist mein Mädchenname, ich war nie verheiratet und
lebe erst seit 1954 in Kassel. Ich komme ursprünglich aus Marburg und
kenne keine Martha Drönner, wusste auch bis eben nichts von der
Dame.«
Haldorf bewahrte damals Haltung, war aber innerlich zerbröselt wie ein
Backsteingebäude nach einem Bombenangriff. Genau dieses Bild hatte er
in sich – und er hatte genug von Bomben zerstörte Häuser gesehen, um

zu wissen, dass das Bild stimmte. Man konnte Häuser wieder aufbauen
– auch er würde keine Ruine bleiben, er hatte schon eine Enttäuschung
mit Martha weitgehend unbeschadet überstanden. Nach Niederschlägen
musste er wieder aufstehen.

Karl von Haldorf legte sich in seiner Zelle wieder auf die Pritsche,
seine Beine machten dieses lange Stehen nicht mehr mit. Er hatte
sein Bett durch eine harte Pritsche ersetzen lassen, er hatte in seinem Leben nie anders geschlafen, war daran gewöhnt, und die JVA-
Mitarbeiter erfüllten ihrem ältesten Häftling zumindest diesen
Wunsch. Er verschränkte die Arme hinter dem Kopf, schloss die
Augen und war gedanklich schnell wieder am Tisch im Kaffeehaus.

Er hatte an diesem Nachmittag noch lange mit den Frauen im Café
gesessen. Waltraud, deren Nachnamen er auch nicht erinnerte, war
irgendwann gegangen, sie hatte zwischendrin die unendlich lange
Geschichte erzählt, dass sie früh Witwe geworden war, weil ihr
Mann, der Stuka-Pilot gewesen sei, schon beim Polen-Feldzug
ums Leben gekommen war, sie habe eigentlich genug von Männern, aber … Haldorf hatte ihr irgendwann deutlich gemacht, dass
er kein Interesse an ihr hatte. Sie war dann etwas angemufft von
dannen gezogen.

Diese Hertha aber hatte er später, viel später nach Hause gebracht,
er hatte ihr von Martha erzählt, von der verblüffenden Ähnlichkeit.
Sie hatten geredet und geredet, die Zeit vergessen.

Marthas Ebenbild wohnte in Bettenhausen, er hatte die Rechnung
im Café übernommen und die Straßenbahn spendiert. Sie waren
durch die dunkle Innenstadt marschiert, und Haldorf, der das alte
Kassel bestens in Erinnerung hatte, hatte große Mühe, sich zu orientieren. Alle Gebäude waren weg, kaputt, abgerissen oder Ruinen. Man baute eine neue Innenstadt auf, zum Teil völlig neue
Straßenzüge, auf dem Weg zum Altmarkt hatte er ihr vom alten
Kassel berichtet. In für ihn ungewöhnlich romantischen Worten
den Weg über den Friedrichsplatz, durch Carlsstraße, Ziegengasse,
Graben über den Freiheiter Durchbruch mit seinen wunderschönen Fachwerkhäusern über die Fuldabrücke und über den Holzmarkt zur Unterneustadt beschrieben. Sie stiegen in die Linie 2 der
Straßenbahn, kletterten hinten in den gelben Waggon, Haldorf

zahlte beim Schaffner, und sie hatten sich auf den braunen Ledersitzen gegenübergesetzt. Hertha war nicht Martha Drönner, klar, aber die Wirkung, die sie auf ihn ausübte, überraschte ihn und erinnerte ihn an das Schulmädchen, dem er 1933 begegnet war. Sie waren am Leipziger Platz aus der Bahn ausgestiegen und zur Eichwaldsiedlung gegangen. In der Freudenthalstraße wohnte sie in einer Einzimmerwohnung im Souterrain, allein. Sie hatte keine Familie mehr, arbeitete in der Spinnfaser-Fabrik und hatte ein paar Tage Urlaub. Das Geld reichte nicht zum Wegfahren. Sie leistete sich ab und an einen Kaffee in der Innenstadt und wanderte viel in und um Kassel, meist mit Kolleginnen oder Freundinnen. Die Straßenlaternen in dieser abgelegenen Straße waren bessere Funzeln, über das Kopfsteinpflaster knatterte ein altes Motorrad an ihnen vorbei. Er hatte sich formvollendet mit einem Handkuss verabschiedet, sie hatten sich für den nächsten Tag zum Wandern verabredet.

Haldorf, alias Claudio Saalfeld, musste wenige Tage später wieder abreisen, die vorletzte Nacht hatten sie gemeinsam in Herthas kleiner Wohnung verbracht. Als er Deutschland verließ, hatte er fest versprochen, bald wiederzukommen. In Paraguay zurück, erfuhr er bald, dass jetzt offiziell und international nach ihm gesucht wurde: Karl von Haldorf galt als Kriegsverbrecher. Er hatte versucht, die Frau über Mittelsmänner zu kontaktieren. Sie hatte aber, nachdem sie von der Fahndung erfahren hatte, den Kontakt nie aufgenommen. Die Mittelsmänner jedoch brachten Haldorf eine Nachricht: Hertha hatte ein Kind bekommen, es war sein Kind, es war sein Sohn. Karl von Haldorf hatte ihn nie gesehen, dennoch hatte er monatlich einen stattlichen Betrag als Unterhalt angewiesen. Die Mutter hatte das Geld genommen, sie brauchte es auch, um zu überleben. Sie hatte keinen Vater angegeben, in den Papieren tauchte nichts auf. Sie wollte nicht, dass offiziell bekannt wurde, dass sie sich mit einem Kriegsverbrecher, einem Mörder eingelassen hatte. Ihrem Sohn aber hatte sie wohl irgendwann die wahre Geschichte erzählt.

Haldorf und sein Sohn hatten Briefkontakt aufgenommen, irgendwann. Haldorf hatte zuerst geschrieben, hatte es einfach probiert und eigentlich nicht ernsthaft mit einer Antwort gerechnet. Hatte sich gefreut, als ein langer Antwortbrief kam. Der Sohn hatte viele Fragen gestellt, und je älter er wurde, um so offener redeten sie. Karl von Haldorf hatte nie den Eindruck gehabt, dass der Junge seine politischen Ansichten und seine Interpretation der deutschen Geschichte nicht akzeptieren oder teilen würde.

Und als er dann zurück nach Deutschland gekommen war und nach Kassel reiste, mit falschen Papieren, hatten sie sich zum ersten Mal gesehen. Karl von Haldorf hatte seinen Sohn vom ersten Augenblick an geliebt. Wohl auch deswegen, weil der ihn, trotz des Einflusses seiner Mutter, als Held betrachtete. Sein Sohn war im rechten politischen Untergrund aktiv. Karl von Haldorf hatte seitdem ein neues, ein gutes Gefühl: Wenn sein Leben beendet war, setzte sich alles in seinem Sohn fort. Er war stolz und glücklich. Und freute sich über jeden neuen Anschlag, der derzeit Kassel in Panik versetzte.

Karl von Haldorfs Lebenswerk wurde fortgesetzt.

Hertha war längst gestorben, sie war auf einem Friedhof in Marburg beigesetzt worden. Sie hatte, als der Sohn drei Jahre alt war, einen anderen Mann kennengelernt, einen gutsituierten Geschäftsmann. Sie hatten geheiratet, und der Sohn wuchs in gutbehüteten Verhältnissen in wohlhabender Umgebung auf. Der Mann hatte Haldorfs Sohn adoptiert – was selbigen in die absolut komfortable Situation versetzte, zwar ein Haldorf zu sein – aber außer ihm und dem Vater wusste es niemand. Es gab einen neuen Tristan – und genau so lautete auch sein Deckname in der Organisation.

53

Anke Dankelmann saß einen Tag später um 7 Uhr morgens im Büro von Stefan Brall. Sie kannten sich aus Borkener Tagen, waren gemeinsam zur Grundschule und dann in Fritzlar zum Gymnasium gegangen. Stefan Brall hatte eine Ausbildung bei der Kreissparkasse gemacht, hatte danach studiert und war zurück zur Sparkasse gegangen. Mittlerweile war er Vorstandsmitglied in Kassel und hatte sofort seine Bereitschaft zur Hilfe und zur Unterstützung signalisiert, als Anke Dankelmann ihn am Vortag angerufen hatte. Brall hatte etwas typisch Bankerhaftes. Schlanke Figur, untrainiert, dunkler Anzug mit Weste, Hemd mit Manschettenknöpfen, dezente Krawatte, kurz geschnittene Haare mit feinem Scheitel. Er wirkte wie ein Mensch gewordener Bausparvertrag, wie jemand, der jeden freien Cent in Sparkassen-Obligationen anlegte. Gott sei Dank hatte Richard Plassek Wort gehalten und die Staatsanwaltschaft in Wallung gebracht: Die erforderlichen Papiere lagen per Fax vor, waren über Nacht erstellt worden, die Bank durfte und musste Einsicht gewähren in die finanziellen Geschäfte des Mannes, der als Tristan zum Massenmörder geworden war.

»Stefan, ich kann dir aus ermittlungstechnischen Gründen nicht viel dazu sagen, aber wir müssen so schnell wie möglich alles zusammentragen, was wir an Fakten aus den Kontobewegungen ersehen können.«

»Okay, Anke, es liegt ja alles vor, was rechtlich erforderlich ist. Ich war heute morgen schon um 6 Uhr im Büro und habe vorgearbeitet. Vorher ging nicht, da machen wir hier Systempflege.«

»Hast du denn kein Zuhause, da kannst du ja gleich im Büro übernachten.« Stefan Brall grinste ein wenig verlegen.

»Naja, Elli hat mich vor zwei Wochen verlassen, besser gesagt: Sie hat mir nahegelegt auszuziehen, sie hat irgendeinen neuen Typen, der mehr Zeit für sie hat – und ich wohne jetzt in einem Boardinghouse in Wilhelmshöhe, vorübergehend, versteht sich.«

»Oh, tut mir leid, willkommen in Ankes Fettnäpfchen-Welt, ist ja eine Spezialität von mir, wie du weißt.«

»Jaja, mir fällt da so manches aus der Schulzeit ein. Nein, Anke, macht nix, konntest du ja nicht wissen. Die Arbeit lenkt mich ein wenig ab, aber das muss sich natürlich auch wieder ändern.«

Stefan Brall nahm einen Stapel Computerausdrucke. »Zunächst einmal: Es gibt zwei Personen, die Kontovollmacht haben. Eine ist Karl von Haldorf selbst und die andere eine gewisse Dr. Karin Berger.« Anke Dankelmann saß da wie vom Donner gerührt – und beruhigte sich gleich wieder. Daran hatte sie nicht gedacht: Natürlich musste Haldorf während seiner Haft jemanden haben, der seine Geldgeschäfte abwickelte.

»Zeig mal bitte«, sagte sie und streckte die Hand in Richtung der Papiere aus.

»Lies dir das mal gleich durch, wenn du Fragen hast – gleich raus damit, dann können wir das alles so schnell wie möglich abarbeiten.« Sie nickte und las.

»Kann man rauskriegen, seit wann die Berger die Vollmacht hat?«
»Klar.« Stefan Brall hackte wild auf die Tastatur seines Computers
ein. »Seit ein paar Wochen. Vorher hatte jemand anderes eine Vollmacht. Dr. jur. Hans-Jürgen Opper, kennst du den?«
»Nee. Googel mal bitte.« Es dauerte keine Minute. Brall las vom
Bildschirm ab: »Der gehört zu einer Hamburger Sozietät, spezialisiert auf Strafrecht.«
»Da ist auch die Berger dabei.« Anke Dankelmann machte sich
Notizen. »Kann man herausfinden, wer die jeweiligen Transfers
getätigt hat, Haldorf oder Opper bzw. Berger? Kriegt man auch
raus, wer das Bargeld abgehoben hat? Ihr habt doch Kameras,
oder?«

»Wenn das per Online-Banking gemacht worden ist, dann haben
wir bei den Überweisungen keine Chance herauszufinden, wer die
getätigt hat. Bei den Bargeldabhebungen heben wir die Bilder von
den Automaten nur begrenzte Zeit auf. In den vergangenen drei
Tagen hat aber jemand jeweils 10.000 Euro abgehoben. Das ist viel
für eine Einzelabhebung, bei diesem Konto aber so vertraglich als
Höchstbetrag geregelt. Immer in der Filiale Wilhelmshöhe. Das
kann ich überprüfen.« Brall griff zum Telefon und sprach mit einem Mitarbeiter. »Bilder kommen gleich«, sagte er und drückte
die Taste fürs Gesprächsende.

»Dieser Hilfsverein für Altenpflege – was ist denn das?«
Brall googelte erneut. »Sitzt im Bergischen Land, in Gummersbach, gehört zum DRK. Sicher unverdächtig. Soweit ich weiß, machen das fast alle Bewohner des Augustinums und spenden Geld
dahin. Warum die in Gummersbach sitzen – keine Ahnung.«

»Kannst du mir noch helfen bei diesen Firmen, die diese Riesen-
summen überwiesen haben?«

»Ich checke das mal. Von dem angewiesenen Geld ist ja nie was
übriggeblieben, wurde immer in großen Summen vom Konto abgehoben. Da muss man Haldorf beziehungsweise die Berger mal
fragen. Mal sehen, was die sagen.«

Es klopfte, ein Mitarbeiter der Sparkasse kam mit einer DVD herein, die Brall sofort in den Rechner schob. »Fangen wir mal an mit
vorvorgestern, das haben wir gleich. Wann war die Abhebung?
Okay, dann rutsche ich mal auf den Aufzeichnungen nach vorn.
Also: 11.30 Uhr war die Abhebung, jetzt sind wir bei 11 Uhr, 11.10

Uhr,11.13, aha, da kommt jemand. Kennst du die Person?« Anke Dankelmann nickte, natürlich kannte sie die Person, eindeutig Karin Berger, auch an den beiden folgenden Tagen war es die Anwältin, die Geld abhob. Man würde Gesprächsbedarf haben.

»Okay, Stefan, ich muss los. Ruf mich bitte an, wenn du was wegen der Firma in Tuttlingen herausbekommen hast. Hab vielen Dank, bist ein Schatz. Und wenn dir die Decke auf den Kopf fällt – dann ziehen wir mal um die Häuser. Tschüß!«

Sie warf ihm einen Handkuss zu und verschwand. Stefan Brall sah ihr nach. Sie hatte sich kaum verändert in all den Jahren, dachte er. Doch, sagte er sich, genau diese Jahre haben ihr gutgetan, sie ist schön wie nie. Aber er würde nie Chancen bei ihr haben, sie hatten es mal während der Schulzeit kurz probiert. Die Dame rauschte mit zu viel PS durchs Leben, zumindest zu viel PS für ihn. Er liebte die einfachen, ruhigen Strukturen. Stefan Brall atmete tief durch und widmete sich dem Alltag, machte sich eine Liste mit Fragen, die er für die Polizei recherchieren wollte.

54

Im Präsidium gab es bei der Morgenlage wenig Neues, man diskutierte Anke Dankelmanns Vermutungen – Richard Plassek vertraute einmal mehr ihrem Instinkt und ließ den Dingen ihren Lauf. Plassek selbst hatte sich mit der Staatsanwaltschaft geeinigt: Man würde Haldorf noch einmal untersuchen, ihn für haftunfähig erklären und auf freien Fuß setzen. Die Untersuchung würde heute noch stattfinden, das Schreiben an Tristans Anwälte war per Fax unterwegs. Noch am Abend wäre Karl von Haldorf wieder in seinem Appartement im Augustinum. Dort würde jeder seiner Schritte überwacht, das Telefon abgehört werden.

Walter Büchner, der leitende Oberstaatsanwalt, fand durchaus Gefallen an Anke Dankelmanns These, dass der Mörder von damals der Drahtzieher von heute oder zumindest der Geldgeber sein konnte. Eines aber würde die Staatsanwaltschaft nicht machen: auf eine Gerichtsverhandlung verzichten. Mord bleibt Mord, verjährt nicht, und wir würden uns lächerlich machen, wenn wir dem Mann nicht den Prozess machen würden – so ähnlich, berichtete Plassek, hatte Büchner sich ausgedrückt.

Sie mussten nicht lange auf den erwarteten Auftritt von Karin Berger warten. Die kam wegen des Untersuchungstermins für Karl von Haldorf hereingerauscht – und war schnell in der Defensive. Sie saß auf dem Besucherstuhl im Büro von Anke Dankelmann und Bernd Stengel, die Haare hochgesteckt, wie immer mit sehr streng wirkender Garderobe. Ein dunkelblauer Hosenanzug – eigentlich eine attraktive Frau, dachte sich Anke Dankelmann, wie man sich allerdings derart unattraktiv verkleiden konnte, war ihr schon beim ersten Besuch schleierhaft gewesen.

»Nun mal langsam, Frau Dr. Berger«, sagte Bernd Stengel. »Sie wissen genau, dass Sie gegen die amtsärztliche Untersuchung eines weit über 90 Jahre alten Häftlings nichts unternehmen können. Wir haben Hinweise des JVA-Personals bekommen, die ganz eindeutig auf einen nicht gerade berauschenden Gesundheitszustand Ihres Mandanten hinweisen. Wir können gar nicht anders, wir müssen dem nachgehen. Wir haben allerdings noch eine ganz andere Baustelle.« Berger sagte nichts und blickte Stengel mit kalten Augen an. Mannomann, sitzt die auf einem hohen Ross, dachte sich Anke Dankelmann.

»Ich habe hier eine DVD. Sie enthält den Zusammenschnitt von drei Geldabhebungen in der Zweigstelle Wilhelmshöhe der Kasseler Sparkasse. Es wurden jeweils 10.000 Euro abgehoben – und die Person, die das Geld abgehoben hat, sind Sie. Moment!« Stengel wurde etwas lauter, weil die Anwältin etwas zu sagen versuchte. Überraschenderweise blieb sie tatsächlich still. »Das Geld wurde vom Konto Herrn von Haldorfs abgehoben, für das Sie ja eine Vollmacht haben. Wir möchten von Ihnen wissen, was mit diesem Geld passiert ist.«

»Sie glauben doch nicht im Ernst, dass ich Ihnen darüber Auskunft gebe? Ich habe im Auftrag Herrn von Haldorfs gehandelt.«

»Nun ja, ich glaube auf jeden Fall nicht, dass Sie damit die Miete für das Appartement im Augustinum bezahlt haben. Das kostet nur 3.000 im Monat und wird per Dauerauftrag überwiesen.«

»Woher wissen Sie überhaupt von diesem Konto?«

»Machen Sie sich nicht lächerlich«, Anke Dankelmann stand auf. »Herr von Haldorf war so freundlich, die Kontoauszüge in seiner Wohnung zu deponieren. Wir würden gern wissen, um welche Art von Einkünften es sich handelt. Jedes Jahr zum Jahresanfang werden 125.000 Euro überwiesen. Das Geld braucht Haldorf für sich – und immer wieder werden große Beträge in bar verfügt. Was ist das für Geld und wo geht es hin?«

Karin Berger dachte kurz nach: »Ich gehe mal davon aus, dass Sie sich den rechtlichen Rahmen verschafft haben, um das Bankgeheimnis auszuhebeln und im Rahmen der Ermittlungen die Auskünfte einzuholen, die Sie offenbar bekommen haben. Woher das Geld stammt, weiß ich nicht. Ich habe diese drei Abhebungen machen müssen, weil eine größere Summe am Automat nicht verfügbar ist. Herr von Haldorf hat mich beauftragt, eine politische Gruppierung, die er unterstützt, mit einem Teil des Geldes zu versorgen. Der Rest ging an seine Verwandtschaft in Kassel.«

»Wie bitte? Er hat Verwandtschaft in Kassel?«

»So weit ich weiß – ja. Aber ich kann Ihnen keine Details nennen, ich habe seinen Auftrag ausgeführt. Den Betrag habe ich in einen Umschlag gesteckt und an ein Postfach in Kassel geschickt. So, wie er es wünschte.«

»Und was war das für ein Postfach?« Anke Dankelmann hatte Mühe, ihre Aufregung zu verbergen.

»Weiß ich nicht mehr, fragen Sie bitte Herrn von Haldorf. Ich hatte mir das auf einen Zettel notiert, den ich danach weggeworfen habe. Meinen Sie im Ernst«, Karin Berger war ebenfalls aufgestanden, »ich würde an einem Geldautomaten, von dem ich genau weiß, dass eine Kamera meinen Besuch registriert, solche Summen abheben, wenn ich wüsste, dass das Ganze ungesetzlich ist? Ich bin zwar blond, Frau Kommissarin. Aber eins und eins addieren kann ich.«

»Das glaube ich Ihnen, Frau Dr. Berger. Aber wie lautet denn das Ergebnis?« Anke Dankelmann grinste die Anwältin an. Bernd Stengel hatte sein Ach-du-lieber-Gott-Gesicht aufgesetzt, der Moment war ihm mal wieder peinlich. Karin Berger blieb die Antwort schuldig und entschwand mit klackenden Absätzen über den langen Flur im Präsidium.

»Bernd, der soll Verwandtschaft in Kassel haben? Wir müssen sofort ins Gefängnis, den Kerl befragen. Die Nummer wird immer unheimlicher.«

»Wir müssen dies, wir müssen das, wir müssen uns vierteilen. Und wir müssen vor allen Dingen manchmal einfach die Klappe halten.

Was sollte denn dieser Zickenkrieg eben schon wieder?« Stengel wirkte richtig genervt.

»Hat es dich gestört? Ich hab doch gewonnen, oder?« Anke Dankelmann warf ihm ein lautloses Küsschen zu und entschwand Richtung Toilette. Als sie zurückkam, lag ein Zettel auf dem Tisch. »Bitte Miegler anrufen«, stand darauf, und in kleineren Buchstaben: »Hör auf mit den Zickereien!«

Die Kommissarin atmete tief durch, er hatte ja recht.

Sie hatte jetzt eigentlich keine Lust, Miegler anzurufen, wollte aber die Sache mit der Wohnung nun doch gern rückgängig machen. Mit ihrer eigenen Vermieterin hatte sie gesprochen – die hatte sich richtig gefreut, dass Anke Dankelmann nun doch im Haus bleiben wollte, zumal sich das mit dem Eigenbedarf zerschlagen hatte. »Okay, ich zerreiße Ihren Brief«, hatte sie gesagt.

Und nun also noch Miegler. Sie rief ihn an, er hatte wohl die Nummer auf dem Display erkannt und meldete sich mit zuckersüßer Stimme. »Na, Frau Kommissarin, wie weit sind die Umzugsbemühungen gediehen?«

»Darüber muss ich mit Ihnen reden, Herr Miegler.« Sie hatte sich eine Notlüge ausgedacht. »Ich habe gestern erfahren, dass ich wahrscheinlich im zweiten Halbjahr nach Südhessen versetzt werde. Eine große Chance, nochmal befördert zu werden. Vermutlich gehe ich nur für ein Jahr – das ist eine ganz besonders dumme Befristung, weil es sich eigentlich nicht lohnt, komplett nach Südhessen umzuziehen – aber es lohnt sich auch nicht, in Kassel eine Wohnung zu halten. Ich werde meinen ganzen Plunder also bei meinen Eltern im Schuppen abstellen – dazu müssten wir uns aber einigen, dass Sie den Mietvertrag einfach wegschmeißen und sich eine andere Mieterin suchen.«

Miegler schwieg kurz.

»Hmm. Das ist schade für Sie und auch schade für mich, aber ich sehe das natürlich ein. Ich bin einverstanden, aber nur, wenn Sie noch einmal mit mir essen gehen.« Ich habe es geahnt, dachte sich Anke Dankelmann, der lässt nicht locker, aber ich muss da wohl jetzt durch.

»Naja, das ist ja das Mindeste, was ich Ihnen für Ihre Kulanz schuldig bin. Wann dachten Sie denn?«

»Heute Abend. Was halten Sie vom Gutshof in Wilhelmshöhe?«

»Da war ich, ehrlich gesagt, noch nicht.«

»Um so besser. Ich kenne den Wirt, wir sind zusammen zur Schule gegangen, ich reserviere einen Tisch für 20 Uhr. Einverstanden?«

Sie war einverstanden, wenngleich ihr die Aussicht auf einen Abend mit Volker Miegler irgendwie nachhaltig die Laune verdarb. Stengel kam herein und hatte einen Stoß Papiere in der Hand.

»Alles Namen von Käufern von BMW Motorrädern in den vergangenen beiden Jahren – zumindest im Umkreis von 250 Kilometern. Bin ganz erstaunt, dass das so schnell ging. Wonach suchen wir eigentlich?«

»Ich denke mal, wir gehen die Liste durch und schauen, ob uns irgendwelche Adressen, Namen auffallen, die wir in den Zusammenhang mit den Attentaten bringen können. Ist nur ein Versuch. Wissen wir denn, zu welchem Typ die Reifenspuren gehören?«

Stengel nickte. »Die von der Spurensicherung sagen, dass es höchstwahrscheinlich nur eine 800er oder eine 650er sein kann. Leichter macht das die Arbeit auch nicht, denn hier sind alle Modelle miterfasst und ausgedruckt.«

»Eigentlich suchen wir die Stecknadel im Heuhaufen«, sagte Anke Dankelmann – aber durchaus fröhlich. »Wir haben die paar Figuren, die von den Attentaten betroffen sind. Wir haben die Liste der uns bekannten nordhessischen Neonazis – wobei nicht bekannt ist, dass die zu solchen Gewaltakten bereit wären. Die Listen lernen wir auswendig – und dann geht es los. Und, ruckzuck, haben wir den Täter.« Sie schaute auf den entgeistert blickenden Stengel. »Kleiner Scherz am Rande«, meinte sie.

Sie machten die Tür zu, schalteten das Telefon auf die Geschäftsstelle um und begannen mit der Arbeit.

55

In der Justizvollzugsanstalt in Wehlheiden saß Karl von Haldorf mal wieder an seinen Memoiren, wie er seinen Bericht nannte. Er war nun so weit, dass er davon überzeugt war, einen Verlag zu finden, der dieses umfassendste Geständnis eines Kämpfers aus dem Dritten Reich als Buch veröffentlichen würde. Die Gesellschaft würde mächtig diskutieren, und er wollte dafür sorgen, dass das Werk noch vor der Gerichtsverhandlung auf dem Markt sein würde. Die Aussicht auf soviel Publizität hatte ihn beflügelt. Direkt nach dem Frühstück hatte er sich an seine ersten Einsätze in Kassel erinnert. Man hatte ihn ausgebildet für die Tätigkeit im Sicherheitsdienst, Heydrich hatte seine Skrupellosigkeit, seine Gefühlskälte und seine scharfe Denke erkannt und gewusst, dass er hier einen geborenen Scharfrichter vor sich hatte. Nach der Ernennung Hitlers zum Reichskanzler und dem Mord an Messerschmidt hatten sie in der SA in Kassel aufgeräumt. Zu viele Schwule, zu viele Unzuverlässige. Tristan musste ran, und er machte seinen Job gnadenlos und perfekt. Es gab keine Zeugen, keine vernünftigen Thesen. Und im Zweifel konnte der Machtapparat alles unter der Decke halten. Tristan erinnerte sich an diesem Morgen an seine Wege. Von der Wohnung in der Julienstraße aus mit dem Fahrrad zum Schuppen am Fackelteich. Dort hatte er, bis zur Übernahme der Polizei in Kassel im Frühjahr 1933, alle seine Utensilien für Einbrüche und Hinrichtungen deponiert. Nach dem kompletten Machtwechsel brauchte er solche Vorsichtsmaßnahmen nicht mehr.

Er erinnerte sich an das Geräusch, das der dicke Dynamo nachts am Vorderreifen gemacht hatte. So ein Krach für so wenig Licht. Es waren meist die einzigen Geräusche, die die Außenwelt von Tristans Arbeit mitbekam. Er war ein Meister darin, unerkannt und versteckt zu arbeiten. Selbst als er die Leiche dieses SA-Mannes Siegfried Dippel in die Kneipe Stadt Stockholm in der Altstadt gebracht hatte, wunderte sich am frühen Morgen dieses Frühlingstages niemand über den dunkelgekleideten Mann, der, wie so viele andere Handwerker, einen Stoßkarren über die unebenen Straßen Kassels wuchtete. Er hatte Kohlensäcke auf dem Karren gehabt, Dippels Leiche lag, mit zwei dieser groben Leinensäcke bedeckt, dazwischen. Jeder dachte, es sei eine Kohlenlieferung, und da er die Hintertür der Kneipe in zwei Sekunden geknackt hatte, war auch da niemandem etwas aufgefallen. Es sah alles normal aus, das war das Geheimnis seiner Arbeit.

Haldorf wurde beim Schreiben all dieser Erinnerungen wieder zu Tristan. Er verzog keine Miene, als er sich an die Momente erinnerte, wenn aus seinen Opfern das Leben wich. Er hatte es an ihren Augen gesehen, denn er stach nicht einfach nur zu, er hielt ihnen auch den Mund verschlossen, damit kein unerwarteter Laut jemanden alarmierte. Ein Kribbeln durchströmte ihn – dieses Gefühl, über Jahre eine Instanz gewesen zu sein, die höchstpersönlich über Leben und Tod entschied.

Heydrichs Tod nach dem Attentat hatte ihn ein wenig aus der Bahn geworfen. Der Mann war Vorbild und Unterstützer gewesen. Aber Tristan war bis dahin längst eine eigene Instanz. Er stand auf eigenen Beinen. Man brauchte ihn, wie so viele andere, um vor allem im Osten das systematische Massentöten fortzusetzen.

Haldorf hatte einen guten Lauf an diesem Morgen und war deshalb etwas sauer, als unangemeldet Karin Berger aufkreuzte. Er wusste aber sofort, dass sie nicht zu einem unangekündigten Besuch kommen würde, wenn nicht etwas Ernsthaftes vorlag. Im Besucherraum berichtete sie vom neuen Schachzug der Staatsanwaltschaft.

»Das ist natürlich getürkt, dass die JVA-Bediensteten sich besorgt über meinen Gesundheitszustand geäußert haben«, sagte Haldorf sofort. »Wie auch immer: Da haben wir schlechte Karten, oder?«

Berger nickte. »Was wollen Sie jetzt tun?«, fragte sie.

»Wenn die Kommissarin oder irgendein anderer von diesem linken Polizei-Pack hier aufkreuzt, dann drücke ich ihnen mein Manuskript in die Hand. Beziehungsweise: Sie kopieren mir die Unterlagen, sobald ich draußen bin – und dann schicke ich denen das. Halt: eine zweite Kopie für …«, er senkte die Stimme, »Sie wissen schon: meinen Verwandten.« Berger nickte.

»Ach so, da wäre noch etwas.« Sie berichtete von ihrem eigenen Verhör durch die Polizei, und Haldorf nickte wieder.

»Na gut, da hatten Sie keine Chance, von dem Risiko wussten wir ja. Gut gemacht.« Der alte Mann schaute sie aus kalten Augen an – und, wahrhaftig, er rang sich ein Lächeln ab. Das war ihr mit ihm noch nie passiert.

»Brauchen Sie Hilfe?«, fragte Karin Berger.

»Natürlich.« Haldorf schüttelte den Kopf. »Ich bin alt und krank und kann meine Taschen nicht selbst tragen. Sie besorgen ein Taxi und holen mich ab. Und vorher kaufen Sie für mich ein, damit der Kühlschrank voll ist. Wie Sie an Geld kommen, wissen Sie ja.«

56

Dankelmann und Stengel machten gegen 10 Uhr eine Pause. Sie waren durch mit den Listen und hatten kein Ergebnis vorzuweisen. Ein anderes Team hatte die Zulassungsstellen der Umgebung abgeklappert in der Hoffnung, so die privat gehandelten Fahrzeuge überblicken zu können.

»Hier, neue Arbeit für Euch«, rief der junge Kollege, dessen Namen sie nie behalten konnte, fröhlich und knallte die nächsten Listen auf den Tisch. Wieder teilten sie sich alles auf. Das Telefon klingelte. »Ein Herr Brall von der Sparkasse«, sagte Elke Wendler von der Geschäftsstelle und übergab das Gespräch.

»Anke hier, hallo Stefan. Hast du was für uns?«

»Weiß nicht, Anke. Aber die Sache interessiert mich so, da habe ich meine Termine heute Vormittag verlegt, weil ich da dranbleiben wollte. Manchmal ist es ganz gut, wenn man Chef ist. Also: Diese Firma in Tuttlingen heißt TUT-Trans, da seid ihr sicher auch schon dran, deshalb nur soviel: Die haben ein Konto bei meinen Kollegen der Sparkasse in Tuttlingen, in deren Vorstand ist Ralf Bechmann. Klickt da was bei dir? Der war in unserer Parallelklasse, und wir haben gemeinsam unsere Ausbildung gemacht, Borkener Connection sozusagen, der hat mir gleich geholfen. Zufälle gibt's ... Also: die Firma selbst ist nicht bekannt, keiner weiß, was die machen. Ist wohl nichts anderes als ein Firmenmantel für irgendwelche Geld-Transaktionen. Wahrscheinlich solltet ihr eure Geldwäsche-Spezialisten mal drauf ansetzen, bei den Umsätzen auf dem Konto könnte sich das lohnen. Geschäftsführer ist ein Jost Veierle aus Luzern. Und nun halt dich fest: Ich habe mal gegoogelt, der Mann gilt seit einer Woche als vermisst, wurde jedenfalls bei der Polizei in Luzern als vermisst gemeldet. Die Firma hat also keinen Geschäftsführer mehr. Bankvollmacht hat aber auch ein anderer Mann, der Justitiar der Firma. Dr. Hans-Jürgen Opper – du erinnerst dich? Der mit der Vollmacht für Haldorfs Konto. Jetzt kommt Hammer Nummer zwei: Wir haben die Umsätze der letzten Jahre durchlaufen lassen. Im Mai 2003 wurde eine sehr große Barabhebung vorgenommen. Gegenwert: 500.000 US-Dollar, ich habe es mit dem damaligen Wechselkurs durchgerechnet.

Und nun kommt Hammer Nummer drei: Die Firma TUT-Trans hat eine Adresse in Nordhessen.«

»Wie bitte!?« Anke Dankelmann war aufgesprungen.

»Ja, das geht aus den Unterlagen hervor. Keine direkte Geschäftsadresse, da steht c/o Gero Stützer in Gilserberg-Lischeid, die Straße kann ich nicht lesen, zu blöd, wenn man die eigene Handschrift nicht mehr entziffern kann.« Anke Dankelmann bedankte sich überschwänglich und informierte Stengel über die neuen Erkenntnisse. Der blieb absolut ruhig. »Das passt ins Bild«, sagte er. »Wieso das denn, hat der Herr Geheimrat mit seinen Wetterfrosch-Fähigkeiten mal wieder alles geahnt, was da jetzt so rausgekommen ist?«

»Quak, quak, liebe Anke. Ich habe hier was. Eine 800er BMW ist vor zwei Monaten im Schwalm-Eder-Kreis zugelassen worden. Weißt du von wem? Gero Stützer.« Anke Dankelmanns erster Gedanke war: Scheiße, schon wieder ein toter Zeuge.

<u>57</u>

Die Ermittlungskommission war beinahe vollzählig versammelt, nur die beiden Kollegen, die nachts gearbeitet hatten, waren nicht dabei. Man spürte eine Art Knistern in der Luft, dieser typische Moment, wenn nach Tagen oder Wochen ergebnisloser, niederschmetternder Ermittlungstätigkeit plötzlich ein paar Seilenden auftauchen, die irgendwie miteinander in Verbindung zu bringen waren. Ob es die Verbindung tatsächlich gab – man würde sehen. Aber in dem riesigen Knäuel, das vor ihnen lag, tat sich endlich was: Man zuppelte an einem Ende, und auf der anderen Seite bewegte sich etwas. Man hatte den Fuß in der Tür, da waren sie sich sicher. Wobei sie stutzten und merkten, dass man schlecht an einem Seilende ziehen konnte, um den Fuß dann in der Tür zu haben – aber ob die Sprachbilder jetzt passten oder nicht, das war ihnen egal. Anke hatte schon vor der Besprechung Plassek informiert und danach Karin Berger angerufen und um ein Gespräch gebeten. Die Frau war ja nicht dumm und hatte garantiert das Gefühl, dass irgend etwas im Busch war. Sie würde um 12 Uhr im Präsidium sein, hatten sie vereinbart. Anke hatte das Gefühl, dass Karin Berger zwar eine gutbezahlte und möglicherweise den Neonazis nahestehende Frau war – aber mit diesen großen Geschäften, die dieser Opper im Hintergrund abwickelte, nichts zu tun hatte. Sie konnte es nicht begründen, aber die Frau würde nicht so an allen Fronten auf niederster Ebene herumspringen, wenn sie andere Schachfiguren zu bewegen hätte.

Die Polizei in Hamburg würde noch am selben Tag die Räume der Kanzlei von Opper und Co. durchsuchen, nach Opper selbst wurde gefahndet, er war nicht in der Kanzlei und auch nicht zuhause. Die Polizei im Schwalm-Eder-Kreis war nach Lischeid gefahren, um das Motorrad zu suchen. Man hatte die Polizei in Rheinland-Pfalz über den neuen Verdacht informiert, wo möglicherweise das Geld für die Bezahlung des Sprengstoffdiebes herkommen könnte. Das half denen zwar nicht weiter, weil der Dieb längst gefasst war, ergänzte aber die Aktenlage.

Zwischendrin meldete sich die Streife aus Lischeid: Das Motorrad stand da vor der Tür. Und genau da hatte es, da waren sich die Beamten sicher, beim letzten Besuch nicht gestanden. Sie sicherten das Gelände und warteten auf die Spurensicherung aus Kassel. Um kurz vor halb zwölf ging Richard Plassek zur Pressekonferenz. Er würde mit trauriger Miene mitteilen, dass es keine neuen Erkenntnisse gäbe und die Bevölkerung erneut um Mithilfe bitten. Die half mittlerweile auch kräftig mit, aber all die sachdienlichen Hinweise konnte man getrost vergessen. Wichtigtuer, Denunzianten, böse Nachbarn, Betrunkene, anonyme Anrufe – es war ein Haufen Sondermüll, der da bei der Polizei abgeladen wurde.

Das Team hielt sich fern von der allgemeinen Berichterstattung in den Medien. Die Spekulationen, die Leserbriefe, das unsägliche Gefasel und Geschrei der politischen Parteien – all das war nicht hilfreich, und trotz des Ignorierens der allgemeinen Stimmung erhöhte sich die Nervosität im Team von Stunde zu Stunde.

Anke Dankelmann und Bernd Stengel gingen schon vor zwölf in die Kantine. Anke Dankelmann war jetzt seit 7 Uhr ununterbrochen am Recherchieren, ihr Hirn fühlte sich ausgebrannt an, sie war müde. Sie schnappte sich eine Dose Red Bull, leerte sie in einem Zug, trank einen doppelten Espresso, gönnte sich eine Vitaminbombe in Form eines Obstsalats und einen Schokoriegel. Sie wollte fit sein, wenn sie diese blonde Anwaltszicke gleich an die

Wand nagelte. Stengel trank einen Kakao und aß ein Käsebrötchen. Und amüsierte sich über seine Kollegin, denn man merkte ihr an, wie sie sich innerlich aufbrezelte für ihren persönlichen Fight of the Year. Er war jetzt als Schiedsrichter gefragt. Und wusste, dass dieser Kampf wahrscheinlich durch einen Knock-out beendet werden würde.

Karin Berger kreuzte so auf, wie man es erwartet hatte: zur Schau gestelltes Selbstbewusstsein, äußerlich war ihr keine Unruhe oder gar so etwas wie Furcht anzumerken. Stengel überließ Anke Dankelmann das Terrain – immer bereit, einzugreifen.

»Danke, dass Sie es einrichten konnten, noch einmal so kurzfristig zu kommen, Frau Dr. Berger.« Anke Dankelmanns Stimme war honigsüß. »Ich erkläre Ihnen gleich, warum wir so dringend mit Ihnen reden müssen, brauche aber zunächst einmal eine andere Auskunft: Sie arbeiten ja für die Hamburger Anwaltskanzlei Vassbrink, Opper, Velmete und Kollegen. Mit anderen Worten sind die drei, die mit Namen genannt werden, Seniorpartner, und die anderen – Moment, ich schaue nach: elf Anwälte sind angestellt.«

»Richtig.« Berger nickte. »Das heißt: Ihr Arbeitsplatz ist eigentlich Hamburg, und nun sind Sie schon geraume Zeit in Kassel. Ist das, wenn es nur um einen Fall geht, normal?«

Karin Berger lächelte, maliziös.

»Natürlich. Der Fall Haldorf hat für uns, was Publicity betrifft, eine ungeheure Bedeutung. Ich bleibe so lange in Kassel, wie Präsenz vor Ort nötig ist. Sie sollten froh darüber sein, sonst wäre ich jetzt nicht hier.« Bumms, dachte Stengel, 1:0 für die Berger.

»Sind wir auch.« Anke Dankelmann war unbeeindruckt. »Wo wohnen Sie denn in Kassel?«

»Ich wohne im Hotel La Strada, wegen der Nähe zur Autobahn bietet sich das an.«

»Können Sie uns sagen …«, Anke Dankelmann wechselte abrupt das Thema, »wo wir Herrn Dr. Opper finden können?«

»Ich würde mal im Büro anrufen, ich gebe Ihnen gern die Durchwahl seines Sekretariats. Möglicherweise hat er einen Termin außer Haus, Herr Dr. Opper ist international tätig, wie Sie vielleicht wissen.«

»Ich brauche nicht seine Büronummer, ich brauche seine Handynummer – und zwar die private.«

»Dazu bin ich nicht …«

»Frau Dr. Berger, seit etwa einer Stunde läuft eine internationale Fahndung nach Herrn Dr. Opper, weil es reichlich Indizien gibt, dass er in Straftaten, auch solche mit Todesfolge, direkt oder zumindest indirekt verwickelt ist. Kennen Sie die Firma TUT-Trans?« Karin Berger wirkte irritiert.

»Sie fahnden nach ihm? Was wird ihm denn präzise vorgeworfen?«

»Kennen Sie die Firma TUT-Trans?«

Berger schüttelte den Kopf. »Nie gehört.«

Anke Dankelmann erklärte der Anwältin knapp den Sachverhalt. Die wurde ein wenig blass, zupfte nervös am Saum ihres blauen Rockes herum. Trug die immer nur blau?, fragte sich Anke Dankelmann. Sie schaute Bernd Stengel an, doch der stierte auf den Schreibtisch, einen Kuli in der Hand und malte auf einem Blatt.

»Sie meinen also, dass es reichlich Anlass zu der Vermutung gibt, dass diese Firma TUT-Trans möglicherweise etwas mit den Kasseler Anschlägen zu tun haben könnte? Der Geschäftsführer ist vermisst, der Mann der Briefkasten-Dependance in Nordhessen wurde ermordet. Und Opper hat die Finger mit drin? Ich kann mir das nicht denken, ich kenne ihn ja schließlich recht gut. Aber man kann den Menschen nur vor die Stirn schauen und nicht dahinter. Sie dürfen bei allen Ermittlungen eines nicht vergessen: Opper wird das, was ihm vorgeworfen wird, gesetzt den Fall, es träfe zu, nur als Privatmann gemacht haben. Er würde niemals die Firma, die er über Jahrzehnte aufgebaut hat, aufs Spiel setzen. Und er wird sich zu wehren wissen.«

»Mag sein, dass es da zwei Parallelleben gibt. Für mich ist eines interessant: Opper hat Kontovollmacht für die Firma in Tuttlingen, weist einen jährlichen Betrag an Tristan beziehungsweise Haldorf an – und Sie, seine Mitarbeiterin, heben das Geld ab und verteilen es. An wen, Frau Dr. Berger?«

Karin Berger merkte, wie es enger wurde im Raum, zumindest für sie. Es schien auch plötzlich kühler zu werden. Sie versuchte, ihre selbstbewusste Haltung aufrechtzuerhalten. Sie schwieg.

»Mal andersrum gefragt: die Kanzlei, für die Sie arbeiten, hat sich mit der Verteidigung rechtsradikaler Straftäter einen Namen gemacht. Das ist nicht verboten. Aber mich würde interessieren, wie ihre politische Haltung ist.«

Karin Berger sah Anke Dankelmann an, zum ersten Mal lebten die kalten Augen auf.

»Ich bin in erster Linie Strafverteidigerin. Und da ist mir eigentlich egal, ob es ein Taschendieb oder ein Exhibitionist, ein Mörder oder ein Neonazi ist. Ich werde dafür bezahlt, in der Regel ziemlich gut. Ein Lokführer kann sich auch nicht aussuchen, welche Passagiere er transportiert. Und meine politische Gesinnung? Dieses Wort hätten Sie doch gern gebraucht, Frau Kommissarin, oder? Ich sage es mal so: Die geht Sie nichts an. Nur soviel: ich finde, dass diesem Staat ein wenig mehr Zucht und Ordnung guttun würde. Und von denen, die so denken, gibt es zunehmend mehr.«

Auf Stengels Punktekarte, die er sich zum Zeitvertreib wie beim Boxkampf angelegt hatte, lag Anke Dankelmann jetzt leicht vorn. Karin Berger war in der Defensive. Und seine Kollegin ließ nicht locker.

»Sie haben mir die Frage noch nicht beantwortet. An wen Sie das Geld ausgezahlt haben, das Sie von Haldorfs Konto abgehoben haben. Sofern es Ihrem Mandanten nicht schadet, sind Sie verpflichtet, uns bei den Ermittlungen zu helfen, Frau Anwältin. Stopp! Ich weiß, Sie haben uns die Geschichte vom Verwandten und dem Postfach erzählt. Um es genau zu sagen: ich glaube Ihnen das nicht so ganz. Wie auch immer, da bewegen wir uns in einem rechtlich vernebelten Gebiet. Wir wissen aber, dass dieser Gero Stützer, der längst unter der Erde ist, ein aktives Mitglied einer Neonazi-Gruppe in Nordhessen war. Angeblich gibt es eine Organisation, die sich Gruppe 88 nennt. Haben Sie die mit dem Geld von Haldorfs Konto unterstützt? Nicht nur mit Blick auf die letzten Abhebungen. Ich meine die gesamte Vergangenheit, seit Sie Konto-Vollmacht haben.«

Karin Berger überlegte einen Moment. Ihr schossen die Gedanken durch den Kopf: Opper bald in Haft oder für immer auf der Flucht, sie selbst würde wahrscheinlich ab dem Verlassen des Präsidiums keinen Schritt mehr unbewacht tun können. Ihr Mandant entgegen der Planungen bald in Freiheit, die Sozietät negativ in den Schlagzeilen. Und sie musste einen Schachzug unternehmen, um ihren Geliebten in Kassel zu schützen, ihm Zeit zu verschaffen, weiter arbeiten zu können. Sie entschied sich dafür, eine Spur zu legen, die von Kassel wegführte.

»Frau Kommissarin, ich habe ein paar Mal einen vierstelligen Geldbetrag im Namen und im Auftrag meines Mandanten an diesen Herrn Stützer überbracht. Es wäre demnächst wieder soweit, Stützer ist tot, seine Funktion hat ein Herr Wagner übernommen, den ich seit Tagen nicht erreichen kann und im Übrigen weder kenne, jemals gesehen oder gesprochen habe. Die Information habe ich von Herrn von Haldorf. Mehr kann ich Ihnen nicht sagen, mehr wollte ich, schon um mich selbst zu schützen, nicht wissen. Ich weiß nicht, was die mit dem Geld gemacht haben – Herr von Haldorf bestand jeweils auf Bargeldübergaben. Das habe ich im Übrigen ohne Rücksprache mit meiner Kanzlei gemacht.« Anke Dankelmann musterte die Anwältin. Dass sie so freiwillig Namen herausrückte überraschte die Polizistin. Da musste ein Hintergedanke mit im Spiel sein. Fürs Erste akzeptierte sie das. Woher wusste Haldorf im Knast, wer da in ihrem Heimatkreis bei dieser Gruppe 88 der Kronprinz war? Wagner, Neonazi, Schwalm-Eder-Kreis – wer das war, würde man herausbekommen.

»Okay, fürs Erste akzeptiert. Und nun die Handynummer von Opper.« Karin Berger nickte und zückte ihr Handy. Anke Dankelmann war eigentlich sicher, dass die Kollegen die Nummer längst hatten – aber schaden konnte das hier jetzt nicht. Sie notierte die Ziffern und verabschiedete sich wenig später von Karin Berger. Die verließ das Präsidium und ging in den gegenüberliegenden früheren Hauptbahnhof. Da musste es eine Telefonzelle geben, dort würde sie genau einen Anruf erledigen, den man nicht sofort zurückverfolgen konnte. Sie musste den Mann erreichen, ihn warnen, er musste unbedingt in Deckung bleiben.

Dass der der Gruppe 88 vor kurzem einen nächtlichen Besuch abgestattet hatte, davon wusste Karin Berger nichts.

58

Anke Dankelmann saß zufrieden auf ihrem Stuhl.

»Na, Bernd, war ich brav?«

»Das meinst du doch gar nicht. Du willst die Frage stellen: Habe ich gewonnen? Ich sage ja. Aber nicht durch Knock-out.« Dankelmann nickte, streckte sich und legte die Beine, die in schwarzen Stiefeletten, aus denen ein Paar Ringelsöckchen lugten, und in einer verwaschenen Jeans steckten, auf den Schreibtisch. Ihr fehlte ihr morgendlicher Sport, die Runde Nordic Walking.

»Oh, Mann, bin ich müde. Aber wir müssen noch zu Haldorf.«

»Genau. Aber erst mal Rücksprache mit Richard – und denk an die Telefonnummer.«

»Ach richtig, danke.« Sie wühlte auf dem Schreibtisch.

»Ich fasse es nicht, wie kann man in so kurzer Zeit so viel Unordnung anrichten?« Stengel schüttelte den Kopf, er war ein penibel ordentlicher Mensch.

»Chaos fördert die Kreativität, mein kleiner Bernd.« Triumphierend hielt sie den Zettel mit der Nummer hoch, beide gingen zur nächsten Besprechung.

Die Handynummer, sozusagen die Beute aus dem Gespräch mit Karin Berger, war noch nicht bekannt. Es war ein Handy, das weder auf die Kanzlei, noch auf Opper, noch auf die Firma in Tuttlingen angemeldet war – sondern auf Karl von Haldorf. Anke Dankelmann war sicher, dass der alte Mann nicht die leiseste Ahnung davon hatte. Sie hatten im Büro der Kanzlei mittlerweile alle Computer und mobilen Geräte nach Kontaktdaten Oppers durchforstet – diese Nummer war nicht dabei gewesen. Wieso hatte Karin Berger die im Speicher? Gehörte sie zu den besonders auserlesenen Menschen? Und wenn ja – warum? Man würde sie fragen müssen. Aber zunächst einmal versuchten die Spezialisten, das Gerät zu orten. Immer in der Hoffnung, dass es auch eingeschaltet war.

Die Kollegen des Kommissariats für politische Straftaten nahmen sich der Fahndung nach diesem Wagner an. Es gab ein paar V-Leute in der Szene, nicht direkt in der Gruppe 88, aber im Umfeld. Man würde herausbekommen, wo er sich aufhielt.

Richard Plassek blieb mit Dankelmann und ein paar anderen Kollegen im Raum, als die meisten ihn schon verlassen hatten.

»Wisst Ihr, was mich umtreibt? Wir sitzen hier und legen die Ränder des Puzzles zusammen. Und im Kern kann jeden Augenblick, in jeder Nacht die nächste Bombe hochgehen. Wir sind ein Stück weiter als gestern – aber noch endlos weit davon entfernt, wirklich eingreifen zu können.« Der Chef wirkte ein wenig resigniert.

59

Immo Wagner und Hans-Jürgen Fechter hatten sich mit dem
Lkw-Fahrer, der ebenfalls Urlaub genommen hatte, im Beiserhaus
im Knüllwald einquartiert. Eine einfache Unterkunft, sie waren als
Wandergruppe angemeldet. Beide hatten von ihren Arbeitgebern
anstandslos Urlaub bekommen, die Personalsituation ließ es zu.
Morgens zogen sie mit Rucksäcken in den Knüll, dort gab es jede
Menge einsamer Lichtungen und Waldgebiete, in denen sie üben
konnten – allerdings ohne richtige Detonationen, man musste sich
auf Trockenübungen beschränken. Sie lernten in den drei Tagen
alles über Sprengstoff und vor allen Dingen, wie man gut und sicher funktionierende Zünder zusammenbaute. Irgendwann fuhren
sie in den nächsten Ort, der ein Haushaltswarengeschäft hatte, und
beide bekamen den Auftrag, für jeweils unterschiedliche Arten von
Zündern das Zubehör zusammenzukaufen. Der Lkw-Fahrer war
mit dem Ergebnis hochzufrieden. Der nächste Einsatz in Kassel
stand bevor, man würde die beiden Neuen mitnehmen und sie auch
agieren lassen. Er kannte das Ziel noch nicht, er würde es bald erfahren. Sie gingen an diesem Tag zurück zum Beiserhaus, aßen zu
Abend, tranken ein paar Bier, wie es Wanderer halt machen, und
gingen früh schlafen. Der morgige Tag würde für Fechter und
Wagner die Premiere als Terroristen sein. Dafür waren sie in dieser Nacht erstaunlich unaufgeregt.

60

Als Anke Dankelmann und Bernd Stengel im Gefängnis ankamen,
ließen sie sich zu Tristans Zelle bringen. Der hatte schon gepackt.
»Na, freuen Sie sich auf Zuhause?«, fragte Anke Dankelmann.
»Sie kennen meine ursprünglichen Pläne, die haben Sie mit einem
recht simplen Schachzug durchkreuzt. Aber ich werde auch das
überstehen, glauben Sie mir.« Haldorf schien in den wenigen Tagen im Gefängnis um Monate gealtert zu sein. Er verfällt regelrecht, dachten die beiden Polizisten. Der stolze, aufrechte Greis
aus dem Augustinum war nur noch ein alter Mensch, ohne Kör-
perspannung. Schien er vor kurzer Zeit noch unsterblich zu sein,

wirkte er nun beinahe für jedes Leben zu schwach. Nur die Stimme und die Augen hatten die alte Dynamik.

»Sagen Sie«, Anke Dankelmann ging zum Fenster und schaute durch die Gitter nach draußen, »haben Sie eigentlich ein Handy?«

»Nein, warum fragen Sie?«

»Weil Dr. Opper aus der Anwaltskanzlei in Hamburg eines hat, das auf Ihren Namen angemeldet ist und dessen Kosten von Ihrem Konto abgebucht werden.«

Haldorf schaute sie mit Unverständnis signalisierenden Augen an.

»Dann hat er mich gelinkt. Soll vorkommen.«

»Kennen Sie die Gruppe 88?« Stengel wechselte das Thema – es war mit Anke Dankelmann abgesprochen.

»Ja, natürlich, das sind wunderbare Kameraden, die das, was wir im Dritten Reich geleistet haben, sehr bewundern. Und mich als einen der letzten Zeitzeugen und aktiven Kämpfer, der zudem mit Heydrich befreundet war, verehren. Das tut meiner geschundenen Seele gut. Ich unterstütze sie mit kleinen Geldbeträgen für ihre Kameradschaftsabende und so. Aber das wissen Sie ja.«

Stengel nickte. »Woher stammt eigentlich das Geld für Ihren Lebensunterhalt? Und warum kriegen sie es überhaupt?«

»Woher es stammt, das wissen Sie doch bereits, oder? Und warum ich es bekomme? Ich habe die Firma TUT-Trans bei ihren Südamerika-Aktivitäten beraten, das ist das Entgelt, die Provision.«

»Verzeihung, Herr von Haldorf, die Firma TUT-Trans macht keine Geschäfte in Südamerika, das ist eine reine Geldwaschanlage, wie wir vermuten. Es wird die Firma nicht mehr lange geben.«

Stengel schaute den alten Mann an, doch der lächelte nur.

»Ist Geldwäsche etwa kein Geschäft? Nun ja, ich denke, da kommt ein neuer Anklagepunkt auf mich zu, ich zittere bereits vor Angst, merken Sie das nicht. Herr Kommissar: Sie können hier machen, was Sie wollen – es ist mir egal. Ich gestehe alles, was ich getan habe. Aber ich werde Ihnen niemals auch nur einen Namen, eine Stadt, eine Telfonnummer nennen. Und jetzt muss ich gehen.«

Anke Dankelmann stand auf. »Eine Frage noch, bitte. Wer ist dieser Verwandte von Ihnen in dieser Stadt? Ich denke, alle Haldorfs und deren Verwandte sind verstorben.«

»Nicht ganz, Frau Kommissarin, ich lebe ja noch. Ja, es gibt einen Verwandten, einen Menschen, der kolossale Eigenschaften hat.

Viel Spaß bei der Ermittlung. Ach so, ich habe hier noch was für Sie. Es sind die Kopien meiner Aufzeichnungen der vergangenen Tage. Ich habe alles, was ich getan habe, was Sie als Verbrechen bezeichnen, aufgeschrieben. Macht Ihnen die Arbeit leichter, denke ich. Das Original hat Frau Berger. Möglicherweise fällt mir noch mehr ein, dann schreibe ich auch das auf. Nochmals viel Spaß, diesmal bei der Lektüre.«

Haldorf wurde von einem Taxi abgeholt, das ihn, verfolgt von einem Polizeiwagen, zum Augustinum bringen sollte. Anke Dankelmann und Bernd Stengel schauten den beiden Autos hinterher.

Anke Dankelmann beschloss, ihren langen Arbeitstag zu beenden und zu Fuß die eineinhalb Kilometer bis zu ihrer Wohnung zu gehen. Sie wollte ein wenig ausruhen, bevor sie sich mit Miegler traf. Stengel fuhr zurück ins Präsidium und versprach, eine SMS zu schicken, falls sich etwas tat. Er bot ihr an, Haldorfs Erinnerungen zu lesen, doch sie lehnte ab.

»Morgen, vielleicht, das schaffe ich heute nicht. Ich habe schon zu viel von diesem Monster erfahren.«

Es hatte sich nichts getan. Das Handy von Opper war nicht zu orten, Immo Wagner war spurlos verschwunden. Die Hinweise aus der Bevölkerung häuften sich und banden viel zu viel Personal. Polizei und Bevölkerung warteten auf die Nacht. Und hatten Angst vor der nächsten großen Detonation.

Anke Dankelmann nutzte die Zeit, um doch noch eine Runde Sport zu machen. Sie duschte, danach, legte legere Kleidung an und setzte sich in die Straßenbahn nach Wilhelmshöhe. Sie stieg an der Haltestelle hr-Studio aus und ging die paar Schritte zum Restaurant, sie war pünktlich. Hinter dem Restaurant, das in einem ehemaligen Gutshof untergebracht war, erhob sich das Kasseler Studio des Hessischen Rundfunks. Was immer die Herrschaften dort täglich machten – sie bekam es nicht mit. Und wenn man mal im Radio oder Fernsehen etwas hörte oder sah – dann hatte das garantiert schon in der Zeitung gestanden. TV-Gebühren, rausgeworfenes Geld, dachte sie manchmal.

Sie ging über das Kopfsteinpflaster des Parkplatzes und sah Miegler schon durch die Fensterscheiben in einer Nische sitzen. Er schien sich tatsächlich zu freuen, als er sie sah. Auch das noch, dachte die Kommissarin, auf Gesülze habe ich heute Abend keinen Nerv mehr.

»Schade, dass der Wirt, mein alter Freund Gunter, heute nicht da ist, ich hätte Sie gern bekannt gemacht. Das ist ein witziger Laden hier: Die Senioren aus der Residenz Mundus kommen hier her, aus den Kliniken am Habichtswald kommen die Patienten, wenn sie mal was Ordentliches futtern wollen – alles Leute mit Geld. Der Laden läuft gut«, sagte Miegler. Sie bestellten, Anke Dankelmann hatte Lust auf ein richtiges Steak und trank ein Weizenbier. Miegler nahm einen Campari-Soda und dann ein Wasser. Langweiler, dachte Anke Dankelmann.

»Tja, das ist ja schade, dass Sie nach Südhessen gehen. Ich kann Ihre Notlage aber verstehen, und deshalb zerreiße ich hiermit den Mietvertrag.« Er holte das Papier aus seinem Jackett und zerriss es in kleine Stücke.

»Darauf trinken wir, auch wenn ich es nach wie vor bedauerlich finde.« Sie stießen an. Anke Dankelmann trank nur einen kleinen Schluck aus ihrem Weizenbierglas, dieses Schöfferhofer schmeckte einfach gewöhnungsbedürftig. So gewöhnungsbedürftig, dass man mehr als zwei nicht trinken konnte – sehr gesund also.

»Sagen Sie mal, Herr Miegler, ich habe da mal eine Frage. Als ich mich auf die neue Wohnung gefreut habe, da habe ich mir mal die Unterlagen von dem Haus besorgt. Sie wissen schon, Einwohnermeldeamt und so. Ich war einfach gespannt, wer da schon alles gewohnt hat und so weiter. So was mache ich gern, ich gehe auch gern über Friedhöfe und schaue mir Grabsteine an und überlege dann, was für Geschichten da wohl im Hintergrund passiert sind.« Miegler schaute sie interessiert an. »Sie sind ja erst in das Haus gekommen, als sie schon ein paar Jahre alt waren. Wie kam das denn?«

»Naja, das ist ganz einfach. Es war keine Wohnung frei, wir wohnten in einer anderen schönen Wohnung in Kassel und sind dann erst dahin gezogen. Mein Opa wollte uns unbedingt bei sich haben – seitdem wohne ich da.«

Anke Dankelmann nickte. »Das wird schon nach dem Krieg ein besonderes Haus gewesen sein, heiß begehrt, wahrscheinlich.«

»So ist es. Wie laufen eigentlich die Ermittlungen bei all diesen Sprengstoff-Fällen? Selbst ich habe Angst, nachts in der Stadt allein spazieren zu gehen.« Er lächelte sie an.

»Kann ich Ihnen nicht sagen, hoffen wir mal, dass heute Nacht nichts passiert.« Sie machte absichtlich einen unzugänglichen Eindruck, Miegler musste das merken.

Gegen 22 Uhr zahlte Miegler, er bestand darauf, Anke Dankelmann nach Hause zu fahren. Er setzte sie an der Wilhelmshöher Allee am Kirchweg ab.

»Frau Dankelmann, eines wollte ich Ihnen noch sagen. Es tut mir sehr leid, dass Sie nicht zu uns in die Goethestraße ziehen und uns sogar noch nach Südhessen verlassen. Es tut mir aber auch leid, weil ich Gefallen an Ihnen gefunden habe. Sie sind eine wunderschöne Frau, ein toughes Mädel, sagt man wohl heute, eine Frau, die eine kolossale Wirkung auf mich hat. Ich habe gemerkt, dass ich bei Ihnen nicht lande. Das tut mir leid. Aber ich wünsche Ihnen dennoch alles Gute. Passen Sie auf sich auf.« Die Offenheit irritierte sie, damit hatte sie nicht gerechnet.

Sie sagte »Danke!«, strich ihm freundschaftlich über den Arm und stieg aus dem Auto, schwenkte ihre kleine, schwarze Handtasche ein wenig unsicher hin und her und ging mit schnellen Schritten in Richtung Wohnung. Dort trank sie noch einen Schluck Rotwein, schaute vom dunklen Wohnzimmer aus in den Himmel über Kassel und merkte, dass sie zu müde für Gedanken war. Sie putzte die Zähne und ging ins Bett. Sie würde nach diesem Tag gut schlafen können. Es war so eine Einschlafphase, die man nicht braucht. Man ist todmüde, die Glieder sind schwer und dann tanzen die Lichter vor den Augen. Aus den Lichtern werden Personen, man glaubt, diese Menschen raubten einem den Schlaf, diffuse Handlungen, man hatte das Gefühl, mittendrin zu sein, eine anstrengende Zeit mitten in der Nacht – dabei war man, ohne es zu merken, schon längst weggedämmert. Sie sah die Personen des Tages, hörte mit geschlossenen Augen Wortfetzen. Sah Haldorf, die Berger, Plassek, die Kollegen, den Blick aus Tristans Zelle. Ein wirres Durcheinander, manches hatte sie erlebt, anderer Unfug kam dazu. Warum verkaufte die Spurensicherung plötzlich Motorradreifen auf dem Königsplatz? Warum schnitzte Willimowski, mit dem sie nun überhaupt nicht mehr gerechnet hatte, mit einem Taschenmesser am Profil der Pneus herum? Und plötzlich schreckte sie aus dem Schlaf hoch, bekam kaum noch Luft, knipste das Nachttischlicht an, dann die Deckenlampe, ging von Zimmer zu Zimmer, machte alle Lampen an, kontrollierte die mehrfach verriegelte Eingangstür. Sie holte eine Flasche Mineralwasser und trank in langen Zügen, das half gegen das Herzklopfen, das beruhigte. Anke Dankelmann setzte sich auf ihren Lieblingsstuhl im Wohnzimmer und schaute hinaus. Was war das eben gewesen? Über welches Wort war sie gestolpert, welchen Satz, wer hatte ihn gesagt? So ein schwachsinniger Traum! Nein, sie rieb sich die Augen, es war kein Satz, es war ein Wort. Sie scannte den Tag noch einmal in Blitzgeschwindigkeit. Das Restaurant, die Fetzen des Mietvertrages, der überraschende Abschied im Auto. Da explodierte es in ihrem Kopf: Das Wort war es, er hatte »kolossal« gesagt. Kein Mensch redete heute mehr so. Und er war nicht der einzige an diesem Tag gewesen, der es benutzt hatte. Auch Haldorf hatte es ausgesprochen: »Kolossal«. Entweder, dachte sie sich, bist du kolossal genial oder kolossal beknackt. Doch ihr Bauch sagte ihr, dass sie sich morgen würde kümmern müssen.

Sie brauchte jetzt ein wenig Lektüre zum Einschlafen. Auf dem Nachttisch lag ein Asterix-Band, »Asterix bei den Belgiern«. Sie hatte es schon zigmal gelesen und fand doch immer kleine Nuancen in den Zeichnungen, die sie bisher nicht entdeckt hatte. René Goscinny war ein Genie, fand sie. Und die Übersetzer aus dem Französischen hatten auch gute Arbeit geleistet. Wie kam man auf den Gedanken, die Häuptlingsfrau, die gut kochen konnte, Kantine zu nennen? Asterix half, sie kam auf andere Gedanken, knipste das Licht aus, streckte sich in den Federn und schlief sofort ein.

61

Karl von Haldorf war ein wenig nervös, als er wieder im Augustinum angekommen war. Doch an der Pforte ließ sich niemand etwas anmerken. Das Abendessen wurde ihm aufs Zimmer gebracht. Die wenigen Senioren, die er auf den Fluren getroffen hatte, kümmerten sich mehr um sich selbst und ihre Rollatoren als um ihn. Abends hatte das Telefon geklingelt, ein Mann namens Wolff war dran, der sich als Vorsitzender des Heimbeirates vorstellte. Haldorf hasste solche Einrichtungen, Spielwiese für Wichtigtuer, Alibi für demokratisches Handeln kurz vor dem Jenseits. Dieser Wolff also hatte ihm mitgeteilt, der Heimbeirat habe sich der Sache angenommen und der Geschäftsführung empfohlen, den Vertrag mit ihm nicht zu kündigen. Es sei Christenpflicht, auch einem Sünder eine Unterkunft zu gewähren. Haldorf hatte während des Gesprächs den Fernseher angestellt und die Laustärke nach oben geregelt. Er hatte so etwas wie »danke« gemurmelt und dann aufgelegt. Was bildeten diese Leute sich eigentlich ein? Ihm war das Augustinum völlig egal, im Zweifel würde er sich irgendwo eine Wohnung inklusive möglicher Pflege kaufen. Aber am besten ignorierte man diese aufgeblasenen Idioten, dachte er sich, wenn man sich auf die einlässt, wird man sie nicht mehr los. Das Augustinum hatte er gewählt, weil der Komfort stimmte und, zumindest der Namensliste der Bewohner nach, keine Ausländer hier wohnten.

Seine Gedanken schweiften schnell ab zur nächsten Aktion, die, soviel ahnte er, heute oder morgen Nacht bevorstand. Er setzte sich an seinen Schreibtisch, schrieb ein paar Zeilen an eines der Heydrich-Kinder zum Geburtstag und ging ins Bett. Es war totenstill in seinem Appartement. Irgendwie hatte er sich an die Gefängnisgeräusche gewöhnt. Nicht dass sie ihm fehlten, aber in der Zelle hatte er sich, hochbetagt wie er nun mal war, plötzlich wieder als Krieger gefühlt. Morgen würde er weiter in seinen Erinnerungen kramen und die Aufzeichnungen fortsetzen.

62

Die Gruppe hatte sich um 23 Uhr in Joe's Garage getroffen, einer Szenekneipe an der Friedrich-Ebert-Straße. Der Laden war ziemlich voll. Sie fanden einen Platz in der Ecke, sie bestellten, zahlten sofort und steckten die Köpfe zusammen. Der Fernseher lief, es kam irgendeine Verlängerung eines Champions-League-Spiels, fast alle Gäste konzentrierten sich auf die Übertragung. Sie redeten mit leiser Stimme und hatten keine Ohrenzeugen. Fechter und Wagner wirkten unaufgeregt, der Mann war stolz auf seine Wahl. Sie würden sich morgen aufteilen, der Lkw-Fahrer würde einen Sprengsatz legen, Fechter und Wagner an anderer Stelle den zweiten und der Mann selbst einen dritten. Im Abstand von 15 Minuten würden die Bomben hochgehen, die Stadt würde in Panik erstarren. Sie stellten es sich vor: Drei Bomben explodierten zur gleichen Zeit, ein Alarm jagte den nächsten, alle Sicherheitskräfte in Kassel wären sternförmig unterwegs. Es wäre eine Form von Machtausübung, man säße irgendwo und würde beobachten. Terror, dachten sie, ist eine Form, mit einfachen Mitteln alle aufzuwecken. Und die Folgen erst … Sie würden über kurz oder lang eine Stadt in der Hand haben – die erste Stadt, weitere würden folgen. Die Ziele waren festgelegt, der Sprengstoff würde aus dem Lkw gleich in Päckchen verteilt werden, der Lkw-Mann hatte den Wagen in einer Nebenstraße abgestellt. Fechter und Wagner hatten sich, wieder als Wanderer mit Rucksäcken angereist, in der Jugendherberge einquartiert. Sie würden morgen problemlos zu Fuß ihr Ziel erreichen. Dass es bei den Anschlägen Opfer geben würde, hatten sie einkalkuliert, eigentlich war das sogar erwünscht. Die nächste Stufe der Eskalation musste erreicht werden. Sie verabredeten sich für den nächsten Tag um 13 Uhr in der Goetheanlage zur letzten Abstimmung. Sie trauten ihren Telefonen nicht so recht über den Weg, in diesem kleinen Park würden sie zudem sofort feststellen, ob sie beschattet wurden.

63

Als Anke Dankelmann am nächsten Morgen im Präsidium eintraf, hatten sie die Selbstzweifel im Würgegriff. Was war das für eine nächtliche Aktion gewesen? du spinnst doch, hatte sie sich mehrfach gesagt. Ein Wort, wie soll das als Beweis, als Indiz, als Hinweis dienen? Das nimmt dir doch niemand ab! Sie wollte erst mit Stengel sprechen, der, wie immer, schon an seinem Schreibtisch saß, als sie zum Dienst erschien. Er hatte den Kopf auf beide Hände gestützt und las in dem Text, den Tristan verfasst hatte. Als sie hereinkam, hatte er kurz hochgeschaut und dann weitergelesen.
»Na, Bernd, was schreibt unser Drecksack?«
»Anke, das willst du gar nicht wissen. Das ist unvorstellbar. Er ist, wie wir erwartet haben, ein Massenmörder. Wenn du das liest, dann bitte portionsweise, auf einmal konsumiert, bist du reif für die Psychotherapie. Wie kann ein Mensch so was nur machen und dann auch noch stolz darauf sein? Der hat wahllos Menschen umgebracht, Männer, Frauen, Kinder, hat sie erschossen, erschießen lassen, verbrannt – für Führer, Volk und Vaterland. Der sollte nicht vor Gericht, den sollte man irgendwo in der Ukraine auf einen

Dorfplatz stellen und über Lautsprecher seine Taten verkünden. Anschließend hätte die Bevölkerung Gelegenheit, sich um die Sache zu kümmern. Hoffentlich stirbt der vor der Gerichtsverhandlung! Wirklich, das kann nicht öffentlich diskutiert werden. Man muss es irgendwann öffentlich machen – aber diesem Menschen darf man keine Plattform geben, wirklich nicht.« Anke Dankelmann hatte Bernd Stengel noch nie so reden gehört, und sie war froh, das Manuskript nicht mit nach Hause genommen zu haben, hatte irgendwie überhaupt kein Interesse, auch nur ein Wort davon zu lesen. Haldorf widerte sie an, sie würde sich allerdings in naher Zukunft mit dem Manuskript beschäftigen müssen. Stengel war, sie konnte es gut verstehen, jetzt nicht in der Stimmung, sich um ihr kleines Problemchen zu kümmern. Sie behielt ihre Entdeckung für sich.

64

In der Morgenlage gab es eine kurze Presseschau. Pivi Vogel, der Pressesprecher der nordhessischen Polizei, meinte, dass die Tatsache, dass es ein paar Tage keine Anschläge gegeben habe, die Wogen ein wenig geglättet hätten. Die Kommentare waren meist sachlich, zum Glück gab es in Kassel außer der Bild-Zeitung mit begrenzter Auflage keine Boulevardpresse.
»Was meint ihr, was in München oder Berlin los wäre?«, sagte er zum Schluss – aber das war den meisten egal. Das Ganze reichte ihnen auch so. Viele Bekannte wussten ja, dass sie bei der Polizei beschäftigt waren, und sie hatten folgerichtig auch im Privatleben häufig nur ein Gesprächsthema: Wer war für die Anschläge verantwortlich? Warum hatte man die noch nicht gefasst, und wann passierte der nächste Zwischenfall? Die Beamten waren am Rand dessen, was man an körperlicher und psychischer Belastung ertragen konnte. Es war so eine Phase im Leben, in der man abends nicht einschlafen konnte, weil man den Druck nicht los wurde. Man wachte nachts auf und fühlte sich ausgelaugt, weil es einfach kein erholsamer Schlaf gewesen war. Man stand morgens auf und war eigentlich so kaputt wie sonst nur nach einem Arbeitstag. Kaum in der Lage, die Nerven in der eigenen Familie unter Kontrolle zu halten – mit der Folge, dass der private Stress, der unwei-

gerlich entstand, sich zum beruflichen addierte. Eine Situation, die nur durch Fahndungserfolge bereinigt werden konnte. Richard Plassek und Anke Dankelmann wussten das und hielten wegen ihrer Selbstzweifel auch in der Morgenlage die Klappe. Was das Team jetzt nicht gebrauchen konnte, das war irgendein spinnerter Vorschlag einer Kollegin. Spinnerte Vorschläge und Anrufe und Briefe und Mails hatten sie genug! In welchem Gemütszustand die Gesellschaft insgesamt wirklich war, das wussten die, die einmal einen Tag Dienst am Hinweistelefon der Polizei gemacht hatten.

Anke Dankelmann holte sich einen Kaffee und merkte, dass der Gedanke an ihre Mutmaßung sie nicht loslassen würde, ehe sie ihn nicht mit jemandem besprochen hatte. Sie ging zu Elke Wendler in die Geschäftsstelle, machte ein wenig Small Talk. Sie mochte diese gemütliche Mittfünfzigerin, die auf dieser Etage wirklich alles im Griff hatte. Neulinge wurden hier empfangen und eingeführt, tagelang von ihr betreut, sie war Kummerkasten für private und berufliche Probleme. Wer Stress mit dem Vorgesetzten hatte, der konnte hier davon berichten und sicher sein, dass Elke Wendler sich den Vorgesetzten irgendwann schnappen würde, um mit ihm zu reden.

Nicht immer ging das zugunsten des Beschwerdeführers aus, manchmal hatte man Bockmist gebaut, und dann sagte einem Elke Wendler das auch. Sie war Unparteiische, Beziehungs- und Stilberaterin, sie war eine Instanz, die allseits respektiert wurde.

Sie war schon einmal verheiratet gewesen, der Mann war bei einem furchtbaren Arbeitsunfall ums Leben gekommen, und seit ein paar Jahren war Elke Wendler auf der Suche nach einem neuen Mann fürs Leben.

Anke Dankelmann erzählte ihr kurz, was sie umtrieb.

»Hmm, ich kenne wirklich absolut niemanden, der das Wort kolossal gebrauchen würde. Oder höchstens, wenn man ganz bewusst etwas dramatisieren will. Irgendwelche eitlen Fatzken, die mit Sprache brillieren wollen, so intellektuelle Kürläufer, die zwar beim Einkaufen ein Heringsfilet nicht von einer Steckrübe unterscheiden können, das aber präzise und sprachlich herausragend zu begründen wissen. Du weißt, was ich meine. Aber in deinem Fall scheint das ja zum Sprachgebrauch zu gehören, das ist schon ungewöhnlich.«

Elke Wendler trank einen Schluck Kaffee und sah Anke Dankelmann an: »Und warum fragst du mich, Anke?«

»Weil der Rest völlig gestresst und genervt ist, die würden mich auslachen, rausschmeißen, teeren, federn, rädern oder sonst was und mir sagen, lass uns mit deinem Borkener Schulmädchenscheiß in Ruhe. Du bist die Einzige, die hier noch normal tickt.«

»Danke für die Blumen, aber ganz geht das auch nicht an mir vorbei. Was du nicht weißt: Ich habe seit drei Wochen einen neuen Freund, der ist Türke und hat zwei Schlüsseldienste in Kassel und Vellmar. Und der hat mittlerweile auch Angst. Und ich auch.«

»Gratuliere, freut mich für dich. Ich meine: Es freut mich nicht, dass ihr Angst habt – sondern dass du jemanden hast. Wo lernt man denn so jemanden kennen, ich meine, je älter man wird, desto schwieriger ist das doch, oder? Ich wüsste jetzt gar nicht, wo ich auf die Pirsch gehen könnte ...«

»Du stellst Fragen. Wirst es kaum glauben: Ich hatte meinen Türschlüssel verloren, kam nicht mehr in meine Wohnung, der Schlüsseldienst ist ein paar Straßen weiter. Ich bin also hin, er war da, kam mit mir mit, wir quatschten ein wenig, er brauchte etwa drei Sekunden, um das Schloss zu knacken, und ich habe gesagt: Ich muss erst zur Bank, ich habe nicht so viel Geld dabei, das kostet doch immer 100 Euro oder so. Da sagte er: Frau Wendler, gehen Sie heute Abend mit mir essen, dann sind wir quitt. Erst habe ich gezögert, dann habe ich es gemacht, denn er ist ein sehr netter, zurückhaltender, fast schüchterner Mensch. Naja, und da hat es dann geschnackelt.« Elke Wendler grinste mit leuchtenden Augen. Anke Dankelmann freute sich für die Kollegin. Sie wollte noch etwas sagen, doch plötzlich kam Richard Plassek zur Tür herein und sah mit kritischem Blick die beiden Frauen an. Kaffeeklatsch, das waren deutlich spürbar seine Gedanken, passte im Augenblick nicht zu seiner Vorstellung von konzentrierter Arbeit.

»Richard, setz dich bitte mal einen Augenblick«, meinte Elke Wendler in einem Tonfall, der Wichtigkeit und Seriosität vermittelte und bei nichts und niemandem Widerspruch gestattete, selbst der Polizeipräsident hätte gehorcht.

»Anke hat einen Gedanken, den sie sich nicht traut, öffentlich zu äußern. Sie hat ihn mir erzählt, hör dir das bitte mal an.« Richard Plassek gehorchte und setzte sich auf den Stuhl vor dem zweiten

Schreibtisch im Raum, die Stuhllehne vor der Brust. Anke Dankelmann berichtete von ihrer Eingebung, verwies auf die ungeklärten Verwurzelungen Tristans in der Stadt, die möglichen Querverbindungen zu den Terroranschlägen. Als sie fertig war, blieb Plassek ein paar Sekunden ruhig und schaute auf irgendeinen Punkt auf der Schreibtischunterlage.

»Weißt du, Anke, natürlich würden alle sagen: du spinnst. Ganz von dieser Einstellung kann ich mich auch nicht lösen. Ganz ehrlich. Andererseits haben wir keines der wichtigen Seilenden des Knäuels in der Hand. Wir zuppeln hier, wir zuppeln da – also: Dann zuppel du heute mal an deinem Seilende, wenn es eines ist. Versteh mich bitte richtig: du zuppelst nur heute – und wenn das zu nichts führt, hat es sich ausgezuppelt, klar? Aber halt die Klappe, wenn das öffentlich wird, halten alle nicht nur dich für bekloppt, sondern auch mich. Und zumindest das würde mich stören. Red mit Bernd drüber und halt mich auf dem Laufenden, okay?«

Er ging zur Tür, drehte sich noch einmal um und sagte:

»Elke, du bist die gewiefteste Strippenzieherin, die ich kenne. Wollen wir nicht irgendwo zusammen einen Geheimdienst aufmachen? Auf Grönland oder so? Das war als Kompliment gemeint!«

Und schon war er verschwunden.

Die Kommissarin hatte den Freifahrtschein erster Klasse, den sie für ihr eigenes Puzzlespiel brauchte. Andreas Ernst, der Mann vom LKA, kam in ihr Büro, sie hatte den leisen Verdacht, dass der Interesse an ihr gefunden hatte und eine Möglichkeit suchte, mit ihr anzubandeln. Miegler, Ernst – reichlich Nachfrage nach einer fast 40-Jährigen, dachte sie und fühlte sich gebauchpinselt. Nach kurzem Small Talk kam Ernst schnell zur Sache.

»Sag mal, Anke, wollen wir nicht mal abends was zusammen trinken gehen?« Sie überlegte nicht lange, warum sollte sie jetzt noch mehr Komplikationen schaffen. Was war dagegen zu sagen, mit einem netten Kollegen ein Gläschen zu kippen?

»Warum nicht? Gern, wann denn?«

»Naja, ganz ehrlich, mir würde es schon heute passen, ich kenne hier ja niemanden, was meinst du?«

»Ich wollte eigentlich mal einen Fernsehabend auf der Couch einlegen, aber das läuft einem ja nicht weg. Können wir machen.«

Man einigte sich auf 20 Uhr in der Backstube, einer kleinen Kneipe in einer Nebenstraße in Wehlheiden. Für Anke Dankelmann zu Fuß zu erreichen, für Andreas Ernst, der ein Hotelzimmer im Steinernen Schweinchen, einem Hotel am Brasselsberg, bezogen hatte, mit dem Bus oder mit dem Taxi kein Problem.

»Sag mal, mein Lieber, was haben wir eigentlich über diese Gruppe 88, die unser Freund Tristan fröhlich mit Geldzuwendungen unterstützt?«

»Wir haben ein paar Namen, es gibt Fotos von der Beerdigung Stützers, da sind die alle in schwarzen Klamotten aufmarschiert, wie früher die SS, eine unheimliche Bande. Ich lasse dir die Unterlagen mal bringen, wenn du willst. Hast du einen Verdacht, einen neuen Gedanken?«

»Nein, nichts Konkretes«, sagte Anke Dankelmann. »Ich bin halt immer noch dabei, das Puzzle Tristan zusammenzusetzen, und da gehört die Gruppe dann zwangsläufig dazu.«

Sie hatte die Bilder wenige Minuten später. Ein paar der Gesichter waren deutlich zu erkennen, Bubigesichter, richtige Landeier, dachte sie, treiben sich den ganzen Tag auf den Äckern und im Stall umher und machen abends einen auf Viertes Reich. Warum aber unterstützte Tristan diese Hobby-Nazis? Sie prägte sich die Gesichter ein, las eine Liste der Namen, die ihr nichts sagten – und sie hatte tatsächlich recht mit ihrer Annahme. Viele Landwirte, einfache Angestellte. Keine Kampftruppe, die die Welt aus den Angeln heben konnte – oder gerade aus diesen Gründen doch so etwas wie die Speerspitze einer unheilvollen Bewegung? Die Wölfe im Schafspelz?

Sie hatte zu wenig in der Hand. Zuviel Raum für wilde Spekulationen, die den Blick für die Realität trübten.

Und nun war es Zeit, sich um ihre kolossalen Eingebungen zu kümmern. Sie rief im Einwohnermeldeamt an und erkundigte sich nach den Daten eines gewissen Volker Miegler. Es dauerte eine Weile, weil noch längst nicht alle Fakten, die zu den Einwohnern Kassels archiviert wurden, digital vorlagen. Werner Trautmann, der Leiter des Amtes, war ein zuverlässiger Helfer, wenn es um Anfragen der Polizei ging. Er nahm im Interesse der Fahndungstätigkeit die Sache mit dem Datenschutz auch nicht so genau. Verbrecherjagd, so sein Credo, konnte nicht an sozialromantischen

Gesetzen scheitern. Und er stellte nic Fragen. Wenn die Polizei was wollte, dann musste es seine Richtigkeit haben. Er meldete sich kurz vor 12 Uhr.

»So, Frau Dankelmann, ich gebe Ihnen nichts schriftlich, Sie kennen das ja, und was ich Ihnen sage, ist offiziell nie gesagt worden. Alsdenn, Volker Miegler. Geboren am 22. März 1959 in Kassel, Freudenthalstraße 14, der kam also nicht im Krankenhaus zur Welt. Geboren wurde er als Volker Kallweit.«

»Wie bitte? Kallweit? Herr Trautmann, das ist ein Hammer. Ich weiß zwar nicht, was ich mit den Informationen anfangen kann, aber echt Klasse, danke!« Sie wartete auf irgendwelche Schlussfolgerungen, die durch ihr Gehirn jagten – aber es kam nichts. Was half ihr diese Information?

»Moment, Frau Dankelmann, es gibt noch mehr Fakten. Herr Kallweit beziehungsweise Miegler, wie er ja heute heißt, wurde vor dem Umzug in die Goethestraße 68 adoptiert. Seine Mutter hat den Adoptivvater, einen Alwin Miegler, vor dem Umzug geheiratet. Das war 1963, sie haben am 1. April geheiratet, und am 2. April ist die Familie zusammengezogen. Dieser Miegler war 21 Jahre älter als Frau Kallweit. Ziehen Sie selbst ihre Schlüsse aus alldem.«

Anke Dankelmann war platt. Sie hatte nicht die leiseste Ahnung, was all das zu bedeuten hatte, aber sie war richtig platt.

»Herr Trautmann, gibt es Informationen über den Vater von Herrn Miegler?«

»In den Unterlagen steht: Vater unbekannt. Frau Kallweit wollte den Namen offenbar nicht nennen, oder es kamen mehrere Herren in Frage. Was das damals bedeutet hat, das wissen Sie sicherlich?«

»Naja, das muss es nicht zwingend bedeuten. Nicht jede Frau, die den Namen des Vaters ihres Kindes nicht preisgibt, ist zwangsläufig eine Nutte.«

»Zwangsläufig? Ein netter Begriff in dem Zusammenhang.«

Trautmann lachte, und auch Anke Dankelmann schmunzelte. Sie bedankte sich bei dem Mann vom Amt und legte auf. Bernd Stengel war mittlerweile ins Büro gekommen, doch sie beschloss, nichts zu sagen. Sie hatte so einen komischen Urtrieb, der ihr zu irgendetwas riet, das sie in der letzten Konsequenz noch nicht wusste. Sie kannte alle Fahndungsmethoden in- und auswendig. Anke Dankelmann hatte in ihrem Berufsleben immer wieder gelernt, wie man Fakten sortierte, der Wichtigkeit nach abarbeitete, wie man Fäden miteinander verknüpfte, wie man langsam ein Faktennetz entwarf, in dem irgendwann die Menschen mit den passgenauen Gegenfakten hängenblieben. Und im Raster kam irgendwann der Täter zum Vorschein. Und sie hatte immer wieder gemerkt, dass es beinahe noch wichtiger war, nicht auf der Autobahn zu fahren, sondern den Feldweg zu benutzen. Das hieß: einfach mal dem Instinkt folgen. Ob dieser Miegler nun als Kallweit oder als Schurikowski geboren war, das war zum gegenwärtigen Zeitpunkt völlig nebensächlich. Doch es interessierte sie.

Die Kommissarin schaute auf die Uhr – es war kurz nach halb eins. Sie wollte Pause machen und beschloss nach einem Blick aus dem Fenster, diese Mittagspause nicht im Präsidium, sondern beim Nordic Walking in der Goetheanlage zu verbringen. Sie fuhr nach Hause, zog sich um und schaute in den Spiegel. Baseballkappe, Sport-BH, wallendes T-Shirt – wie man sich durch einen solchen Klamottenwechsel verändern konnte, war schon erstaunlich.

Es war lange her, dass sie sich mittags mal davongestohlen hatte. Es gab so etwas wie ein Pflichtgefühl, das so etwas nicht zuließ. Diese innere Stimme, die zwar nicht protestierte, wenn man Überstunden machte, wohl aber sich zu Wort meldete, wenn man mal aus dem täglichen Rhythmus ausscherte. Es war ihr heute egal. Die Stimme meldete sich erwartungsgemäß zu Wort, aber sie versuchte, all das zu ignorieren. Als sie am Kirchweg losmarschierte, mit ihren beiden Stöcken, war das schon ein wenig seltsam. An dieser geschäftigen Kreuzung machte man mittags kein Nordic Walking, man rannte emsig umher, hatte wichtige Dinge zu erledigen, schaute engagiert, gestresst, deprimiert. Die einzigen, die notgedrungen in ihren Sitzen hingen und warten mussten, das waren die Taxifahrer.

Anke Dankelmann wusste, dass sie für ein solches Berufsleben absolut ungeeignet wäre. Warten ohne Aussicht auf ein Ende, tagsüber, nachts, immer mit Blick auf den Umsatz, der die eigene Existenz absicherte, was für eine Geduld musste man haben. Sie ging den kleinen Anstieg auf der anderen Seite des Kirchwegs empor. Das war wahrscheinlich die schattigste Straße in Kassel, hohe Häuser, enge Straßenführung, hohe Bäume, hier hatte die Sonne nicht den Hauch einer Chance. Drei Runden hatte sie sich vorgenommen. Auf dem Kinderspielplatz waren zahllose Jungen und Mädchen unterwegs, das Geschrei war unerträglich. Mütter saßen ermattet auf den Bänken. Eine Kindergartengruppe wurde mit Mühe und Not von zwei Helferinnen gezähmt, Kinder stritten sich, andere lachten, eines weinte, weil es von der Schaukel gefallen war – man musste Menschen bewundern, dachte sie, die so etwas tagaus, tagein aushielten. Es war einer jener Frühlingstage, die nichts so richtig mit sich anzufangen wussten. Mal kam die Sonne durch, dann wurde es schnell warm. Mal war sie weg, dann musste man den eben abgestreiften Pullover wieder anziehen. Und alles begleitet von einer drückenden Schwüle. Die das Atmen erschwerte und ihr schnell den Schweiß aus den Poren trieb. Sie absolvierte die erste Runde, hatte den Job vergessen und kämpfte gegen das Gefühl an, eigentlich nicht lange laufen zu wollen. Die Bänke waren besetzt, man nutzte die helle Jahreszeit aus, wann immer es ging. Als sie an der Goethestraße zurück zum Ausgang marschierte, kamen ihr vier Männer entgegen. Den ersten erkannte sie sofort: Volker Miegler. Den zweiten hatte sie noch nie gesehen, den dritten konnte sie nicht so recht erkennen, weil er von Miegler verdeckt wurde. Und den vierten hatte sie auch schon einmal gesehen. Sie wusste nur nicht, wo und wann. Sie schaute strikt nach unten, damit Miegler sie nicht erkannte. Eine Walkerin halt, und eine Polizistin würde man doch um diese Tageszeit sicher nicht beim Sport erwarten.

Als sie ihre zweite Runde absolvierte, waren die Männer verschwunden. Sie bekämpfte ihren inneren Schweinehund und legte die dritte Runde nach. An abschalten war nicht mehr zu denken, was war das bloß für eine Gruppe gewesen?

Sie duschte, bekam Gel in die Augen und fingerte nach dem Handtuch, um die Seife abzutrocknen. Als das geschafft war, funktionierte ihr Hirn wie geschmiert, Seife in den Augen war offensichtlich ein gutes Mittel, um sofort hellwach und konzentriert zu werden. Und sie wusste plötzlich, wo sie den einen Mann aus der Goetheanlage schon einmal gesehen hatte. Sie sah eines der Fotos vor sich, das ihr Ernst gebracht hatte, die Bilder von Stützers Beisetzung. Das Gesicht, das sie erkannt hatte, war dabeigewesen. In schwarzem Dress, in schwarzer Uniform. Wie damals, bei der SS.

Sie hatte plötzlich eine Idee. Anke Dankelmann zog sich an und wählte eine Garderobe, die sie auch heute Abend, wenn sie mit Andreas Ernst unterwegs wäre, tragen konnte. Sie stand vor dem Spiegel und dachte an Valentin Willimowski. Er tat ihr leid, sie würde gern wissen, was er jetzt so trieb – aber eigentlich wollte sie es auch nicht wissen. Das Kapitel war beendet. Aus.

Und warum dachte sie immer noch an ihn? Mitleid, so lautete ihre Erklärung. Der Versuch, die verlorene Zeit mit einem verlorenen Menschen nicht als komplett verloren verbuchen zu müssen.

Aber was um alles in der Welt hatte Miegler mit diesem komischen Neonazi zu tun? Im Büro schaute sie sich noch einmal die Bilder an. Nein, es gab keinen Zweifel, sie hatte eben einen dieser Nazi-Verkleidungskünstler in der Goetheanlage gesehen.

Sie hielt es nicht mehr aus, musste sich mitteilen, und Bernd Stengel war ein bewährtes Opfer. Sie fasste knapp die Fakten zusammen: Tristan unterstützte die Gruppe 88 im Schwalm-Eder-Kreis, deren eine Hauptperson, Stützer, ermordet worden war – und auf dessen Grundstück man das Motorrad gefunden hatte, das eindeutig Reifenspuren auf dem Gelände von Ismiroglu hinterlassen hatte, bevor dort die Bombe hochgegangen war. Stützer war die Dependance der TUT-Trans, die wiederum in den Sprengstoffdiebstahl verwickelt zu sein schien. Und einen der Gruppe 88 hatte sie eben mit Miegler in der Goetheanlage gesehen. Und bei Miegler, das fiel ihr eben wieder ein, hatte in dessen Bibliothek »Mein Kampf« gelegen, als sie zum ersten Mal zu Besuch gewesen war.

Sie schaute Bernd Stengel auffordernd an, doch der blieb merkwürdig reglos.

»Und wie lauten deine Rückschlüsse aus all dem?«, fragte er und sah sie auffordernd an.

»Naja, könnte ja sein, dass dieser Miegler irgendwie zumindest in die Gruppe 88 verstrickt ist, es deutet zumindest einiges darauf hin.«

»Und wir wissen aber nicht, ob die Gruppe 88 etwas mit diesen Anschlägen zu tun hat. Hast du sonst noch jemanden beim Sport erkannt, als ich mich hier mit den Kollegen im Büro um die Ermittlungen gekümmert habe?«

Anke Dankelmann verdrehte die Augen. Darin hatte er Talent: anderen Leuten ein schlechtes Gewissen zu machen.

»Bleib mal bei der Sache: Was machen wir jetzt mit diesen Erkenntnissen?«

»Keine Ahnung. Berichte Richard davon, lass ihn entscheiden.«
Anke Dankelmann dachte nach.

»Nein. Ich bin heute Abend mit Andreas Ernst auf ein Bier verabredet. Bis dahin werde ich mich mal um unseren Freund Miegler kümmern. Mal sehen, was er so treibt. Mein Handy ist aufgeladen und es ist an – ihr könnt mich also im Zweifel orten.« Stengel winkte ihr zu und ließ sie gehen. Madame ging also spazieren, und er ging den Hinweisen aus den Anrufen nach. Die Welt war ungerecht, er war sauer. Und zwar richtig. Anke Dankelmann hatte dem Versuch widerstanden, das Thema »kolossal« auch noch anzubringen. Stengel hätte sie ausgelacht.

65

Seniorenresidenz Augustinum. Karl von Haldorf machte Gedächtnistraining. Er wollte, dass ihm der Nachname von Hertha wieder einfiel. Er ging in Gedanken durch die Straßen des alten Kassel. Erinnerte sich als erstes an die Schöfferhofer Brauerei in Rothenditmold, den Maischegeruch, der tagaus tagein in der Luft hing, dem ganzen Quartier praktisch eine eigene Duftnote gab, und landete unweigerlich am Rothenberg, wo Martha Drönner gewohnt hatte. Deren Name war ihm nicht entfallen, doch diese Vorstellung brachte ihn nicht weiter, er musste seinen Stadtspaziergang im Kopf woandershin lenken. Er ging die Königsstraße hinunter bis zur Wilhelmsstraße, bog ab in Richtung Karlskirche, dann in die Carlsstraße und stand vor den Bürgersälen. Eigentlich eine unscheinbare Kneipe – aber hier hatten sie gleich nach dem Machtwechsel ihr neues Imperium zementiert. Hatten Sozialdemokraten, Kommunisten, Juden gefoltert, zusammengeschlagen. Er war vorn mit dabeigewesen und war sich nach wenigen Tagen sicher, dass sie gewinnen würden: Nicht nur die Opfer ließen die Dinge geschehen, auch die stinknormalen Bürger begehrten nicht auf, nahmen hin, was sie mitbekamen, ohne Protest, ohne Widerstand, zum großen Teil ohne Kommentare, pflegten die Kultur des Wegschauens oder die des Nicht-Wissen-Wollens. Andererseits hatte er so viel Hass in den Augen seiner Mitstreiter gesehen, so viel Lust daran, all das beschissene Leben der vergangenen Jahre jetzt gegen eines einzutauschen, das ihnen eine Position als Obermenschen bescherte, dass er ziemlich genau wusste, wie die Kräfteverhältnisse waren.

Von hier aus hatte Karl von Haldorf seinen eigenen Vernichtungsfeldzug begonnen, der ihn bis in die Weiten Russlands geführt hatte. Das Kassel-Bild verschwand aus seinem Kopf, löste sich auf, stärkere Eindrücke aus einer anderen Epoche seines Lebens bekamen klare Konturen. Er setzte sich an seinen Schreibtisch und hatte plötzlich Lust auf eine Fortsetzung seiner Memoiren. Und knüllte dann das Papier nach wenigen Zeilen zusammen. Was sollte er Neues erzählen? Es waren immer dieselben Taten. Sie hatten hier ein Dorf in Brand gesteckt, dort Menschen umgebracht, hatten zugesehen, wie die sich gegenseitig niedermetzelten, in der Annahme, die Sieger in der internen Auseinandersetzung würden von den Deutschen begnadigt – und dann hatte man sie einfach mit der Pistole erledigt. Er erinnerte sich an die Wehrmachtssoldaten, die sich ihre Opfer aufgeteilt hatten. Der eine die Mütter, der andere die Kinder. Der mit den Kindern hatte die Tatsache, dass der andere die Mütter erledigte, als Motiv für sich gesehen: Die Kinder waren hilflos, er rettete sie vor einem mutterlosen Dasein. So etwas oder ähnliches hatte der Mann gefaselt. Er musste immer weniger selbst zur Waffe greifen, das Morden hatte System und das hatte tausende Helfershelfer gefunden. Den Kindermörder hatte er später wiedergesehen, während des Rückzuges. Er lag im Schnee, ein Bein war ihm abgerissen worden, er war verblutet. Doch Tristan hatte das Gesicht erkannt. Die Russen würden sich die Orden schnappen, als Beute, Kriegserinnerung, und die wenigsten von ihnen, die hier kämpften, würden das Ende des Krieges erleben – sie zogen weiter, keine Zeit zu langem Nachdenken, das Grollen der Geschütze war gefährlich nahe.

Haldorf fühlte sich einsam in der Wohnung, zum ersten Mal. In der Zelle hatte sein Leben irgendwie einen besonderen Sinn gehabt, er hatte sich als Held, als Gallionsfigur einer neuen Bewegung gefühlt. Hier war er einer von unendlich vielen alten Menschen, die auf den Tod warteten und die Zeit bis dahin so sinnvoll wie möglich zu überbrücken versuchten. Mit Besuch konnte er nicht rechnen, sein Appartement wurde wahrscheinlich überwacht. Er ahnte, dass ihm die letzte große Bühne verwehrt bleiben würde. Haldorf würde die Nacht abwarten und sich an deren Ergebnissen am nächsten Tag erfreuen. Dann würde man weitersehen. Er goss sich einen Sherry ein, den ersten seit ewigen Zeiten. Vielleicht half der ihm bei der Namenssuche. Er kippte ihn ansatzlos und ohne jeden Genuss hinunter, legte sich aufs Sofa und wartete auf die Initialzündung in seinem Gedächtnis. Nach wenigen Minuten war er eingeschlafen.

66

Anke Dankelmann war schon fast aus dem Präsidium, als ihr eine Idee kam. Sie bat an der Pforte um ein Telefonbuch und rief in der Versicherungsagentur Miegler an. Es meldete sich eine forsche Männerstimme.

»Hier ist Anke Dankelmann«, antwortete sie ohne sich als Polizistin auszuweisen, »ich hätte gern Herrn Miegler gesprochen.«

»Tut mir leid, der ist nicht da.«

»Wann kann ich ihn sprechen?«

»Geht es um eine Versicherungsangelegenheit?«

»Nein, ich möchte ihn privat wegen einer Mietsache etwas fragen.«

»Gut, wenn es wegen einer Versicherung wäre, dann könnte er ihnen nicht helfen, Herr Miegler ist nicht mehr hier, er hat das Unternehmen verkauft.«

Anke Dankelmann war überrascht. »Aber es trägt noch seinen Namen?«

»Ja, das war eine der Bedingungen, und mir – ich bin der neue Besitzer, mein Name ist Michael, Jens Michael – passt das auch ganz gut, der Name ist eingeführt, erfolgreich, warum soll man da was ändern?«

»Danke, Herr Michael, tut mir Leid, dass ich Sie gestört habe, ich werde Herrn Miegler privat anrufen, die Nummer habe ich.«

»Nichts zu danken, und wenn Sie mal Beratung in Sachen Versicherungen brauchen – wir sind für Sie da.«

Miegler lebte also den Schein – hatte er ihr nicht gesagt, er habe eine Versicherungsagentur, als sie sich damals vor dem Haus in der Goethestraße kennengelernt hatten?

Sie fühlte sich in ihrem Entschluss bestärkt, sich ein wenig um Miegler zu kümmern. Was sie damit meinte, war ihr eigentlich unklar. Beschatten konnte sie ihn nicht wirklich, schließlich kannte er sie und würde sie vermutlich entdecken. Andererseits würde sie nur wegen ihres bloßen Verdachts kein Personal bekommen, dass jetzt auch noch Miegler beschattete. Haldorf und die Berger wurden bereits observiert – für einen weiteren Auftrag sah sie keine Chance. Anke Dankelmann stellte ihren Wagen wenig später vor der Haustür im Kirchweg ab. Sie veränderte die Einstellungen an ihrem Handy so, dass die Nummer beim Anruf unterdrückt wurde und ging Richtung Goethestraße. Das Haus war schlecht zu beobachten, ohne selbst aufzufallen. Aber zunächst musste sie herausbekommen, ob Miegler überhaupt daheim war. Es war kurz vor 16 Uhr, die Goethestraße war stark befahren, Autos, Fahrräder, auf den Bürgersteigen waren jede Menge Passanten unterwegs. Sie fand eine Bank vor dem Diakonissen-Krankenhaus, schräg gegenüber, von hier hatte sie eine leidlich gute Sicht auf den Eingang von Haus Nummer 68, die hohen Bäume verdeckten die Sicht auf die Etagen, hatte aber auch den Vorteil, dass sie nicht gesehen werden konnte. Ein paar Patienten des Krankenhauses saßen in furchterregend hässlichen Bademänteln auf dieser und anderen Bänken und rauchten. Man beachtete sie kaum, dennoch stand sie noch einmal auf und rief in der Wohnung an. Niemand nahm ab, nach einer Weile meldete sich der Anrufbeantworter. Sie beendete die Verbindung. Siedendheiß fiel ihr ein, dass es womöglich gar nicht so klug gewesen war, das Auto woanders abgestellt zu haben. Was wäre, wenn Miegler nach Hause käme und anschließend mit seinem Auto weiterführe? Sie schaute auf ihr Handy und sah, dass der Akku beinahe leer war. Sie musste das bisschen Restenergie nutzen und schaltete das Telefon aus. Wenn sie es brauchte, könnte sie es ja wieder anschalten.

Miegler tauchte gegen 16.30 Uhr auf. Er kam die Goethestraße entlang, ging genau auf der Seite des Diakonissenhauses, und Anke Dankelmann hatte alle Mühe, noch rechtzeitig im Eingangsbereich des Krankenhauses in Deckung zu gehen, um nicht gesehen zu werden. Miegler telefonierte, schaute nach nahenden Fahrzeugen und überquerte die Kreuzung im Laufschritt. Anke Dankelmann zweifelte immer mehr am Sinn der Mission, aber auch an sich selbst. Blöder als sie hatte sich wahrscheinlich noch niemand bei der Observierung einer Person angestellt. Eigentlich machte sie alles falsch. Sie war nahe dran, aufzugeben, doch ihr nordhessischer Dickkopf ließ derartigen Gedanken keinen allzu großen Raum. Sie tastete kurz nach ihrer Pistole – selbst die hatte sie nicht dabei. Aber eigentlich war auch nicht mit gefährlichen Situationen zu rechnen, die einen Waffeneinsatz erforderten. Sie wollte ja nur mal kurz den Schatten von Miegler spielen. Vorsichtshalber schickte sie Andreas Ernst eine SMS, dass es ein wenig später werden könne. Dann stellte sie das Handy wieder aus.

67

Immo Wagner und Hansjürgen Fechter hatten bei der Jugendherberge längst ausgecheckt. Sie fuhren mit Fechters Auto auf ein altes Industriegelände zwischen Oberzwehren und Nordshausen. Hier war mal ein Betonwerk gewesen, jetzt dienten die Straßen einigen Fahrschulen als Übungspiste für die Motorradschüler, hier und da hatten ein paar Firmen Lagerräume angemietet, TUT-Trans stand auf einem Schild, das an einer Tür am hintersten Gebäude an der entferntesten Tür hing. Das war natürlich nur Tarnung, angemietet hatte den Bunker irgendwann mal der selige Stützer, dort bewahrten sie ihre Utensilien für Nazi-Aufmärsche auf, die meisten von ihnen konnten ja ihre Fahnen, Uniformen und andere Devotionalien nicht zuhause aufbewahren, bei Hausdurchsuchungen, die man nach Demonstrationen nie ausschließen konnte, würde man überflüssigen Ärger bekommen. Sie hatten das, was sie abends brauchen würden, hier sorgfältig verstaut. Wagner hatte einen Schlüssel, von innen verriegelten sie die Tür, sie mussten auf den Fahrer des Lkw warten. Es gab einen Nebenraum, karg eingerichtet mit einem alten Küchentisch, ein paar schäbigen Stühlen, einer Anrichte, einem alten Kühlschrank und einer Kaffeemaschine. Sie brühten eine ganze Kanne starken Kaffees und warteten. Langsam spürten sie das Kribbeln, ihnen war in den vergangenen Tagen und vor allem in den Nächten klargeworden, dass sie heute Abend eine Grenze überschreiten würden. Sie waren bisher Neonazis gewesen, so weit gut und schön. Ab heute Nacht würden sie rechtsradikale Terroristen sein. Doch dieser Gedanke lastete nicht auf ihren Seelen. Er beunruhigte sie nicht wirklich, er förderte Adrenalin und das belebende Gefühl eines gewissen Stolzes. Die anderen riefen Parolen, sie würden Bomben sprechen lassen. »Wann wollte er kommen?«, fragte Wagner. Fechter zuckte mit den Schultern. »Rechtzeitig, das hat er, glaube ich, gesagt. Was immer das heißen soll.« Sie hoben die Tassen mit dem dampfenden Gebräu und tranken in kleinen Schlucken. Ihre Kleidung war normale Zivilkluft – unauffällig und dunkel. Es gab viele Gründe, heute Nacht nicht im Dunkeln zu leuchten.

68

»Wieso hat die blöde Kuh ihr Handy ausgestellt?« Bernd Stengel knallte den Hörer auf den Apparat, Anke Dankelmann war nicht zu erreichen. Richard Plassek stand im Raum, Andreas Ernst kam eben hinzu – und der sah sein Rendezvous in weiteste Ferne davonsegeln.

»Das gibt es doch gar nicht, spinnt die denn? Wir müssen doch in der Lage sein, ihr mal das eine oder andere, was sich bei den Ermittlungen ergeben hat, mitzuteilen. Aber nein, Frau Schussel geht mal wieder ihren eigenen Weg. Hat die ihr Hirn heute an der Garderobe abgegeben?« Plassek hatte Bernd Stengel noch nie so sauer auf seine Kollegin erlebt – und er war derjenige, der am meisten mit ihr mit- und durchgemacht hatte.

»Hilft nichts, Bernd, versuch es weiter, wir müssen dann hier halt mal alleine weitermachen. Was fangen wir mit unserer neuen Erkenntnis an?«

»Welcher Erkenntnis denn?«, fragte Ernst. Der LKA-Mann sah die beiden Kollegen gespannt an.

»Dieser tote Anwalt, dieser Stützer«, Stengel nahm ein Fax in die Hand, »hat Räumlichkeiten in einer alten Fabrik angemietet. Sinnvollerweise auf den Namen der TUT-Trans. Wir haben eine Streife hingeschickt und warten auf deren Nachricht. Angucken müssen wir uns den Schuppen, soviel ist klar. Reicht das morgen?« Stengel schaute Plassek an. Der überlegte kurz, fummelte sich am Hemdkragen herum, versuchte den Krawattenknoten ein bisschen zu öffnen, scheiterte aber kläglich. »Nein. Das sollten wir heute noch machen. Lass uns mal die Streife anfunken.« Sie gingen mit schnellen Schritten in die Leitstelle, wo der Beamte vom Dienst die Zivilstreife anfunkte.

»Wir sind gerade da«, meldete sich einer der beiden Kollegen. »Wir drehen eine Runde. Mein Gott, ist das ein putziges Gelände, bin hier schon dutzendfach vorbeigefahren. Hier fahren drei, vier Motorradfahrer rum, die Fahrlehrer stehen daneben, rauchen und quatschen. Noch haben wir den Laden nicht gefunden. Fahr da mal rechts«, sagte er zu seinem Fahrer und blieb auf Sendung. »Da! Da hinten ist es, da hängt ein Firmenschild an der Tür. TUT-Trans, wer sagt es denn. Moment, da scheint Licht durch die obere Scheibe der Tür, da ist wohl jemand drin. Was sollen wir machen?« Plassek beugte sich ans Mikro.

»Bezieht da irgendwo Posten, stellt das Auto ab, so dass man es nicht sehen kann. Behaltet den Eingang im Auge und gebt uns regelmäßig Nachricht. Ich denke mal, wir werden einen Einsatz vorbereiten. Ich sage Bescheid. Gute Arbeit, danke!«

Ernst schaute Plassek an. »SEK?« Der nickte.

»Veranlasst bitte alles Nötige. Der Schuss kann nach hinten losgehen, aber ich bin sicher, dass wir da nicht nur ein paar im Verborgenen arbeitende Modelleisenbahnliebhaber finden werden.«

Ernst nickte und griff zum Telefon, Plassek zu seinem Handy – er wollte seine Vorgesetzten informieren.

Bernd Stengel ging zurück in sein Büro und hatte ein mulmiges Gefühl. Wo steckte Anke Dankelmann?

69

Im Augustinum lag Karl von Haldorf immer noch auf dem Sofa. Die Decke war auf den Boden gerutscht. Er war halbwach und verstört wegen seines körperlichen Zustandes. Kalter Schweiß stand ihm auf der Stirn, seine Gliedmaßen zitterten, er spürte einen immensen Druck im Körper. An seine Träume, falls er welche gehabt hatte, konnte er sich nicht erinnern. Haldorf konnte sich nicht bewegen, er versuchte zu rufen und bekam keinen Ton heraus. Zum ersten Mal in seinem Leben kam so etwas wie Panik in ihm auf. Was geschah da mit ihm? Er schloss die Augen und fühlte sich wie bei einer überdrehten Diaschau, in der die Bilder im Halbsekundentakt an einem vorbeifliegen. Er hätte gern das eine oder andere Bild festgehalten. Er glaubte, Martha zu sehen, Hertha, Heydrich, Weinrich, plötzlich sah er nicht mehr all die Szenen, die noch seine Memoiren bestimmt hatten. Er sah nur Personen – und zwischendurch immer einen kleinen Jungen mit einem grünen Tuch. Mal hatte der Junge sein Gesicht, mal irgendein anderes, mal hatte er seines Gesicht seines Sohnes – und dann wollte er jedes Mal rufen und brachte wieder keinen Ton hervor. Er wollte an die Wand klopfen und konnte weder Arme noch Beine bewegen. Ein Rest Verstand riet ihm, Ruhe zu bewahren, tief zu atmen, seine Gedanken zu zügeln – doch der Schweiß wurde heftiger. Die Standuhr tickte unerbittlich, es wurde dunkel im Zimmer. Haldorf schloss die Augen, er spürte Kälte an den Füßen, seine Hausschuhe hatte er verloren. Die Kälte kroch in ihm hoch, schnürte ihm die Kehle zu. Er hatte Durst und würde nicht trinken können. Und er merkte, dass der Schweiß nicht nur Ergebnis irgendeines Prozesses in seinem Körper war. Er stellte mit Schrecken fest: Er hatte Angst!

70

Als Volker Miegler das Haus verließ, kümmerte er sich nicht mehr um die Dinge, die auf der Straße passierten. Anke Dankelmann hatte seit Stunden den Hauseingang beobachtet. Um die Zeit totzuschlagen hatte sie angefangen, Männer und Frauen zu zählen, die auf dem Bürgersteig gingen. Eine nutzlose Tätigkeit – denn sie hatte bei Mieglers Auftauchen sofort das Ergebnis vergessen. Er ging die Goethestraße stadteinwärts auf der nördlichen Seite, Anke Dankelmann, die froh war, sich endlich bewegen zu können, folgte auf der anderen Seite in einigem Abstand. Hier standen jede Menge Autos in den Parkbuchten, gut zur Tarnung. Miegler schaute zwischendurch mal auf die Uhr an seinem linken Handgelenk, blickte sich auch mal um, doch im Halbdunkel würden die kurzen Blicke nicht ausreichen, um einen etwaigen Verfolger zu entdecken, dachte sie. In Anke Dankelmann stellte sich das Gefühl ein, die Phase der Dusseligkeiten bei diesem Job überwunden zu haben, sie fühlte sich sicherer in dem, was sie tat. Miegler ging an den Kneipen vorbei, Ulenspiegel, Boccaccio, auf der anderen Seite das Starclub Varieté und folgte dem Knick, den die Goethestraße nach Norden machte, Richtung Friedrich-Ebert-Straße. Er bog abrupt in die Annastraße ein und ging dann sofort durch einen Durchgang an einem Mietshaus in den Innenhof auf der rechten Seite. »Scheiße!«, dachte Anke Dankelmann, ich bin zu weit weg. Sie rannte ein paar Meter, ging das Risiko ein, dass Miegler, falls er zurückschaute aus dem Dunkel der Einfahrt, sie womöglich sehen und erkennen konnte, überquerte die viel befahrene Friedrich-Ebert-Straße und spähte kurz durch den dunklen Eingang. Nichts zu sehen. Sie überlegte kurz und schlenderte dann mit dem gelassenen Schritt eines Bewohners auf den Innenhof. Dort waren ein paar Garagen schemenhaft zu erkennen, von Miegler keine Spur. Sie musste jetzt weitergehen, würden die Schritte verstummen, würde man auf sie aufmerksam werden. Sie war der einzige Mensch, der jetzt unterwegs war, aus vielen Fenstern schien Licht, die Menschen hatten das Abendessen wahrscheinlich hinter sich und rüsteten sich für einen Fernsehabend. Der Platz zwischen den beiden Häuserreihen war eine große Grünfläche, die Hauseingänge waren im Innenhof, das gab ihr ein wenig Sicherheit, bei all den vielen Häusern war die Wahrscheinlichkeit, dass jeden Moment jemand aus dem Haus kam und Zeuge wurde, ziemlich groß. Sie wählte den Weg an den offenen Flügeltüren einer der Garagen vorbei, um einen Blick zu erhaschen. Die Garage mit den offenen Toren war nicht beleuchtet, im Inneren stand ein dunkler Minivan, die Marke konnte sie nicht erkennen. Sie schaute aus den Augenwinkeln und behielt ihren Schritt bei. Wo war Miegler abgeblieben? Lauerte er hinter dem Auto? Sie konnte ja schlecht in die Garage gehen, ohne Taschenlampe. Alle Sinne waren angespannt, sie horchte auf jede Bewegung, versuchte die Umrisse, die sie sah, auf Bewegungen hin zu kontrollieren. Als sie an einer weit geöffneten zweiten Flügeltür vorbeiging, sah sie die für sie überraschende und viel zu schnelle Bewegung einer dunklen Gestalt, die ihr eine behandschuhte Hand um den Mund legte und sie fest an sich presste. Am Hals spürte sie die Kälte, die nur das Metall einer Waffe erzeugen kann. Das war zu fix gegangen, sie hatte sich auf andere Bereiche des Hofes konzentriert und die naheliegendste Variante, dass jemand hinter der weit geöffneten Tür lauern könnte, nicht bedacht. Ihr Blick irrte im Hof umher – an den Haustüren tat sich nichts, die Garage lag zudem in der dunkelsten Ecke, wenn jemand am hellen Fenster stehen würde – er würde nichts sehen. Und sie bezweifelte, dass man das Geschehen hier überhaupt wahrnahm. Keine Schritte, keine Hilfe – so lautete die Gleichung.

»Kein Ton, Frau Kommissarin, keine falsche Bewegung, was sie spüren ist nicht der Lauf, sondern der Schalldämpfer meiner Pistole. Sie drehen sich jetzt um und gehen mit mir in die Garage.« Diese flüsternde Stimme musste Miegler gehören, sicher war sie nicht. Sie merkte, dass sie ihre Augen weit aufgerissen hatte, beinahe gelähmt war vor Schreck und dem Schieben und Drängen des anderen Körpers folgte. Sie bekam kaum Luft, eines der Nasenlöcher war aus irgendeinem Grund beinahe geschlossen, sie zitterte. Die hintere Tür des Minivan war geöffnet, der Mann stieg mit ihr ein, sie musste sich auf den Boden legen, die Arme hinter dem Kopf verschränken. Der Mann schloss die Tür, irgendetwas klapperte – er fesselte ihr die Hände mit Handschellen.

»Drehen Sie sich bitte um«, flüsterte die Stimme. Sie tat es, schaute ins Dunkel und konnte nichts erkennen. Doch es gab ein Indiz, das beinahe untrüglich war: das After Shave des Mannes. Miegler hatte immer gewirkt und gerochen, als habe er in dem Zeug gebadet, und dieser Kerl hier roch genau so. Doch die flüsternde Stimme war nicht so einfach zu identifizieren. Die Handschellen hatte er an einer Verstrebung im Laderaum festgemacht, sie hatte keine Chance. Der Mann stieg aus und schloss die Garagentür. Als er zurückkam, leuchtete er mit einer schwachen Lampe den Weg aus und stieg von hinten in den Wagen. Nun erkannte sie ihn im Zwielicht eindeutig. Miegler.

»Was ich Ihnen neulich Abend im Auto gesagt habe, das war ernst gemeint, Frau Kommissarin.« Er richtete die Waffe auf ihre Stirn. »Ich finde sie bezaubernd, faszinierend. Glauben Sie nicht, dass einem dann so eine Frau auch im Halbdunkel auffällt, selbst wenn man sie nur kurz auf der anderen Straßenseite wahrgenommen hat?« Er stieg noch einmal aus und kam mit einer Rolle breiten Klebebands zurück. »Damit sie nicht in Versuchung kommen, doch zu schreien.« »Herr Miegler, bitte, in meiner rechten Jackentasche ist ein Fläschchen Nasentropfen, mein rechtes Nasenloch ist zu, bitte verpassen Sie mir einfach eine Ladung, sonst ersticke ich Ihnen, bevor Sie mich selbst umbringen können. Das wäre doch schade, oder?«Warum flüsterst du, fragte sie sich. Ich will ihn in Sicherheit wiegen, gab sie sich die Antwort. Nur nicht ärgerlich stimmen. Und ein bisschen länger leben, nur ein bisschen. Miegler lachte kurz auf, griff in die Tasche und sprühte ihr kräftig aus der Flasche in beide Nasenlöcher. Ein Teil lief ihr über den Mund zurück, der Lippenstift war hin, aber das Rendezvous mit Ernst würde eh nicht stattfinden. Und wenn er sich melden würde? Eine Erkenntnis durchzog sie wie ein Messerstich: Sie hatte das Handy nicht wieder angestellt. Miegler hatte wohl den gleichen Gedanken und durchwühlte ihre Handtasche. Er zog das Handy hervor, sah es an und sagte:»Nanu? Ausgeschaltet? Wollten Sie hier besonders ehrgeizig sein und mich im Alleingang stellen? Oder haben Sie noch ein Handy?« Er durchsuchte sie, fand außer Taschentüchern, einem Labello und ein bisschen Kleingeld nichts in ihren Taschen.

»Wir müssen nun ein wenig warten, Frau Kommissarin. Was für einen Verdacht haben Sie denn gegen mich? Ach so, Sie können ja nicht reden, Verzeihung.« Er kicherte und stieg aus dem Auto. Legte dann ein kleines Paket auf den Beifahrersitz, machte danach das Schiebefenster zwischen Fahrerteil und Ladefläche zu drei Vierteln zu.»Oder waren Sie aus hormonellem Interesse hinter mir her? Glaube ich aber weniger. Nun, Sie werden die Auflösung im Lauf des Abends erleben. Haben Sie ein wenig Geduld. Und ich hoffe, Sie müssen nicht auf die Toilette, austreten ist heute nämlich nicht mehr.« Er machte die Taschenlampe aus, setzte sich auf den Fahrersitz, sie hörte, wie er die Rückenlehne nach unten kurbelte – der Mann hatte die Nerven, sich jetzt noch zu entspannen. Hinten lag eine Polizistin als Geisel, mitten in der Stadt und der Bursche machte Anstalten, ein Schläfchen abzuhalten.

Es war ungemütlich und kalt auf dem Metallboden des Autos. Die Gedanken flogen durch ihren Kopf und sie fand keine Lösung, noch nicht einmal ansatzweise. Selbst wenn man sie suchte – niemand würde sie finden, niemand würde sie orten können.

71

Sie waren auf der Fahrt nach Nordshausen. Bernd Stengel hatte zum x-ten Mal Anke Dankelmanns Nummer gewählt – sie war nicht zu erreichen, das Handy blieb ausgestellt, vielleicht war auch der Akku leer. Andreas Ernst war sicherheitshalber in die Backstube gefahren, vielleicht war sie ja doch gekommen. Doch von Anke Dankelmann keine Spur. Er beschrieb Jochen, dem Wirt, die Person, zeigte ihm den Dienstausweis und vergatterte ihn, sofort anzurufen, wenn sie auftauchte, ließ seine Visitenkarte da und folgte den anderen. Auf dem abhörsicheren Kanal, den man für diesen Einsatz gewählt hatte, meldete sich die Zivilstreife. »Eben ist ein weiterer Mann hineingegangen. Viele können es nicht sein, zusammen höchstens vier oder fünf. Muss das SEK nachher genauer bestimmen.« Sie hielten wenig später weit außerhalb des Geländes, die SEK-Kollegen waren bereits da. Eine Gruppe hatte hinter dem Gebäude Position bezogen, zwei waren auf dem Dach, Scharfschützen auf dem gegenüberliegenden Gebäude. Die hatten mit ihren Fernrohren durch das Glas am oberen Ende der Tür insgesamt drei Personen ausgemacht. Die Mikrofone bestätigten das: drei Stimmen. Der Rest der Mannschaft war strategisch verteilt, eine Gruppe für den Zugriff durch die dann aufgesprengte Tür eingeteilt.

»Ich glaube, gewaltsam öffnen brauchen wir nicht. Wir greifen zu, wenn die rauskommen. Wenn sie getrennt kommen, fischen wir sie nacheinander ab. Was sagen denn deine Jungs über Bewaffnung?« Plassek wirkte angespannt.

Der SEK-Leiter, dessen Namen sie nicht kannten, sprach in sein Mini-Mikro, wartete die Antwort ab und sagte: »Nichts zu sehen. Die scheinen sich absolut sicher zu fühlen.« Die Motorradfahrer waren längst verschwunden, die Fahrlehrer ebenso, das Gelände hatte man danach gesperrt, es war keine Zufahrt mehr möglich. Man richtete sich aufs Warten ein. Richard Plassek, Bernd Stengel und Andreas Ernst waren ein wenig unruhiger als die anderen. Eine Frage bohrte in ihnen: Wo war Anke Dankelmann?

72

Sie hatte das Gefühl für die Zeit längst verloren. Irgendwann piepte etwas sehr leise, es musste die Weckfunktion an Mieglers Armbanduhr sein. In der Fahrerkabine gab es bekannte Geräusche, er kurbelte die Lehne nach oben, öffnete die Tür, leuchtete von hinten noch einmal in den Laderaum – kehrte um und band Anke Dankelmanns Beine so fest an andere Verstrebungen, dass sie nun absolut bewegungsunfähig war. So musste man sich vor einer Vierteilung im Mittelalter vorgekommen sein, dachte sie. Die Garagentür wurde geöffnet, der Wagen startete, hielt wieder an, Miegler schloss die Garage und fuhr los. Sie versuchte, sich zu orientieren und hatte nach drei Minuten keinen Schimmer, wohin sie fuhren. Sie konnte keinen klaren Gedanken fassen, die Stricke, mit denen die Beine festgebunden waren, schnitten tief in ihre Unterschenkel, ihre Arme waren eh schon beinahe taub. Irgendwann bog das Auto noch einmal ab, der Wagen rumpelte über irgendetwas Hohes, vielleicht eine Bordsteinkante, und hielt. Miegler stieg aus, öffnete wieder ein Tor und bugsierte den Wagen hinein, stieg aus und schloss wieder ab. Er befreite Anke Dankelmann von den Beinfesseln, nahm die Handschellen von der Verstrebung und fesselte sie erneut auf dem Rücken. Er machte eine kleine Funzel an – es war wieder so eine Garage, allerdings nicht so aufgeräumt und auch nur halbwegs so vernünftig riechend wie in der Annastraße.

»Ist doch ganz praktisch, wenn Kunden kommen und ihre Gewerbebetriebe versichern lassen wollen. Der hier hat vorsichtshalber die Zweitschlüssel bei mir deponiert – auch so ein türkischer Mitbewohner. Stellen Sie sich das vor: der firmiert als Kfz-Reparaturbetrieb, nebenher handelt er mit Autos und hat mir erzählt, dass er mittlerweile drei Mietshäuser in Izmir hat. Seine Kinder holen Essen bei der Kasseler Tafel. Das gibt es doch gar nicht, oder? Und genau dieses Geschmeiß werden wir aus dem Land jagen. Nein, wir werden es nicht jagen, sie werden vor Angst fliehen. Das geht hier in Kassel los, und heute Nacht gibt es den vorläufigen Höhepunkt.«

Volker Miegler, dachte sie, du bist also tatsächlich dieses Arschloch, das sich hier durch Kassel bombt.

»Ich weiß, was Sie denken«, fuhr Miegler fort, »das kann der doch nicht alles allein gemacht haben. Stimmt, Volltreffer, Frau Kommissarin.« Miegler hatte sie jetzt an ein Rohr gekettet, das an der Wand entlanglief und dort fixiert war, sie saß auf dem Boden und schaute dem Treiben zu, das Klebeband über ihrem Mund begann zu jucken. »Ich bin nicht allein, nein, wir sind eine Bewegung. Heute werden drei Objekte in die Luft fliegen, an drei verschiedenen Stellen in der Stadt, zur gleichen Zeit. Und ich sage Ihnen: wir werden immer mehr!« Er holte das Päckchen vom Beifahrersitz und machte die Verpackung ab. Er hatte irgendeine Masse in der Hand. »Wissen Sie, was das ist? Semtex! Nettes Spielzeug, ich liebe es!« Er begann, den Klumpen zu zerteilen und zu formen. »Dieses hier ist eines der Objekte, die heute Nacht eleminiert werden. Und wissen Sie was? Sie werden dabei sein. Logenplatz! Sie dürfen zusehen, mitmachen!« Miegler kicherte und fing an, den Sprengstoff an einem Fass anzubringen. »Da ist Zweitaktergemisch drin«, verkündete er. »Funktioniert nicht so gut wie Benzin, ist aber dennoch ein schöner Beschleuniger.« Anke Dankelmann war kreidebleich geworden. Der wollte sie hier mitsamt der Garage in die Luft jagen. Mein Gott, ich will doch noch Geburtstag feiern, in Urlaub fliegen, was soll das? Der kann doch keine Polizistin killen. Sie ruckte an den Handschellen – es war aussichtslos.

Miegler arbeitete konzentriert und mit sicherer Hand, blickte mal kurz rüber, als er die Geräusche hörte und arbeitete weiter. Er holte ein handygroßes Gerät aus der Tasche, stellte an ein paar Schaltern irgendetwas, und verband das Gerät mit ein paar kleinen Kabeln mit dem Sprengstoff. Die roten Leuchtziffern bewegten sich vorwärts. 0.45 Uhr war es. Sie hatte schon Stunden in dem Wagen verbracht. Wieviel Zeit blieb übrig? Sie erinnerte sich, dass alle anderen Bombenattentate zur vollen Stunde passiert waren, das letzte um 7 Uhr morgens. Was war morgen für ein Tag? Freitag? Dann würde er nach den Erfahrungen in Bettenhausen diesmal nicht bis 7 Uhr warten. Ihr blieben also maximal fünf Stunden, eher vier. Volker Miegler rückte einen Werkzeugschrank so vor das Fass, dass man bei geöffneter Tür weder das Fass noch Anke Dankelmann würde sehen können. »Wie heißt es so schön? Sie waren zur falschen Zeit am falschen Platz mit dem falschen Mann. Kann ja mal vorkommen. Noch Fragen?« Er schaute sie an. »Ach so, entschuldigen Sie, Sie können ja nicht reden. Ich wünsche eine gute Nacht.« Miegler öffnete die Türen, fuhr den Wagen hinaus und schloss von außen. Sie hörte, wie sich der Wagen entfernte, Dunkelheit umgab sie, das einzige Licht war die rote Leuchtanzeige von der Uhr des Zünders. Anke Dankelmann schwitzte. Versuchte ein paar Konzentrationsübungen zu machen und wurde ein wenig ruhiger. Steck den Kopf jetzt nicht in den Sand, du brauchst ihn zum Nachdenken, sie redete mit sich selbst, um nicht panisch oder lethargisch zu werden, sich nicht in ihr Schicksal zu ergeben. Ich will in Urlaub fahren, ich will nach Kreta!

Der winzige Lichtschein der Anzeige reichte nicht aus, um irgendetwas in dem Raum zu erkennen. Sie bewegte sich hin und her, strengte sich so an, dass ihr die Schweißtropfen von der Stirn und von den Haarspitzen fielen. Irgendwann gelang es ihr, sich aufzurichten. Sie hatte ihre Uhr in der Jackentasche, eine blöde Angewohnheit, aber sie hasste es, wenn man durch den Sommer lief und irgendwann diesen blöden weißen Uhrstreifen am Handgelenk hatte. Sie verrenkte den Körper, immer wieder, irgendwann hatte sie mit einer Hand den Rand der Jackentasche erwischt, zog sich näher an das Rohr heran, die Finger langten in die Tasche, wieder und wieder griff sie nach der Uhr, verzweifelt beinahe – und hatte sie irgendwann erwischt. Sie drückte auf einen Knopf und die Beleuchtung des Ziffernblattes ging an. Sie schaute sich im schwachen Licht um: Sie erkannte eine Werkbank, reichlich Werkzeug auf der anderen Seite. Das half ihr nicht, keine Chance, dahinzukommen. Hier, hinter diesem Schrank, den Miegler aufgestellt hatte, sah sie das Fass, den Sprengstoff, den Zünder. Neben dem Rohr, sie vermutete, dass es eine Wasserleitung war, lag aus irgendwelchen Gründen eine Art Kochlöffel – Miegler hatte ihm keine Beachtung geschenkt. In etwa einem Meter Entfernung stand ein Besen angelehnt an den Tisch, auf dem der Kochlöffel lag. Sie überlegte. Den Kochlöffel würde sie in die Hand nehmen können. Wenn sie dann den Stiel des Besens so bewegen konnte, dass der mit ein wenig Glück auf den Zünder fiel, dann könnte sie möglicherweise die Drähte aus dem Sprengstoff bekommen. Und ohne Kontakt keine Zündung. Ohne Zündung keine Sprengung. Ohne Sprengung Kreta.

Sie sah sich noch einmal um. Es war ihre einzige Chance. Und sie hatte nur einen Versuch. Und die Chancen standen ein zu irgendwas, sie wusste es nicht, nur so viel: Groß waren sie nicht. Wenn ihr das gelang, dann war sie mit diesem Trick reif für den russischen Staatszirkus. Konnte ein so leichter Besenstiel überhaupt irgendetwas bewirken? Auch das war egal – sie musste es versuchen. Ein Blick auf die Leuchtanzeige beruhigte sie nicht. Es war 2.43 Uhr. Sie hatte fast zwei Stunden gebraucht, um aufzustehen und sich die Uhr aus der Tasche zu holen. Sie hatte quälenden Durst, ein nervendes Gefühl, es störte die Konzentration. Und sie musste dringend pinkeln.

73

In Nordshausen ging das Geduldsspiel weiter. Mitternacht war längst vorüber. Nichts tat sich. Keine Bewegung im Bau, kein Anruf aus der Backstube. Um 1.13 Uhr kam eine Ansage von den Scharfschützen.

»Ich glaube, sie machen sich fertig, sie wollen das Gebäude verlassen.« Der SEK-Chef gab kurze abgehackte Kommandos, alle waren hellwach. Das Licht im Inneren des Gebäudes ging aus. Innen wurde ein Auto gestartet, die Tür ging auf, das Auto fuhr mit Abblendlicht und geringer Drehzahl nach draußen, eine Person schloss das Tor und setzte sich in den Wagen.

»Zugriff!«, bellte der SEK-Chef in sein Mikro. Wie aus dem Nichts sprang ein halbes Dutzend SEK-Männer aus dem Dunkel, Scheinwerfer gingen an, Befehle wurden gebrüllt, die Türen des Wagens aufgerissen, in Sekundenschnelle lagen drei Personen, die völlig überrascht worden waren, auf dem Boden. Der Wagen wurde durchsucht, drei Päckchen kamen zum Vorschein, eine Minute später hatte man Gewissheit.

74

Richard Plassek wartete nicht lange, Im Transporter zum Präsidium begann er, die drei Männer, die völlig verstört wirkten, zu beharken. Sie antworteten nicht, man würde sie einzeln in die Mangel nehmen müssen, dachte sich Plassek. Bisher hatten sie nur die

Personalien des Fahrers, der für den Fall einer Polizeikontrolle seinen Führerschein dabei hatte – und es schien ein echter zu sein, ausgestellt auf Immo Wagner – und dieser Name war Plassek aus den Ermittlungen durchaus bekannt. Als sie im Präsidium ankamen, war es kurz vor 2 Uhr. Von Anke Dankelmann keine Spur, bei Stengel wechselte das Gefühl der Sorge langsam in Angst.

Sie verhörten die Männer getrennt. Plassek nahm sich Immo Wagner vor, trank zwei Tassen Kaffee, es war ein langer Tag gewesen, eigentlich wäre ein frischer Kopf für das Verhör nötig, doch auch ihn trieb die Sorge um seine Kollegin um. Sie hatten mittlerweile der Wohnung Mieglers einen Besuch abgestattet, der war nicht zuhause, sie parkten eine Zivilstreife vor dem Haus, Mieglers Handy war nicht zu orten, der Mann war verschwunden. Alle Streifen in der Stadt hatten Personenbeschreibungen – eine von Miegler, eine von Anke Dankelmann. Drei Sprengstoffattentate, da war sich Plassek sicher, hatten sie mit dem Zugriff in Nordshausen verhindert. Aber warum drei? Bisher war immer nur ein Sprengsatz hochgegangen. Waren das vielleicht Trittbrettfahrer? Doch die Spurensicherung hatte schnell ein Ergebnis parat: Es war der gleiche Sprengstoff, der bei den anderen Attentaten verwendet worden war. Welche Rolle aber spielte nun dieser Immo Wagner? Er saß im Verhörraum, Handschellen angelegt, Plassek beobachtete ihn. Ein Bürschchen, blonde Haare, kurz geschnitten, unauffällig gekleidet. Dunkles Hemd, dunkelblaue Jeans, schwarze Turnschuhe. Er gab sich einen Ruck und ging hinein.

»Sie wissen um Ihre Situation? Drei Anschläge, die wir mit Ihnen in Verbindung bringen werden. Zwei Tote dabei, das heißt mindestens zweimal Mord.« Wagner zeigte keine Reaktion. Plassek hatte bewusst von Mord gesprochen, obwohl er genau wusste, dass es Totschlag gewesen war. Er stellte die üblichen Fragen. Auftraggeber, Geldgeber, welches waren die Ziele der Anschläge in dieser Nacht? Fragte nach Volker Miegler. Immer wieder dieselbe Prozedur. Dann ein letzter Versuch. Er hatte eine plötzliche Eingebung und wusste gleichzeitig, dass er das, was er jetzt vorhatte, eigentlich nicht machen durfte.

»Wissen Sie, Herr Wagner, wir werden Sie jetzt ins Untersuchungsfängnis stecken. Da gibt es kleine Zellen und eine große. Im Augenblick sind wir gut belegt. Einige Türken, zwei Nordafrikaner, Russlanddeutsche, Deutsche – ich denke mal, wir werden Sie heute Nacht mit den Türken zusammen in eine Großraumzelle stecken. Und wie durch Zufall werden die Herren erfahren, weshalb sie eingebuchtet wurden. Ich werde dem Justizpersonal sagen, dass sie sich nach ihrer Einlieferung mal eine Stunde in einem anderen Trakt des Gebäudes aufhalten sollen. Wenn wir Sie dann morgens rausholen, werden wir uns bei der Öffentlichkeit für die dumme Panne entschuldigen. Natürlich wird das Land Hessen für die Beisetzungskosten aufkommen.«

Plassek blickte in zwei vor Schreck aufgerissene Augen und stand auf, wies die Polizisten an, den Mann ins Untersuchungsfängnis Elwe zu bringen. Sie packten den zitternden Immo Wagner und schleppten ihn weg.

Plassek schaute auf die Uhr. Es war 3.51 Uhr. Er schaute die Kollegen fragend an. Die schüttelten mit traurigen, müden Gesichtern den Kopf. Keine Spur, kein Lebenszeichen von Anke Dankelmann.

»Wie läuft es bei den anderen?«

Bernd Stengel zuckte mit den Schultern.

»Der eine Typ, der so spät erst in Nordshausen ankam, schweigt, antwortet auf keine Frage, wie dieser Wagner. Und der andere hat mittlerweile seine Personalien mitgeteilt. Hansjürgen Fechter aus Borken hat beschlossen, einen auf dicke Hose zu machen. Beleidigt alles und jeden, macht einen auf Herrenmensch, hat Peter mit dem Hitlergruß begrüßt.« Peter war Peter Remmler, ein Verhörspezialist, den sie aus dem Schlaf geholt und ins Präsidium beordert hatten.

»Holt Peter mal raus, wer verhört denn diesen Dritten?«

»Das macht Manni Schüssler.« Ebenfalls ein Spezialist für Verhöre.

»Holt Manni auch mal kurz raus.« Die beiden kamen in Plasseks Büro, und der Chef der Mordkommission erzählte ihnen von seinem Versuch bei Wagner. Der saß im Augenblick in seiner Zelle im Präsidium, schrie nach einem Anwalt und heulte vor sich hin.

»Meint ihr, das ist bei euren Kandidaten einen Versuch wert?« Die beiden überlegten kurz und nickten dann. Ob es rechtmäßig war – es war ihnen egal, es ging um das Leben einer Kollegin, wenn sie Glück hatten, dann war sie noch am Leben. Die Uhr tickte unerbittlich. Es war 4.16 Uhr. Plassek stürzte zwei weitere Tassen Kaffee hinunter und rieb sich den Magen. Bernd Stengel hatte für solche Fälle immer etwas dabei und reichte ihm ein weißes Beutelchen hinüber.

»Was ist das, Bernd?«, fragte Plassek.

»Riopan, hilft gegen Sodbrennen. Nimm es. Sonst wirst du das heute Nacht nicht mehr los.«

75

Die roten Leuchtziffern auf dem Display zeigten 4.16 Uhr an. Anke Dankelmann war am Ende ihrer Kräfte. Sie hing an dem Rohr wie ein nasser Sack, die Beine versagten den Dienst, in ihrem Kopf schwirrten seit geraumer Zeit nur noch wirre Gedanken. Sie hatte versucht, das Klebeband vom Mund zu bekommen – doch Miegler hatte mehrere Schichten abgewickelt. Keine Chance. Und sie traute sich nicht, mit dem Kochlöffel den Besen anzustubsen. Sie hatte nur diese eine Chance. Ging der Versuch daneben, hätte sie ihr Todesurteil selbst unterschrieben.

Tut es weh, wenn man in Stücke gerissen wird? Fragte sie sich. Hört man die Explosion noch? Wie wird man dann begraben – und was vor allen Dingen, welche Einzelteile? Sie konnte es sich nicht vorstellen. Und dabei sie hatte schon so viele Bilder von Kreta gesehen – und dann würde sie es womöglich nicht mehr erleben können …

Eine Welt ohne mich, was wird mein Bruder denken, wie werden meine Eltern das verkraften? Wer kriegt meinen Schreibtisch im Präsidium? Was wird aus Bernd? Und wenn sie Miegler eines Tages kriegen? Dann kommt der nach 15 Jahren raus, und ich bin dann seit mindestens 15 Jahren tot. Ist das gerecht? Die Minuten vergingen, irgendwie immer schneller, es ging auf 5 Uhr zu. Was, wenn der Zünder auf 5 Uhr eingestellt wäre? Dann würde sie hier noch rumgranteln und weinerliche Gedanken pflegen und ohne diesen einen Versuch gemacht zu haben in die Luft fliegen. Sie merkte, wie die Nasenschleimhäute wieder anschwollen. War das eine Chance – erst ersticken und dann … Dieser Unsinn, den sie dachte, war der Auslöser, um die letzten Kräfte zusammenzunehmen. Noch einmal leuchtete sie mit ihrer Uhr im Raum umher. Nahm den Kochlöffel, beugte den Körper, so weit es ging, nach vorn. Versuchte zu berechnen, wo sie den Besen treffen musste, damit er kippte. Würde die Wucht dieses so leichten Besenstiels ausreichen, um den Countdown zu stoppen? Sie konzentrierte sich, versuchte es.

Wieder der Schweiß, der ihr in die Augen rann. Es brannte auf der Bindehaut, sie zwinkerte die Tränen aus den Augen. 4.54 Uhr. Sie schickte ein Gebet an die Garagendecke. »Lieber Gott, ich glaube ja eigentlich nicht an dich, aber wenn es dich geben sollte und du mir eine Chance geben willst, über meine Ansicht noch einmal nachzudenken, dann hilf mir jetzt. Ansonsten, wenn es dich gibt und das klappt hier nicht, dann können wir bald direkt über das Problem diskutieren.« Anke Dankelmann schaute noch einmal auf Kochlöffel und Besen. Zählte bis drei, legte alles in den Stoß und traf den Besen voll da, wo sie ihn treffen wollte. Der rutschte unten weg und kippte. Für Anke Dankelmann atemberaubend langsam. Und traf den Zünder so, dass der nicht aus dem Plastik fiel, sondern irgendetwas machte, aber nicht das, was sie hatte bezwecken wollen. Anke Dankelmann machte das Licht an, sah die Bescherung und fing leise an zu weinen. Sie beobachtete durch den Schleier ihrer Tränen die Uhr, die langsam auf 5 Uhr zuging. 4.59 Uhr und 50 Sekunden, 51, 52, 53, 54, 55, 56, 57, 58 – sie stammelte durch das Klebeband »Hab dich lieb, Mama!«, 59, sie schloss die Augen, ihre Sinne schienen zu kollabieren, sie bereitete sich auf den Sekundenbruchteil, der sie zerfetzen würde, vor, wollte schreien, verschluckte sich und öffnete die Augen – es war 5 Uhr vorbei. Eine Stunde Schonzeit, dachte sie, das Ding geht erst um 6 Uhr hoch.

76

Im Präsidium hatten sie die drei Verhafteten in drei verschiedene Zellen gesperrt. Den nervösesten Eindruck bei der Aussicht, in Kürze von hasserfüllten Türken zerfleischt zu werden, hatte Immo Wagner gemacht. Plassek hatte eine weitere Idee. Sie holten Hakan Güler, einen Kollegen vom Einbruchsdezernat, weihten ihn ein, ließen ihn irgendwelche etwas zerrissenwirkende Klamotten anziehen und steckten ihn zu Wagner in die Zelle. Güler spielte seine Rolle perfekt.

»Bist du Ascheloch, was hat kaputt gemacht Werkstatt von Kollega? Hat explodiert Moschee? Einkaufsladen von mein Freund?« Er funkelte Wagner an, näherte sich ihm mit drohenden Gebärden, packte ihn sich am Kragen und spuckte ihm aufs Auge. Wagner, vor wenigen Stunden noch der Ansicht, zum Top-Terroristen geboren zu sein, klappte schnell zusammen. In seiner Phantasie hatte er sich schon ausgemalt, wie es sein würde, in einer Gefängniszelle zu Tode geprügelt zu werden. Er hatte sich in die Hose gemacht – nicht wegen Güler, sondern wegen der Aussicht, dass alles noch viel schlimmer kommen könnte. Plassek spielte, wie abgesprochen, den Retter, legte Güler Handschellen an und ließ ihn abführen.

»Was ist Herr Wagner?«, fragte er mit sachlichem Ton.

»Ich kann nicht mehr …«, stammelte der blonde Terrorist, jetzt nur noch ein Wrack.

»Na denn, dann sagen Sie mir, wer ihr Komplize ist, sie haben doch noch einen, oder?« Wagner nickte.

»Ich weiß nicht, wie er heißt, habe ihn mal telefonieren hören, habe ihn ein paar Mal gesehen, Stiegler oder so. Der zieht die Fäden.«

»Und welches waren die Ziele heute Nacht?«

»Ich hätte mit Fechter einen Sprengsatz im Treffpunkt der Russen in der Kohlenstraße gelegt. Der andere, ich weiß nur, dass er Jupp gerufen wird, also Jupp so eine Koranschule in der Nordstadt.«

»Und der sogenannte Stiegler?«

»Weiß ich nicht, der ist der Boss. Er hat nichts gesagt.«

»Was sollten Sie nach den Anschlägen machen?«

»Nach Hause gehen.«

»Stiegler auch?«

»Nehme ich an.«

»Und hätten Sie morgen Kontakt aufgenommen?«

Wagner nickte. »Wir hätten uns, wie immer es ausgeht, auf dem Rasthof Hasselberg getroffen. Um 9 Uhr.« Hasselberg war eine Raststätte, etwa eine halbe Stunde Autobahnfahrt von Kassel entfernt Richtung Süden, kurz vor der Ausfahrt Homberg/Efze. Sie nahmen Wagner für die weitere Vernehmung mit, zwei weitere Zivilstreifen mit SEK-Beamten wurden in der Nachbarschaft der Goethestraße 68 postiert. Es war kurz nach 5 Uhr. Noch hatte es keine Explosion gegeben, Plassek wettete, dass um 6 Uhr die Bombe hoch gehen würde.

Das Team hatte zwar einen wichtigen Erfolg erzielt. Dennoch hockten die Männer niedergeschlagen auf ihren Stühlen. Sie ahnten, dass Schreckliches bevorstand. Wenn sie nicht heraus bekämen, wo Miegler seinen Sprengsatz angebracht hatte, dann gab es das Risiko, dass er Anke Dankelmann möglicherweise entweder schon umgebracht hatte oder dies in einem Arbeitsgang mit erledigte. Sie hatten nicht den Hauch eines Hinweises. Bernd Stengel ging auf die Toilette, schloss sich ein und weinte hemmungslos.

77

Anke Dankelmann hatte resigniert. Sie lag auf dem Boden, konnte keinen Gedanken mehr fassen und dachte dann an Tristan. War es dessen Opfern, wenn sie ihren eigenen Tod absehen konnten, genauso ergangen? Wenn er sie in die große Grube hatte führen lassen, oben stand das Erschießungskommando, man hoffte vielleicht auf eine Ladehemmung, welche Gedanken hatte man gehabt? Bei »Legt an!« hatte man noch zwei Sekunden zu leben. Was tun, was denken? Beten, hoffen, weinen, schreien? Nie hatte sie dieses Monster so gehasst wie genau in diesen Minuten, wohl wissend, dass sie es ihm nicht mehr würde sagen können. Doch, ihr fiel noch etwas ein. Sie schrieb in Gedanken Briefe an ihre Mutter, ihren Vater, ihren Bruder, an Bernd Stengel. Und schaute auf die Uhr. Es war 5.51 Uhr. Draußen hörte sie Vogelgezwitscher. Es würde bald Tag werden. Wie gern sie noch einmal ein Morgengrauen mit Sonnenaufgang erleben würde. Sie schüttelte noch einmal den Kopf, um sich zu überzeugen, dass sie nicht träumte. Schaute in der Garage umher, langsam drang ein wenig Licht herein. Draußen hörte sie ein paar Autos fahren, die Stadt erwachte. Diese Bombe würde viele Menschenleben kosten, wenn sie hochging, und sie hatte versagt beim Versuch, genau das zu verhindern. Es war wie schon vor einer Stunde. Diesmal war sie ruhiger und beobachtete die Sekundenanzeige. 5.59 Uhr und 30 Sekunden, die Uhr tickte weiter, noch zehn Sekunden. Dann nur noch zwei. Ihr Herz schlug plötzlich wie bei einem Trommelwirbel im Zirkus, noch eine Sekunde, sie schloss die Augen, alle Muskeln waren zum Zerreißen angespannt, der grelle Blitz kam plötzlich, schien sie zu blenden, sie spürte nichts. *Ewige Dunkelheit.*

Volker Miegler war um 5.30 Uhr nach Hause gekommen. Er hatte der Berger in ihrem Hotel einen Besuch abgestattet, wollte aber am Morgen nicht im Hotelfoyer gesehen werden und war früh gegangen. Er wollte im Bett liegen und schlafen, wenn die Dinge passierten. An Anke Dankelmann dachte er nicht. Er schlenderte die Goethestraße entlang, schien die ersten Anzeichen des ersten Tageslichts, das von Osten her langsam über die Stadt schwappte, zu genießen und fuhr erst aus seinen Gedanken, als vor ihm und hinter ihm Autos auf dem Bürgersteig angeprescht kamen, mit quietschenden Reifen anhielten. Männer in schwarzer Kleidung und mit schweren Waffen auf ihn zustürmten, ihn anbrüllten, zu Boden warfen, ihn fesselten, durchsuchten, wegschleppten. Er sortierte im fensterlosen Auto seine Gedanken. Was war passiert? Er hatte mit nichts gerechnet, war völlig überrumpelt. Alles war bisher so glatt gelaufen. Welchen Fehler hatte er gemacht? Was war mit den Bomben?

78

Sie hatten ihn im Präsidium zu zweit in die Mangel genommen. Remmler und Schüssler veranstalteten so eine Art Kreuzverhör mit ihm – Ziel war, seine Beteiligung an den Attentaten zu verifizieren und vor allem den Verbleib von Anke Dankelmann herauszubekommen. Miegler übte sich in arroganter Pose. Plassek und Stengel hatten sich einen Moment hingelegt, sie konnten nicht mehr, Körper und Geist brauchten Pause. Plassek lag auf einer Pritsche in irgendeinem Raum, er hatte sie da stehen gesehen und sich hingelegt, war sofort eingeschlafen. Stengel hatte sich ins Büro verzogen, lag auf Anke Dankelmanns Schreibtisch, seine Jacke als Kopfkissen zusammengeknüllt.

»Herr Miegler«, Schüssler versuchte es mit unendlicher Geduld erneut. »Einer Ihrer Komplizen ist umgefallen, das habe ich Ihnen schon gesagt. Er hat sie schwer belastet, und danach sind sie der Kopf dieser Terrorbande, und wir werden es Ihnen auch anderweitig beweisen, die Spurensicherung ist in Ihrer Wohnung, im Keller, sie untersucht das Auto, ihren Computer, die Telefone, irgendwas wird dabei herauskommen, und wenn es eine Spur von DNA an dem sichergestellten Sprengstoff ist – sie könnten Ihre Lage ein wenig verbessern, wenn Sie kooperierten. Und uns beispielsweise sagen würden, wo unsere Kollegin Anke Dankelmann ist.«

»Naja, wenn ich nichts sage, kann ich die Lage ja wohl kaum verschlechtern. Die Aussicht, in meiner Ausgangslage eine leichte Verbesserung zu erzielen ist, gelinde gesagt, durchschnittlich attraktiv. Also schenken Sie sich bitte all diese Versuche, mich rumzukriegen. Das mag bei Kleinkriminellen fruchten. Ich bin da intellektuell ein anderes Kaliber. Im Übrigen auch ein anderes Kaliber als Sie, Gutster. Im Übrigen: wie spät ist es?« Schüssler war aus hunderten von Verhören mit unterschiedlichsten und widerlichsten Figuren abgebrüht, persönliche Beleidigungen perlten an ihm ab. Er versuchte, Miegler in die Augen zu schauen, doch der stierte an einen imaginären Punkt oben an der Wand.

»Wissen Sie, Sie helfen uns nicht, da helfen wir Ihnen auch nicht. Spielen Sie Indianer und lesen Sie die Uhrzeit von der Sonne ab.« Was in diesem fensterlosen Verhörraum nicht so leicht machbar war. Miegler wurde ein wenig unruhig. War es 6 Uhr vorbei, oder 7 Uhr? Wieso bekam er von den Detonationen nichts mit? Hatte alles geklappt? Hatten sie diese Läden atomisiert? Und wie hatten sie die anderen drei Kollegen aufgespürt? Es war doch alles wasserdicht gewesen. Er beschloss, gar nichts mehr zu sagen.

79

Sie kam zu sich, öffnete die Augen, lag völlig zusammengekrampft auf dem Boden, ihr Rücken tat weh, als hätte sie sich einen Wirbel blockiert. Sie hatte doch einen grellen Blitz gesehen, von der Explosion, alles nur eingebildet?
Die Lunge tat weh, vom hechelnden Atmen wahrscheinlich. Mein Gott, wie hing man am Leben, selbst in so einer Situation, in der man litt wie ein Hinrichtungskandidat. Ihr taten die Kiefermuskeln weh, so hatte sie wahrscheinlich gemalmt, angestrengt, konzentriert. Es war längst 6 Uhr vorbei, 6.12 Uhr zeigten die Leuchtziffern. Dann also doch 7 Uhr, was für eine Inszenierung, was für eine Qual. Gab es nicht irgendeine Regel, nach der jemand, der eine

Hinrichtung überlebt hatte, begnadigt wurde? Aber wer sollte sie hier begnadigen? Sie hatte angefangen, diesen Raum und jeden Gegenstand darin abgrundtief zu hassen. Vor allem den Besen, der so jämmerlich seinen Dienst versagt hatte. Besen, Besen, seids gewesen – wenn man nur zaubern könnte oder ein Zauberlehrling wäre …

Nun also alles von vorn. Sie hatte unendlichen Durst und war zu kaputt, um den nächsten Countdown noch einmal so durchzumachen – dachte sie zumindest. Sie ekelte sich vor sich selbst, sie hatte den Drang, pinkeln zu müssen, nicht mehr kontrollieren können. Zum ersten Mal seit ihrer Kindheit. Als die Uhr 6.50 Uhr zeigte, da wurde sie allerdings genauso nervös wie vorher. Die nächste Hinrichtung, aller schlechten Dinge waren drei. Keine Kraft mehr, kein Mut, kein Wille, selbst die Tränen und der Schweiß waren ihr ausgegangen – oder gab es doch einen Rest, der am Leben hing, der nicht aufgab, der sich widersetzte? Aber wozu? Gefesselt, hilflos, die einzige Chance, die Dinge zu ändern, hatte sie ja versemmelt. Draußen hörte sie das Leben explodieren, wie jeden Morgen in dieser Stadt. Und drinnen lief der nächste Versuch, ein Leben zu zerstören.

80

Die Nacht im Augustinum ging dem Ende entgegen. Karl von Haldorf, Tarnname Tristan, Beruf: Massenmörder, hatte Wahnvorstellungen. Speichel rann aus seinen Mundwinkeln, er röchelte, nach Stunden des Kampfes gegen sich selbst machte der Körper langsam schlapp.

Irgendwann setzte die Schnappatmung ein, Vorbote des natürlichen Todes, den er aus seiner aktiven Zeit nicht kannte. Der natürliche Tod – das war er selbst gewesen, der Sensenmann mit Pistole und Gewehr, der Scharfrichter im Auftrag einer verbrecherischen Ideologie, die er bis zum heutigen Tag als Religion betrachtet hatte. Schnappatmung also, schnelles Atemholen, zu viel, zu heftig für den verbrauchten Körper. Er merkte es kaum noch, konnte nicht darüber nachdenken. Minutenlang, gedankenlose Zeit, keine Energie mehr zum analytischen Denken. Abfahrtslauf in die Hölle oder wohin auch immer, auf jeden Fall dem Ende entgegen. Nach der Schnappatmung kam die Stille. Noch einmal Erholung, kurze, neue Energie für einen allerletzten Gedanken. Er sah einen kleinen Jungen mit einem grünen Schal auf einem Leichenwagen liegen. Aber das Kind sah diesmal anders aus, es hatte das Gesicht seines Sohnes. Schmerz durchdrang seinen Körper, überwältigte sein Hirn, das durfte doch nicht sein! So lange hatte er gesucht und das Kind endlich gefunden, und nun das! Er wollte aufschreien, doch es wurde plötzlich dunkel. Das Herz konnte diesen Infarkt nicht allein überstehen.

81

Und wieder die letzten Sekunden. Was kaum vorstellbar war: die Angst, die Panik, das Nichtsterbenwollen wurden von Mal zu Mal größer. Um 6.59 Uhr und 59 Sekunden nahm sie alle Energie zusammen und packte alles in ihre persönliche Abmeldung aus dem Leben, einen ultimativen Schrei, einen, den man in Borken hören würde, der alles, was sie jemals liebgehabt hatte im Leben, einpackte in eine ultimative, Dezibel gewordene Liebeserklärung an das Leben und die Menschen. Einen Abschied, der ihr, falls es ein Leben nach dem Tod gab, das schlechte Gewissen nehmen würde, nicht alles gesagt zu haben. Sie ahnte, dass niemand sie hören würde wegen dieses Klebebandes. Anke Dankelmann spürte eine Sekunde später einen unbändigen Schmerz, der kurz durch ihren Körper fuhr.

82

Im Polizeipräsidium hockte eine müde Runde deprimiert beisammen. Man hatte Kaffee gemacht, irgendjemand, der noch einen Rest Organisationsvermögen aufgebracht hatte. Es war kurz nach 7 Uhr, und man wartete auf irgendwas. Alle Verhöre hatten stattgefunden, man hatte Miegler in eine Zelle gesteckt. Am liebsten hätte Bernd Stengel, der gerade mal eineinhalb Stunden geschlafen hatte, alle Fakten aus ihm heraus geprügelt. Gelegentlich klapperte eine Tasse auf dem Unterteller, ansonsten schwiegen die Männer sich an. Auch Richard Plassek wusste nichts zu sagen, er ließ der Stimmung ihren Lauf. Es war das erste Mal in seiner Laufbahn als Kripobeamter, dass er jemanden aus seiner Mannschaft verloren hatte. Er dachte, was alle dachten: Anke Dankelmann war tot, lag irgendwo in dieser Stadt. Opfer ihres Spürsinns, ihrer Sturheit, ihres Ehrgeizes – alles Dinge, die jeden im Präsidium zur Weißglut bringen konnten. Und die, in ihrer Mischung mit diesem Kunstwerk von Person, dazu beitrugen, dass hier zwei Handvoll Menschen saßen, die tief von Trauer bewegt wurden.

Plassek bemerkte kaum, dass sich die Tür geöffnet hatte: Der Beamte vom Dienst schaute herein.»Richard, kommst du bitte mal?«

Plassek setzte die Tasse ab und ging nach draußen, er wurde von den anderen kaum, beachtet.»Was ist denn?«, fragte er müde.

»Wir haben einen Anruf aus der Nordstadt. Da gibt es so einen Autoreparaturladen in der Nähe vom Scheidemannhaus. Ein Schüler ist da um 7 Uhr vorbei und hat einen unsäglichen Schrei aus einer der Garagen gehört und dann nichts mehr. Eine Streife ist hin, hat geklopft – keine Antwort. Das kann ja alles als Ursache haben – aber es ist ein türkischer Laden. Sie haben den Besitzer angerufen, der ist unterwegs, der behauptet, dass da niemand drin sein könne, der Schüler müsse sich geirrt haben.«

Richard Plassek überlegte.»Wir fahren mal hin, besser, als hier untätig rumzusitzen. Setz mal vorsichtshalber die Sprengstofftruppe in Marsch, wer weiß ...« Er machte die Tür zum Besprechungszimmer wieder auf und winkte Bernd Stengel zu. Der kam mit schlurfenden Schritten und schaute ihn aus beinahe bewusstlos dreinblickenden Augen fragend an.

83

Plassek steuerte den Wagen ohne Blaulicht durch den Berufsverkehr. Zehn Minuten später waren sie da. Streifenwagen hatten die Zufahrten in die kleine Nebenstraße der Holländischen versperrt. Einige Schaulustige hatten sich angesammelt, aus den Fenstern der benachbarten Häuser schauten Menschen auf die Szenerie.

»Wieso habt ihr die Häuser nicht geräumt? Wenn da eine Bombe drin ist, dann fliegt hier alles in die Luft!« Plassek war stinksauer und plötzlich überhaupt nicht mehr müde.

Sie forderten Verstärkung an, irgendjemand hatte ein Megaphon dabei und rief zum Verlassen der Häuser auf. Das Präsidium würden sie versuchen, das Scheidemann Haus, ein Bürgerhaus, zur Unterkunft für die Menschen zu bekommen. Aber sie konnten nicht warten, bis alle draußen waren, sie mussten sehen, was in dieser Garage passiert war.

»Wer hat den Schrei gehört?«, fragte Plassek.

»Der Junge da, er sitzt in dem Streifenwagen an der Ecke. Nicklas heißt er, war auf dem Weg zur Schule, da drüben ist ja die Carl-Anton-Henschel-Schule, da hat er nullte Stunde.« Plassek ging zu dem Wagen und sah sich den Bengel an. Vielleicht dreizehn Jahre alt, blonde Haare, aufgeweckte Augen, von der Erscheinung ein richtiger Lausbube, keiner, der sich einfach einen Streich erlaubte, aber man wusste ja nie.

»Erzähl mal, was passiert ist«, sagte er und gab dem Jungen die Hand. Nicklas kletterte aus dem Wagen und stellte sich vor ihn.

»Naja, ich bin auf dieser Straßenseite«, er deutete auf die Seite, an der die Garagen lagen, »meinen normalen Weg zur Schule gegangen. Und als ich da vor der dritten Garage war, eben noch hatte die Kirchenglocke geläutet, gab es einen unheimlichen Schrei von drinnen und dann nichts mehr. Ich hab mich total erschrocken. Und da mir das so unheimlich war, habe ich die Polizei angerufen. Als wenn jemand ermordet wurde«, der Junge fing an zu zittern, hatte sein Handy noch in der Hand, und Plassek glaubte ihm sofort jedes Wort.

»Wieso weißt du denn, dass die Glocken geläutet haben?«

»Ach, das ist so ein Spiel, das ich mit mir spiele, damit der Schulweg nicht so langweilig ist. Ich gehe zur nullten Stunde immer zur selben Zeit los und schaue dann, bis zu welchem Garagentor ich komme. Normalerweise immer bis zu dem, aus dem der Schrei kam.« Plassek musste lächeln. Er strich dem Jungen mit der Hand über die blonden Haare.

»Gut gemacht, Nicklas, prima, danke!«

»Kriege ich eine Entschuldigung für die Schule?«, fragte er mit unsicherer Stimme. Plassek nickte und ging zurück.

Die Sprengstoff-Experten waren noch nicht da, doch er wollte jetzt Klarheit haben.

»Ist der Besitzer da?«

»Ist noch unterwegs«, sagte ein Streifenpolizist.

»Tür aufbrechen!«, befahl Plassek.

»Aber wenn da …«

»Ist ja gut«, unterbrach ihn Plassek. »Stemmeisen her!« Stengel und er setzten das Eisen am Schloss an und drückten mit ihren Körpern dagegen. Sie hatten keine Furcht vor einer Explosion, bisher waren die Attentate alle mit Zeitzünder gelaufen, immer zur vollen Stunde, auch das gesicherte Sprengmaterial war so ausgerüstet, die Zünder waren alle auf 7 Uhr eingestellt gewesen. Nun war es 7.49 Uhr, falls dieser um 8 Uhr hochgehen sollte, blieben ihnen knapp zehn Minuten. Die Holztür flog auf, und Plassek und Stengel hebelte es auf den Hosenboden. Stengel saß mit besserem Blick in die Garage auf dem Asphalt und blickte durch die Tür. Man sah einen quergestellten Werkzeugschrank, und hinter dem Schrank ragte ein Bein mit halbhohen Lederstiefeln hervor. Er kannte dieses Schuhwerk, ein Schmerz durchzuckte ihn wie noch nie, Stengel sprang auf und schrie

»Anke! Mein Gott!« Er rannte in die Garage und sah seine Kollegin, die ohne jede Regung auf dem Boden lag. Sie sah so zierlich aus, hilflos, wehrlos, völlig verdreckt, nass. Er fasste ihr an die Halsschlagader und brüllte: »Sie lebt, los den Notarzt, beeilt euch, was steht ihr rum, das ist Anke, Richard, komm, wir tragen sie raus, schnell, mein Gott, warum braucht ihr alle so lange. Anke, wach auf, bitte, was ist mit dir?« Er sah, dass die Hände an ein Rohr gefesselt waren, das aus der Verankerung gerissen war und quer über ihrem Körper lag. Blut schimmerte durch die Haare am Kopf, Stengel öffnete die Handschellen und hob den schlaffen Körper vorsichtig auf. Er war schwerer, als er gedacht hatte, Plassek half ihm. Ihm fiel das Klebeband auf, das von ihrem linken Mundwinkel herunterhing. Anke Dankelmann stank nach Dreck und Urin, es machte ihnen nichts aus. Stengel drehte sich um und sah den Sprengsatz mit der Uhr, die unerbittlich tickte.

»Richard, zieh einfach den Zünder raus, da passiert nichts, los, nur um sicherzugehen!« Er trug Anke Dankelmann hinaus und um die Häuserecke, dort hatten sie eine Decke hingelegt. Es fing an zu tröpfeln, der Regen hatte jetzt gerade noch gefehlt. Bernd Stengel streichelte die Wange seiner Kollegin und weinte leise. Minuten später war der Notarztwagen aus dem benachbarten Klinikum da. Der Arzt untersuchte Anke Dankelmann und sagte: »Ich nehme mal an, sie hat einen Schlag auf den Kopf bekommen und wurde bewusstlos. Eine Gehirnerschütterung hat sie garantiert, ob es innere Verletzungen gibt, weiß ich nicht. Wir nehmen sie mit. Aber so, wie es aussieht, ist sie ganz intakt. Der Blutdruck ist niedrig, der Puls aber normal. Spricht alles dafür, dass sie nichts allzu Schlimmes hat.« Bernd Stengel kniete sich noch einmal hin und suchte nach Worten. »Mensch, Anke …«, und wieder versagte ihm die Stimme. Durch den Tränenschleier in seinen Augen sah er, wie seine Kollegin plötzlich mit den Augenlidern blinzelte, dann die Augen öffnete und ihn ansah.

»Bernd! Wo bin ich? Lebe ich?« Stengel nickte, er sah die Kollegen, die drumherumstanden an, Plassek wischte sich die Augen, andere drehten sich weg. Sie murmelte irgendetwas, die Augen wirkten fahl, unendlich weit weg, was musste sie durchlebt haben heute Nacht. Zwei Rettungssanitäter legten sie auf eine Trage, dann fuhr der Notarztwagen mit Blaulicht und Martinshorn davon, Plassek hatte es befohlen, es sollte keine Sekunde verlorengehen. Bernd Stengel ging zum Streifenwagen, vor dem der Junge stand.

»Danke, Nicklas!«, sagte er mit zitternder Stimme und drückte den verdatterten Jugendlichen an sich.

84

Im Präsidium hatte irgendjemand ein paar Flaschen Sekt besorgt. Sie stießen an und waren völlig losgelöst, feierten ihre Kollegin, obwohl sie alle wussten, dass die während ihres Einsatzes alles falsch gemacht hatte, was man als Polizist falsch machen konnte. Es war ihnen egal, selbst der Präsident kam aus seinem Büro und stieß mit ihnen an. Und wieder ging die Tür auf, wieder war es der Beamte vom Dienst. »Man hat Karl von Haldorf in seinem Appartement im Augustinum gefunden. Tristan ist tot, war wohl ein Herzinfarkt.« Ein Kollege vom Einbruchskommissariat trötete eine Melodie »Hirsch ist tot, heißt das!«, sagte er erklärend, die Meute lachte.
»Eine gute Nachricht nach der anderen«, sagte Stengel. Schüssler stellte sein Glas ab und sagte:
»Miegler ist jetzt wieder fällig.« Stengel kam mit. Der Mann saß bereits im Verhörzimmer, wirkte total übernächtigt.
»Nun, Herr Miegler, ich habe eine gute Nachricht. Wir haben Frau Dankelmann soeben gefunden. Sie lebt. Und den Sprengsatz haben

wir entschärft.« Miegler schaute ihn an, enttäuscht, zuckte mit den Schultern. Er schwieg und beantwortete keine Frage.
»Welche Verbindung gab es eigentlich zwischen Ihnen oder der Gruppe zu Karl von Haldorf, genannt Tristan?« Die Augen flackerten kurz, aber Miegler schwieg beharrlich.
»Nun, wie auch immer, auch da gibt es etwas Neues: Herr von Haldorf ist heute Nacht verstorben.« Miegler blickte entsetzt von einem zum anderen, sprang auf, der Stuhl fiel um, er brüllte: »Nein!« und kippte mit dem Oberkörper auf den Tisch, fing an zu schluchzen.
»Nanu? Wieso wirft sie das denn so aus den Schuhen? Es sah so aus, als hätten sie nichts mit ihm zu tun, eben noch so souverän und jetzt ein solcher Jammerlappen, nur weil ein steinalter Nazi-Massenmörder das Zeitliche gesegnet hat?« Stengels Worte kamen streng, er baute sich bedrohlich vor Miegler auf, Schüssler griff ihm beschwichtigend an die Schulter. Miegler richtete sich auf und sagte mit leiser Stimme: »Nichts zu tun? Sie Schwachkopf! Der Parteigenosse Karl von Haldorf, der verdiente Kämpfer für die nationalsozialistische Idee Tristan – das ist mein Vater!«

85

Es war der späte Abend des 15. Juni. Die Ereignisse waren Wochen her. Anke Dankelmann hatte eine Berg- und Talfahrt hinter sich. Körperlich völlig genesen, hatte sie doch einige therapeutische Betreuung gebraucht, um die Mehrfach-Hinrichtung, die sie überlebt hatte, zu verarbeiten. Im Dienst hatte sie sich eine geharnischte Kritik des Präsidenten anhören müssen, die zu allem Überfluss auch komplett berechtigt gewesen war. Das war die Talfahrt. Die Bergfahrt bestand aus den unendlich vielen Beweisen von Zuneigung aus dem Kollegenkreis. Sie war häufig tief bewegt von der Anteilnahme, und sie würde ihr Leben lang den Kampf des Bernd Stengel und des Richard Plassek in dieser höllischen Nacht nicht vergessen. Sie hatte einen seitenlangen Bericht verfasst, hatte unzählige Male von der Nacht in der Garage erzählt. An das Ende konnte sie sich nicht erinnern, man konnte nur mutmaßen. Sie musste mit letzter Energie so laut geschrien haben, dass sie das Klebeband, das vermutlich durch Speichel und Schweiß etwas marode geworden war, vom Mund gesprengt hatte. Die körperliche Kraft musste so intensiv gewesen sein, dass sie das Heizungsrohr, in dem zum Glück kein heißes Wasser war, aus der Verankerung gerissen hatte – das war ihr wohl auf den Kopf geprallt, was ihr den Rest gegeben und für eine lange Bewusstlosigkeit gereicht hatte. Drei Tage war sie im Krankenhaus gewesen und dann wieder zum Dienst erschienen. Als sie an dem Morgen das Präsidium betreten hatte, waren die Kollegen aus der Eingangsloge herausgekommen und hatten sie zur Begrüßung umarmt. Da hatte sie weinen müssen, nicht das letzte Mal an diesem Tag.

Den kleinen Nicklas hatte sie dann an einem Tag mal mitgenommen in den Dienst, als Dankeschön sozusagen. Ein feiner Kerl, der zum Schluss vom Präsidenten eine Polizeimütze und eine Kelle bekam. Er war stolz abgerauscht mit dem festen Vorsatz, Polizist werden zu wollen. Ihren Eltern und ihrem Bruder hatte sie von all den Ereignissen nie erzählt. Warum sollten sie belastet werden mit Dingen, die längst passé waren?

Miegler hatte bis heute nicht gestanden. Die Identität des vierten Mannes war mittlerweile gelüftet worden: Ferdinand Grosch, ein Montagearbeiter aus Mannheim, der den Mord an Stützer gestanden hatte. Der Geschäftsführer von TUT-Trans blieb verschwunden, es war eine dieser üblichen Fahndungen: Man kam auf die Schnelle bis zu einer gewissen Ebene: was sich international und hier im Lande hinter dieser Organisation verbarg, das blieb noch im Verborgenen. Der Verfassungsschutz würde irgendwann mehr wissen, man brauchte Geduld – aber man hatte jetzt genug Ansatzpunkte.

Karl von Haldorf hatte man beerdigt – Miegler hatte die Erlaubnis bekommen, dabei zu sein. Er war der einzige Besucher der Trauerfeier. Es gab keine Ansprache, der Sarg wurde in die Grube versenkt. Kurz und schmerzlos. Mieglers Tränen wirkten echt auf die Polizeibeamten, die das Ganze beobachteten. Sie genossen es, ihn leiden zu sehen.

Die Gruppe 88 hatte sich dem Vernehmen nach aufgelöst – aber man wusste natürlich, dass einige dieser Truppe woanders Unterschlupf finden würden. Die Gerichtsverfahren gegen Miegler, Grosch, Wagner und Fechter würden irgendwann im Herbst stattfinden, aber das war Anke Dankelmann heute egal.

Nun saß sie in ihrem Lieblingssessel, sie hatte eine Flasche Veuve Cliquot geöffnet, schließlich war morgen ihr 40. Geburtstag. Sie hatte am Abend im Hauptbahnhof ihr Gepäck für Paderborn eingecheckt, der Flieger ging am nächsten Vormittag um 11.15 Uhr. Ihr war nicht feierlich zumute, irgendwie war der Kopf leer. Zu viel erlebt, um jetzt geordnet denken oder zufrieden fühlen zu können. Sie starrte aus dem Fenster in den Nachthimmel und wartete auf den Glockenschlag zu Mitternacht. Sie zählte die Schläge mit, stand auf, stellte sich vor den Spiegel im Flur, stieß mit ihrem Glas und dem Pendant im Spiegel an und sagte:

»Prost Anke! Herzlichen Glückwunsch zum 40. Und alles Gute für das zweite Lebensdrittel!«

Dank

Mein besonderer Dank gilt:

Bernd – meinem persönlichen Polizeicoach
Willie – dem jede Unstimmigkeit auffällt
Tine – Testleserin der ersten Stunde
Verena – meine Motivationskünstlerin aus Wien
Thomas – Motivation ist auch, wenn Kollegen neidlos und positiv
kritisch loben können
Biene – ohne die auch dieses Buch nie entstanden wäre

Fortzetzung folgt ...

Der nächste Seidenfaden im Sommer 2012:

Der Tag, an dem Peter Fischer verschwand

... war ein furchtbarer Wintertag. Die ganze Woche über hatte man die Sonne nicht mehr gesehen, dicke Wolkengebirge ließen nur ein graues, deprimierendes Licht zu, es wurde einfach nicht richtig hell.

Seit einer Woche lag eine etwa 20 Zentimeter hohe Schneeschicht auf der Stadt – ausreichend, um auf den kleinen Hügeln der Wohnsiedlung im Stadtteil Wehlheiden Schlitten zu fahren, manche Kinder hatten gar Skier ausgepackt und rutschten unbeholfen darauf herum. In der Regel waren es die Jungen, die sich austobten. Die Mädchen fuhren mit dieser neuen Erfindung, Gleitschuhe nannte man sie. Man schnallte sie an wie Rollschuhe, doch sie hatten breite Metallschienen statt der Rollen. Die Mädchen trauten sich nicht auf die kleinen Hügel, weil die Jungs mit ihren Schlitten versuchten, sie zu rammen. Sie nutzten die Straßen zum Fahren – zum Leidwesen der wenigen Autofahrer, denn die mussten sich über spiegelglatte Fahrbahnen kämpfen.

Karl Dietrich erinnerte sich sein ganzes Leben lang an diesen Tag. Es war der 11. Dezember, ein normaler Schultag, und er hatte begonnen wie jeder andere dieser dunklen Wintertage. Man schrieb das Jahr 1964, es gab fast nirgendwo einen Fernseher, höchstens ein Radio, und in der Erinnerung verband er kein anderes Ereignis, an das er sich erinnern konnte mit seinen damals acht Jahren, mit diesem Tag. Karl Dietrich ging mit Peter Fischer zusammen in die 2a der Gräfeschule. In der Siedlung, die knapp zehn Jahre alt war und in der sie beide wohnten, hatten alle Wohnungen Kohleöfen. Wenn man morgens aufstand, war es in jedem Zimmer bitterkalt.

Man traute sich kaum, die Bettdecke beiseitezuschieben, weil die Kälte förmlich auf den Körper prallte. Und jeden Morgen die gleiche Prozedur, die wichtigste, denn es musste ja bald warmwerden in der Wohnung: Die Kohlenschlacke aus dem Ofen holen, den Rost noch einmal richtig durchschütteln, damit die Asche komplett in den langen, schmalen Aschenkasten fiel, und dann kam Karl Dietrichs Aufgabe. Er musste die 33 Stufen hinunter, möglichst keine Asche verschütten und dann hinaus in die Kälte zum Mülleimer. Wenn es frisch geschneit hatte, dann wurde die Asche gelegentlich genutzt, um den Bürgersteig zu streuen. Das war an diesem 11. Dezember aber nicht der Fall. Bibbernd stieg er die Stufen wieder hoch, in allen sechs Wohnungen des Hauses brannte längst Licht, überall wurde geredet, hier und da wurde mit den Kindern geschimpft – und davon gab es in diesem Haus reichlich. Die Väter waren, wie der von Karl Dietrich auch, häufig schon längst auf der Arbeit. Man sah sie morgens nicht und abends kehrten sie mordskaputt von ihrem schweren Tag in irgendeinem Werk zurück. In Karl Dietrichs Familie wurde morgens geschwiegen. Er bekam sein Frühstück – eine Tasse Muckefuck, eine Scheibe trockenes Brot, das er in den Kaffee brockte und fingerdick mit Zucker übergoss. Das musste reichen bis mittags, die Mutter hatte ein Pausenbrot für die Schule in Butterbrotpapier gewickelt, er aß es meistens schon auf dem Schulweg, weil er den muffigen Geschmack, den die Brote im Ranzen annahmen, nicht leiden konnte. Aber das machte er nur, wenn es nicht so kalt war wie heute.

Auch an diesem Tag hatte er um 7.35 Uhr das Haus verlassen, hatte die Leibnizstraße überquert und den Plattenweg gegenüber genommen, der hinunter zur Wiesenstraße führte. Die kleinen Hügel glänzten wie Speckschwarten, sicher hatte einer der großen Jungs am Abend zuvor wieder ein paar Eimer Wasser auf die Pisten gegossen. Die Rodelpisten wurden dann unberechenbar, man rutschte auch bei kleinen Höhenunterschieden bis weit hinunter, wenn man Glück hatte bis hin zur nächsten Querstraße, der Wiesenstraße. Wenn man Pech hatte, dann landete man auf den Befestigungen der Stangen, mit denen im Sommer die Anlagen zum Spannen der Wäscheleinen aufgebaut wurden. Dann legte man sich einfach nur auf die Nase. Karl Dietrich schaute jeden Morgen zu den Dächern hoch. Dicke, lange Eiszapfen hingen herab, und er versuchte, sich die Länge zu merken, denn er war sicher, dass sie jede Nacht länger wurden.

Das einzelne Haus an der Wiesenstraße war das Zuhause von Peter Fischer. Karl Dietrich wartete kurz, Peter Fischer kam heraus, und dann gingen sie, wie jeden Tag, gemeinsam zur Schule. Auf dem Rückweg war es häufig anders: Da wurde manchmal noch auf dem Schulhof gespielt, mal machte der eine, mal der andere mit – und jeder ging dann für sich allein. Sie hatten an diesem Morgen wieder geredet und sich Gedanken gemacht, ab wann man raus in den Schnee durfte am Nachmittag. Immer dieselbe Prozedur daheim: Essen, danach Hausaufgaben machen, danach musste man häufig genug der Mutter helfen - als wenn man das nicht machen konnte, wenn es dunkel war. Reine Schikane manchmal, aber das Wort Schikane kannten beide noch nicht zu dieser Zeit, sie wussten nur, wie man sich bei so was fühlte. Am Wehlheider Kreuz kam dann die Mutprobe: Vier vielbefahrene Straßen stießen hier aufeinander: Es gab eine Fußgängerampel mit der Besonderheit, dass alle Ampeln für die Fußgänger gleichzeitig Grün anzeigten. Wenn man schnell rannte, schaffte man zwei Straßen in einer Grünphase. Die Eltern wollten das nicht, weil vor kurzem ein Junge von einem Lkw niedergemäht worden war. Doch Peter Fischer und Karl Dietrich machten jeden Morgen einen Wettbewerb daraus. Meistens gewann Peter Fischer. Danach runter in die Senke, in der der Druselbach floss, links rein in die Gräfestraße und gegenüber von diesem bedrohlich wirkenden Bunker aus dem Zweiten Weltkrieg, genau da war die Schule. Hoch in den ersten Stock, im Eckraum, da war ihre Klasse. In der Schule war es behaglich warm. Als wenn Lehrer und Rektor wüssten, dass die meisten ihrer Schützlinge aus der Kälte kamen.

Lehrerin Voigt war eine strenge Klassenlehrerin, aber sie brachte ihnen viel bei. Über 40 Kinder waren sie, Jungen und Mädchen. Und als um halb eins die Schule aus war, da hatte sich Karl Dietrich an diesem Tag direkt auf den Heimweg gemacht. Es gab keinen besonderen Grund. Oder doch? Es gab da ein Mädchen in der Klasse, Sylvia hieß sie, er fand sie irgendwie bedeutend mit ihren schönen Augen und den langen dunklen Haaren. Eigenlich waren sich die Jungs ja einig, dass Mädchen doof waren. Aber Sylvia, da bestand er drauf, war es nicht. Lag vielleicht daran, dass sie im Herbst, als sie im Fußball ihr erstes Klassenspiel gegen eine vierte Klasse gemacht hatten, hinterm Tor gestanden hatte, das er gehütet hatte. Sie hatten 2:5 verloren, doch er, Karl Dietrich, hatte auf diesem großen Platz, den alle Sülze nannten, im großen Tor einen Elfer gehalten. Sylvia hatte hinterher erklärt, dass nur einer, nämlich er, Karl Dietrich, überhaupt nicht schuld an dieser Niederlage gewesen sei. Seitdem begleitete er sie manchmal nach der Schule nach Hause. Nahm einen kleinen Umweg in Kauf und ging dann von der Heinrich-Heine-Straße, wo sie wohnte, die paar Meter zurück. Sie unterhielten sich immer prächtig, was er mit keinem anderen Mädchen konnte. Wahrscheinlich lag es daran, dachte er, dass sie Fußball-Sachverstand hatte.

Peter Fischer hatte an diesem Tag seinen Ranzen auf dem Schulhof in die Ecke gestellt und mit den anderen eine Schneeballschlacht begonnen. Man konnte sicher sein, dass der Hausmeister die nach wenigen Minuten beenden würde, denn das war verboten, wie so vieles in der Schule. Jeder wusste das, doch man machte es trotzdem, solange es ging. Es war das letzte Mal, dass er Peter Fischer gesehen hatte. Zuhause hatte ihn die Mutter mit einer Graupensuppe empfangen, immer wieder Graupensuppe, er konnte sie nicht mehr sehen, riechen oder schmecken, doch der Hunger war immer stärker als der Protest. Danach machte er Hausaufgaben. Er hasste dieses Fach Schönschreiben, immer wieder Sütterlinschrift, niemand schrieb mehr so – und sie mussten es trotzdem üben.

Als er fertig war, war es noch hell draußen und er wollte die Mutter fragen, ob er nach draußen zu den anderen gehen konnte. Er hatte für seinen Schlitten eine Speckschwarte vom Suppenfleisch, das es manchmal gab,ergattert, mit der er die Kufe einreiben konnte – das machte das Ding besonders schnell. Er kam gerade aus dem Wohnzimmer, wo er seine Hausaufgaben gemacht hatte, denn er hatte kein eigenes Zimmer, da klingelte es an der Tür. Es war die Mutter von Peter Fischer, die besorgt klang. Ob er wisse, wo Peter sei, wurde Karl gefragt. Wann er ihn zuletzt gesehen habe. Und so weiter, was die Eltern halt so fragen, dachte er sich später. Wo sollte Peter sein? Wahrscheinlich irgendwo noch spielen. Sie war dann gegangen, mit hängenden Schultern, er sah noch, wie sie sich mit einem Taschentuch über die Augen tupfte. Und plötzlich machte er sich auch Sorgen. Es war nach drei Uhr am Nachmittag, da musste man doch längst zuhause sein, man musste doch was essen. Wo mochte sein Freund sein?

Er war dann hinausgegangen und hatte das Ganze schnell vergessen, wenig später, es war schon dunkel, ging er nach Hause. Von Peter Fischer war nichts zu sehen gewesen.

Am Abend waren dann Polizeibeamte in der Siedlung aufgetaucht. Sie hatten überall geklingelt, hatten überall gefragt. Sie waren einen Tag später auch in die Schule gekommen, in der Schule, auch Karl Dietrich musste erzählen, wann und wie er Peter Fischer das letzte Mal gesehen habe. Frau Vogt machte ein ernstes Gesicht, und später hatte sie alle Kinder ermahnt, Vorsicht zu üben im Umgang mit Fremden. Da war ihnen allen klar, dass irgendetwas passiert sein musste. Auf dem Heimweg hatte er sich mit Sylvia unterhalten. Als sie vor dem Haus an der Heinrich-Heine-Straße standen, hatte es geschneit, sie hatte ein paar Schneeflocken auf den Augenlidern, sie sah putzig aus. Und mit braunen, traurigen Augen hatte sie gefragt:»Glaubst Du, er ist tot?« Er hatte dazu nichts sagen können. Sylvia war katholisch und hatte erklärt, am Nachmittag eine Kerze in der Kirche anzünden zu wollen.

Als Karl Dietrich nach Hause kam, gab es Graupensuppe, zum letzten Mal in dieser Woche. Er hatte kaum was gegessen, seine Mutter, eine wortkarge Frau, hatte das nicht kommentiert. Am Abend hörten sie Radio, die »Rundschau aus dem Hessenland«. Karl Dietrich hörte die Vermisstenmeldung von Peter Fischer. Da hatte er angefangen zu weinen. Seine Mutter hatte ihm über den Kopf gestreichelt, seine beiden Schwestern waren in ihr gemeinsames Zimmer gegangen, sein Vater hatte ihn ignoriert. Er hatte Angst um Peter Fischer. Als alle im Bett lagen und er endlich im Wohnzimmer in seinem Schrankbett lag, hatte er leise ins Kissen geschluchzt und an all die vielen Dinge gedacht, die er mit Peter Fischer zusammen unternommen hatte.

Auch die Zeitung berichtete dann über das Verschwinden von Peter Fischer. Dessen Mutter trug seit diesen Tagen nur noch schwarze Kleidung. Der Vater, ein drahtiger Mann mit pechschwarzen, streng gescheitelten Haaren, hatte plötzlich graue Haare. Über Nacht, der Gram hatte ihn körperlich gezeichnet. Peter Fischer tauchte nie wieder auf. Das Leben in der Siedlung ging natürlich weiter. Es gab so unendlich viele Kinder – man hatte genug mit sich zu tun. Die Familie Fischer war dann irgendwann weggezogen, er hatte nie wieder etwas von ihr gehört. Peter hatte noch einen Bruder, Gerhard, der war älter und hatte die Schule zu der Zeit schon abgeschlossen und eine Lehrstelle gesucht. Das war der Zeitpunkt, den die Familie abgewartet hatte, um Kassel zu verlassen. Auch Gerhard tauchte nie wieder auf.

Es musste ein Jahr später sein, wieder im Winter, da hatte er irgendwann einmal angefangen, über die Tage und Wochen vor Peter Fischers Verschwinden nachzudenken. Bildete er sich alles nur ein – oder waren das richtig, wahrhaftig Bilder, an die er sich jetzt erinnerte? Sie hatten im Herbst Fußball gespielt, als noch kein Schnee gelegen hatte. Oben auf der Wiese am Rande der Belgiersiedlung, wo die belgischen Besatzungssoldaten wohnten. Ecke Heinrich-Heine-/Ludwig-Mond-Straße war das. Karl Dietrich stand, wie immer, im Tor. Und hatte als Erster den Mann bemerkt, der um den Kiosk herumgekommen war, eine Flasche Bier in der Hand. Er beobachtete die Jungs – und nach dem Spiel, als sie ihre Pfennige zusammenlegten, um eine Flasche Zitronensprudel für alle zu kaufen, hatte der Mann Peter Fischer angesprochen. Der hatte vorher zehn Pfennig, einen Groschen, auf der Straße gefunden und den, voller Stolz erzählend, in die Sprudelkasse getan. Um was es dann in dem Gespräch ging, das hatte Karl Dietrich nicht gehört. Nur, dass der Mann danach häufiger da gewesen war, das war ihm aufgefallen. Aber könnte er ihn heute, nach einem Jahr noch beschreiben? Immer wieder hatte ihn die Mutter gewarnt, sich nicht von Fremden ansprechen zu lassen, auf keinen Fall mit anderen Männern mitzugehen, selbst wenn sie dies und das behaupteten. »Warum soll ich nur mit Männern nicht mitgehen? Kann ich mit Frauen mitgehen?«, hatte er gefragt und die Mutter hatte ihm dafür eine geklebt. In seiner Familie zählte körperliche Züchtigung als kompletter Ersatz für Argumente. Aber das hatte er erst viel später begriffen. War Peter Fischer mit dem Mann mitgegangen? Und wenn ja – was war dann passiert? (...)

Das brennende Gesicht
Der Kassel-Thriller

Auf dem Dach eines Hotels wird ein ermordeter katholischer Priester gefunden. Wenige Tage später die zweite Leiche – wieder ein katholischer Priester. Ein vager Verdacht führt die Polizei auf einen Fall sexuellen Missbrauchs. Rächt sich ein von einem katholischen Geistlichen missbrauchter Junge jetzt an der Kirche?

176 Seiten, 14 x 22 cm

Euro 12,80, ISBN 978-3-936962-47-5

Hadubrands Erbe

Der Chef der Universitätsbibliothek Kassel und der Leiter der Handschriften-Sammlungen werden entführt. Am nächsten Morgen findet man die Leichen – erstochen mit Eschenholzspeeren. Das Hildebrandslied, die älteste erhaltene Handschrift in deutscher Sprache ist verschwunden ...

224 Seiten, 14 x 22 cm,

Euro 12,80, ISBN 978-3-936962-61-1

Rache für den Mörder
Kriminalroman

Der Prokurist einer großen Kasseler Baufirma stürzt sich in den Tod. Einen Tag später wird der Eigentümer der selben Baufirma ermordet aufgefunden. Bei der Untersuchung stoßen die Kommissare Anke Dankelmann und Bernd Stengel auf dubiose Geldwäschegeschäfte, zweifelhafte Verbindungen in die Ukraine und eine mysteriöse Fotografie.

200 Seiten, 14 x 22 cm

Euro 12,80, ISBN 978-3-936962-66-6

Die Akte Tristan
Ein historischer Kriminalfall aus der NS-Zeit

Ein alter Mann erzählt seine Lebensgeschichte - eine Geschichte von Mord und Terror, aber auch von Liebe und Verblendung im Jahr 1933. Horst Seidenfaden lässt in seinem fesselnden Kriminalfall das alte Kassel auf erzählerisch packende, sinnliche Art wiederauferstehen. Mit historischem Stadtplan und Fotos der Originalschauplätze.

248 Seiten, 14 x 22 cm

Euro 14,80, ISBN 978-3-936962-80-2

B&S SIEBENHAAR VERLAG Berlin / Kassel

bs-verlag@berlin.de, www.siebenhaar-verlag.de